인문학 수프 시리즈 5: **시속**

감언이설(甘言利說)

속됨을 모르고 세상을 논하랴

지은이 **양선규**

소설가. 창작집으로 『난세일기』, 『칼과 그림자』 등과 인문학 수프 시리즈 『장졸우교(藏拙于巧)』(소설), 『용회이명(用晦而明)』(영화), 『이굴위신(以屈爲伸)』(고전), 『우청우탁(寓淸于濁)』(문식) 등이 있으며, 연구서로는 『한국현대소설의 무의식』, 『코드와 맥락으로 문학읽기』, 『풀어서 쓴 문학이야기』 등이 있다.
충북대학교 인문대학 교수를 거쳐 현재 대구교육대학교 국어교육과 교수로 재직 중이다.

인문학 수프 시리즈 5: 시속
감언이설 甘言利說

© 양선규, 2014

1판 1쇄 인쇄__2014년 01월 25일
1판 1쇄 발행__2014년 02월 05일

지은이__양선규
펴낸이__양정섭
펴낸곳__작가와비평
　　　　등　록__제2010-000013호
　　　　주　소__경기도 광명시 하안로 180-14 우림필유 101-212
　　　　블로그__http://wekorea.tistory.com
　　　　이메일__mykorea01@naver.com

공급처__(주)글로벌콘텐츠출판그룹
　　　　대　표__홍정표
　　　　편　집__최민지 노경민 김현열
　　　　기획·마케팅__이용기
　　　　디자인__김미미
　　　　경영지원__안선영
　　　　주　소__서울특별시 강동구 천중로 196 정일빌딩 401호
　　　　전　화__02-488-3280
　　　　팩　스__02-488-3281
　　　　홈페이지__www.gcbook.co.kr

값 15,000원
ISBN 979-11-5592-103-6 03800

감언이설

甘言利說

속됨을 모르고 세상을 논하랴

양선규 지음

작가와비평

저자의 말

   인문학 수프, 『감언이설_{甘言利說}』은 네 묶음의 글들로 이루어져 있습니다. 감언이설이라는 큰 표제 아래 독서와 글쓰기, 상상력과 인간, 고전의 윤리, 사회와 문화 등의 작은 표제들을 두고 있습니다.

   '독서와 글쓰기'에서는 우리가 책을 읽고 글을 쓸 때 어디에 주안을 두어야 할 것인가에 대해서 주로 말하고 있습니다. 누구나 인정하는 것이지만, 책을 잘 읽고 좋은 문장을 지어낼 수 있는 사람이 더 많은 성공과 승리의 기회를 잡을 수 있습니다. 통찰력과 표현력은 언제 어디서나 리더가 갖추어야 할 필수적인 덕목입니다. 본서의 앞부분에 '독서와 글쓰기'를 배치한 것도 그러한 '읽고 쓰는 능력'의 중요성을 십분 감안했기 때문입니다. 이 책은 궁극적으로 실용서를 지향한다는 저의 바람이 그렇게 표현되어 있다고 생각하셔도 좋을 것 같습니다.

   '상상력과 인간'에서는 시나 소설, 영화나 드라마에 대한 제

나름의 감상이 피력되어 있습니다. 저의 '인문학 수프'는 개별 작품의 주제나 소재를 안내하는 글이 아닙니다. 저는 작품 읽기를 통해서 지금 우리에게 가장 소중한 가치가 무엇인가를 말씀드리고자 합니다. 자연스럽게, 예술작품에 반영된 작가의 상상력이 어떻게 우리를 쇄신하는가에 초점을 맞추어서 쓴 글들이 많이 실리게 되었습니다.

'고전의 윤리'에는 통상적인 해석 행위가 방치하기 쉬운 윤리적 독서의 실천을 예시하려는 저의 의지가 많이 반영되어 있습니다. 고전은 힘들여 그것을 읽어내는 독자에게 그 필요와 수고에 따른 회신을 반드시 보냅니다. 고전을 대상으로 저는, 지혜와 이치를 구하는 독서가 아니라 사랑과 도덕을 구하는 독서를 하고 싶었습니다. 고전은 고전인지라 그런 저의 작은 소망에도 일일이 충분한 응답을 주었습니다.

'사회와 문화'에 게재된 글들은 매일매일 일어나는 일상생활 속에서 찾아볼 수 있는 가치 있는 인문학적 요점들에 대해서 간단간단히 적어 본 것들입니다. 그냥 지나치기 쉬운 것들 속에서 빛나는 보석과 같은 계시가 속출하는 것이 인문학적 글쓰기의 가치이고 재미일 것입니다. 물론, 이것들도 궁극적으로는 이 책 속의 모든 글들이 추구하는 '사랑의 기술로서의 책읽기'로 수렴되는 것들일 것입니다.

인문학 수프가 이제 5권 째를 맞이하고 있습니다. 그 형태로만 보면 『감언이설』은 앞선 『장졸우교』, 『용회이명』, 『이굴위신』, 『우청우탁』의 요약본이자 증보판입니다. 표제의 의미를 문자 그대로 '듣기 좋은 말'로 해석한다면, 이 책은 앞선 4권을 듣기 좋게 (알기 쉽게) 요약하고 풀이한 것이라고 할 수 있습니다. 저의 인문학 수프를 처음 대하시는 독자라면 순서를 거슬러 이 책부터 보시는 것이 다소간 '읽기의 부담'을 줄이는 일이 될지도 모르겠습니다.

"누군가 한 놈은 죽여야 무사가 될 수 있다", 언제 어디서 읽은 것인지 통 기억에 없는, 무협지의 어느 한구석에나 찾을 수 있을 법한, 무식하고 험한 잠언입니다. 저는 요즘 그 '한 놈'과 싸우고 있습니다. 밖에 있는 놈이 아니라 힘든 싸움이긴 하지만 조만간에 결판이 날 것 같습니다. 죽어 없어지든 살아남든, 그 싸움의 결과를 가지고 다시 한 번 찾아뵙겠습니다. 그럼,

2014. 1.
양선규

목 차

2. 상상력과 인간

3. 고전의 윤리

4. 사회와 문화

1. 독서와 글쓰기

책은 집에 없었다

책과 함께 살아온 지도 50년이 넘었습니다. 내가 먹은 음식은 내 몸을 이루고 내가 읽은 책은 내 정신을 이룬다고 여기며 살아온 세월입니다. 문득 언젠가 읽은 신문기사 한 토막이 떠오릅니다. 노벨 문학상 수상자가 자기 인생에서 책을 처음 만난 시점에 대해서 말하고 있는 내용이었습니다.

2009년 노벨문학상 수상자인 루마니아 출신 독일 작가 헤르타 뮐러(58)는 유년 시절의 독서 체험을 묻는 기자에게 이렇게 말했다. "부모님은 가난한 농부였고, 책은 집에 없었다." 소를 키우던 아버지는 "소들은 제가 다 알아서 큰다. 책이 왜 필요하냐"고 말하는 이였다. 하지만 소녀 헤르타는 공허와 결핍을 느꼈고, "멈춰 버린 채 고립되어 있는 느낌이었다"고 말했다. 책을 처음 만난 것은 작가 나이 열다섯살 때, 독재자 차우셰스쿠가 막 대통령에 취임한 시점이었다. 그는 "독서는 내게 정치적 독재와 개인적 고립으로부터 벗어나는 유일한 수단이었다"고 털어놨다.

▶ ▶ ▶ 어수웅, ≪조선일보≫

우리집도 마찬가지였습니다. 책이 없었습니다. 저도 '저절로 크는 소'처럼 컸습니다. 믿기지 않겠지만, 저는 초등학교 시절 내내 숙제 한 번 해 간 적이 없었습니다. 학교만 갔다 오면 책가방을 던져 놓고 나가 노는 일에만 전념했습니다. 다음날 손바닥 몇 대 맞으면 될 일로 하루를 통째로(?) 즐기는 일에 흠이 가게 할 수는 없었습니다. 애가 타던 담임선생님이 가정방문까지 오셨지만 오히려 어머니는 시침 뚝 떼고 "장사 일을 거들다 보니 숙제 할 겨를이 없었다"고 제 편을 들었습니다. 그렇게 '저절로 크는 소'처럼 초등학교 시절을 보냈습니다.

책을 처음 만난 것은 중학교 1학년 때였습니다. 한 반 친구 중에 아버지가 무협지를 무한정(100질쯤?) 소장하고 있었던 아이가 있었습니다. 당시에는 그렇게 무협지를 자랑스럽게 소장해서 속물교양(지금 보면 그렇다는 겁니다)을 과시하던 풍조가 있었습니다. 우리 반에도 자연스럽게 무협지 열독熱讀 바람이 불었습니다. 그 아이를 통해 공급되던 와룡생의 『무유지』, 『군협지』, 『사자후』 등의 무협지는 제게 새로운 세계를 보여주었습니다.

승리면 승리, 성공이면 성공, 연애면 연애, 그렇게 신나고 아름답고 황홀한 세계를 그 전에는 본 적이 없었습니다. 아래위로 빽빽하게 인쇄된 그 두꺼운 책들을 하루에 한 권씩 밤새 읽었습니다. 친구들끼리 돌아가면서 읽었던 관계로 게으름을 피울 도리가 없었습니다. 조명도 시원찮은 때라 부득불 그때 시력을 버리지 않을 수 없었습니다.

그렇게 무협지 몇 백 권을 읽고 난 후 저의 독서 체험은 다시 잠복기로 들어갔습니다. 사정상 학교 공부에 전력을 기울이지 않을 수 없었습니다. 어머니가 돌아가시고 삶의 최전방에까지 내몰린 상황에서 더 이상 신나고 아름답고 황홀한 세계를 꿈꾸는 사치가 제게 허용되지 않았습니다. 살아남기 위한 공부가 시작되었던 것입니다. 종친회 장학생으로 고등학교에 진학해서도 마찬가지였습니다. 『어린 왕자』, 『이방인』, 『싯타르타』, 『성경』, 『육조단경』, 『도산 안창호』 등과 같은 경전류 서적을 접하는 기회를 제외하고는 거의 책과 담을 쌓고 지냈습니다. 결국 그렇게 제 어린 시절은 내내 '책은 집에 없었다'로 일관되었던 셈입니다.

대학을 다니면서는 전공 관계상 어쩔 수 없이 몇 권의 책을 읽어야 했습니다. 오래 전, 그때의 심정을 요약해서 적은 글이 한 편 있습니다.

대학에 들어가서도 한참 동안이나, 나는 문학에 몸 바쳐서 평생을 살겠다고는 단 한 번도 생각해 본 적이 없었다. 나의 생각으로는, 문학은 어디까지나 환상이었고, 내가 살아남아야 할 곳은 어디까지나 현실이었기 때문이었다. 전공의 선택은 부차적인 것이었고 일차적인 것은, 위협받지 않는 현실, 졸업만 하면 취업이 보장되는 국립 사범대학이었다. 그러나 현실은 그렇지 않았다. 대학은 수없는 비상 탈출구, 무한한 욕망이 고삐 풀린 망아지처럼 횡행하는 곳이었고, 그만큼 좌절과 배신의 수많은 형틀이 언제고 나를 기다리는 곳이었다. 그 복마전의 한가운데서 이청준이 나를 불렀다. 그리고 그는 김승옥, 황석영, 최인훈, 김현, 김윤식 등을 소개했다. 그들은 스승의 자리에서, 때로는 뜬구름을 가리키는 도반의 자리에서, 내게 환상의 의미와 가치에 대해 많은 것을 가르쳐주었다. 그러나, 김승옥은 일찍 내 곁을 떠났다. 최인훈도 떠났고, 황석영은 멀리, 김현은 아쉬움을 남긴 채 아주 가버렸다. 내 환상의 입구와 출구, 그 뫼비우스의 띠, 그 위안과 좌절의 복마전, 내 허무의 여로는 이제 짐이 무겁다. 언젠가 남은 이들도 내 곁을 떠날 것을 생각하면 짐 진 자의 고단함이, 그 운명이 두렵다.

▶▶▶『세계의 문학』, 1992 여름

지금 보면 감상이 철철 넘쳐흐르는 글이지만, 그 당시는 꽤나 심각했던 모양입니다. 환상으로의 돌격을 앞둔 돈키호테가 출사표를 쓰는 모양새입니다. 글의 내용으로 보면 남은 '사부님'(도반?)이 두어 분밖에 없다는 이야긴데, 한 분에게서는 당일 바로 그 지면에서 하산을 해 버렸습니다. 그분의 신작을 리뷰하는 자리에서 60년대식 감수성으로 왜 90년대까지 버티느냐고 생트집(?)을 잡았습니다. 지금 생각하면 죄스러울 따름입니다. 결국 현재는 한 분만 남아 있는 셈입니다. 그분의 글도 지금은 거의 읽지 않고 있으니 결국은 제 젊은날의 스승들과는 모두 헤어진 셈입니다. 어쨌든 모두 책으로 만난 스승들이니까 책 안에서 만나고 책 안에서 헤어졌습니다. 그러나 책 안에서의 이별이 못내 아쉬운 부분도 있습니다. 그래서 얼마 전 이청준 선생님의 묘소를 찾았습니다. 존경과 감사의 염으로, 그 앞에서 찍은 사진으로 한동안 페이스북의 프로필 사진을 삼았습니다.

대학에 들어 비로소 문학을 접했지만, 그렇다고 그 시절에 책을 많이 읽었던 것은 아니었습니다. 여전히 '책은 집에 없었다'로 살았습니다. 소설을 쓰겠다고 작정은 했지만 정작 필독서인 도스토예프스키 소설은 제대로 한 권 읽은 적이 없었습니다. 외국 작가의 소설은 친구가 끼고 다니던 스탕달의 『적과 흑』을 빌려서 읽은 게 고작이었습니다. 국내소설은 이청준, 황석영에서 오정희, 조세희, 이문열, 김성동, 박기동 등으로 번지면서 아주 초보적인 수준의 문식력이 형성되는 정도였습니다. 차일피일 그렇게 시간을 끌다가 대학원까지 졸업하고 신춘문예에 출품을 했는데 대학 1년짜리 여학생에게 고배를 마셨습니다. 83년 정월이었습니다. 황순원, 전광용 선생님이 심사평에서 '관념이 승하다'라고 지적을 하셨습니다. 그래서 그 작품에 몇 군데 장면을 더 삽입하고 하루 저녁에 한 편씩 습작 두 편에 살을 보태서 두 편을 더 만들어 '오늘의 작가상'에 투고를 했습니다. 5월쯤인가, 심사위원 선생님들이 한번 보자는 연락을 주셨습니다. 그때 심사위원이 유종호, 김우창 선생님이었습니다.

김우창: 영향 받은 작가는?

양선규: 이청준 정도….

김우창: (유종호를 쳐다보며)이청준을 좋아하는 젊은이들이 생각
보다 많네…. 외국 작가는?

양선규: (순간 당황하는 표정을 지으며)별로…, 번역도 제대로 된
게 없고 해서….

그냥 읽은 게 없습니다, 하면 될 것을 못된 송아지 엉덩이에
뿔난다고, 아닌 밤중에 홍두깨처럼 외국문학 하신 선생님 앞에
서 번역에 탓을 돌리는 몽니를 부렸습니다. 그러자 심사위원 선
생님들이 얼른 눈치를 채시고 말했습니다.

김우창: (유종호를 쳐다보며)정말 그래, 이제 중역(重譯)된 것 말
고 제대로 된 번역판이 나올 때가 되었지.

돌아오는 차 안에서도 내내 얼굴이 화끈거렸습니다. 평소 실
력이 튀어나온 거지 뭐, 생긴 대로 살면 되는 거야 등, 온갖 못난
생각들이 지저분하게 피어올랐습니다. "못난 놈, 꽃이 지는구
나", 얼마 전에 읽은 하종오의 「매춘」이라는 시의 한 구절이 입
가를 맴돌았습니다. 그래도 다행히 상은 받았습니다. 그렇다고,
그런 수모를 겪은 후에야, 비로소 독서 습관이 교정되었다는 걸
말하려는 게 아닙니다. 그 뒤에도 '책은 집에 없었다'가 속 시원
히 제 곁에서 사라지지는 않았습니다. 그저 도스토예프스키나

한 번 정독했을 뿐 그 이후에도 여전히 책을 멀리 하는 집안 내력은 끈질기게 고수되고 있습니다. 문학교사가 되어 살다 보니 자의반 타의반 이런저런 책들이 집안의 벽면을 두루 가리고 있지만, 주인이고 객이고, 아버지고 아들이고, 애지중지 그것들을 읽는 이가 없으니 여전히 '책은 집에 없었다'입니다. 그러나 아직은 알 수 없는 일입니다. 제가 소설가가 되었을 때 가까이 지내던 이들이 모두 깜짝 놀랐던 것처럼, 언제 한번, 그 옛날 밤을 새며 무협지를 읽어내던 열독熱讀의 신이 다시 강림하실지도 모를 일이니까요.

일도(一刀)가 만도(萬刀)가 되는

침묵 가운데 무수히 웅성거리는 것들이 글로 옮기는 순간 단 하나의 것으로 고정되고 만다. 그가 쓴 것은 결코 작품이 되지 못한다. 단지 한 권의 책일 뿐. 근원적인 좌절, 고독, 전 생을 건 고투! 이걸 해내고 있는 작가들이 존경스럽다.

▶▶▶ 우한기, 페이스북, 2013. 6. 12

"과학은 우리가 아는 것이고 철학은 우리가 모르는 것"이라는 말도 있다. 아무리 천문학이 발달해도 우주의 신비는 다 풀리지 않았다. 심리학이 번창해도 사람 속마음은 여전히 알 수 없다. 이래서 철학이 필요하고 문학도 소중하다. 진화심리학자들은 "인간이 허구를 짓는 능력 덕분에 자연환경에 적응해 진화했다"고 말한다. 옛날 이야기에서 얻은 교훈으로 실패를 피했다는 말이다.

인문학이 이토록 중요하다는데 우리 대학에선 오래전부터 '인문학 위기론'이 나왔다. 1999년 서울대 인문대 교수들은 단과대 발전안(案)을 내놓으면서 '인문학 위기'를 반성했다. "학자들이 자기 울타리에 갇혀 현실과 직결된 살아 있는 학문으로 발전시키지 못했다."고 자책했다. 사실 우리 인문대에선 문학을 가르치면서 연구와 창작을 엄격하게 나눈다. 같은 역사학인데도 한국사, 동양사, 서양사가 우리처럼 칸막이에 갇혀 있는 나라도 세계에 없을 것이다.

송승철 한림대 영문과 교수가 "전공의 벽에 갇힌 인문학을 교양인문학으로 바꿔야 한다"며 '인문대를 해체하라'는 글을 학술지에 발표했다. 그는 미국 컬럼비아대 교양 교육을 모범 사례로 들었다. 서양 고전문학을 읽어야 하는 '문학인문학' 강좌가 8학점짜리 전교생 필수과목이 된 지 70년이 넘었다. 그는 교수 평가를 할 때 논문 발표보다 '수준 높은 교양 저서' 출간을 더 높이 쳐야 한다고 했다. 인문학이 살아남으려면 학문의 소비자인 대중에게 인문학의 존재이유를 입증해 보이는 수밖에 없다. 그러려면 쉽고 재미있게 글쓰는 법부터 배워야 한다.

하버드대 신입생은 한 학기에 적어도 세 편 에세이를 써야 한다. 교수는 학생을 서른 명씩 맡아 일일이 글을 첨삭 지도한다. 하버드대가 사회에서 리더가 된 졸업생을 조사했더니 '성공 비결은 글쓰기'라는 답이 가장 많았다. 인문학 공부는 자기를 표현할 수 있는 글쓰기를 익히는 과정이다. 그러나 우리 대학엔 '글쓰기는 학문이 아니라 언어 기술(技術)일 뿐'이라고 낮춰 보는 이가 적지 않다. 글쓰기를 체계적, 실용적으로 가르치는 선생님도 드물다. 인문학 부활은 글쓰기에서 출발해야 한다.

▶▶▶ 박해현, 「만물상(萬物相)」, ≪조선일보≫, 2013. 6. 13

'글쓰기란 무엇일까?', 혹은 '내 글쓰기는 내게 어떤 의미일까?'를 생각해 봅니다. 인용문들이 그런 생각의 계기를 제공합니다. 외로움과의 끈질긴 투쟁일까(치킨 게임?), 아니면 계몽에의 열정일까(과대망상?), 그도 저도 아닌 잡스러운 자기 과시일까(속물근성?), 일찍 잠자리에 들었다가 깨어나서 다음 날 아침 페이스북에 올릴 글거리를 다듬다가 문득 이런저런 오고가는 생각들에 지난날을 한번 되돌아봅니다. 내 안의 '웅성거리는 것들'을 보다 원석原石의 상태로 드러내고 싶다는 욕구는 여전합니다. '하나의 것으로 고정'되어도 시간을 초월해서 위로와 고문拷問이 되는 말을 남기고 싶다는 욕구는 여전합니다. 하루도 거르기 힘든 페이스북에서의 노동은 어쩌면 그 깊은 막장으로 들어가기 위한 준비운동일지도 모릅니다. 어쩌면 그렇게 평생을 준비운동만 하다 그냥 떠날지도 모릅니다. 그러나 계시가 되어 내릴 그 무엇을 기다리는 것은 그만두지 않을 작정입니다. 한 번 온 것은 언젠가 또 올 것임을 믿어 의심치 않습니다(밤 늦게 쓰는 것이라 좀 감상적입니다). 어제 아침 신문에서 본 내용에 대해서 약간의 부연 설명을 하려는 참이었는데 서론이 너무 길어졌습니다.

'글쓰기'가 인문학의 알파요 오메가라는 것은 누구나 인정하는 일입니다. 그런데 인문학 본연의 취지를 만족시키는 '글쓰기'가 제대로 자리잡지 못하고 있는 것이 우리의 현실입니다. 이유는 두 가지 정도로 요약될 것 같습니다. 하나는 그 '글쓰기'라는 것이 그리 만만한 과업이 아니라는 겁니다. 누구나 쉽게 다가갈 수 있는 것이 아니어서 어떤 이들은 마음이 있어도 몸이 그것을 따라가지 못합니다. 일단은 그게 문젭니다(그 부분은 뒤에서 다시 거론하겠습니다). 또 다른 하나는 '글쓰기'가 아주 극소수의 독자들을 위한 것이 될수록 가치가 높아진다고 여기는 사람들이 꽤 있다는 겁니다. 소위 '인문학자'들 중에 그런 이들이 적지 않게 있습니다. 대중적인 소통도 의미 있는 일이긴 하지만 학문적인 '발견의 작업'이 우선이라고 그들은 생각합니다. 그래서 '소통의 글쓰기'에는 진력하지 않습니다. 그들 근본주의자(?)들은 금맥을 찾아서 원석을 발굴, 채취하는 일과 원석을 제련해서 순금으로 만들어내는 일이 별개의 작업이라고 생각합니다. 그리고 중요한 것은 원광석을 막장까지 들어가 캐내는 일이지 남이 어렵게 캐낸 원광석이나 주워서 편하게 제련 따위나 하는 일이 아니라고 믿습니다. 저널리즘에 빠지는 것을 타락으로 여깁니다. 그런 식의 대중과의 소통은 학자 본연의 임무가 아니라고 생각합니다. 그런 이원론적 사고방식이 작금의 우리 인문학계를 지배하는 주류적 관점입니다. 당연히 '소통의 글쓰기'보다는 '주장과 증명(강조)의 글쓰기'가 떳떳한 학문적 업적으로 인정받습니다. '소통의 글쓰기'는 기껏해야 곁다리 신세를 면치 못합니다(제가 소속된 곳에서는 시나 에세이를 아무리 많이 써서 발표해도(수백 편?) 모두 합쳐 논문 한 편의 80%를 초과해서 인정받을 수 없도록 되어 있습니다). 인문학이 대중과의 소통을 소홀히 여기고 결국은 '인문학 무용론', '인문대 해체론'까지 나오게 된 연유도 결국은 그러저러한 우리의 고답적인(?) 학계 풍토 때문이라는 생각이 듭니다. 학계 풍토는 그렇다 치고(제가 보기에 아무리 떠들어도 그 부분은 난공불락難攻不落일 것 같습니다), '글쓰기' 자체의 문제도 그냥 넘길 수 없는 어려움이 존재합니다. 그 부분에 대해서 몇 마디 첨언할까 합니다.

　예나 지금이나 문제는 '글쓰기'입니다(논외의 것이긴 하지만, 잘 쓰여진 글 때문에 숱한 사람들이 피를 흘린 것이 인류의 역사입니다). 조리를 세워 상대를 설복시키는 '말하기'도 어렵지만 불특정의 독자를 대상으로 하는 '글쓰기'는 항상 더 어렵습니다. '말'에는 예외 없이 시간과 공간과 분위기가 따라붙습니다. 현장성이라는 게 있습니다. 그것은 마치 조력자助力者 두어 명을 데리고 일을 하는 도편수의 입장과 크게 진배 없습니다. 공사판의 잔일들은 그런 조력자들이 알아서 맡아줍니다. 그러나 '글'은 그렇지 않습니다. '글'에는 오로지 혼자서 '얼굴을 알 수 없는 적'들과 상대하는, 비유하자면 일종의 '공성攻城의 어려움'이 따릅니다. 불신의 성벽을 높이 쌓아놓고 이쪽의 병사들이 성을 기어오르는 것을 쉽게 용납하지 않는 독자들의 '오해와 편견'을, 그 단단한 묵수墨守를 뚫어내야 됩니다. 독자마다 쌓아놓은 불신의 성벽 역시 백인백색이라 성을 뚫는 공략의 방법 또한 일괄적으로 정하기가 매우 어렵습니다. 높은 성벽을 예상하고 전술 전략을 펼쳤다가는 '너무 어렵다'라는 독자 측의 빈축을 살 때도 있고, 상대를 너무 얕잡아보고 덤볐다가는 '내용이 없다'라는 멸시를 받기가 십상입니다. 물론 이런 걱정도 모두 내 쪽에서의 편대編隊가 공성의 전투력을 지닐 정도의 힘을 지니고 있을 때의 이야기입니다. 많은 경우, 편대를 지어 공성에 나서기도 전에 스스로 분란을 겪어 자멸하는 오합지졸들도 많이 있습니다. 부단히 연마하고 때를 놓치지 않고 전투력을 배양해야만 독자들의 불신의 성벽을 뚫어내고 목적한 소기의 글 성과를 거두어 낼 수 있습니다. 성 안에 들었다가도 자칫 방심하다가는 언제든지 반군들의 역공에 허를 찔려 무참하게 패퇴하는 일이 비일비재한 것이 글쓰기의 전쟁터입니다. 절대 만만하게 생각하고 덤빌 일이 아닙니다.

젊어서 처음 교단에 섰을 때 선배들로부터 자주 듣던 이야기가 있습니다. '교과에 능통하라, 모든 교수법은 그것에서부터 출발한다'는 말이었습니다. 교과에 능통하지 않으면 학생들의 얼굴 표정도 볼 수 없고 학습 동기를 유발할 만한 발문이나 집중을 유도하는 유머도 만들어낼 수 없습니다. 저는 3~4년 아이들을 가르쳐 보고 나서야 비로소 그 이치를 체득할 수 있었습니다. 글쓰기도 마찬가지일 것입니다. 범박하게 말해서 전공 영역이 어떻든 대중을 상대로 한 글쓰기라면 궁극적으로 인문학적 글쓰기를 지향한다고 저는 생각합니다. 그런 경우, 자신이 알고 있는 것에 대해서 능통하지 않으면 성공적인 글쓰기는 절대 불가능합니다. 자신이 알고 있는 것에 능통하다는 것은 결국 그것이 우리 인간에게 어떻게 유익한지를 아는 것일 겁니다. 자기에게 유익한 지식이나 정보가 아니라 '우리 모두'에게 그것이 유익한 것이 되는 이유와 통로를 제대로 아는 것, 그것이 바로 글쓰기 교사들이 '교과에 능통'해지는 일일 것입니다. 그런 '능통'이 없는 이들은 자신이 가진 지식의 양이 아무리 많다 하더라도 좋은 글을 써낼 수 없습니다. 자신을 던져서 쓰는 글이 왜 필요한지를 몸으로 아는 일이 중요합니다.

모든 글쓰기는 그것이 '생리적 행복감'의 연원淵源이 되어야 합니다. 글을 쓰면서 즐거움을 느끼지 못한다면 그것은 이미 '인문학적 글쓰기'가 아닙니다(이제 모든 글쓰기는 인문학적이라는 것을 따로 말씀드리지 않겠습니다). 아무리 읽는 이의 감탄을 자아낼 정도의 '발견의 진실'을 담아내고 있는 글이라 하더라도 글쓰는 일이 스스로에게 즐거움이 되지 못한다면 그것은 이미 '인문학적 글쓰기'가 아닙니다. 그래서 정도의 차이는 있을지라도 모든 '하나 남는 글쓰기'들은 언제나 하이퍼그라피아(글쓰기 중독증)의 증세를 드러냅니다. 진정한 글쟁이는 스스로 언제든지 하이퍼그라피아를 불러낼 수 있어야 한다는 말이 그래서 나오는 것 같습니다. 어디서든 '미쳐야 미칩'니다.

사족 한 마디. '곽(확)연이대공 물래이순응廓然而大公 物來而順應'이라는 말이야말로 지속적으로 인문학적 글쓰기를 해낼 수 있는 이치를 설명해주고 있는 아주 유익한 가르침입니다. 저는 예전에 그 이치를 '역지사지 견물생심'이라는 두루뭉술한 비유로, 정확히 말하자면 하나는 직설이고 하나는 반어가 되는 마구잡이식 논법으로, 표현했던 적이 있습니다. 주관과 편견에 사로잡히지 말고 순순히 상황과 맥락에 충실할 수 있어야 한다는 뜻이었습니다. 검도에 비추어서 말씀드리겠습니다. 검도에는 '일도一刀가 만도萬刀다'라는 말이 있습니다. 저는 그것을 '한 칼의 이치를 제대로 이해하면 칼의 만 가지 변화를 알 수 있다'로 해석합니다. 저는 가끔씩 제자들에게 '이기는 칼 한 칼만이라도 제대로 한번 만들어 봐라'라고 주문합니다. 몇 년씩 검도를 배우고 있는데도 마지막으로 자신의 모든 것을 걸고 상대와 건곤일척 할 수 있는 득의기得意技 하나 없다면 자신의 공부 방법이 잘못되었다는 걸 알아야 한다고 강조합니다. 주변을 살펴보면, 평생을 일도一刀도 없이, 득의기 하나 없이, 하나도 제대로 보여주는 것도 없이, 그냥 살다 가는 이들이 꽤나 많습니다. 그런 분들은 늘 '세상의 수많은 칼'에 대해서만 이야기합니다. 남들의 칼이 왜 무딘가에 대해서만 토를 답니다. 자기 칼은 보여주지 못합니다. 그러다 그냥 죽습니다. 그런 분들은 살아생전 우리가 지금 이야기하고 있는 류의 '글쓰기'를 자기와의 싸움이 아닌 '동네 아이들과의 칼싸움 놀이'로 치부하다가 죽는 분들입니다. 그런데 문제는, 그런 이들이 죽기 전까지 여전히 칼자루를 쥐고 있다는 것입니다. 대학이라는 이상한 울타리 안에서 말입니다.

자기를 고집하고 싶을 때

글을 쓰다 보면 자기를 고집하고 싶을 때가 종종 있습니다. 내용에서뿐만이 아니라 표현에서도 그렇습니다. 가히 우이독경입니다. 누가 뭐래도, 병적으로, 반듯한 것을 좋아하는 이도 있고, 평소 결벽주의를 고수하면서도 글쓰기에서만은 강남스타일마냥, 울퉁불퉁, 멋 부리기를 좋아하는 이도 있습니다. 제가 아는 국어학자 한 분은 단락을 이루는 문장의 수효가 어느 글에서든 똑같습니다. 처음 다섯줄로 한 단락을 만들었다면 그 스타일을 끝까지 유지합니다. 그의 책상에는 언제나 잘 깎인 연필이 대여섯 자루 가지런히 놓여 있습니다. 그에게는 '가지런히 하는 일' 그 자체가 공부인 것 같습니다. 저는 그런 스타일을 감당하지 못합니다. 필기구 하나 찾는 데 늘 동분서주합니다. 단락이든 문장이든 가지런히 하는 일에는 늘 태무심합니다. 누구는 또 용사用事를 중시하고 누구는 또 신의新意를 즐깁니다. '신의파'에서는 새로운 생각을 내는 일이 전거를 대는 일보다 우선이다 보니 고전에 흠집을 내는 경우도 종종 있습니다. '용사파'에서는 그런 경우를 보면 몸에 두드러기가 돋습니다만, '신의파'는 '정 안 되면 고치면 그만이지' 하고 그냥 넘깁니다. '글은 곧 사람'이니 글을 보면 사람을 알 수가 있습니다. 법法이 중요할 때도 있고 때[時]가 소중할 상황도 있습니다. 깡그리 적당敵黨을 섬멸하고플 때도 있고, 적이라도 늙은 병사들은 우정 사로잡기를 그만둬야 할 때도 있습니다. 함축을 중하게 여겨 빈곳을 일부러 메꾸지 않을 때도 있는 것입니다(「소단적치인騷壇赤幟引」). 오랫동안 직업적으로 글쓰기 업에 종사하다 보면 독자들을 고려해서 이것저것 살필 것도 늘어납니다. 그러다 보면 '때'를 중시하는 글이 '법法'을 중시하는 사람의 마음에는 '형정刑政의 문란'으로 비쳐질 수도 있는 법입니다.

공자의 언행을 기록한 『논어』에도 그런 '때의 중요성'과 '법의 필요성'을 논하는 부분이 있습니다. '강조의 필요'로 일상의 문맥을 다소 무시하는 부분도 있어 읽기의 재미를 배가시키는 부분이기도 합니다.

子罕言 利與命與仁. 達巷黨人曰 大哉 孔子. 博學而無所成名. 子 聞之謂門弟子曰 吾何執. 執御乎. 執射乎. 吾執御矣. 子曰 麻冕 禮也 今也純儉

吾從衆. 拜下禮也 今拜乎上 泰也. 雖爲衆 吾從下. 子絶四 毋意 毋必 無固
毋我. 子畏於匡曰 文王旣沒 文不在玆乎. 天之將喪斯文也 後死者不得與於
斯文也 天之未喪斯文也 匡人 其如予何.

공자께서는 이(利)와 명(命)과 인(仁)을 드물게 말씀하셨다. 달항
당(達巷黨)의 사람이 말하기를, "위대하구나 공자여! 박학하였으나
(어느 한 가지로) 이름을 낸 것이 없구나." 하였다.

공자께서 들으시고, 제자들에게 일러 말하기를, "내가 장차 무엇
을 전문으로 잡아야 하겠는가? 말 모는 일을 잡아야 하겠는가? 아니
면 활 쏘는 일을 잡아야 하겠는가? 내 말 모는 일을 잡겠다."

공자께서 말씀하시기를, "삼베로 짠 관[冕旒冠]을 쓰는 것이 예법
에 맞지만, 지금 사람들은 생사(生絲)로 만드니 검소하다. 나는 여러
사람들[時俗]을 따르겠다. (신하가) 당(堂) 아래서 절하는 것이 예법
에 맞는데 이제 와서는 당 위에서 절을 하니 이는 교만한지라 비록
대중과 어긋나더라도 나는 당 아래서 절하겠다." 하였다.

공자는 네 가지의 마음이 전혀 없었으니 사사로운 뜻(편협되게
뜻함)이 없고 기필하는 마음(장담함)이 없고 집착하는 마음(고집함)
이 없고 이기심이 없으셨다.

공자께서는 광(匡) 땅에서 위태로운 지경에 빠지셨을 때 말씀하
시기를, "문왕이 이미 돌아가셨으나 그가 남긴 문화는 이제 나에게
있지 아니 하느냐? 하늘이 장차 이 문화를 없애 버리려 했다면, 후세
사람들이 이 문화에 더불지 못하려니와 하늘이 이 문화를 없애지
않을진대, 광땅의 사람들이 나를 어찌 하겠느냐?" 하였다.

▶▶▶ 『논어』 「자한」

『논어』「자한子罕」의 서두는 인문학(자)의 요체(책무)를, 거두절미하고, 일목요연하게 밝히고 있는 부분입니다. 사람되기[成己]에 힘을 쓰는 공부에는 의義를 해칠 일이나, 신비주의에 빠질 일이나, 구름 잡는 이야기가 결코 소용이 되지 않는다는 것을 가르칩니다. 공자님은 그래서 그런 것들에 대해서는 별 말씀이 없으셨던 것입니다. 그리고는 말단지엽적인 것에서 세속의 명성을 구하지 말라고 타이릅니다. 그것보다는 "말을 잘 몰아서 마차에 탄 사수射手의 활이 적당敵黨에게 바로 꽂힐 수 있도록" 하는 것이 더 중요하다고 강조합니다. '일마부 이사수—馬夫 二射手'라는 것이지요.

　법과 때는 상호텍스트적이라는 것도 윤리적인 관점에서 친절하게 풀어 설명하고 있습니다. "삼베로 짠 관[冕旒冠]을 쓰는 것이 예법에 맞지만, 지금 사람들은 생사生絲로 만드니 검소하다. 나는 여러 사람들[時俗]을 따르겠다. (신하가) 당堂 아래서 절하는 것이 예법에 맞는데 이제 와서는 당 위에서 절을 하니 이는 교만한지라 비록 대중과 어긋나더라도 나는 당 아래서 절하겠다"는 말씀은 '법'에 우선하는 '때'와 '때'가 침범할 수 없는 '법'의 경지를 설파하는 것입니다. 법을 지켜야 할 때와 시속을 따라야 할 경우는 오로지 윤리적인 기준으로 판단해야 한다는 겁니다. 마지막으로, 문화(인문학)가 전승되는 것에는 천명天命이 게재되어 있는 것이어서 인력으로는 함부로 어찌할 수 없다는 엄숙장엄한 말씀에 이르러서는 불학무식의 불초 시골무사라도 어쩔 수 없이 옷깃을 여미게 만듭니다.

그런 위의 내용 중에서도 특히 제가 재미있게 읽은 부분은 '말 모는 일을 잡겠다'라는 공자님의 말씀입니다. 어딘지 모르게 공자님의 '호언장담'하는 기색이 잘 드러나고 있다는 느낌입니다. 먼저 일반적으로 행해지고 있는 그 부분에 대한 주석을 살펴보겠습니다.

　　집(執)은 전문(專門)으로 잡는 것이다. 사(射)와 어(御)는 한 기예인데 어는 남의 마부가 되는 것이어서 잡는 일이 더욱 비천하다. "나로 하여금 어느 일을 전문으로 잡아서 이름을 이루게 하려고 하는가? 그렇다면 나는 장차 말 모는 일을 잡겠다"고 말씀한 것이다. 이는 남이 자신을 칭찬하는 말을 듣고서 겸사(謙辭)로써 받으신 것이다.
　　윤씨가 말하였다. "성인은 도가 온전하고 덕이 완비되어 어느 한 가지 장기(長技)로 지목할 수 없다. 그러나 달항당 사람은 공자의 위대함을 보고서 생각하기를 그 배운 것이 넓으나 어느 한 가지 잘함으로 세상에 이름을 얻지 못했음을 애석히 여겼다. 그러하니 성인을 흠모하였으나 성인을 제대로 알지 못한 것이다. 그러므로 공자께서 말씀하시기를 '나로 하여금 무슨 일을 전문적으로 잡아서 이름을 얻게 하려고 하는가? 그렇다면 말 모는 일을 잡겠다'고 하신 것이다.
　　　　　　　　　　▶▶▶ 성백효 역주, 『논어집주』「자한」第九

　　사射와 어御는 육예六藝에 속하는 것입니다. 예禮·악樂·사射·어御·서書·수數 등 육예는 고대 중국의 테크노크라트였던 사士들에게는 벼슬길로 나아가기 위한 필수적인 교과목이었습니다. 공자님이 "말 모는 일을 잡아야 하겠는가? 아니면 활 쏘는 일을 잡아야 하겠는가?"라고 반문하신 것에는 바로 그런 시대적 배경이 깔려 있는 것입니다. 어느 전문 과목 하나에서 특별한 명성을 얻은 이들도 다수 있었을 겁니다. 공자님은 그러한 전문인들이 자신을 드러낼 수 있는 총체적인 기반基盤으로서의 인문학을 '말 모는 일'에 비유하신 것입니다. 고대 중국에서는 나라의 규모를 '승乘'으로 나타냈습니다. 제법 규모가 있는 큰 나라를 보통 '천승지국'이라고 불렀습니다. 주대周代의 제도制度에 전쟁이 일어나면 큰 제후諸侯는 병거兵車 천승千乘을 내놓는 풍속이 있었다 합니다. '승'이 바로 말이 끄는 이인승 전차兵車를 세는 단위였던 것입니다. 병거에는 두 사람이 탑니다. 한 사람은 말을 몰고 한 사람은 활을 쏩니다. 말 모는 자의 기술이 활의 적중률을 높이는 것은 당연한 일이겠지요. 공자님은 바로 그런 뜻에서 '내 말 모는 일을 잡겠다[吾執御矣]'라고 말씀한 것입니다. 그 일이 비천한 일이라서 겸사로 그리 말씀한 것이 아니었던 것입니다 (달항당 사람의 비아냥을 가볍게 물리치는 당당한 어조는 물론 간과할 수 없습니다). 당신의 인문학에 대한 비유였던 것입니다. 드러나는 것은 아니지만 나로 인해 세상의 빛나는 문화가 가능하게 될 것이다라는 말씀인 것입니다. 모든 것이 생성될 수 있는 위대한 어머니, 그 대지大地의 모성母性처럼, 당신의 학문은 세상 모든 문화의 바탕이 되는 것이라는 자부심의 표현이었던 것입니다. '말 모는 일'에 대한 공자님의 가르침은 학문(특히 인문학)이 기껏 전문 분야에서 자기 이름이나 날리는 것이 되어서는 안 된다는 것을 강조하는 것입니다. 천명天命이 함께 하는 것이기에 인간의 욕망이 그것 안에 거居하는 것 자체가 모순이라는 것을 강조합니다. 그렇게 읽는 게 맞지 싶습니다.

인문학은 결국 글쓰기입니다. 그런 의미에서 공자님이 직접 쓴 글을 접할 수 없는 것이 아쉽습니다. 본디 큰 스승들은 조술祖述하되 말로써만 했다고는 하지만 내내 아쉬운 대목입니다. 그래서 『논어』의 저자들은 가급적이면 공자님의 말씀을 원형대로 보존하려고 노력했던 것 같습니다. 그 노력이 언제 읽어도 새로운 느낌(가르침)을 주는 고전古典으로서의 가치를 『논어』에 부여하고 있는 것이 아닌가 싶기도 합니다.

암기의 힘

언젠가 노상에서 한 아이의 볼멘소리를 엿들은 적이 있습니다. 중학생쯤 되어 보이는 여자 아이였습니다. 자신과 경쟁 관계에 있는 다른 아이를 비난하고 있었습니다. 자기 반 누구가 "암기력 하나 좋은 것 빼고는 아무런 능력도 없는 게 잘난 척하는 것이 너무 꼴불견이다"라고 흠을 잡고 있는 겁니다. 듣고 있는 아이도 맞장구를 쳤습니다. 재미있는 아이들이라는 생각이 들었습니다. 굳이 '암기력'을 꼽아서 그렇게 성토를 하는 걸 보니 비난의 대상이 되고 있는 아이가 공부를 잘 하는 아이였던 것 같았습니다. 제가 해 본 공부가 주로 그런 편이어서였는지도 모르겠습니다. 그만한 나이 때 암기하는 일 빼고 또 무엇을 잘 할 수 있는지가 궁금했습니다. 제 경우에는 공부와 관련해서 떠오르는 것이라곤 그것밖에 없었습니다. 무엇이든 잘 외우는 일, 그것이 최우선 과제였던 것 같습니다. 어쨌든, 그런 말을 듣고 보니 저 나이 때의 저도 시샘 많은 친구들에게 그런 식의 비난을 꽤나 받았을지도 모르는 일이었습니다. 저야말로 그 시절을 오직 '암기력' 하나로 버텨냈습니다. 저의 험난한 인생공부가 그때부터 시작되었습니다. 없는 살림에 악전고투, 그저 아무 거나 장기 기억으로 만드는 재주 하나만으로 끝까지 버텨야 했습니다.

기억에는 단기 기억과 장기 기억이 있다고 합니다. 감각을 통해 지각된 것들이 우선 단기 기억으로 수용되었다가 그 중 필요한 것들로 인정된 것들이 장기 기억으로 전환된다고 흔히들 말합니다. '기억의 가치'가 높게 평가되는 것들은(프로이트에 따르면 그 '가치'는 절대적으로 무의식의 결정사항입니다. 의식의 필요는 교묘하게 무시됩니다) 정교화 작업을 거쳐 장기 저장고로 이동합니다. 가치가 전혀 없다고 여겨지는 것들은 그냥 '기억의 노상路上'에 방치됩니다. 그야말로 반짝 기억으로 존재하다가 햇볕에 바래거나 바람에 쓸려 날아갑니다. '망각'의 거친 모래바람에 순식간에 묻혀버리기도 합니다. 더한 경우도 있습니다. 개중에는 거의 즉각적으로 폐기처분되는 것도 있습니다. 지각 자체가 부정되는 것입니다. 보고도 보지 않았다고 기억합니다. 혹은 자기가 보고 싶은 것만을 보았다고 기억합니다. 물론, 그 과정에는 아주 주도면밀한(?)무의식 차원의 검열과 방어의 메커니즘이 개입합니다.

사람에 따라서 단기 기억들이 의식적으로 장기 기억으로 전환되는 비율이 높은 사람도 있고 그렇지 않은 사람도 있습니다. 그러니까, 학습에 필요한 기억력이 뛰어나다는 것은 다른 사람들보다 의지에 따른 장기 기억화가 잘 된다는 뜻이기도 합니다. 시험사회에서는 장기 기억화가 남보다 용이하게 이루어지는 사람이 살아가는 데 유리합니다. 그런 사람들이 출세할 확률이 높습니다. 장기 기억을 활용해 시험을 잘 치는 것이 남보다 앞서 나가는 데 결정적인 역할을 합니다. 당연히 '시험 콤플렉스' 같은 것이 만연할 만합니다. 초등학교 때부터 나이브하게 시험사회에 노출되었던 저희 세대는 아마 더했을 겁니다. 그때 저는 어떤 소년 잡지에서 본 '연상 기억법'을 즐겨 사용했습니다. 그것으로 시험공부에 재미를 좀 봤습니다. 저절로 되지 않는 것을 음성학적인 유대관계(비슷한 소리)로 강제로 묶어서 장기기억화하는 방법이었지요. 대학교에 들어가면서부터 곧 그 기억법을 사용하지 않게 되었습니다. 그런 '기술'을 쓸 필요가 없어서였습니다. 암기력을 테스트하는 시험보다는 인생론적인 요약과 소감을 요구하는 경우가 더 많았습니다. 암기의 강박에서 벗어나 그냥 무지막지, 읽고 잊고를 되풀이했습니다. 이를테면 '기억의 봉분(무덤)'을 쌓는 데 주력했습니다. 그러면서 '콘텍스트적 지식'을 축적해 나갔던 것 같습니다. '콘텍스트적 지식'이란 말이 생소하게 들리실 분도 있을 겁니다. 그것에 관해 참조가 될 만한 전문가의 설명을 조금 들어보겠습니다.

우리의 사회에서 비주얼 리터러시의 지위가 (리터럴 리터러시보다)

낮은 것은 비주얼 컬처가 시각적인 차원에 한정되어 있기 때문이다. 이미지(특히, 사진)는 6천 개가 넘는 인류의 언어 가운데 어느 언어의 단어보다 더욱 간단하게 받아들여지고 보편적인 것이라고 생각된다. 이러한 관점은 어느 정도 참이긴 하다. 하지만 이미지를 볼 수 있는 사람들이 반드시 그것의 의미를 이해할 수 있는 것은 아니다. 시각적인 제작물을 제작하는 데 사용하는 코드, 관습, 상징이 반드시 보는 사람에게 친숙하지 않을 수도 있기 때문이다. 그리고 이미지의 주제와 내용을 이해하기 전에 일반적으로 필요한 콘텍스트적—문화적·역사적—지식이 보는 사람에게 부족하기 때문이기도 하다.

우리에게 이미지의 콘텍스트적 지식이 부족하다는 점은 고대나 외국 문화의 작례, 혹은 우리가 속해 있지 않은 민족적 소수파 작가의 작품을 접할 때 종종 드러난다. 먼 곳의 문화일수록 많은 지식을 배워둘 필요가 있다. 그러나 이해에 필요한 지식을 획득하는 데에 반드시 몇 달, 몇 년이 필요하지는 않을 것이다. 실제로, 더 빨리 획득될 수도 있다. 예를 들어, 영화나 연극에서 유행하는 유머는 처음 몇 개의 프레임과 장면을 보고 쉽게 이해할 수 있다. 또한 회화나 만화의 경우에는 특정한 모티프, 수법, 혹은 작례 전체에 흐르는 장면들의 매너리즘의 반복(스티븐 벨이 영국의 전 수상 존 메이저를 소재로 한 일련의 신문 만화에서 속옷을 사용한 것이 좋은 예이다), 혹은 간단한 캡션이나 전시회 카탈로그에 수록된 에세이가 제공하는 정보로도 충분하다.

▶▶▶ 존 A. 워커·사라 채플린, 임산 옮김, 『비주얼 컬처(VISUL CULTURE)』, 루비박스, 2004 중에서

인용문의 저자는 비주얼 리터러시(시각적 문식력)를 설명하는 가운데 '콘텍스트적 지식'이라는 말을 사용하고 있습니다. 이미지의 콘텍스트적 지식이 충분치 못하기 때문에 비주얼 리터러시의 사회적 지위가 저등하게 자리매김되고 있다는 주장입니다. 듣기에 따라서는 '암기의 힘'을 강조하고 있는 말처럼 들립니다.

문학을 하고, 국어교육을 하는 저 같은 사람의 입장에서는 달갑지 않은 주장일 수도 있는 내용입니다. 저 개인적인 소견으로는 '리터러시literacy(문식력)'라는 용어의 용법이 '언어적 소산물의 이해와 표현' 영역을 넘어서서 문화 예술 전 영역으로 확산되는 것이 바람직하다고 여기지 않는 편이기도 합니다. 그런 포괄적인 용어보다 이해력, 표현력, 지식이라는 말을 써야 되는 경우가 많다는 것이 제 생각입니다.

제가 '리터러시'라는 말이 남용되는 것을 저어하는 까닭은 또 있습니다. '문식력'에 대한 과도한 신뢰가 오히려 '마땅하고 옳은 세계의 이해'를 가로막는 것이 될 수도 있기 때문입니다. 예술이 '생각(언어)의 그물'로 그 실체가 다 건져 올려질 수 있는 것이라고 여기는 그 '문식력 중심의 발상' 자체가 온당치 않다는 것입니다. 우리 모두가 인정하고 있듯이, 예술은 그야말로 각종의(?) '리터러시'를 넘어서 존재할 때 빛나는 것이기 때문입니다. 이를테면, 말로 설명할 수 없는 부분까지도 포착해 내는 것이 바로 예술, 특히 시각적 예술(조형)이고 청각적 예술(음악)인 것입니다. 정도의 차이는 있겠지만, 시나 소설도 마찬가지입니다. 독자의 문식(콘텍스트적 지식)이 작품의 모든 것을 자신의 '언어의 감옥'에 가두어 둘 수 있는 것이라면 이미 그 작품은 명작名作의 지위를 잃고 마는 것입니다.

어쨌든 '리터러시'라는 말은 문자 그대로 '읽고 쓰는 능력'으로만 새기는 것이 옳습니다. 그것을 '문화 일반이나 예술 작품을 이해하고 설명할 수 있는 능력'으로 굳이 써야 할 필요를 느끼지 못합니다. 그림을 읽어내는 데에도 문화적, 역사적 지식과 같은 집단의 기억이 필요한 것은 당연한 일입니다. 그림이든 문자든, 모든 읽고 쓰는 행위에는 반드시 그러한 콘텍스트적 지식이 요구됩니다. 그것처럼, 문식력을 보조하는 수단으로 이미지에 대한 암기력을 활용할 수는 충분히 있는 일입니다.

중세의 유럽의 수도자(성직자)들 중에 문맹자가 많았다는 것은 유명한 이야기입니다. 그들은 글자(라틴어)를 몰랐기에 성경을 통째로 암송했습니다. 그러나 그들은 (글자를 모르면서도) 늘 성경책을 끼고 살았습니다. 언제나 그것을 앞에 펼쳐 둔 채로 암송을 했습니다. 마치 책을 읽듯이 책장을 넘기며 그 부분의 성경 내용을 암송했습니다. 물론 그렇게 성경책 부분부분의 비주얼적 특성과 결부짓지 아니 하고서는 그 내용을 제대로 외어내지를 못했습니다. 굳이 연역하자면, 성경책의 부분부분의 장정이 주는 느낌, 즉 일종의 소박한(?) 차원의 비주얼 리터러시가 그들의 리터럴 리터러시(내면의 콘텍스트적 리터러시를 포함하는)를 불러내는 촉매제 역할을 했다는 것입니다.

사족 한 마디. 제 글쓰기의 모태는 여전히 '암기의 힘'입니다. 좋게 말하면 기억의 미학입니다만, 그 암기력에 바탕을 둔 '기억의 체계적인 오작동'이 그나마 저를 여기까지 오게 했습니다. 창의적인 발상 하나 없이, 그저 이 이야기 저 이야기, 이책 저책에서 베껴온 것들로 몇 년씩 매일같이 고만고만한 글을 써대는 것도 그 기원을 찾아서 내려가면 어릴 때부터 쌓아온 그 암기의 힘에 닿아 있을 것입니다. 제가 그런 입장이라서 그런지 요즘 자주 볼 수 있는 '창의력 교육'이라는 말이 유난히 눈에 거슬립니다. 암기의 힘이 여전히 득세하고 있는 사회일수록 창의력 교육을 부르짖는 소리가 더 크게 울려퍼지는 것이 아닌가 싶습니다. 마치 개가 배고플 때 허공을 보고 크게 짖어대는 소리처럼 말입니다.

거울 속의 나

"거울속의나는왼손잽이요내악수握手를받을줄모르는… 악수
를모르는왼손잽이요"

어릴 때 뜻 모를 감동을 주던, 이상의 시 「거울」에 나오는 한
구절입니다. 고1 때였지 싶습니다. 조악하게 제본된 사이비 국
어책, 생긴 것하고는 전혀 어울리지 않게 높은 가격이 매겨진,
그 황당한 부교재副敎材 안에서 그 시를 처음 만났습니다(그 황당
한 부교재에 얽힌 사연은 뒤에서 설명됩니다). 수필 「권태」도 거기서
처음 만났습니다. 내용은 오리무중이었습니다. "거울속의나는
왼손잽이요악수를모르는왼손잽이요", 특히 그 구절에만 눈길이
오래 머물렀습니다. 시의 의미와는 별개로 문득 내 일상의 무의

미한 '왼손잽이류類'에 대해서 생각이 떠올랐습니다. 돈(지폐)를 셀 때, 자전거를 끌고 갈 때, 커피 잔을 들 때, 시험지를 매길(넘길) 때, 현관문이나 방문을 열 때, 또 누군가(무엇인가)를 애무할 때(이성이든 동물이든), 저는 '왼손잽이'가 됩니다. '악수를 모른다'는 그 왼손잽이가 됩니다. 그런 때는 예외가 없습니다. 꼭 왼쪽입니다. 의식이 개입하기 전에 이미 왼손이 나가 있습니다.

예외를 모르는 왼쪽은 또 있습니다. 찻집에 앉아서 가방을 내려놓을 때도 꼭 왼쪽에 둡니다. 안경도 벗으면 왼쪽에 둡니다. 지금처럼 책을 보며 글을 쓸 때도 책은 왼쪽에 놓여 있습니다. 식탁에 올라온 반찬 중에서도 상찬上饌은 항상 왼쪽으로 조정합니다. 아내도 저의 그런 습성을 안 뒤로는 그렇게 진열합니다. 그것 때문인지 모르겠습니다만, 아내는 지금도 국그릇을 제 밥그릇 왼쪽에 둡니다. 그래서 식사 때마다 제가 다시 조정합니다(최근에는 그냥 두는 수도 많습니다. 오늘 아침에도 그냥 왼쪽에 둔 채로 식사를 마쳤습니다).

오늘은 집 밖 찻집에서 아내를 기다리며 카프카의 「학술원에의 보고」를 읽었습니다. 그의 '출구'에 관한 이야기를 다시 한번 정리하고 싶었습니다. 어쩌면 그것이 요즘에 이루어지는 제 글쓰기의 서문이 될 수도 있겠다는 생각이 들었기 때문입니다.

만일 제가 고집스럽게도 저의 근본, 젊은 시절의 기억에 매달리려고 했더라면 이러한 성과는 불가능했을 겁니다. 고집이라면 다 포기해 버리는 것이야말로 제가 제 자신에게 부과한 지고(至高)의 계명이었습죠. 저, 자유로운 원숭이가, 이 계명의 멍에에다 자신을 맞추었던 거죠. 그럼으로써 제게 있어서 기억은 기억 편에서 점차 스스로를 폐쇄했습니다.

　제가 출구란 말을 무슨 뜻으로 쓰는지 똑바로 이해받지 못할까 걱정이 됩니다. 저는 이 말을 가장 일상적이고 가장 빈틈없는 의미로 쓰고 있습니다. 저는 일부러 자유라고 말하지 않습니다. 사방을 향해 열려 있는 자유라는 저 위대한 감정을 뜻하는 게 아니거든요. 원숭이였을 때 저는 아마도 그런 감정을 익히 알고 있었을 것이고 그것을 그리워하는 인간들을 알게 되었습니다. 그러나 저로서는, 그때도 오늘날도 자유를 요구하지 않았습니다. 말이 나왔으니 말이지 자유로써 사람들은 인간들 가운데서 너무도 자주 기만당합니다. 그리고 자유가 가장 숭고한 감정의 하나로 헤아려지는 것과 같이, 그에 상응하는 착각 역시 가장 숭고한 감정의 하나입니다.

　아닙니다, 자유는 전 원하지 않았습니다. 다만 하나의 출구를 오른쪽, 왼쪽, 그 어디로든 간에, 저는 다른 요구는 하지 않았습니다. 출구 또한 비록 하나의 착각일 뿐이라고 하더라도, 요구는 작았습니다. 착각이 더 크지는 않을 테지요. 계속 나아가자, 계속 나아가자! 계속 나아가자! 궤짝벽에 몸을 눌러붙인 채 팔을 쳐들고 가만히 서 있지만은 말아야지.

　제가 이 사람들의 테두리 안에서 얻은 평정이 저를, 무엇보다 온

갓 도망치려는 시도로부터 막아주었습니다. 오늘날로부터 보건대 저는 최소한 살고자 한다면 출구를 찾아야 한다는 것, 그러나 이 출구는 도망쳐서는 얻어질 수 없다는 것을 예감하기라도 했던 것 같습니다. 도망이 가능했는지 어쩐지는 모르겠습니다마는, 믿고 있습니다, 원숭이는 언제나 도망칠 수 있다고요.

▶▶▶ 프란츠 카프카, 전영애 옮김, 「학술원에의 보고」,
『변신·시골의사』, 민음사, 2004, 중에서

여기저기서 '출구 전략'이라는 말을 많이 듣습니다. 저는 그것을 늘 '국면 전환'이라는 말과 혼동합니다. 세상에 '출구出口'가 어디 있겠느냐는 강박 때문인지도 모르겠습니다. 카프카가 말하는 '출구'도 물론 그런 의미의 '출구'는 아니었을 겁니다. 살면서 스스로 자신의 삶의 장場을 자기 마음대로 들고 날 수 있는 인간은 없습니다. 상황을 조정한다는 말도 사실은 의미 없는 말입니다. 누구든 자기 밥상 위의 국그릇의 위치를 조정하는 것처럼 삶을 조정할 수 있는 사람은 어디에도 없습니다. 카프카가 말한 '출구'는 스스로 원숭이로 살지 않고 인간으로 살고 싶다는 선언이었습니다. 그 선언을 '출구'라는 공간 형용 명사로 표현한 것은 인간답게 살 수 있는 최소한의 여건, 인간 존엄의 최소 조건을 스스로 쟁취하겠다는 의미일 것입니다. 어쨌든 그는 그것이 '회피'로는 얻어질 수 없다는 걸 강조합니다. 작가의 길은, 그가 오늘 무엇을 쓰든, 하나의 '출구'를 찾는 일이라는 걸 그는 강조했을 뿐입니다. 그렇게 최종적으로 정리하기로 했습니다. 그래야 좀 덜 억울하지 싶었습니다. 그렇게 밖에는, 그 번 잡한 찻집에 앉아서 다른 궁리를 할 겨를이 없었습니다. 정리를 마치자, 기다렸다는 듯이 왼쪽 출입구로 아내가 들어왔습니다.

참조:

고등학교 때의 '국어 부교재'에 얽힌 사연은 다음과 같습니다. 그로부터 10여 년 뒤 학원강사를 할 때, 당시 은사님들과 같은 직장에 근무하게 되면서 알게 된 사실입니다. 은사님 중에 서점을 하는 친구를 두신 분이 계셨습니다. 작은 서점을 하던 그 친구가 너무 사정이 어려워서 그렇게라도 해서(부교재로 폭리를 취해서) 그 친구를 도울 수밖에 없었다는 것이었습니다. 하루에 라면 두 개로 끼니를 잇던 그 서점 주인은 그 뒤 뛰어난 장사 수완을 발휘합니다. 전국 규모로 치르는 모의시험도 취급하고, 각종 교재, 부교재를 학교나 학원에 납품을 합니다. 그렇게 해서 큰돈을 벌었습니다. 빌딩도 올리고, 사립학교도 사서 아들에게 교장직을 안기고, 규모가 큰 입시학원을 만들어서 그쪽에서도 크게 성공하기도 했습니다. 이제 고인이 되었습니다만, 그의 성공은 지금도 지역에서 인구人口에 회자膾炙되곤 합니다. 지금 생각해 보니 그에게는 친구의 우정이 좋은 출구가 되었던 듯합니다. 요즘 들어 부쩍 그 책. 턱 없이 비쌌던, 그 국어 부교재가 자주 떠오릅니다. 이상이라는 작가의 진면목과 처음 만날 수 있었던 그 책이 지금의 제게도 모종의 출구의식(?)을 심어준 것이 분명하다는 생각도 들고요.

젖어미의 추억

연말연시, 찬바람이 불고 눈보라가 칠 때면 옛 생각이 많이 납니다. 몸이 움츠러들면 반대로 옛 추억은 기지개를 켭니다. 그 중에서도 어릴 때 뛰어놀던 골목길 생각이 가장 많이 납니다. 옛날 골목길은 춥기도 추웠습니다. 손이나 안 트면 천만다행, 한번씩 밖으로 돌다 들어오면 늘 얼굴이 화끈거리며 녹아내리는 느낌이었습니다. 이맘 때, 크리스마스이브가 되면 삼삼오오 총총 걸음으로 예배당을 향하던 그 작은 언덕길, 지금은 옆으로 큰 신작로가 뚫려서 차를 타고 어쩌다 한번씩 뒤돌아볼 겨를도 없이 쌩쌩거리며 스쳐 지나가는 길입니다만, 그때는 경사가 꽤나 숨찬 길이었습니다. 어린 마음에는 성경에서 배운 골고다 언덕이나 되는 것처럼 그 길을 오르는 게 힘들고 벅찼습니다. 또다른 골목길, 자전거도 타고 구슬치기도 하던 그 길, 얼마 전 온 가족이 차를 가지고 우정 그 골목길을 종단하기도 했었습니다. 차 한 대 지나가면 꽉 차는 길이었는데 그때는 얼마나 넓었던지, 마치 한 편의 마술쇼를 보는 듯했습니다. 이렇게 나이를 먹어가나 봅니다. 오늘도 그 옛길들 생각이 납니다.

중국 시인 애청의 서사시 「대언하—나의 유모」와 이양하의 수필 「나의 어머님」을 비교분석하고 있는 김윤식 교수의 한 비평적 에세이(김윤식,「운명과 형식」)는 보기드문 책읽기의 감동을 선사합니다. 그 글을 읽으면, '젖어미'에 대한 형언할 수 없는 그리움을 한 사람은 서사시로, 또 한 사람은 에세이로, 애절하게 형상화해낼 수밖에 없었던 까닭을 속속들이 다 알 수가 있습니다. 덤으로, 비평도 엄연한 예술일 수 있다는 것을 알 수도 있습니다.

'젖어미'는 젖어머니의 낮춤말인데 그 사전적 의미는 '남의 아이에게 그 어머니를 대신하여 일정한 동안 젖을 먹여 키우는 어머니'입니다. 유모의 역할만 하는 것이 아니라 '일정 기간 동안' 어머니의 모든 역할을 대신하는 '기간제' 어머니입니다. 그 기간 동안 아이는 젖어미를 친어머니로 알고 자랍니다. 가난하지만 성정이 바르고, 그 무렵 아이를 낳고 젖이 풍부한 아낙을 골라 젖어미를 삼습니다. 젖자식에게는 그 기간이 모정母情을 체득하는 유아, 유년기에 해당되기 때문에 당연히 젖어미는, 일반적인 유모나 보모로는 감히 넘볼 수도 없는, 진짜를 능가하는 가짜 어머니가 됩니다. 조금 과장하자면, 세상 모든 것을 '가짜'로 몰아세우고 오직 혼자만 '진짜'로 살아남는, 가짜이면서도 엄연한 진실인, 불패의 어머니가 됩니다. 보통은 친어머니가 건강이 나빠 직접 키울 수 없는 상황에서나, 아니면 어떤 주술적인 믿음으로 인해 가족과 떨어져 성장할 수밖에 없었던 젖자식들이었으므로, 친어머니를 대신해 지극정성으로 자신을 키워준 젖어미는 이미 그 자체로 죽을 때까지 잊지 못하는 '불패의' 어머니가 될 수밖에 없는 사정이었던 것입니다. 그들에게는 젖어미가 곧 최초의 어머니이며 동시에 영원한 어머니였던 것입니다. 누추하고 가난한 살림살이였지만 언제나 자식에게는 헌신적이었던, 그 안락하고 완전했던 최초의 우주가 가짜였다는 것을 인정하라는 것은 젖자식에게는 여간 큰 고통이 아니었을 것입니다. 젖자식이 귀환하는 날은 그 자체로 온 동네의 큰 볼거리였다는 말도 그래서 나온 것입니다. 당일로 모자 이별이 성수成遂되지 못해 며칠씩 그 눈물의 행사가 연장되는 경우도 허다했답니다. 그런 연유로 젖어미 젖아비가 돌아가시면 그 젖자식은 엄연한 상주로 상복을 입습니다. 성씨가 달라도 당당하게 상주의 자격으로 조문객을 받습니다. 예전에는 적어도 일 년 동안은 복을 입게 했다고도 합니다. 그 젖어미를 소재로 쓴 글들이 중국 시인 애청의 「대언하—나의 유모」와 이양하의 「나의 어머님」이고 그 글들에 숨겨진 내밀스런 문학적 원리들을 탐구하고 있는 것이 김윤식 교수의 「운명과 형식」이라는 글입니다.

이 글이 주는 감동은 크게 두 가지로 요약됩니다. 하나는, 애청과 이양하의 '젖어미 경험'이 보여주는 차별성을 '혼과 형식'이라는 일반론적 논리로 치환해 내는 글쓴이의 깊은 사고력과 예리한 감수성에 대한 감복이라면, 다른 하나는 '젖어미'라는 개별적인 그리움의 실체가 이 글 속에서, 글쓴이의 삶과 예술에 대한 통찰에 힘입어, 일종의 심볼리즘 속으로 편입되면서, 이른바 형이상학적 의미로 전이되는 것을 보는 즐거움입니다. 저에게는 뒤의 것이 더 감동적이었습니다. 우리의 삶이 지니고 있는 어떤 '원천적인 외로움이나 그리움'에 대한, 선견자先見者로서 베푸는, 선생의 자상한 설명이 우선 좋았습니다. 한편으론 그런 외로움이나 그리움을 문학을 통해 승화시키려고 애쓰는 인간정신(영혼)에 대한 선생의 깊은 애정도 감동적이었습니다.

글을 쓰는 것이나 읽는 것이나(무엇을 보고 느끼든), 인간의 모든 문자행위는 결국 자기 동일성의 주제identity theme를 한 줄씩 써나가는 일입니다. 진정한 삶이 있는 한 우리는 그런 '써 나가는 자의 운명'에서 한 발자국도 벗어날 수 없습니다. 무엇을 쓸 것인가, 그것을 어떻게 이을 것인가, 정체성 서사의 내용과 형식을 생각할 때마다 우리는 최초의 출발점, 그 로코보코, 내 마음의 '젖어미'로 다시 돌아가지 않을 수 없습니다. 비실재이면서 실재를 능가하고, 실체이면서도 애써 부재화될 수밖에 없는, 그러나 그럴수록 더욱더 그리운 모성母性으로 각인되는, '젖어미'의 의미와 가치는 그렇게 일반화된 논리로 확장됩니다. 애청이나 이양하라는 한 개별적 인간들의 그리움의 실체로만, 그들만의 문학적 감수성의 원천으로만, 한정되기에는 너무 그 의미와 가치가 중합니다. 젖을 떼고 본가本家로 귀환하면서 부득이 겪어야 했던 고통스런 세계분리의 경험이 어찌 그들 젖자식들만의 고통이었겠습니까? 가짜였지만 진짜보다도 더 절실한 모성의 실체, 그 어머니(젖어미)의 품을 떠나 낯설고 공포스러운 세계로 내던져질 때의 그 아득함, 그 아득함이 어찌 그들 젖자식들만의 전유물에 그치겠습니까? 그만큼 깊어가는 '젖어미'에 대한 그리움이라는 것이 어찌 그들만의 안타까움이겠습니까? 물론 용심用心일지도 모릅니다. 그러나 그 용심이 결국 문학의 원천이라는 생각도 듭니다. 이 세상 모든 '젖자식'들의 '젖어미'에 대한 애타는 그리움은 그래서 개인적인 소유물이 아닙니다. 존재론적인 귀소歸巢를 향한 우리의 애타는 그리움이 지상의 것으로 엄존하는 한, '젖어미'는 영원한 문학(글쓰기)의 원형原型입니다.

공간의 구성

공간이 내면內面을 구성합니다. 달리 말하자면 장소적 환경이 인간의 마음가짐에 큰 영향을 미칩니다. 극장에서 영화를 보아야 제대로 된 영화감상을 할 수 있는 것처럼, 학교에 가서 선생의 육성肉聲이 전하는 진리에 귀 기울여야 진정한 배움이 있는 것처럼, 신전에서 두 손 모으고 고개 숙여 신을 만나야 신앙심을 제대로 배양할 수 있는 것처럼, 어떤 경우든 공간은 인간의 내면을 구성하는 힘을 가집니다. 요즘 들어서 부쩍 신앙생활에 바쁜 아내가 제게 말했습니다. "믿음과 선행善行이 중요한 것이지 장소에 충실한 것이 중요한 것은 아니지 싶은데…." 아마 출석에만 의의를 두고 신앙생활을 하는 이웃에게서 '믿음과 선행'

을 보기가 꽤나 어려웠던 모양입니다. 저는 아니라고 했습니다. 성소聖所에 모이는 것이 우리 내면의 신성神聖을 양성하는 유일하거나 가장 효과적인 길일 거라고 말했습니다. 말을 꺼낸 김에 한 마디 더했습니다. 물론 부부 사이에서나 할 수 있는 '터놓고 하는 말'이었습니다. 신神은 신전에서 우리를 기다립니다. 우리가 부른다고 아무데나, 혹은 가가호호, 함부로 나타나는 자는 신이 아닙니다. 신의 가면을 쓴 내 욕심일 뿐입니다. 신은 자신의 공간 안에만 있습니다. 그게 신입니다. 그 공간 안에서, 우리를 기다려주는 것이 그의 자비라는 것을 알아야 합니다. 그렇게 말하고 있는데 아내는 들은 척도 않고 부엌으로 향하는 것이었습니다. 한두 번 듣는 소리가 아니지 않느냐는 표정이었습니다. 김이 빠졌습니다만 어쩔 수가 없군요. 자신의 공간으로 가 버리니 부엌을 출입하지 않는 저 역시 속수무책입니다.

하루 종일 공간 조정을 했습니다. 이사 오고 나서 어중간하게 방을 나누어 쓰고 있었는데, 원래대로, 신혼 때부터 줄곧 해오던 대로, 원위치를 했습니다. 안방을 서재로 쓰고 그 안에는 모든 것을 일습—襲, 저 혼자 다 갖추어놓고 사는 스타일입니다. 무슨 꿍꿍이속이 있어서가 아닙니다. 한번 아프고 나니 마지막으로(?) 하던 대로 정리라도 해놓고 살자는 생각이 들었습니다. 공간이 내면을 구성한다는데 그렇게라도 해서 텅 빈 내면을 좀 채워보자는 욕심인지도 모르겠습니다. 그런데 짐을 옮기고 이것저것 꺼내고 넣고 하는 틈을 타서 '버리는 아내'가 본색(?)을 막 드러내고 있네요…(오래된 제 물품들을 쓰레기 봉지 안에 마구 집어넣습니다).

공간과 관련된 화두 한두 가지를 생각해 봅니다.

다리와 개울: 다리는 우리를 건너가게 합니다. 니체는 짜라투스트라의 입을 빌려 '인간은 다리다'라고 말했습니다. 불가佛家에서도 아난의 입을 빌려 '오백 년 바람에 깎이고, 오백 년 햇볕에 타고, 오백 년 비에 젖은 뒤…. 누군가 밟고 건너갈 수 있는 돌다리가 되라'고 합니다. 그렇습니다. 인생의 최종 도달점은 다립니다. 차안도 피안도 아닙니다. 그저 다립니다. 다리가 구원입니다. 그래서 니체는 건너려는 의지를 강조했고, 부처님은 희생과 헌신을 강조했습니다. 주말 아침, 문득 교외로 나가 천변에 섰습니다. 저 멀리 길게 새로이 조성된 징검다리가 보였습니다. 지난해 홍수 때 물에 떠내려간 징검다리를 튼튼하게 보수했습니다. 물이 불면 저 다리는 물속으로 들어갑니다. 그때는 그냥 물길 안에 든 큰 돌덩어리들입니다. 마치 제가 살아온 나날을 보는 듯했습니다. 의지도 희생도 큰물 앞에서는 늘 물 안에 잠겼습니다. 가뭄이 들고 물이 말라서 누구나 개울을 건널 수 있을 때라야 비로소 다리를 자처했습니다. 그러고서도 평생을 돌다리라고 자위自慰하며 살아왔습니다. 부끄러운 주말의 오전입니다.

문과 길: 문門을 나서면 길이 시작됩니다. 그 반대도 있겠습니다. 문을 열고 들어가야 새 길이 열릴 때도 있습니다. 문밖의 삶이 있으면 문안의 삶도 있을 겁니다. 어떤 경우라도, 문이 닫혀 있으면 우리는 새 길로 나설 수가 없습니다. 그러니까, '길

위의 삶'이 있으려면 먼저 '문 안의 삶'이나 '문 밖의 삶'이 있어야 하겠습니다. 조성기 소설 「통도사 가는 길」을 보면 '문과 길'에 대한 모종의 비유적 사색이 볼만하게 그려져 있습니다.

　나는 종종 이런 꿈을 꾸기도 하였지요. 나는 힘들여 언덕을 올라갑니다. 그 언덕만 넘으면 또 다른 세계로 나아가게 됩니다. 그런데 언덕빼기로 올라와 보니 엄청나게 큰 문이 가로막고 있는 것이 아닙니까. 그 문은 거무튀튀한 굵은 나무들로 짜맞추어진 것으로 차라리 거대한 벽이라고 할 만합니다. 사실 벽이라고 해도 되는 것이, 어디서 어디까지가 문짝에 해당하는지 도통 가늠을 할 길이 없거든요. 비록 문짝 부분을 확인했다 하더라도 워낙 커서 온몸을 다 사용해 밀어도 끄떡하지 않을 것입니다. 나는 그 문, 아니 벽 앞에서 난감하지 않을 수가 없었습니다. 그런데 희한하게도 그 문 앞에 서 있으면 어느새 마음이 편안해져 오는데, 그것은 그 문 자체가 하나의 세계요 길처럼 여겨졌기 때문입니다. 그 문은 꿈속에서 종종 경상도와 전라도의 경계인 하동 근방에 서 있는 것 같기도 했고, 이승과 저승의 경계에 세워져 있는 듯도 했고, 남한과 북한의 경계인 휴전선 일대에 서 있는 것 같기도 하였습니다. 하여튼 내 의식 속에서 부각되는 갈등과 관련하여 그 문이 서 있는 경계가 그때그때 정해지는 듯 싶었습니다.
　이번에도 사실 여행길에 오르기 전에 그 문을 꿈속에서 보았습니다. 그 문은 그녀가 누워 있는 방과 내가 누워 있는 방의 경계에 세워져 있는 듯이 여겨졌습니다. 꿈속에서는, 집 같은 것은 보이지 않고 집들을 다 삼킨 듯한 거대한 문만이 서 있었습니다.

그 문이 꿈속에서 나타날 적마다 나는 두근거리는 가슴으로 까마득히 높은 문을 올려다보았습니다. 그러면 말입니다. 어김없이 문 꼭대기에 '통도사'라는 세 글자가 하얀색으로 적혀 있는 것이 아니겠습니까. 통도, 통-도. 꿈 전체가 '통도'라는 기이한 울림으로 가득 메워지는 것을 느끼며 나는 전율하게 마련이지요.

그런 꿈을 여러 번 꾸었으면서도 나는 통도사를 선뜻 찾아 나서지 못하였습니다. 어쩌면 그런 꿈을 꾸고 있기 때문에 찾아가는 것을 꺼렸는지도 모릅니다. 왜 그런 꿈을 종종 꾸는 것인가. 나 자신을 분석해 보아도 그 이유를 잘 헤아릴 수가 없었습니다. 어릴 적 통도사 이름을 들으면서 그 '통도'라는 울림에 깊은 인상을 받았던 것이 아닌가. 삶에 있어 길이 자주자주 막히는 것을 경험하면서 길을 뚫어 나가고 싶은 무의식적인 소원이 통도라는 말과 관련된 것이 아닌가. 대강 이 정도밖에 생각해 볼 수가 없었습니다.

그녀와 나의 사이에 막힌 길을 뚫는다는 것은 거의 불가능하다고 여겨져 몹시 낙담한 가운데 있을 때 나는 또 그 꿈을 꾸었고, 꿈에 이끌리듯 한 번도 가보지 못한 통도사를 이제야 찾아 나선 것이었습니다. 임금에게로 나아가는 길을 찾지 못해 애태우는 굴원의 시집을 들고.

▶▶▶ 조성기, 「통도사 가는 길」, 민음사, 2005 중에서

소설 속 화자에게는 통도사행이 자신 앞을 늘 가로막고 서 있는 문, 그 막힌 길을 뚫는 일생일대의 행사였습니다. 통도通途,

그에게는 그것만큼 절실한 화두가 없었던 듯합니다. 문을 열고 길을 걸어야 하는 그는 그러나 그 앞에서 늘 좌절하고 맙니다. "그 문은 거무튀튀한 굵은 나무들로 짜 맞추어진 것으로 차라리 거대한 벽이라고 할 만" 했기 때문입니다. 연애도 예외가 아니었습니다. 사랑하는 여인은 그에게 좀처럼 문을 열지 않습니다. 그 심정(저는 잘 알지 못합니다만)을 "임금에게로 나아가는 길을 찾지 못해 애태"웠다는 굴원의 그것에 비견합니다. 듣기로 초사楚辭로 유명한 굴원은 끝내 길을 찾지 못하고 멱라(汨羅: 汨水·羅水의 합류점)의 물고기 밥을 자청하였다고 하는데 그런 절박감 속에서 그는 통도사를 찾습니다(왜 통도사인지는 구체적으로 설명하지 않습니다). 그러면서 그는 자신의 고민을 완화시켜 줄 방도를 거기서 찾을 수 있을 것으로 기대합니다. 통도通道를 기대합니다. 그러나 그가 찾은 통도사는 막상 通途(통도)도 通道(통도)도 아닌 通度(통도)였습니다. 만법에 통하라, 그래서 중생 구제에 나서라, 너나 나나 할 것 없이 우리 모두는 구원받아야 하는 불쌍한 존재다, 보이는 것, 표상적인 것에 집착하지 말라, 기타 등등, 그는 한꺼번에 밀려오는 부처님의 가르침에 전율합니다. 여기서도 '되로 주고 말로 받'습니다. 길 안내만 받고자 했는데(통행권?) 어디든 길을 낼 수 있는 권한을 얻어 갑니다(도로 개설권?). 길이 본디 문밖에 있는 것이 아니라는 걸 깨닫고, 세상의 모든 문에 통하는 열쇠를 깎을 수 있는 듬직한 쇠꾸러미 하나를 받아 갑니다(돈오점수頓悟漸修?).

그런 것 같습니다. 모든 길은 내 안에서 시작되어 내 안으로 돌아옵니다. 문은 곧 내 자신입니다. 문이 열리지 않는다는 건 결국 내가 열리지 않는다는 겁니다. 스스로 자기의 공간을 짓지 못하는 것입니다. '통도通度'가 큰절 이름이 되고 있는 게 마땅하고 옳은 일입니다.

고양이를 부탁해

고양이를 좋아하는 사람들은 죽자살자 엄청 고양이를 좋아하는데 싫어하는 이들은 또 죽자고 고양이를 박대합니다. 고양이도 만만찮습니다. 결코 위축되지 않습니다. 죽자고 고양이를 좋아하는데 끝내 곁을 주지 않는 고양이도 많습니다. 제가 키워본 고양이 중 태반은 제게 곁을 주지 않았습니다. 결국 저와 고양이와의 모든 관계는 파산적破散的이었던 것 같습니다. 한 못난 인간과 고양이 간의 '엇갈린 운명(?)'이라고 해야 할 것 같습니다.

요즘 오가는 말을 듣다 보니, '고양이과'니 '돼지과'니 '개과'니 하는 말들이 횡행합니다. 주로 여자의 얼굴 모양과 관련되어 쓰이는 말인 듯합니다. 한동안 '여우과'와 '곰과'라는 말이 돌아다니더니 이제는 그렇게 진화된 모양입니다. 얼굴은 '고양이과'로 생기고 하는 짓은 '여우과'에 속하면 아마 최상의 '틀'인 모양입니다. 젊은 남자들 중에 십중팔구는 그런 짝을 원하는 것 같았습니다. 대놓고 그런 짝을 구하는데 아주 혈안이 되어 있는 꼴을 자주 봅니다. 가까운 이 중에 노총각이 한 사람 있는데 가만히 이야기를 들어 보면 결국은 일외모 이능력 삼성격 사집안으로 (최근에는 나이는 아예 보지 않음) 귀착된다는 것을 알 수 있습니다. 좀 살아 보면 그 모든 것이 헛되고 헛된 분별이라는 걸 알게 될텐데 젊어서는 그걸 모릅니다. 일생일대의 소모전을 벌입니다. 일건강 이성품 삼의리 사사랑이라는 평범한 진리(?)를 아는데 그렇게 비싼 대가를 치르게 만든 조물주의 심사가 참 궁금합니다. 껍데기를 죽을 때까지 부둥켜안고 살아가야 하는 인간의 신세가 참 불쌍합니다(어제도 배 나왔다고 한 구박 받았습니다). 어쨌든 인간은 '틀의 존재'임을 부정할 수 없겠습니다.

살다 보면 어디서든 내용물을 규정짓는 '틀'이라는 것들을 만납니다. 인간이 '틀의 존재'인 이상 어쩔 수 없는 것 같습니다. 결국 우리가 말하는 '내용'이라는 것도 그 '틀'이라는 형식이 만들어내는 '오해와 편견'을 달리 부르는 말이라는 생각마저 듭니다, 그러니 내용이든 형식이든 누구나 살다 보면 그 '틀'과 그 '틀이 만들어내는 것'의 영향을 많이 받습니다. 그래서 인생은 결국 '틀 게임'입니다. 앞에서도 말씀드렸지만 사람에게 주어진 일차적인 '틀'은 외모外貌와 체격입니다. 뭐니뭐니해도 그 부분이 인간의 우열을 판가름하는 제일의 척도입니다. 젊으나 늙으나 여성女性들이 가장 듣고 싶어 하는 말(평가)이 "당신은 예쁘다"라는, 타고난 '외모(틀)'에 대한 찬사讚辭입니다. "능력 있다", "돈 많아 보인다", "글 잘 쓴다", "남편 잘났다"와 같은 찬사는 그저 변죽을 울리는 것들일 뿐입니다. "당신 섹시하다", "늙을수록 우아해진다", "입는 옷마다 잘 어울린다"와 같은 찬사가 진짜 기분 좋은 찬사입니다. 젊어서 그런 이야기를 처음 들었을 때 저는 '설마?' 했습니다. 그리스 신화에서 그 내용을 좀 더 극적으로 확인했을 때도 과장이라고 여겼습니다(아프로디테에게 던져진 패리스의 사과). 스스로 개척한 내면의 아름다움이라는 것이 더 중요하지 않을까라고 여겼습니다. 그러나 지금은 확연히 다릅니다. 그 속설俗說을 도저히 거부할 수 없습니다. 남는 건 껍데기뿐입니다. 마지막은 결국 미추美醜로 가는 게 맞다는 생각이 듭니다.

미추에서만이 아닌 것 같습니다. 그것이 무엇이든, 돈이든 권력이든, 사람이 가진 것 중에서 크게 자랑할 만한 것들은 결국은 '타고난 것' 혹은 '물려받은 것'들입니다. 자기가 긁어모은 것들은 자랑거리가 안 됩니다. 노력해서 가진 것들은 그리 큰 부러움을 사지 않습니다. 그런 것들은 나도 노력만 하면 가질 수 있을 것으로 여겨지기 때문입니다. 그러니 노력해서도 안 되는 것들이 항상 부럽습니다. 미모나 부富나 권력이나 재능이나 모든 것이 다 그렇습니다. 타고난 것들만 진정한 부러움의 대상이 됩니다. 이야기가 좀 엉뚱한 곳으로 흘렀습니다. 어쨌든 '미모에 대한 찬사'와 '타고난 것에 대한 부러움'은 사람이라면 누구나 수긍해야 할 불패적 진실(?)이라는 것을 부인하기는 어렵다는 말씀을 꼭(?) 드리고 싶습니다.

제가 드리고 싶은 말씀은 사실 '예술적 틀'에 대한 것입니다. 예술에서도 '틀'은 매우 중요한 역할을 합니다. 언젠가 〈고양이를 부탁해〉라는 영화에 대한 짤막한 소견을 한번 적은 적이 있었습니다(「스무살의 미학: 〈고양이를 부탁해〉」, 『용회이명』). 학생들 읽을거리로 쓴 것이었습니다. 그때는 말하지 않았지만 그 영화에서 주제를 만들어내는 '틀'의 역할을 맡고 있는 것이 바로 '고양이'입니다. 제목에서 한 번, 작중 등장인물(소품)로 한 번, 고양이는 그렇게 '틀'의 역할을 성수成遂해 내고 있습니다. 오갈 데 없는 어린 청춘들의 신세를 '깜찍하게' 환유해 내고 있다고 말할 수도 있겠습니다. 감독은 그것에 지나친 상징성을 부여하지 말아달라고 부탁하지만, 무엇에서든 '의미'를 찾아내고 싶은 독자(관객)의 입장에서는 그만큼 '틀'의 역할을 다하고 있는 것도 보기 드물다고 할 것입니다. 그러면 본격적으로, 예술에서의 '틀'이란 무엇인지, 한번 살펴보겠습니다.

외적 시점에서 내적 시점으로의 이동과 내적 시점에서 외적 시점으로의 이동은 회화에 있어서 하나의 자연적인 틀로 생각될 수 있다. 이와 동일한 현상은 문학 작품에서도 지적될 수 있다.

(…중략…)

틀의 기능은 이야기의 말미에서 1인칭 서술이 3인칭 서술로 이동할 때 더욱 선명하게 드러난다. 이 기법은 푸시킨의 『대위의 딸』에서 사용되었는데, 거기에서 주인공인 그리네프는 1인칭으로 이야기하고, 에필로그는 3인칭으로 제시된다. 그리네프에 대해 이야기하는 '출판업자'가 등장하는 것이다. 앞서 든 모든 예에서 내적인 위치로부터 외적인 위치로의 이동은 틀로 기능한다.

예술적 텍스트를 지각하는 과정에서 틀이 지니는 중요성은 우리가 서사물의 거짓-결말과 같은 특징적인 장치들을 고려할 때 더욱 분명해진다. 서술이 계속 진행되려고 할 때 정지의 느낌을 받는 것은, 틀을 짓는 형식적인 장치가 사용된 결과이기 때문이다.

보통 해피 엔딩의 영화에서는 두 연인이 헤어졌다가 다시 만났을 때 포옹의 거짓-결말 장면이 제시된다. 행복한 결말의 장치는 일종의 '행위의 중지'를 나타낸다. 그렇게 해서 틀의 기능을 획득하는 것이다. 문학에서는 이러한 효과가 외적인 시점의 다양한 사용에 의해 만들어진다. 예를 들면, 이야기 안에서, 작가적 시점의 지배적 재현이 멈추었을 때가 그렇다. 대체로 주인공의 죽음은 작품의 결말을 알려주는 기호가 된다. (…중략…)

작품을 완결짓는 또 다른 장치는 시간의 완전한 정지다. 이 점에 대해서 리하체프는 다음과 같이 적고 있다. "그 이야기는 번영, 결혼, 죽음, 축제 등 더 이상 나올 사건이 없다고 하는 진술과 더불어 끝을 맺는다… 마지막 번영은 동질적 시간의 종말이다."

이와 유사한 것으로는 고골리의 『검찰관』의 마지막 장면인 행위 정지의 순간을 들 수 있는데, 거기에서 모든 인물들은 고정된 자세로 유지되어서, 시간의 전적인 정지를 보여줌으로써 틀의 기능을 수행한다. 그것은 콘스타블이 청중들에게 "당신은 누구를 비웃고 있나요?"라고 말할 때 극적인 공간의 제한이 파괴되는 것과 일치한다

(청중들은 행위가 진행되는 동안에는 결코 인식되지 않는다).

▶▶▶ Boris Uspensky, "Valentina Zavarin and Susan Wittig trans",
A Poetics of Composition, Univ. of California Press, 1973. pp. 140~150

　인용문의 설명에 따라서 '고양이 틀'을 이해해 보겠습니다. 이
를테면, 〈고양이를 부탁해〉라는 영화에서는 등장인물들의 행위
가 '고양이' 상징 속으로 흡수되면서 행위의 의미화가 추진되고,
이윽고 시간이 멈추게 된다는 것입니다. 그렇게 '시간의 정지'가
초래되고, 작품은 자연스럽게 '완결'의 구조를 성취합니다. 그러
므로 '(보호를 필요로 하는) 고양이'가 없다면 이 영화의 '종결'도
없게 되는 것입니다. 그래서 그 부분에서 '고양이'는 '의미' 이상
의 무거운 상징이 될 수도 있는 것입니다. '고양이'가 없다면 어
쩌면 이 영화는 '예술'로 편입되지 않았을 수도 있었을 거라는
이야기입니다. 그만큼 이 영화에서 작지만 필수적인 하나의 '틀'
이 되고 있는 것이 바로 그 어린 고양이였습니다.
　우리 생활 속에서의 고양이 이야기로 다시 돌아가겠습니다.
영화가 아니더라도 이미 고양이는 우리 시대의 한 '틀'로 작용
하고 있습니다. 그 깜찍스런 자태는 그 자체로 예술 취급을 받
기도 합니다. 인터넷에서 떠도는 고양이 사진들을 보면 그걸 알
수 있지요. 특별한 애완용을 제외하면 고양이의 교환가치는 이
제 존재하지 않습니다. 사용가치 역시 미미합니다. 아직도 쌀집
에서는 고양이를 '쥐 파수꾼'으로 쓸 것이지만, 그러나 그것도
희귀한 예가 되고 있습니다. 옛날에는 보통 개와 비교되면서 인

간의 자기중심주의를 환유하는 것으로 많이 사용되었습니다. 고양이의 '장소에 대한 집착'을 이야기하고 그것의 성정을 폄하하는 식이었지요. 그것이 고양이 '기호'의 대중적인 의미였습니다. 요즘은 그 반대로 흘러가는 양상입니다. 길고양이가 늘면 늘수록 고양이가 훨씬 더 '동물귀족' 취급을 받습니다. 그것의 '틀'의 기능이 훨씬 더 강화된다는 뜻으로도 받아들여집니다. 고양이의 행태는 마치 노마드의 삶을 연상시킵니다. 그들의 역할은 우리들의 '홈패인 공간'에 활력과 소생의 기운을 불어넣어주는 '공간 창조자'의 그것입니다. 그들이 만들어내는 공간은 사막과 초원, 대양과 같은 '매끄러운 공간'입니다. 우리는 그들의 삶 속에서 그런 공간을 보며 우리의 막혀서 답답한 삶을 위로받습니다.

결론으로 들어가야 할 때인 것 같습니다. 요즘 들어 제가 쓰는 소위 '인문학 수프'라는 글들의 '틀'은 무엇일까라는 생각이 자주 듭니다. 그 '틀' 없으면 제 이야기는 '예술'로 편입되지 못하는 '그 무엇'이 무엇일까라는 생각이 드는 것입니다. 아마 그 '틀'은 제 안에 있지는 않을 것 같습니다. 수고로움을 무릅쓰고 제 글을 읽어주시는 '귀명창'들께서 정해 주실 내용인 것 같습니다.

우리의 삶은 결국 자기가 어떤 '틀' 속에 들어가 사느냐에 따라서 결정됩니다. 밝은 곳, 어두운 곳, 조용한 곳, 시끄러운 곳, 편안한 곳, 불편한 곳, 모여사는 곳, 뿔뿔이 흩어져 사는 곳, 존엄을 가지고 사는 곳, 비굴하게 사는 곳, 우리가 처하는 그 모든 공간이 우리 인생의 '틀'이 됩니다. 그래서 우리 인생은 우리가 어떤 '틀'을 선택하느냐에 따라서 결정될 뿐입니다. 때론 그 상반된 삶을 나누는 경계선들이 아주 얇고 낮고 희미할 때도 있습니다. 그러나 그것이 내 '틀'이라는 생각을 할 때 그것들은 '무거운 상징'으로 내게 다가옵니다. 일체유심조라는 불가의 교훈을 굳이 동원할 필요도 없을 것 같습니다. 내 '틀'을 어떤 것으로 잡을 것인가가 결국 인생을 좌우합니다. 거꾸로 생각해 볼 수도 있습니다. 아무리 공고한 것, 아무리 어려운 것이라고 해도 결국 그 모든 것이 한갓 '틀'에 불과한 것이라고 생각하면 쉽게 풀릴 때가 많습니다. 그 모든 것들이 이 조잡하고 불순한(?) 육신과 함께 썩어문드러질, 한때 반짝할 뿐인, 삶의 틀, 기포와 같이 증발하고 말, 순식간의 외양 아래 있는 것들이기 때문입니다.

한 줄로 요약할 수만 있다면

"여기가 중학교 1학년 교실이라고 생각하고 학생들에게 왜 독서를 해야 하는지에 관해서 딱 한 말씀으로 요약해 주십시오."

몇 분 선생님의 질문이 있고 나서 마지막으로 교장선생님이 그렇게 요구하셨습니다. "음식이 사람의 몸을 만드는 것처럼, 독서는 사람의 정신을 만든다"라는 한 마디를 꼭 '마무리 말씀'으로 듣고 싶다는 것이었습니다. 어느 사립 중학교의 교사 연수 행사에 강사로 초빙되어서 독서(지도)와 논술(지도)에 대해서 몇 말씀 드리던 자리에서였습니다. 두 시간의 강의가 한 순간에 '도루묵(?)'이 되는 느낌이었습니다. 바로 그 직전에, 학교에서든 집에서든 섣부르게 아이들에게 줄 '단정적인 한 마디'의 유혹에 빠지지 말자고, 독서교육에 한해서라도 그렇게 한번 해 보자고, 간곡하게(?) 당부를 드렸던 차였기에 더 그랬습니다. 잠시 황당했습니다. 교장 선생님의 체면도 있고 해서 앞서 드린 말씀(음식은 몸, 독서는 정신)으로 마지막 그 요청에 부응할 수밖에 없었습니다. 임기응변으로 그렇게 유종의 미(?)를 장식할 수밖에 없었습니다.

한때, 지역 중앙도서관에서 사회교육의 일환으로 개설한 독서지도사 양성과정을 맡아서 몇 년간 강의를 한 적이 있었습니다. 그럴 때면 강의 초입에 저는 미리 한두 가지 '대못(?)'을 확실하게 박아둡니다. 저에게 독서 지도의 어떤 변치 않는 규범이나 커리큘럼 같은 것을 얻어 갈 생각을 버리라고 말합니다. 그것을 그대로 아이들에게 적용하겠다는 생각을 하지 말라는 것입니다. 군대에서 총검술을 배우는 것은 최소한의 동작을 배우는 것이지 실제 백병전에서 그 동작이 그대로 적용되는 것이 아닙니다. 그것처럼, (집의) 아이들에게 책읽기를 가르친다는 것은 하나의 종합예술에 참여하는 일과 같은 것입니다. 만약 '포장된 완성품'으로서의 교육방법을 원한다면 그것은 마치 방부제와 인공조미료가 가득 든 싸구려 가공식품을 아이들에게 아침저녁으로 줄창 먹이고 싶다는 것과 같은 것입니다. 결국은 그런 부모의 조급한 심사가 아이의 정신을 서서히 영양실조로 만드는 것이라고 강조합니다. 독서교육과 같이 '펄떡펄떡 살아 숨쉬는, 세상에 하나뿐인 정신'을 다루는 영역에서는 그런 조급함이 치명적인 과오가 될 것이라고 엄포를 놓습니다. '말로는 절대 사람을 변화시킬 수 없다'는 걸 명심해야 한다고 강조합니다.

　당연한 귀결입니다만, 집에서는 아이를 함부로 가르치지 않는 것이 좋습니다. 특히, 젊은 어머니들은 자식을 자기식대로 가르치고 싶은 욕구를 자제해야 합니다. 정히 '나만큼만 하면 된다'라는 생각이 들어도 그렇게 하지 않는 것이 좋습니다. 저도 놀란 일입니다만, 세상의 엄마 아빠 중에는 정녕 그렇게 생각하는 이들도 꽤 있습니다. 제 주변에도 자식이 자기만큼만 되면 좋겠다고 말하는 친구들이 꽤 있습니다. 그러나 그런 이들은 대체로 자녀 교육에 큰 재미를 보지 못합니다. 성공하는 이들은 열에 하나에 불과합니다. 그것도 아이가 워낙 타고나기를 총명하게 타고나서 '부모를 용납하는 자세'로 자기 앞길을 개척한 결과입니다. 그런 '타고난 아이'를 자식으로 두지 못한 이들은 '나만큼만 해라'에서 거의 다 실패합니다. 호랑이 부모가 고양이 자식을 둔 가정이 많습니다. 자기 식 교육을 과대평가 했다가 결국 영원한 미숙아를 만들어냅니다. 교훈은 간단합니다. 자식이 자신보다 훨씬 나은 사람이 되기를 바라는 이들이라면 절대로 자식을 가르쳐서는 안 됩니다.

　어쨌든 그런 취지로, 가르치기 전에 나부터 책을 열심히 읽는 이가 되자고 '필요충분한 만큼' 떠든 상황에서 막판에 교장 선생님의 그런 '요약성 최종 지도 말씀'을 요구받았으니 적이 당황스러웠습니다. 세상에 존재하는 모든 '한 말씀'들은 예외 없이 가짜라는 것을 두 시간에 걸쳐서 역설했는데 마지막에 가서 그런 요구를 받으니 달리 드릴 말씀이 없었습니다. (말로) 가르치지 말고 (행동으로) 모범을 보여야 한다고, 한석봉의 어머니가 불을 끄고 떡을 썬 일과, 맹자의 어머니가 경제적 손실을 무릅쓰고 세 번이나 이사를 간 사실까지 들어서 '알아듣게' 설명을 했는데도 그렇게 굳이 또 '한 말씀의 요약'을 원하시니 참 곤란했습니다. '독서의 의의와 목표'와 같은 것을 아이들에게 이야기한들 무슨 의미가 있겠습니까? 그러나 좌중의 어른이신 교장선생님의 체면을 생각해서 '독서하지 않고서는 언제고 닥쳐 올 정신의 위기를 극복할 수 없으며, '인생의 위기'를 극복하는 힘을 기르지 않고서는 자신은 물론이고 타인의 삶에 관여할 수 있는 자격을 획득할 수 없다'는 내용으로, 강의 내용에 없는 몇 마디 말씀을 첨언하는 수준에서, 얼버무리고 마쳤습니다.

한 말씀의 요약, 하나의 진리, 만물에 일관하는 하나의 설명의 존재를 바라는 것은 예나 지금이나 순진한(?) 이들의 전유물입니다. 지적 순진성이 꼭 나쁜 것은 아닙니다. 다만 그것으로(그런 태도나 신념으로) 사람들을 가르치거나 다스리려고 할 때 문제가 생긴다는 것입니다. 무도 수련에서도 그런 '순진성'은 자주 볼 수 있습니다. 하수下手들의 일반적인 특징 중의 하나가 '분절적分節的 사고'입니다. '조급한 것' 다음으로 많이 발견되는 일반적인 하수의 표징입니다. 하수들은 하나 들으면 하나 알고, 둘 들으면 둘만 압니다. 추상적인 진리가 어느 곳에서든 존재한다고 믿습니다. 게슈탈트Gestalt(부분의 집합체로서가 아닌, 그 전체가 하나의 통합된 유기체로 된 것)와 같은 발상은 애당초 없습니다. '들어서 치라(검도에서)'고 주문하면 딱 그것만 합니다. '들어서 치려면 한 발

먼저 들어가야 한다'는 개념은 따라오지 않습니다. 작은 동작으로 툭탁거리며 '쥐 대가리 때리는' 검도를 하지 말고 크게 움직이며 '단번에 소 목을 베는' 검도를 해 보라고 주문하면 고작 소 잡는 칼로 쥐 목을 뭉개고 있거나 쥐 잡는 칼로 소 대가리나 토닥거리고 있습니다. 대련을 할 때도 그렇습니다. 틈을 보고 단호하게 뛰어 들어가는 동작이 선행되어야만 크고 미려美麗한 기술이 가능한데 그런 '몸을 버리고 뛰어드는 용기'를 배양하지 않은 채, (맞지 않고) 오직 상대방을 타격할 생각에만 골몰하고 있으니 좋은 동작이 나올 수 없는 것입니다. 서로 '피하고 한 대 때려 먹는 칼싸움'에 몰두합니다. 어쩔 수 없습니다. 자득自得의 묘를 깨치는 것이 그렇게 쉬운 일은 아닐 것입니다. 무엇이든 한 말씀으로 깨칠 수 있다면 도道라는 게 존재할 리도 없겠지요. 그렇게, 그러면서, 점점 커나가는 게 사람일 것입니다.

순진한 이들의 분절적 사고는 글쓰기 공부에서도 마찬가지입니다. 머리로 하는 글쓰기 공부만 해온 사람들은 글쓰기도 마치 컴퓨터가 해내는 일종의 기계적 정보처리 과정과 같은 것으로 여깁니다. 무엇을 집어넣으면 무엇이 나오는데, 이때 중앙 처리 과정은 이러저러하다는 식으로 이야기하기를 즐깁니다. 글쓰기 혹은 글 읽기의 발달과정은 기초(입문), 숙달(심화), 통달(응용)의 과정을 거치는데 그것들의 세부적 단계와 구성적 절차는 이러저러하다고 떠듭니다. 그러나 그런 공부는 '글쓰기'에 대한 '머리공부'는 되지만 '손(몸)공부'는 되지 못합니다. 많이 알지만, 잘 쓰지는 못하는, 고작 관념적 지식에 머무는 것이거나 잘 되어도

'소 잡는 칼로 쥐 대가리나 때리는' 비효율적인 글공부에 머무를 공산이 큽니다. 그런 '글쓰기 공부에 있어서의 분절적 사고'를 비판하고 있는 책이 있어 그 내용 중 일부를 옮겨 적습니다.

예컨대 「작문과 문화연구(Composition and Cultural Studies)」에서 제임스 벌린은 무엇보다도 롤랑 바르트의 광고 연구와 존 피스크의 텔레비전 연구에서 끌어온 문화 연구 방법론에 의거해 창안에 해당하는 수사학적 탐구를 위한 발견 학습에 대해 서술한다. 벌린이 지도하는 작문 수업에서 학생들은 다음과 같은 수시학적 탐구를 위한 문화 연구 발견 학습을 이용해서 광고가 생산하는 문화적 의미에 대한 비판적 에세이를 쓴다.

이 [광고] 분석을 하기 위해 사용되곤 한 주요 장치들은 단 세 가지였지만, 그것들은 발견 학습의 역할을 하는 강력한 기호학적 전략이었다. 이중 첫 번째는 텍스트에 나타나는 이항대립들의 위치(location)이다. 즉 그것은 용어에 의미를 부여하는 경계의 본질인 것이다. 두 번째는 논쟁을 필요로 하는, 의미 수준에서의 외연(denotation)과 함축(connotation)의 발견이다. 세 번째는 가령 호레이쇼 알저(Horatio Alger)의 신화[1]나 신데렐라의 플롯처럼, 문화적으로 특수하게 환기되는 서사 패턴들의 신뢰도이다. 이 세 가지는 인종,

---

1) 호레이쇼 알저의 신화: 미국의 호레이쇼 알저 목사는 가난한 하층민들이 사회의 최상층으로 올라간 성공담을 130여 권의 시리즈로 발간함으로써 근면하고 검소한 개인은 빈곤을 탈출해 풍요로운 삶을 살 수 있다는 자수성가의 신화를 미국 사회에 심어주었다.

젠더, 계급이 문화적으로 특수한 범주들로 코드화된 것들을 신뢰할 수 있는지에 대해 학생들이 다시 한 번 주의 깊게 살피면서, 설득력과 호소력을 지닌 기호학적 코드들을 조사할 수 있게 하는 탐구 장치의 역할을 담당했다.(51)

벌린의 발견학습은 확립되어 있는 다양한 문화 연구 방법론에서 끌어온 것이지만, 그것이 학생들에게 광고의 문화적 의미 생산에 대한 비판을 넘어서도록 촉진하지는 못한다. 광고 분석과 특히 관련이 있는 벌린의 창안을 위한 발견 학습은 학생들이 텍스트가 어떻게 특정한 사회적 의미를 생산하는가를 확실하게 이해하도록 돕는다. 하지만 발견 학습을 이용하는 학생들은 광고(잡지, 텔레비전 쇼 등)의 기호학적 맥락이 어떻게 핵심 용어들의 함축적 의미를 조건 짓는지 혹은 이 맥락이 특정한 이항 대립이나 사회 서사를 환기시키기 위해 독자에게 미치는 영향이 무엇인지를 탐구하도록 자극받지는 못한다. 그리고 발견 학습을 이용하는 학생들은 핵심 용어, 대립, 서사(또는 이와 관련된 주체 위치)에 대한 특정한 비판적 입장을 정립하도록 고무 받지는 못한다. 바꾸어 말하면 벌린의 발견 학습은 배치 맥락의 기호론적 영향력이나 비판적 소비의 정치적 효력에는 관심을 두지 않고 문화적 의미가 어떻게 생산되는지 조사하는 '생산 비판(production criticism)'으로만 이어질 뿐이다.

▶▶▶ 브루스 맥코미스키, 김미란 옮김,
『사회 과정 중심 글쓰기: 작문교육 패러다임의 전환』, 도서출판 경진, 2012, 46~48쪽

위의 인용문에서 맥코미스키가 강조하고 있는 것은 '글이 이루어지는 과정에 대한 발견학습적(부분적)인 이해'가 글쓰기 공부에 크게 도움이 되지 않는다는 것입니다. 그저 '생산론적 이해'에 그칠 공산이 크다는 것이지요. 맥코미스키의 강조가 아니더라도, 그런 분절적인 사고로는, '단번에 소 목을 베는', 호쾌하고 미려한 글쓰기를 배울 수 없다는 것이 너무나 자명한 사실입니다. 인간의 두뇌는 말로 설명되지 않는 어떤 복잡한 과정을 스스로 내장하고 있다는 것을, 글을 조금이라도 써본 사람들은 누구나 인정합니다. 그래서 현재까지는, 맥코미스키도 즐겨 사용한 것이라고 말한, '글 읽고 저자 따라 쓰기read this essay and do what the author did'가 가장 효과적인 글쓰기 공부법입니다(맥코미스키 역시 '작문의 세 가지 수준(텍스트적, 수사학적, 담론적)'이라고 해서 또 다른, 정교화 과정을 거친, '분절적 사고'를 시도하고 있습니다만). 물론 자신이 몰두하고자 하는 장르의 선택이 먼저이겠지요.

소설을 쓰고 싶으면 소설가의 글을, 시를 쓰고 싶으면 시인의 글을, 학문을 하고 싶으면 학자의 글을 많이 읽고 그를 따라 써야 합니다. 통째로 눈치껏 그들을 답습해야 합니다. 그러다 보면 '견물생심見物生心', 언젠가 그들의 시야에서 벗어나 내 '글 욕심'이 나옵니다. 그때를 기다려야 합니다. '견물생심'도 없이 그냥 튀어나오면 '소 목'은커녕 '쥐 대가리'도 베기가 힘듭니다. 잘 되어야 고작 누구의 아류에 머문 꼴을 보일 뿐입니다. 통째로 눈치껏, 세상을 사랑하며 '역지사지易地思之', 쓰고 싶은 글을 묵묵히 읽고 따라 쓰다 보면 길이 열립니다. 그 길에는 왕도가 없습니다.

나를 몰라야

또 하나는 잡지 『메르퀴르 드 프랑스』에 알베르 오리에라는 평론가가 제 그림에 대해 쓴 평론이 동봉되어 있었습니다. 정말 뜻밖이었습니다. 작년에 네덜란드 신문에 실렸던 이사크손 씨의 글에 이어 두 번째 평론이었습니다. 더구나 네덜란드가 아닌 이곳 프랑스 파리의 주요 미술잡지에 장문의 평론이 실린 것입니다. 내로라하는 화가들을 모두 제치고 저에 관한 글이 실렸다는 게 정말 믿기 힘들었습니다. 더군다나 간단한 논평이 아니고 저를 속속들이 분석한 진지한 글이었습니다. 빈센트 반 고흐는 자연과 더불어 살며 팔레트에서 기쁨을 창조하는 위대한 예술가라고 서두를 시작했습니다. 그리고 빈센트는 이상향의 나라를 믿음과 사랑으로 이 땅에 만들려고 하는 꿈의 소유자라고 표현했습니다. 또한 표현방법에서는 용광로에서 녹아내리는 현란한 보석들의 용액을 화판에 부어내는 몽티셀리의 그것보다 더 화려하고 더 완벽하다는 내용이었습니다.

이 평론은 저에게는 큰 충격이었습니다. 열심히 하다 보면 어디선가 이해하고 받아주는 사람이 있다는 확증이었기 때문입니다. 그러나 지나친 과장은 싫었습니다. 자신이 아닌 제삼자를 완벽하게 비평할 수는 없는 것이기에 어쩔 수 없었겠지요. 제 그림과 몽티셀리를 비교한 부분에서 그의 보는 눈에 한계가 있다는 느낌을 받았습니다. 저와 몽티셀리는 비교의 대상이 아닙니다. 저는 그를 따르는 보잘것없는 제자에 지나지 않습니다. 몽티셀리는 색을 이용하여 아름다운 음률을 화판에 그리는 시인이며 창조자입니다. 제가 그렇게 되려면 색의 음악가가 되어야 합니다. 그러나 불행하게도 저는 아직 구두 수선공에 불과합니다. 어쨌든 저도 평범한 속물이기에 칭찬이 그리 싫지는 않았습니다.

오리에 씨에게 감사 편지를 썼습니다. 우선 그의 성의에 고마움을 표하고 제 의견을 덧붙였습니다. 그의 평론을 인정한다기보다는 제가 앞으로 나가야 할 방향을 제시해주었다고 했습니다. 그리고 너무 큰 과찬에는 동의할 수 없다고 전하고 제 그림을 한 점 보내겠다고 했습니다. 커다란 사이프러스나무와 두 여자가 있는 풍경화였습니다. 원래 그림에는 두 여자가 없었는데 오리에 씨에게 보내기 위해 일부러 그려 넣었습니다. 저의 감사의 마음을 전해주는 사람이 그림에 있는 것이 좋을 듯해서였습니다. 그 두 여자는 다정한 언니 동생 사이였습니다.

▶▶▶ 민길호, 『빈센트 반 고흐, 내 영혼의 자서전』, 학고재, 2000 중에서

며칠 전부터 고흐의 자서전을 읽고 있습니다. 좋은 대목이 많았습니다. 포정庖丁도 아니면서, 고작 족포族庖 주제에, 칼 가는 일에 너무 소홀했습니다. 고흐를 읽으며 마치 19년 만에 다시 칼을 가는 느낌이었습니다. 학창 시절, 고흐의 그림을 보면서 '예술은 인생에 대한 과장된 느낌이다'라는 말을 비로소 이해했습니다. 예술가는 자신의 감각을 최대한 열어서 세상이 보여주는 최대치를 잡아내어야 한다고 생각했습니다. 이번에 고흐의 자서전을 읽으며, '예술가는 자신의 모든 것을 세상을 향해 내던져야 한다'는 것을 배웠습니다. 『달과 6펜스』에서 묘사된 고갱도 그랬습니다. 이번에는 화가의 육성으로 묘사된 '세상을 향해 던지는 삶'을 봤습니다. 그림에 두 여자를 그려 넣는 고흐의 심정을 비로소 이해할 수 있었습니다. 자신의 삶이 비로소 하나의 '예술'이 될 수도 있다는 것을 처음으로 안 사람의 '경이로운 심정'이 그렇게 그려지고 있었습니다. 또 하나가 더 있습니다. 인용된 대목을 읽으면서 발견한 것입니다. '예술가는 자신을 몰라야 한다'는 것입니다. 예술가는 죽을 때까지 자신을 몰라야 합니다. 그래야 오래 지속되는 '경이驚異'를 만들어낼 수 있습니다. 위의 인용문에 나오는 것처럼, 몽티셀리와 자신을 비교하는 고흐를 보면서 그런 이치를 알게 되었습니다. 몽티셀리가 누군지 저는 모릅니다. 백과사전을 찾아서 그가 고흐의 화풍에 영향을 미

친 당대의 프랑스 화가라는 것을 알았습니다. 그림도 처음 봤습니다. 그의 그림은 고흐의 것에 비교될 정도의 수준은 아닌 것 같았습니다. 색도 답답하고, 작가가 보여주는 '세상의 경이로움'이라는 것이 애당초 없었습니다. 그저 남다른 '표현'만 있을 뿐이었습니다. 모르겠습니다. 만약 고흐가 나오지 않았다면 그의 그림이 '표현'을 넘어서는 '경이驚異'로까지 인정받았을 수 있었을지도 모르겠습니다. 그러나 고흐가 나오면서 그의 그림은 '경이'가 될 기회를 영영 잃고 말았습니다. 물론 '표현'이니 '경이'니 하는 것은 순전히 저의 단순무식한 소감을 드러내는 단어들입니다. 그 점 양해해 주시면 고맙겠습니다. 그런데도 고흐는 그에 비견될 때 자신은 고작 구두 수선공에 불과하다고 말합니다. 자기 자신을 몰라도 너무 모르고 있었습니다.

반 고흐는 선보다는 색채를 중시한 몽티셀리를 들라크루아의 정신을 계승한 색채의 대가로 생각했다. 반 고흐는 특히 몽티셀리의 정물화에 영향을 받았다. 그의 정물화는 강렬한 색채와 두꺼운 붓터치로 인한 질감표현이 특징이다. 반 고흐는 몽티셀리의 화풍을 수용해 화병에 꽂힌 꽃들을 그리기 시작했다. 반 고흐는 동생 테오에게 보낸 편지에 "해바라기는 빨리 시들어 버리기 때문에 나는 매일 아침 일찍부터 황혼이 올 무렵까지 해바라기를 그린다"라고 적고 있다. 그래서일까? 그림 속 해바라기는 제각각 다른 모습이다. 어떤 해바라기는 활짝 피어 있으나 또 다른 해바라기는 바닥을 향한 채 시들어 가고 있다. 상상의 세계가 아닌 실제 보이는 것을 재빠르게 그려낼 때 포착 가능한 시간의 흐름을 이 작품에서 느낄 수 있다. 해바라기의 노란색은 반 고흐가 개인적으로 좋아한 색이기도 하다. 베르나르는 태양의 색깔을 닮은 해바라기의 노란 빛을 '반 고흐가 회화에서 뿐만 아니라 마음속에서도 꿈꿔왔던 빛'이라 말했다. 또한 반 고흐 특유의 임파스토(impasto: 유화물감을 두껍게 칠하여 그림을 그리는 것을 이르는 말) 기법은 화병의 꽃들에게 실제 꽃들처럼 생생한 질감을 부여하고 있다.

▶ ▶ ▶ <그림과 사람들>(인터넷 블로그)

지금 우리 입장에서는, 몽티셀리에게서 고흐가 임파스토impasto 기법을 배웠다는 사실이 그리 중요하지 않습니다. 우리에게는 고흐의 '경이'만 소중할 뿐입니다. 그러나 고흐는 자신이 '경이'라는 것을 몰랐습니다. 오히려 자신에게서 '예술'이 산출된다는 것을 경이롭게 여겼습니다. 그의 그런 '무지'가 미지의 세계에 대한 그의 '나아가는 발걸음'을 독려하였습니다. 그래서 그는 죽어 120년 뒤에도 이렇게 한 족포 글쓰기꾼의 화두가 되고 있는 것일 겁니다. 그가 만약 스스로를 미리 알았더라면 어땠을까요. 또 한 사람의 몽티셀리로 남지는 않았을까요?

사족 한 마디 붙이겠습니다. 고흐와 몽티셀리 사이의 이야기와는 전혀 다른 내용이지만, 비슷한 이야기가 제게도 하나 있습니다. 시인 이성복과 관련된 이야기입니다. 저희 또래들에게는 '이성복'은 하나의 작은 신화였습니다. 거의 '어린 왕자' 수준이었습니다. 아마 어린 왕자가 장성한 모습이 저런 모습일 것이다,

젊어서 저는 시인 이성복을 처음 만났을 때 그렇게 생각한 적도 있었습니다. 그의 시가 있어서 우리 영혼은 한때 너무 행복했습니다. 그와 함께 하는 세상은, 심지어 시가 되는 그의 욕설로도, 더욱 아름다웠습니다. 그 느낌은 마치 "Starry, starry night…", 돈 맥클린의 노래 〈빈센트〉의 감미로움과 흡사했던 것 같기도 합니다. 그 시인 이성복과 함께 근무하는 고등학교 동기가 한 명 있었습니다. 젊을 때의 일입니다. 오랜만에 만난 그가 불쑥 '문학하는 치들은 좀 다르다'는 촌평을 내놓았습니다. 그리고는 시인 이성복이 제 이야기를 하더라는 것이었습니다. 혹시 동기냐고 묻더라는 겁니다. 저는 그 말만 들어도 너무 황홀했습니다. 그 다음 말은 들을 필요도 없었습니다. 그래서 제가 그랬습니다. "그가 있어서 우리는 행복했다. 나는 그의 신발끈을 맬 수만 있어도 행복하겠다"라고요. 그러자 그 친구가 놀랍다는 표정을 지었습니다. 정말 문학하는 치들은 이해가 안 된다는 겁니다. 시인 이성복도 그 비슷한 이야기를 하더라는 겁니다. 자기는 그냥 시인이 된 사람이지만 누구는 문단에서 인정하는 큰 상을 받고 나온 이고, 자기라면 꿈도 꾸지 못할 긴 글, '소설'을 쓰는 대단한 사람이라고요. 물론 전적으로 '자기 복을 아는 자'의 겸손과 배려가 전제된, 같은 지역에 거주하는 문단 후배에 대한 격려의 차원이었습니다만, 그 말을 전해 들으니 저로서는 또 한 번 황홀했습니다. '소설'이란 것을 써내는 것만 해도 대단한 일이 되는 거란다, 잘 되지 않더라도 열심히 하다 보면 언젠가는 좋은 날이 올 거야, 자기는 본디 자기를 모른단다, '어린 왕자'는 그렇게 저에게 '길 없는 길'의 행보를 격려해 주었습니다. 그러니 두 번째 '황홀'의 내용은 좀 달랐습니다. 그의 작품이 주던 '황홀'이 아니라 제가 미쳐 쫓는 것(미친 자부심?)이 전혀 허랑된 것이 아닐지도 모른다는 희망이 주는 황홀이었습니다. 그러면서 창조라는 신의 영역을 넘보며, 언제나 미지의 세계를 지향하는 '길 없는 길'의 나그네들에 대한 연민과 동료애와 존경심이 솟구쳤습니다.

우리가 누구를 사랑할 때도 아마 그럴 겁니다. 사랑의 열정에 휩싸이면 이미 나는 나를 모릅니다. 사랑과 예술은 그렇게 자기를 모르고, 과장된 느낌으로, 하나의 경이로, 세상을, 예술을, 동료를, 보게 하는 모양입니다. 화가 빈센트 반 고흐도 그랬고, 시인 이성복도 그랬습니다. 그때 그 시절이 그립습니다. 마지막으로 한번 더 저도 당분간 저를 좀 모르고 살아야 할까 봅니다.

2. 상상력과 인간

신화는 어떻게 만들어지는가

전남 장흥을 소개하는 TV프로에 이청준 선생의 「仙鶴洞 나그네」가 나왔습니다. 장흥 일대를 살피던 중, 「눈길」과 「선학동 나그네」의 공간적 배경이 되었던 진목리 일대가 상세히 답사되었던 것입니다. 그 중에서도 단연 '선학동'이 압권이었습니다(「눈길」쪽은 몇 년 전 혼자서 답사한 적이 있었습니다). 문화해설사가 안내하는 화면은 과연 비상학飛翔鶴의 모양이 완연한 관음봉과 간척 사업으로 농지로 바뀐 옛 포구의 모습을 작품을 보는 듯 방불하게 보여주고 있었습니다. 30년 전 그 소설을 읽고 홀로 상상했던 그 장면 그대로였습니다. 조금 아쉬웠던 것은 그 풍경이 마치 5:1 정도의 비율로 축소된 미니어처처럼 제 목전에 전개되었다는 것이었습니다. 저는 제가 어릴 때 보고 자란 합포만과 무학산을 기준 삼아(舞鶴山이라는 이름도 어쩌면 선학동처럼 저녁노을 질 때의 바다에 비친 비상학 풍경을 기리는 산 이름인지도 모르겠습니다) 선학동도 어쩌면 그 정도의 규모일 것이라 여겼습니다만, 실제로 본 선학동은 그것보다는 훨씬 작은 포구를 끼고 있는 5·60가호家戶 규모의 작은 마을이었습니다. 실망보다는 재미가 앞섰습니다. 역시 문자적 상상력의 힘이 대단했습니다(영상은 늘 상상을 제한합니다). 재미있었던 것은 그 '작은 미니어처 풍경'만이 아니었습니다. 그 마을 이름이 원래는 '선학동'이 아니었는데, 주민들이 합심해서 백방으로 노력을 기울여 기어이 법정法定 마을 이름을 '선학동'으로 바꾸었다는 겁니다. 저는 그 이야기를 듣는 순간 공연히 울컥했습니다. 그만한 오마주Hommage(감사, 경의, 존경)가 어디 또 있겠습니까? 정말 아름답고 감사한 풍경이 아닐 수 없었습니다.

황순원과 마찬가지로, 이청준 소설에서도 모성성母性性은 항시 그레이트 마더Great Mother로 나타납니다. 위대한 모성은 세계를 있게 하고(우주의 자궁), 타락한 그것이 다시 자신의 삶을 쇄신할 수 있도록 하는 '순환'의 에너지를 방출합니다(프리마 마테리아). 세계의 주인공이 되는 아들 연인Son Lover을 죽이고 다시 그를 부활시킵니다. 황순원 소설이 소,노년기 에로티즘 등 각종의 에로티즘을 통해 '사랑의 현상학'으로 그것의 실체를 드러내고 있다면, 이청준 소설은 문화적 코드를 활용하여 일종의 '문화모태文化母胎'를 중심으로 펼쳐지는 남도 특유의 페이소스pathos 넘치는 스토리텔링(텍스트성)으로 나아갑니다. 남도소리(〈서편제〉의 〈심청가〉가 대표적입니다)는 이청준 소설이 가장 성공적으로 활용한 문화적 코드입니다. 남도소리로 대표되는(혹은 남도소리에 의해 드러나는) 남도적 정서가 일종의 재생 아우라(진정한 예술은 어디서나 인생을 구원합니다)로 작용하는 것은 현재까지 이청준 소설에서만 도드라지게 찾아지는 것입니다. 「서편제」나 「선학동 나그네」와 같은 이청준 소설에서는 '대지의 모신母神'과 '소리의 여신女神'이 하나로 합치됩니다. 그러한 합일 과정이 자연스럽게 구연口演되는 과정에서 삶(영혼)을 쇄신하는 '문화모태'의 존재가 확인됩니다. 이청준 소설 특유의 구원의 아우라가 탄생하는 것입니다.

　사내는 그 때 과연 몸을 불태울 듯이 뜨거운 어떤 태양의 불볕을 견디고 있었다. 소리를 들을 때마다 그의 머리 위에서 이글이글 불타오르는 뜨거운 여름 햇덩이가 하나 있었다. 어렸을 적부터의 한 숙명의 태양이었다.
　파도비늘 반짝이는 바다가 내려다보이는 해변가 언덕밭의 한 모퉁이—그 언덕밭 한 모퉁이에는 누군가 주인을 알 수 없는 해묵은 무덤이 하나 누워 있었고 소년은 언제나 그 무덤가 잔디밭에 허리고삐가 매여져 지내고 있었다. 동백나무 숲가로 뻗어나온 그 길다란 언덕밭은 소년의 죽은 아비가 그의 젊은 아낙에게 남기고 간 거의 유일한 유산이었다. 소년의 어미는 해마다 그 밭뙈기 농사를 거두는 일 한 가지로 여름 한 철을 고스란히 넘겨 보내곤 했다.
　소년은 날마다 그 무덤가 잔디에서 고삐가 매인 짐승 꼴로 긴긴 여름날을 기다려야 했다. 그리고 그 언덕바지 무덤가에서 소년은 더러 물비늘 반짝이며 섬 기슭을 돌아나가는 돛단배를 내려다보기도 했고, 더러는 또 얼굴을 쪄오는 듯한 여름 태양볕 아래 배고픈 낮잠을 자기도 했다. 그러면서 이제나저제나 밭고랑 사이로 들어간 어미가 일을 끝내고 나오기를 기다렸다. 하지만 여름마다 콩이 아니면 콩과 수수를 함께 섞어 심은 밭고랑 사이를 타고 들어간 어미는 소년의 그런 기다림 따위는 아랑곳을 하지 않았다. 물결 위를 떠도는 부표처럼 가물가물 콩밭 사이를 오락가락하면서 하루 종일 그 노래 소리도 같고 울음 소리도 같은 이상스런 콧소리 같은 것을 응응거리고 있었다. 어미의 응응거리는 노랫가락 소리만이 진종일 소년의 곁을 서서히 멀어져 갔다간 다시 가까워져 오고, 가까와졌다간 어느 틈엔가 다시 까마득하게 멀어져 가곤 할 뿐이었다.

▶ ▶ ▶ 「서편제」

(이청준, 『잃어버린 말을 찾아서』, 문학과지성사, 1981, 49~50쪽)

이청준 소설의 원형질을 알리는 것으로 자주 인용되는 「서편제」의 한 부분입니다. '소년'이 성인이 되어 자신의 동복이부同腹異父 누이에게 소리를 전수받은 한 여인에게서 누이의 '남도소리'를 듣고, 그 소리에 북으로 장단을 맞추며 부지불식간에 떠올리는 이른바 트라우마성 회고 장면입니다. '주인을 알 수 없는 해묵은 무덤'이 있는 대지大地는 그곳이 아비(남편) 없이 세계를 지키는 그레이트 마터의 영토라는 것을 환기합니다. 그곳에서 어린 영혼은 영혼의 모유인 그녀의 '응응거리는 노랫가락'를 들으며 자라납니다. 그것은 자라서도 계속 그의 영혼을 울리며 그의 삶을 키워냅니다. 영혼의 필수 자양분이 그렇게 섭취되는 것입니다. 여기까지는 대지의 모신입니다. 실존의 모성은 어린 '소년'의 무의식 안에서 대지의 모신으로 자신의 영토성을 확장합니다. 그러다가, 떠돌이 전문 소리꾼을 만나 딸을 얻게 되고, 자신은 죽어, 그 딸의 소리를 통하여 예술로 재생하게 되는 모성은 비로소 소리(예술)의 여신으로 전화轉化합니다. 여기까지가 「서편제」입니다. '소리의 여신' 혹은 '소리'로 대표되는 예술이 낙원을 회복하여 집단을 구원하는 문화 모태가 된다는 메시지는 「선학동 나그네」에 와서야 본격적으로 생성됩니다. 예술(혼)을 통한 집단구원, 혹은 '삶을 쇄신하는 문화 모태'로서의 모성성이라는 주제는 이청준 소설의 마지막 진화進化가 됩니다. 그 이후로는 더 이상 '소설'을 요구하지 않게 됩니다. 이청준 소설은 이제 신화로 나아갑니다.

　「선학동 나그네」는 더 이상 소설이 아니고 신화입니다. 우리가 단군 신화를 사실로 믿듯 선학동 주민들은 「선학동 나그네」를 소설로 여기지 않습니다. 그들이 일심단결, 마을 이름을 '선학동'으로 바꾼 것이 그것을 증명합니다. 「선학동 나그네」에 등장하는 눈먼 소리꾼 여인과 그의 가족(아비와 오라비)은 단순한 소리꾼 일가가 아니었습니다. 그들은 '신성의 전문가specialist of the sacred'들이었습니다. 그들은 자신들의 예술적 능력, 혹은 신열ecstasy을 특정 공동체 집단(계급이나 지역)의 문화적 갱신을 위해 사용합니다. 선학동 주민들은 그들을 통해 사라진 비상학을 다시 봅니다. 간척 사업으로 포구가 사라져 더 이상 바닷물을 차고 나는 비상학을 볼 수 없게 된 마을 주민들은 '세계의 비참(타락)'을 경험합니다. 그러므로 사라진 비상학을 다시 본다는 것은 그들의 삶이 낙원을 회복한다는 의미였습니다. 그러니 남도 소리꾼 일가가 그들에게는 '신성의 전문가'가 아닐 수 없었던 것입니다(눈먼 소리꾼 여인은 눈이 멀기 전 포구의 비상학을 보며 소리를 연마합니다. 이제 눈이 먼 그녀는 아무도 보지 못하는 비상학을 혼자서만 봅니다. 그것을 자신의 소리 속에서 재현해 냅니다). 그러나 드러나지는 않았지만 선학동 주민들 역시 그들과 동일한, 같은 수준의, '신성의 전문가'들이었습니다. 아비의 유골을 암장하려는 눈먼 소리꾼 여인의 의도를 알면서도 그것을 묵인하는 산주山主들의 행위나 사라진 '비상학'을 눈먼 소리꾼 여인의 소리를 통해 다시 본다는 선학동 주민들의 '예술을 통한 삶의 쇄신'은 그들도 이미 '신성의 전문가'였다는 것을 의미합니다(여기서 「선학동 나그네」는 이미 소설의 경계를 넘어 신화로 진입합니다). 그들 모두가 이미 신선이었던 것입니다. 그들이 지상으로 내려와 마을 이름을 '선학동'으로 바꾼 것만 봐도 당근, 그것을 알 수 있는 것입니다.

계시는 어떻게 내려오는가

정말 있나? 아내가 제 앞에서 그렇게 독백(?)을 합니다. 저는 그냥 말 없이 웃음으로 대답을 대신했습니다. 무슨 뜻이냐고요? 글쎄요, 제가 따져 묻지 않았기 때문에 속속들이 알 수는 없습니다만, 아마 요즘 들어 신앙생활에 열중인 아내가 '신(神)이 존재하는 게 맞나?'라고 묻는 것 같았습니다. 전들 어떻게 알겠습니까? 한 평생 살면서 한 번도 본 적이 없는 것을 '있다, 없다'로 대답할 일이 또 어디 있겠습니까? 제가 아는 건 딱 한 가지밖에 없습니다. 그런 건 '믿고, 안 믿고'의 차원이지 '있고, 없고'의 차원이 아니라는 것입니다. 그래서 저는 부부지간에도 그런 일을 두고는 항상 내외(?)를 합니다. 그러니 저는 그런 아내의 독백

앞에서 슬쩍 염화시중拈華示衆의 미소微笑를 흉내 낼 뿐입니다.

단 한 번도 본 적이 없는 것이라면, 그것의 '존재/부재'를 누구도 단언할 수 없다고 말씀드렸는데, 만약 운 좋게 한 번 볼 수 있었다면 어떨까요, 그 존재를 단언할 수 있을까요? 문득 그런 생각이 듭니다. 혹시 저한테만 나타났다면, 그래서 보편적인 어떤 현상이라기보다는 한 특수한 현상에 속하는 것이라면 어떻게 해야 될까요? 그것이 신이든 사랑이든 진실이든, 오직 저한테만 나타난 것이라면 그것을 어떻게 처리(?)해야 하는 걸까요? 그것 한 번으로, 신이고 사랑이고 진실인 것으로 인정받을 수 있는 일일까요? 만약 그것이 두 사람, 세 사람에게 일어난 일이라면은요? 그러면 좀 더 분명하게 '존재하는 것'이 될까요('파티마의 성모님' 생각이 납니다)?

젊어서는 좀 단순하게 생각했습니다. 단 한 번이라도 '일어난 것'은 언제라도 다시 일어난다고 믿었습니다. 누구 한 사람이라도 본 것은 언젠가는 반드시 모두에게 보일 것이라고 믿었습니다. 그런데 나이가 좀 드니까 그게 아니란 걸 알겠습니다. 어떤 것은 보이는 이들에게만 나타난다는 걸 알게 되었습니다. 저 같은 청맹과니에게는 평생을 두고도 보이지 않는 게 있다는 걸 알게 되었습니다. 그러니까, '유비쿼터스'라는 건 없는 거였습니다. 있다면 오직 일기일경一機一境만 있었습니다. 그런 생각이 들면서부터 그제서야 야스퍼스의 정신분석학 비판이 이해가 되기 시작했습니다.

야스퍼스는 정신분석학이 믿을 수 없는 가설을 토대로 성립한 거대한 하나의 허구적 서사라고 말했습니다. 정신분석학에서처럼, 인간 정신이 '불과 얼마 되지 않는 관찰사실을 근거로' 독단적으로 해석되는 것은 '자유에 대한 모독'이며 동시에 그러한 관찰 밖에서 엄연히 존재하는 수많은 '인과적 가능성'을 무시하는 비학문적 행위라는 겁니다. '인간 정신의 일부를 해명한다'와 같은 유보적인 견해는 결국 거짓말에 대한 변명으로 간주됩니다. 무엇이든 부단한 노력을 통해서만 '발견되는 원인'에 절대적으로 의존하는 것은 위험한 일이라는 거지요.

그의 이야기를 처음 접하면서 저는 온몸이 부르르 떨리는 걸 느꼈습니다. 그때까지 저는 프로이트만이 거의 유일한 '계시가 되는 진정한 인간'이라고 여겼을 정도였으니까요. 그 '떨림'이 있고나서부터 저는 '종교를 가져야겠다'라는 말을 입에 달고 살게 되었습니다. 그렇게 되고 나서도 10년은 지나서야 겨우 실행에 옮기게 되었습니다만(직장 선배였던 한 장로님은 제가 그 말을 입에 달고 사니까 '당신 교회에 나갈테니 내게 친절을 베푸시오'라는 압박이 아닌가 하는 선의의(?) 오해를 하기도 했습니다), 당시로는 꽤나 절박한 문제였습니다. 스피노자나 야스퍼스의 주장에 따르면, 신은 세계를 초월하는 힘이 아니라 세계 속에 내재하는 힘입니다. 따라서 한 인간의 종교 행로는 자신의 내면에 잠재한 신성神性을 발견하는 것에서부터 출발하는 것입니다(거기에 세속적인 이해가 개입될 수는 없는 일이지요). 그것의 여정은 주체가 경험 세계 내부로부터 신성을 어떻게 형성해 나가는가로 채워지고, '계시'는 주체별로 형성된 종교적 경험을 해석하고 평가하는 척도가 됩니다. '계시'는 세상의 모든 원인을 뒤집는 신성의 다른 이름입니다. 종교적 계시가 신을 보증하는 것이기도 하지만, 그것이 '기적'이 됨으로써 '법칙과 질서'를 새로이 만드는 것이라면 이미 '계시'가 아닙니다. 스피노자나 야스퍼스는 인간이 만든 모든 법칙과 질서를 존중하지 않았습니다. 그것들은 스스로를 통해서 자신을 드러낼 뿐인 신을 부정하는 것, 즉 자기 모순으로 간주했습니다. 그러나 종교가 인간의 불완전성을 극복하는 존재론적 의미를 지닌다는 관점에서 본다면 종교적 계시는 그 존재 의미가 보장이 됩니다. 그것은 '매개체 없이 작용하는 진정으로 위대한 것' 또는 '이성의 기적'으로 해석이 됩니다.

야스퍼스와 함께 제게 온 '계시' 중의 또 다른 하나는 김훈의 『칼의 노래』였습니다. 정확히 말하자면, 그 책의 서문이었습니다. '일자진—字陣'에서 숨이 딱 멎었습니다. '학[鶴翼陣]'도 아니고 '뱀[長蛇陣]'도 아니고 '비늘[魚鱗陣]'도 아니고 '일자'였습니다. 그 '일자'를 통해 '내 생명의 함대'를 맞이할 일이 불현듯 제게 닥쳤던 것입니다.

사랑이여 아득한 적이여, 너의 모든 생명의 함대는 바람 불고 물결 높은 날 내 마지막 바다 노량으로 오라. 오라, 내 거기서 한줄기 일자진(—字陣)으로 적을 맞으리.

▶ ▶ ▶ 김훈, 『칼의 노래』 서문(생각의 나무, 2004) 중에서

……적정이 다급하여 사람을 대신 보냅니다. 오늘 산에서 내려가 적의 포구에 바싹 다가갔습니다. 이제 적의 배는 3백여 척인데, 대부분이 전선인 것 같았습니다. 닻에 녹이 슬지 않은 걸로 보아 일본에서 새로 만들어 끌고 온 배인 듯싶었습니다. 오늘 아침부터 적들은 백성의 빈집을 돌며 장독을 몰아왔습니다. (…중략…) 적에게 붙잡힌 조선 여자들은 30명쯤이었는데, 10명쯤은 묶어서 배에 태웠고 나머지는 갯가에서 목 베었습니다. 목을 벨 때 적의 병졸들이 둥그렇게 모여서 염불을 외는 듯도 했고 노래를 부르는 듯도 했는데, 똑똑히 들리지는 않았습니다.

저의 다음 임무를 지시하여 주십시오. 바라옵기는, 이제 수하를 거두어 우수영으로 돌아가 본대에 가세하고 싶습니다. 저와 저의 수하들을 배에 태워 적의 앞으로 내보내 주십시오…….

전령으로 온 토병 편에 임준영의 본대복귀 명령을 전했다. 밤에 온 토병은 벽파진에 머물지 못했다. 돌아가는 토병에게 쪄서 말린 쌀 두 되를 주었다. (…중략…)

송여종이 입을 열었다.

– 바다에서 진(陣)을 어찌 펼치실 요량이신지……?

송여종은 임진년에 내가 임금에게 보내는 장계를 품고 남쪽 바닷가 여수에서 압록강 물가 의주까지 여러 번 다녀왔다. 낮에는 적들을 피해 엎드려 있다가 밤에만 걸었다. 그는 여수에서 의주에 이르는 그 멀고 먼 길 위의 일들을 말하지 않았고 나는 묻지 않았다. 그는 언제나 살아서 돌아왔다. 그는 서른다섯 살의 장년이었다. 그가 진을 묻고 있었다. 나는 되물었다.

– 송만호, 어떤 진이 좋겠는가?

송여종이 머뭇거렸다.

– 이제 배가 열두 척이온즉······.

안위가 말했다.

– 열두 척으로 진을 짠다면 대체 어떤······?

내가 말했다.

– 아무런 방책이 없다. 일자진뿐이다. 열두 척으로는 다른 진법이 없다.

수령들은 일제히 입을 다물었다. 한참 후에 김응함이 입을 열었다.

– 일자진이라 하심은······?

– 횡렬진이다. 모르는가?

– 열두 척을 다만 일렬횡대로 적 앞에 펼치신다는 말씀이시온지?

– 그렇다. 밝는 날 명량에서 일자진으로 적을 맞겠다.

수령들이 다시 일제히 입을 다물었다.

나는 말했다.

– 적의 선두를 부수면서, 물살이 바뀌기를 기다려라. 지휘 체계가 무너지면 적은 삼백척이 아니라, 다만 삼백 개의 한 척일 뿐이다. 이제 돌아가 쉬어라. 곧 날이 밝는다.

수령들은 돌아갔다. 나는 잠들지 않았다. 날 샐 무렵에 임준영이 그 휘하를 거느리고 우수영으로 돌아왔다. 임준영의 보고에 따르면, 그날 밤 적은 발진 준비를 끝내고 소, 돼지를 잡아서 병졸들을 먹였다. 적은 말을 베어서 대장선 이물에 말피를 발랐다. 나는 임준영과 그 수하를 안위의 배에 배치했다. 잠이 오지 않았다. 우수영 뒷산에서 피난민들의 울부짖는 소리가 들려왔다.

▶▶▶ 김훈, 『칼의 노래』 1, 84~89쪽

소설가 김훈이 그의 소설 『칼의 노래』에서 이순신의 일자진을 그렇게 감동적으로 노래한 것은 우연이 아닙니다. '신에 관해 말한다고 주장하는 예언자의 목소리는 단지 자기 자신에 관해서 말하는 꼴이요, 자신의 내적 상태만을 보여줄 뿐이다'라는 카시러의 언급처럼, 재미지게 줄창(?) 다니던 직장에 불현 듯 사표를 던지고 나와, 나이 50에(중늙은이!) 자신을 새로이 정립할 필요에 전율을 느끼던 작가(태생적 작가?)로서는 이순신에게서 '계시'를 얻는 일이 하나의 필연이었음이 분명했습니다. 그런 '필연'은 본디 전염성이 강한 법, 당시 대통령이 김훈의 『칼의 노래』를 읽고 눈시울을 붉혔다는 일화가 있는데, 그의 눈물 역시 이순신이 보여준 그 '마지막 노량 바다', 그 '일자진의 계시' 때문이었을 것으로 짐작됩니다. 본디 '계시'는 그것을 기다리는 자에게만 오기 때문입니다.

철학자 김영민 교수가 즐겨 쓴 '길 없는 길'도 결국 계시를 찾아 떠나는 길입니다. 누구든 오십 줄에 그 '길 없는 길'에서 일자진을 펼치고 싶은 것이 인지상정일 것입니다. 그것이 성공이 되고 안 되고는 전적으로 '계시'에 달려있습니다. 그러나 그가 만나는 것이 '계시'가 되고 안 되고는 오직 그가 어떻게 자신의 삶을 마무리할지 작심하는 것에 달려 있는 것입니다. 그러므로 '계시'는 항상 사후작용事後作用을 기다리는 미완의 자기 발견

일 뿐입니다.

사족 한 마디. 종교와 예술도 그렇지만, 우리 인생도 '설명'을 위해
존재하는 것이 아닐 겁니다. 우리 인생이 어찌 몇 마디 '설명'
따위에 흔들리겠습니까? '계시'도 그렇습니다. '살아 있음'의 '계
시'보다 더 큰 '계시'가 또 어디 있겠습니까? '산다는 것의 계시'
야말로 '인간이 만든 모든 법칙과 질서'를 통해서 자신을 증명할
필요가 없는, 진정한 '계시'일 것입니다. 그게 맞을 겁니다.

어린 왕자가 사는 곳

나는 어린 왕자가 철새들의 이동을 이용해서 별을 떠나왔으리라고 생각한다. 길을 떠나던 날 아침, 그는 자기 별을 깨끗이 청소해 놓았다. 불을 뿜는 화산을 정성껏 쑤셔서 청소했다. 어린 왕자의 별에는 활화산이 두 개 있었는데 그것은 아침식사를 데우는 데 매우 편리했다. 그는 꺼진 화산도 하나 갖고 있었다. 그러나 그의 말대로, '언제 어떻게 될지 알 수 없는 것이다.' 그래서 어린 왕자는 꺼진 화산도 청소해 주었다. 화산들은 청소만 잘해주면 폭발하지 않고 조용히 규칙적으로 불을 뿜는다. 화산의 폭발이란 굴뚝의 불과 같은 것이다. 물론 지구에 사는 우리는 너무도 작아 우리의 화산을 청소해 줄 수가 없다. 그렇기 때문에 화산으로 인해 많은 곤란을 당하는 것이다.

▶▶▶ 생텍쥐페리, 김화영 옮김,『어린 왕자』, 문학동네, 2007 중에서

『어린 왕자』의 매력은 어디에서 오는 것일까요? '어린 왕자'
는 이제 보통 명사로 받아들여집니다. 현실의 은유, 혹은 전복顚
覆으로서의『어린 왕자』는 일상日常의 공간에 유폐된 각박한 인
정人情에 신선한 공기를 불어넣습니다. 위로도 되고 반성도 됩니
다. "내 비밀은 이런 거야… 매우 간단한 거지. 오로지 마음으
로… 보아야만 정확하게 볼 수 있다는 거야. 가장 중요한 것은
눈에는 보이지 않는 법이야", "나를 길들여 줘. 가령… 오후 4시
에 네가 온다면…나는 3시부터 행복해지기 시작할 거야…", "사
막은 아름다워… 사막이 아름다운 건 어디엔가… 우물이 숨어
있기 때문이야…"와 같은 대사는 너무나 유명합니다. 그것들과
처음 마주쳤을 때의 경이로움을 지금도 잊지 못합니다. 그러나
『어린 왕자』가 주는 감흥이 그런 주옥같은 몇 마디의 아포리즘
에 한정되는 것은 아닙니다.

아시다시피 '어린 왕자'는 우리의 '순수 자아'를 표상합니다.
그는 모험심이 넘치는 판타지 동화의 주인공이 아니라 우리가
잊고 살아온 순수 자아의 표상입니다. 그래서『어린 왕자』는 동
화가 아닙니다. '어린 왕자'는 '해리 포터'가 아닙니다. 그가 숙
명적으로 대적해야할 절대악도 없고, 동료들과의 애증어린 사
회적 관계도 없습니다. 부모도 없고 스승도 없습니다. 그는 자연
과 마주하거나 '일상에 유폐된 어른의 어떤 속성'에 맞설 뿐입

니다. 이미 시작부터 그는 어른과 아이, 현실과 판타지 사이의 경계를 무너뜨리고 등장합니다. 오늘날의 많은 판타지 작가들의 관심사는 (어떤 형태든지) 초자연적인 것과의 만남이 주인공을 어떤 식으로든 변화시켜야 한다는 것에 집중되어 있습니다. 그런 작가들에게 마술이란 특별한 선명성과 예리함을 가지고 현실을 비추는 거울이 됩니다. 그런 차원에서도 '어린 왕자'는 동화의 주인공 되기를 극구 사양합니다. 그는 변하는 인물(미숙한 자아)이 아닙니다. '모험'은 더 이상 필요가 없습니다. 이미 그가 보여주는 모든 것들은, '통찰' 혹은 '깨달음'의 차원에 속해 있는 것들입니다. 근래 판타지에서의 마술적 모험들이 언제나 아이덴티티를 찾아가는 탐색 도정으로 묘사되었던 것과는 크게 대비되는 것입니다. 『어린 왕자』를 동화 취급해서는 안 됩니다. 『어린 왕자』는 어른들의 이야기입니다.

  『어린 왕자』가 매혹적인 것은 또 있습니다. 현실의 은유이거나 전복인 공간을 창조하고 있지만, 서사의 축은 언제든지 자유롭게 환유적 상상으로 옮겨갑니다. 유사성이나 동일성의 원리로 화제를 가져와서는 어느 순간 인접성의 원리로 이야기를 확장시킵니다. 파블라(사건의 연쇄)가 선택되고 배열되는 것이 아주 발랄합니다. 인용된 부분을 봐도 그걸 알 수 있습니다. "철새들의 이동을 이용해서 별을 떠나왔으리라"고 추측하는 부분이나 '화산'을 마치 '화덕'처럼 묘사하는 부분에서는 은유적 상상을, 나중에 '지구의 화산'을 이야기하는 부분에서는 환유적 상상을 구사합니다. 원인-결과로만 이야기가 전개되는 것이 아니라,

가까운 곳에 있는 사물이나 사건으로 슬그머니, 번지듯이, 이야기가 옮아갑니다. 그런데 그런 '이동'이 아주 자연스럽습니다. 그것이 기교라고 보기에는 그 이음매가 너무 자연스럽습니다. 그래서 생각할 수 있는 것이 '사랑'입니다. 모든 요소들을 하나로 묶어내는 동력으로서의 인간애입니다. 그 동력에 힘입어 '살아 있는' 환유적 연상이 활기차게 가동됩니다. 『어린 왕자』가 현실의 합리合理나 구속拘束을 뛰어넘어 좌충우돌, 무궁무진한 상상력의 세계를 펼쳐낼 수 있었던 것은 바로 그 '존재하는 것들에 대한 사랑'을 바탕으로 한 환유적 연상 덕분이라고 할 수 있을 것입니다. 『어린 왕자』는 사랑입니다.

은유와 환유가 수사법 이상의 개념이라는 것은 이제 상식에 속합니다. 그것은 사고의 틀입니다. 우리의 생각은 주어진 틀 안에서, 그것이 요구하는 형태로 이루어집니다. 틀을 벗어난 사유는 천재天才나 분열分裂 안에서만 가능합니다. 얼마 전, 중학생들을 상대로 통일에 대해서 생각을 물었다고 합니다. 많은 아이들이 통일이 싫다고 대답했습니다. 이유는 간단합니다. 우리 호주머니를 털어서 북한을 도와야 할 것 아니냐는 거였습니다. 저는 그 사실을 전해 들으면서 그런 아이들은 아마 '환유적 상상력'에는 거의 문맹 수준일 것이라고 지레 짐작을 했습니다. 물론 무슨 근거가 있어서 한 생각은 아니었습니다. 그 아이들은 '죽은 은유의 사회'에서 살고 있을 것이다, 그렇게 생각했습니다. 환유는커녕, 은유도 '죽은 은유'밖에 모르는 아이들입니다. 그런 말은 교육받은 자들이 할 수 있는 대답이 아니라는 걸 아이들은 배우지 못하는 모양입니다. 우리의 '어린 왕자'들이 이 모양이니, 우리 교육이 어디로 가고 있는지 정말 걱정입니다. 『어린 왕자』 책 한 권보다도 못한 일국의 교육입니다.

　오늘 아침 신문에서 재미나는 걸 하나 봤습니다. 신문에 정기적으로 연재되는 칼럼에서였습니다. 제목부터 선정(선동)적입니다. '쌍우사족雙羽四足'이 누구인가? 그 표제 아래 이야기하고 있는 것은 다름 아닌 점복술占卜術이었습니다. 저도 얼마 전 페이스북에서 '최 도사 이야기'를 통해 사문난적斯文亂賊 혹세무민惑世誣民의 우愚(죄는 아님)를 범한 일이 있었지만, 이 경우는 좀 심하다는 느낌이었습니다. 점복술은 그것이 아무리 신통해도 '상수도 문화'를 자처해서는 안 되는 것입니다. 항상 그림자shadow 신세로 있어야 합니다. 그것이 퍼소나persona로 올라오면 이미 우리 사회의 철학과 교양은 그 수명을 다한 것입니다. 그것을 조간신문과 같은 자칭 '상수도 문화'에서 적절한 정수 장치도 없이 바로 노출시킨다는 것이 좀 납득하기 어려웠습니다. 제가 「대운이 있다면」(페이스북, 「소가진설」)에서 그랬던 것처럼, 점복을 말할 때는 항상 '믿거나 말거나'를 전제하고, 어조語調, tone상 농짓거리 태도를 반드시 유지하면서, 조심조심 에둘러서 하고 싶은 이야기를 해야 마땅했습니다. 결말도 반드시 경세제민經世濟民이나 인지상정人之常情의 영역으로 적절히 옮겨서 교훈적으로 매듭을 지어야 합니다. 제 흥에 겨워 점복의 영험 따위를 이야기하는 것은 절대금물입니다. 그건 혹세무민입니다. 그런 딜레탕티즘은 반드시 피해야 합니다. 그것이 글쓰는 자들이 반드시 준수해야 할 업무 지침이고, 독자에 대한 최소한의 예의입니다. 일단 그 내용부터 한번 살피겠습니다.

당나라 때 만들어진 예언서로 알려진 추배도(推背圖)에는 60개 항목의 예언이 그림과 함께 수록되어 있고, 55개 항목의 예언이 그대로 들어맞았다고 주장한다. 예를 들면 제45장의 '유객서래 지동이지 수화목금 세차대치(有客西來 至東而止 水火木金 洗此大恥: 서쪽에서 온 손님이 동쪽에서 그치면 수화목금으로 대치욕을 씻어준다)' 대목은 일본의 2011년 대지진과 핵발전소 폭발을 예언한 대목이라고 한다.
그 다음의 제 46장이 특히 흥미롭다. 그 요점은 '쌍우사족(雙羽四足)이 나타나면 주변 국가들이 중국에 조공을 바치러 오고(四夷來朝之兆), 일대의 치세가 된다(一大治世)'는 내용이다. 모택동이 한고조 유방에 비유된다면, 이 '쌍우사족'은 한무제 시대에 해당될 거라고 본다. 그렇다면 '쌍우사족'이 과연 누구란 말인가? 시진핑(習近平)이 무대에 등장하면서 쌍우(雙羽)는 '시(習)'를 가리킨다고 대강 짐작하고 있다. 사족(四足)은? 충칭시 서기이면서 '범죄와의 전쟁'으로 스타가 된 보시라이(薄熙來)가 아닌가 했다. '시(熙)'의 점 4개를 사족으로 본 셈이다. 그런데 보시라이의 오른팔인 충칭시 부시장 왕리쥔(王立軍)이 미(美) 영사관으로 망명을 시도한 사건이 발생하였다. 과연 보시라이는 어떻게 될 것인지 그 귀추가 주목된다.
▶▶▶ 조용헌, 「'쌍우사족(雙羽四足)'이 누구인가?」, ≪조선일보≫, 2012. 2. 12

주지의 사실이지만, 현존하는 모든 예언서라는 것들은 반드시 '불완전 한 것'의 형태를 지닙니다. 어법적으로 보면, 브로카 실어증이나 베르니케 실어증의 형태를 지닙니다. 정감록의 감결鑑訣도 그렇고 ˙위에 나온 추배도라는 것도 그렇습니다. 서로 은유적이든 환유적이든, 일관성 없이 연결된 단어들이 무의미하게 나열되어 있는 경우가 많습니다. 문맥 형성을 방해하는 비분절음 수준의 것들로 가득차 있습니다. 실제로 그것을 기재한 사람들이 '언어의 병'을 앓고 있었다고도 유추되고 있습니다. 그 비슷한 사례인 작가들의 고질병을 연구한 학자들의 증언도 많이 나와 있습니다. 일반적으로 '신 내린 사람'들의 발화 능력이나 특징도 그러합니다. 그것을 '예언의 능력'을 지닌 주술呪術로 만드는 것은 전적으로 맥락을 주무르는 해석자들의 몫입니다.

해석자들이 의미를 창출해 내는 맥락을 만드는 데 사용하는 해석학적 규약은 두 개입니다. 하나는 의미론적인 해석(은유적 유추)이고 다른 하나는 구문론적인 해석(환유적 유추)입니다. 그것들을 '직관'의 수레(언어 자체가 수레입니다)에 태워 사방 팔달로 운용합니다. 이 해석의 수레를 사용하는 방법도 수준에 따라 다릅니다. 해석학의 고단자高段者들은 보통 의미론으로 일이관지합니다. 이때는 은유적 해석이 주도합니다. 가급적이면 파자破字를 이용한 구문론적 해석 같은 것은 행하지 않습니다. 그때그때의 기분에 따라 견강부회가 될 공산이 크기 때문입니다. 환유적 해석은 가급적 자제하고, 한두 단계 비약을 더 하더라도 우직하게 의미론적으로 갑니다. 비약(직관)을 통해서 의미의 연결을 이끌어낼 수 있어야 고수입니다. 고단자들이 의미론적 해석을 선호하는 것에는 다 이유가 있습니다. 기호학적인 관점(퀴로드)에서 볼 때, 본디 점복술은 논리적 코드에 귀속됩니다. 예절론(이를테면 유교의 삼강오륜)이 사회적 코드에, 종교적 신념(이를테면 신약성서의 부활에 대한 믿음)이 심미적 코드에 각각 귀속되는 것과는 다른 차원입니다. 점복술 자체의 생성원리이기도 한 해석행위의 논리성을 잃지 않기 위해서 관록있는 해석자는 반드시 일관성 있게 의미론적 해석을 유지합니다. 하급자들은 그런 것을 고려할 만한 여유가 없습니다. 텍스트를 재구성할만한 자기 콘텍스트가 아직 형성되어 있지 않습니다. 그래서 시도때도 없이 그 둘을 마구 섞어서 사용합니다. 무엇이든 눈에 보이는 대로 갖다 붙입니다. 인과성도 논리성도 없는 파자破字를 서슴지 않습니다.

  위의 인용을 두고 말하자면, 45장의 예언을 '일본의 2011 대지진과 핵발전소 폭발'로 본 것은 의미론적으로(은유로) 해석한 것이고, 46장을 '시진핑과 보시라이'와 관련된 것으로 본 것은 구문론적으로(환유로) 해석한 것입니다. 46장의 해석도 의미론적으로 나아가면 사람 이름과는 전혀 관계없는 풀이가 나옵니다. '쌍우사족'은 신출귀몰의 능력을 지닌 영웅이나 문명의 등장, 혹은 획기적인 국운의 상승이라는 뜻으로 해석됩니다. 문맥상 사람이 아닌 편이 더 자연스럽습니다. 보통의 새[鳥類]는 날개 두 개에 발 두 개인데, '두 개의 날개에 네 발인 것'이 등장한다는 것은 어떤 특별함이, 신묘神妙가, 등장한다는 것입니다. 괄목할 만한 과학의 발달일 수도 있고, 아무도 예상치 못했던 중국의 획기적인 경제발전을 뜻하는 것일 수도 있습니다. 쌍우雙羽

를 습習으로 보고 사족四足을 희熙로 보는 것(하단의 불 '화'변이 점 네 개)은 얼핏 들으면 그럴 듯해 보입니다. 한자가 본디 회의, 상형문자라서, 형상적으로는 우선 그럴듯해 보일 수도 있습니다. 그러나 그런 해석은 사실, 독자들을 지나치게 낮게 대접하는 것입니다. 우리가 내는 복채와 점괘의 격이 서로 맞지 않습니다. 부득이 파자를 사용하더라도, 그 안에서는 구문론과 의미론이 또 분별되는 것이 원칙입니다. 내가 보기에는 '쌍우사족'은 중국이 앞으로 고도성장의 미래를 가진다는 것으로 보는 것이 옳을 것 같습니다. 쌍우雙羽는 겹겹이 날아오르는 것으로, 사족의 사四는 그저 점 네 개라고 보아서, 그 숫자만 챙겨서, 화제가 되고 있는 사람의 이름 아무데서나 불화火변을 찾아 그것에 그냥 갖다 붙이기보다는, 그 불화火 변의 의미를 살펴 차라리 근대 기계문명(화력문명)의 발달로 보는 것이 더 합당할 것 같습니다. 그렇게 해석해 주는 것이 점복술의 의미와 가치를 보전하는 길일 것 같습니다. 은유나 환유를 떠나서도, 그래야 '불완전한 것들'을 조금이라도 완전하게 만드는 행위, 이른바 '문화'로서의 점복술이지 싶습니다. 『어린 왕자』가 그러하듯이 말입니다.

왜 헛것을 볼까

사람을 나누는 기준 중의 하나에 그가 '헛것을 보느냐'의 여부가 있습니다. 이를테면 '헛것을 보는(볼 수 있는) 사람'과 '헛것을 보지 않는(보지 못하는) 사람'으로 사람을 나눌 수 있다는 겁니다. 사람을 그렇게 나눈다면 시인, 소설가나 예언가(미래학자), 점술가는 전자前者에 속하고 사업가, 법률가나 교육자, 과학자는 후자後者에 속합니다. 전자에 속하는 이들은 헛것을 많이 볼수록 인정을 받습니다. 남들이 생각하지 못하는 새로운 이야기를 많이 써내야 합니다. 그러나 후자에 속하는 이들은 자칫 잘못 헛것을 봤다가는 패가망신하는 경우가 허다합니다. 주관적인 판단으로 투자의 기회나 소송의 논점을 잘못 설정하거나 없는 것을 있다고 했다가는 여지없이 패배자가 되고 비난의 대상이 될 뿐입니다. 동업을 할 때 이 두 유형이 함께 한다면 금방 갈라섭니다. 한 사람은 헛것을 보는데 다른 한 사람은 헛것을 안 보기 때문에 당연히 불협화음이 입니다. 부부관계도 그렇습니다. 한 사람은 헛것 보는 재미로 사는데 한 사람은 도통 그런 게 눈에 들어오지 않는다면 평생 '그릇 깨지는 소리'가 집안에 울려퍼집니다.

헛것을 보는 이와 헛것이 안 보이는 이의 조합에도 예외는 있습니다. 가령 상보적인 '주군主君과 가신家臣'의 관계에 있어서는 그 조합이 이상적인 것이 될 때도 있습니다. 주군이 '보는 이'면 가신이 '안 보는 이'여야 하고(세종과 정인지, 정조와 채제공), 주군이 '안 보는 이'면 가신이라도 '보는 이'여야(태조와 정도전, 선조와 이순신) 할 때도 많습니다. 절대절명의 위기 국면에서는 그런 '상보성'이 큰 힘이 될 수도 있습니다. 그 반대로 주군과 가신이 '헛것'을 보는 태도가 좀 다르다고 해서 파경을 빚는 일이 자주 일어난다면 나라꼴이 험해질 수밖에 없습니다(이상은 최근의 몇몇 볼썽사나운 나랏일들을 관람한 소감이었습니다).

오늘 말씀드리는 '헛것의 미학'은 김소진 소설과 관련해서 제가 한번 붙여본 타이틀입니다. 김소진 소설을 읽다 보면 산다는 것이 결국 그 '헛것'들에 매인 것이라는 생각이 듭니다. 김소진 소설 중에서 '우리의 생을 좌우하는 헛것'과 관련된 부분이 무엇인지에 대해서 먼저 간략한 설명을 드리겠습니다.

작가 김소진의 민중적 삶에 대한 강한 애정과 통찰은 때로 그것을 제대로 이해하지 못하는 쪽으로부터의 턱없는 오해를 사기도 했습니다. 제가 생각하기에 그 오해는 이른바 김소진의 '창작 경향상의 현찰 중심주의(겪어서 아는 것으로서의 민중성에 대한 사랑)'에 대한 몰이해가 빚어낸 불협화음이었습니다. '현찰 중심주의'라는 말은 제가 '경험칙상의 헛것을 싫어하는 작가적 경향'을 지칭하기 위해서 우정 만든 말입니다. 비단 작가들에게만 해당되는 것이 아닙니다. '현찰 중심주의'는 보통 어려서 소년고생을 한, 자수성가형 인물들에게서 많이 발견되는 '성격이나 태도'입니다. 그들은 '헛것에 기댄 외상 거래'를 싫어합니다. 신용이나 우정에 기댄 막연한 거래를 아주 싫어합니다. 항상 주고받는 게 분명해야 합니다. 대체적으로, 최인훈이나 이호철이나 저나 김소진 같은, 피난민이거나 그 직계 후손인 작가들의 분단(극복)문학에서 자주 발견되는 성향이기도 합니다. 그러니까 김소진의 소설에서 발견되는 '현찰 중심주의'는, 피상적인 관념성을 제거하고 오로지 몸으로 겪은 내용만으로 민중성을 표현해 내겠다는 작가적 의지를 가리키는 말이 됩니다. 그런데 그의 그런 나이브한, '현찰 중심주의'가 평단(진영논리)의 오해를 산 것입니다. 이른바 '헛것(헷것)'을 둘러싼 잡음이 그 대표적인 것이었습니다.[1] 작가 김소진 소설의 '외상外傷—소년기 빈궁체험'에 대한 결벽증을 두고 '허무주의가 아닌가', 그것(작가의지의 표상으로서의 '헷것')을 '이념의 맞은편에 둔 것인가, 아니면 이념과 등가인가'라는 말들

---

1) 김미정, 「아름다운 지옥에서의 한 철」, 『소진의 기억』, 문학동네, 2007, 32쪽 참조.

이 오고 갔던 것입니다. 다 쓸데없는 짓거리들이었습니다. 그 해답은 기실 등단작 「쥐잡기」에 이미 나와 있었습니다.

　아버지가 처음 앉았던 자리는 북으로 가는 자리였다. 머릿속이 휑뎅그렁하게 비어버려 망창히 앉아 있던 아버지에게는 창문으로 쏟아져들어오는 햇살이 그저 너무 좋다는 생각만 한심하게 다가왔다. 고개를 돌려보니 수용소 안에서 가까이 지내던 사람들이 모두 이남 자리로 넘어가서는 아버지보고 그쪽에 남으면 죽으니 날래 넘어오라구 난리를 쳤다. 갑자기 겁이 더럭 올라붙은 아버지는 시적시적 이남 자리로 옮겨갔다. 그러나 개인적 안위를 걱정할 때가 아니라는 생각이 스쳤다. 잔뼈가 굵은 고향이 있었고 거기에 살고 있을 부모 처자—아버지는 이미 전쟁 전에 장가를 들었다—모습이 눈앞에 밟혔던 것이다. 그래서 이번에는 후들거리는 다리를 끌고 이북 자리로 넘어갔다. 그러나 자리에 앉고 보니 불현듯 물밑 쪽 같은 신세 이제 고향에 돌아가믄 뭘 하겠나 하는 생각이 들었다. 뭐가 뭔지 알 수가 없었다.
　그만 하는 소리와 함께 호각이 삑 울렸다. 아버지는 둔기로 뒷머리를 얻어맞은 사람처럼 온몸이 굳어져왔다. 저 복도는 이미 단순한 복도가 아니라 삼팔선 바로 그것이었다. 아 이를 어쩐단 말이냐. 그때 아버지는 자신의 두 눈을 의심했다. 차오르는 숨을 가누지 못해 고개를 쳐든 아버지의 눈동자에는 콘세트 들보 위를 살금살금 걸어가는 희끄무레한 물체가 들어왔다. 폭동의 와중에서 우연히 아버지를 깨우는 바람에 목숨을 건지게 해준 그 흰쥐가 꼬랑지를 살랑살랑

흔들며 이남 쪽으로 걸음을 떼고 있었다. 아버지의 눈에 힘이 들어 갔다. 복도 사이로는 감찰완장들이 저벅저벅 걸어들어오는 판국이었다. 아버지는 얼른 복도로 내려섰다. 너무 서두르는 통에 발목을 접질러 비틀거리자 지나가던 감찰완장 하나가 이눔이 하며 엉덩이를 걷어찼다.

내이가 왜 그랬겠니? 여기 한번 나와 있으니까니 못 가갔드란 말이야. 어디 간들 하는 생각 때문에 도루 못가갔드란 말이야. 기거이 바로 사람이야. 웬 쥐였냐구? 글쎄 모르지. 기러다보니 맹탕 헷것이 눈에 끼었는지두. 언젠간 돌아가갔지 하며 살다보니…… 암만 생각해 봐두 꿈 같기두 하구……기리고 이젠 모르갔어……정짜루다 돌아가구 싶은 겐지 그럴 맘이 없는 겐지…… 늙으니까니 암만해두.

진물러진 눈자위를 손가락으로 지긋이 누르고 있는 아버지의 어깨가 가늘게 떨렸다. 민홍은 뱃속에서 울컥하는 감정덩어리가 솟구침을 느꼈다. 비껴 앉은 아버지의 야윈 잔등을 보면서 민홍은 박물관에서 본 적이 있는 고생대의 한 화석을 떠올렸다. 그 화석에 대한 일차적 기억은 앙상함이었고 그리고 가슴 답답한 세월의 무게였다. 그 누구도 자유롭지 못한.

▶▶▶ 김소진, 「쥐잡기」(김소진전집 2), 문학동네, 2002 중에서

가히 한국소설사의 한 백미白眉에 속할 이 '헷것' 장면을 묘사한 다음, 작가 김소진은 '그 누구도 자유로울 수 없는 세월의 무게'를 기억할 필요가 있다고 강조합니다. 작가는 그 소회를 통해, 자신이 묘사한 역사의 한 장면이 바로 민중이 주체가 되

는 역사인식의 한 전형이 된다는 것을 말하고 싶었던 것입니다. 민중에게는 '뭐가 뭔지 알 수가 없었'던 것이 역사였습니다. 그래서 세월이 흐른 뒤, 그때 그가 본 것은 모두 '헛것'이 될 수밖에 없었던 것입니다. 항상 날벼락을 내리는 역사에 대해 민중적 존재가 할 수 있는 일이라고는 '쥐잡기―잡은 쥐의 잔혹한 처형'을 통해 자학적인 복수를 꾀할 수 있는 것뿐이었습니다. 그런 의미에서 「쥐잡기」에서의 '쥐(잔혹한 화형火刑의 대상이 되는 쥐)'는 '아버지' 그 자신이었습니다. 쥐덫에 걸린 그에게는 출구가 주어지지 않았습니다. 민중적 삶에는 오직 '가슴 답답한 세월의 무게'만 드리워질 뿐, 그 어떤 해명이나 계시도 있을 수 없다는 것을 작가는 알고 있었습니다. 그리고 그는 자신이 알고 있는 것만 적을 뿐이었습니다. 그것은 마치 공기처럼, 김소진 상상력의 물질성으로 자리잡고 있는 것이기도 했습니다. 형상도 무게도 없지만, 삶의 가장 필수적인 조건이 되는 것, 그것 없이는 어떠한 생명도 존재할 수 없는 것, 너무 중요해 그 의의를 망각하기 쉬운 것, 바로 그 공기적 물질성이 되고 있는 것이 김소진 특유의 '헛것의 미학'이었던 것입니다. 김소진에게는 민중적 연대감이야말로 공기와 같은 것이었습니다. 역사니 이념이니 하는 것들은 이미 공기가 아닙니다. 작가 김소진이 말하는 '헛것'에는 이념이든 반反이념이든 '현찰' 아닌 것들이 깃들 자리가 애당초 없었던 것입니다. 그야말로 그것들은 '헛것'이었습니다. 역설이든 반어든 그 어떤 수사로도 그것에 이념을 접속시켜서는 안 된다는 것을 작가 김소진은 알고 있었습니다. 그것을 만약 허무주의라 한다면, 모든 문학은 부득불 하나 남김없이 모두 '헛것'에 불과한 것입니다.

김소진 소설이 추구하는 변혁의 꿈은 그의 '헛것의 미학'을 제대로 이해할 때 온전하게 드러납니다. 변혁은 민중적 삶이 제대로 묘사되는 곳에서부터 시작됩니다. 그에게 '묘사'는 모든 지상의 관념을 뛰어넘는 문학의 힘 그 자체였습니다. 작가 김소진은 그야말로 어떤 '헛것'도 소설에 개입하는 일이 없어야 된다고 믿습니다. 그 불순한 '개입'이 묘사의 힘을 뺏어가는 일이 없어야 한다고 생각합니다. 그런 의미에서 그는 '헛것을 안 보는 사람'이었습니다. 아버지가 개에 물려 죽은 것이 아니라 떡을 먹고 체해서 죽은 것이라고 소설의 마지막을 장식하는 것이나(「개흘레꾼」), 아내의 '변혁의 꿈'이 어쩌면 허영일지도 모른다고 어깃장을 놓는 것이나(「그리운 동방」), 끝내 아버지 같은 아버지는 되지 않겠다는 다짐을 철회하지 않는다거나(「자전거 도둑」), 아들의 등록금으로 여자를 산 아버지의 과거를 스스럼없이 까발리거나(「춘하 돌아오다」) 하는 일들은 전적으로 '묘사-현찰 중심주의'에 대한 작가의 굳은 믿음에서 나오는 것들이었습니다. 묘사의 힘에 의거한 문학적 승리를 추구하는 김소진 소설 특유의 텍스트성, 그 서사적 완결성을 위한 작가의 실천적 노력이야말로 종내 우리가 그를 잊을 수 없는 한 이유가 되는 것입니다.

사족 한 마디. 평생 '헛것' 한 번 안 보는 사람과 아이 둘 낳고 이럭저럭(악전고투?) 살아왔습니다. 그쪽 말로는, 자기 없었으면 저는 벌써 '쪽박'을 찼을 거라는 겁니다. 그럴지도 모르겠습니다. '헛것'과 재물은 상극이니까요(제 사는 물정이 그리 궁하지 않은 것은 전적으로 그쪽 덕인 것 같습니다). 제 주변 친구들 중에는 '헛것 안 보는 이'들이 압도적으로 많습니다. 개중에는 저도 '안 보는 이' 축에 끼일 것이라고 여기는 이도 꽤 있습니다. 독서가로 알려진 그들 중의 한 사람이 며칠 전 제게 말했습니다. 제가 최근에 낸 책들이 잘 안 읽힌다는 겁니다. 특히 경어체 문장이 아주 낯설다고 합니다. 그래서 제가 말했습니다. 영화 볼 때처럼 모든 걸 내려놓고 '들리는 대사'만 들으면 무슨 말인지 귀가 뚫릴 것이라고요. 어렵거나 낯설다는 것은 그것들이 내 안에 존재하지 않는다는 것을 뜻합니다. 내 안에 '헛것'이 없는데 밖의 '헛것'들이 보일 리(들릴 리)가 없습니다. '헛것 보는 재미'를 모르니 그런 친구들과는 대화도 잘 안 됩니다. 한두 마디만 섞다 보면 금방 서로 말이 헛갈립니다. 한참을 동문서답으로 보낸 다음에야 급수습할 때도 종종 있습니다. 남자와 여자로 나누고 나서 또 이렇게까지 사람을 나눈 까닭이 무엇인지, 조물주의 창작 의도가 문득 궁금해집니다.

바라볼 수 있는 자리의 소중함

이 몸은 다섯 번 죽고 다섯 번 살아났다.

최초의 출생을 포함하면 다섯 번 죽고 여섯 번 살아났다고 말하는 편이 옳을지도 모르겠다. 출생이란 살아났다고 하는 것과는 여러 가지로 의미가 다르니 역시 다섯 번 죽고 다섯 번 살아났다고 말하는 편이 옳을까. 어느 쪽이든 굳이 말하자면 의미 없는 이야기다. 모처럼 뜨거운 이 몸에서 열을 내고 있는 것은 이 몸을 먹어치우려는 염증의 무리일 뿐, 차갑지도 뜨겁지도 못한 채로 간신히 생각을 이어가고 있으니 이 몸은 곧 죽을 것이다. 시력도 거의 사라졌다. 바닥에 바짝 닿은 턱을 통해 흙냄새를 맡는다. 이미 밤, 이 몸은 시방 인간들이 둘러놓은 장막 안에서 이 몸을 더럽히는 세계가 완파되기를 기다리고 있다. 猫生 십오 년, 인간으로부터 받은 이름은 몸, 나는 인간의 우방이 아니다.

▶▶▶ 황정은, 「猫氏生」, 『2011 이상문학상 작품집』, 문학사상사, 265쪽

저도 고양이 입으로(고양이 입을 빌려) 무슨 말이든 (고양이와 인간에 관해) 해 보고 싶었던 적이 있었습니다만(모르긴 해도 그런 스타일은 모든 소설가들이 한번은 '만지고 싶은' 것들 중의 하나가 아닌가 싶기도 합니다) 역부족으로 뜻한 바대로 실행하지 못한 바가 한번 있습니다. 그 대신 고양이를 키우며 일 없이 '투사projection(받아들일 수 없는 충동이나 생각을 외부 세계로 옮겨놓는 정신 과정. 이것은 방어적 과정으로서, 개인 자신의 흥미와 욕망들이 다른 사람에게 속한 것처럼 지각되거나 자신의 심리적 경험이 실제 현실인 것처럼 지각되는 현상을 말한다)'를 일삼는 한 불안한 심리상태를 부풀려서 어설픈 중편소설(「고양이 키우기」) 한 편을 만든 경험이 있습니다. 일종의 비정규전 혹은 게릴라전을 펼쳤다고나 할까요?

황정은 작가의 「묘씨생猫氏生」은 그런 식의 게릴라전을 벌이지 않고 전면전을 추구합니다. 정공법적으로, 고양이 화자를 이야기의 전면에 내세우고 있습니다. 그것만 해도 반갑고 대견스러운데, "시력도 거의 사라졌다. 바닥에 바짝 닿은 턱을 통해 흙냄새를 맡는다"라는 인상적인 구절까지 있어서(마지막으로 남는 감각이 후각임을 강조했습니다) 시작부터 이 소설에 대한 저의 흥미를 한층 더 고무시킵니다(아직 저는 이 '고양이 소설'을 끝까지 읽지 못했습니다). 마치 저의 마지막 순간을 거기서 만난 듯했습니다. 이제

시력도 소진된 상태에서 마지막으로 남은 감각인 내 후각이 이 지상에서 흡입할 냄새는 과연 무엇일까요? 소설 속 고양이는 얼굴을 땅바닥에 누이고 흙냄새를 맡는다고 했습니다(소설을 읽다 보면 '한 줄'이 능히 한 권의 책을 압도하는 경우가 왕왕 있습니다). 그러면서 '간신히 생각을 이어가고 있'다고 했습니다. 그 '이어가는 생각'이 아마 이 소설의 내용일 것 같습니다. 그렇다면 이 세상을 두고 떠나는 그 순간에 내가 쓸, 짧막할 수밖에 없는, '고양이 소설'의 내용은 또 무엇이 될까요? 그런 저런 생각이 저절로 피어오르게 만드는 소설이었습니다.

기대 속에서 한 편의 소설을 다 읽었습니다. 소설은 그렇게 재미있는 편은 아니었습니다. 본디 이런 역관찰자逆觀察者 혹은 의인화擬人化 주인공 시점은 '함축된 저자'를 본격적으로 풍자해야 제대로 재미진 이야기를 만들어낼 수 있는 법입니다. 고양이를 통해서 '나'를 고발하게 하는 것이지요. 물론, 적당량의 '고양이 세태 묘사'를 그 디테일의 깊이가 인정되도록 면밀히 행하고, 그 가운데서 누구나 공감할 수 있는 '삶의 통찰'을 몇 마디 던지는 것이 선행되어야 합니다. 그래야 일단 '소설'이 되니까요. 승부는 역시 '자아비판'의 진정성에서 비롯될 겁니다. 어디까지 스스로를 들여다보고 있는지를 보여줘야 합니다. 그런 '자기부정' 없이 여기저기 고양이가 옮겨 다니는 곳을 따라서 카메라나 들고 다닌다는 식으로, 그저 포괄적인 시대 풍자 쪽으로, 관찰자적 위치만 고수하다가는 이내 시시한 삼류 소설이 되고 마는 것입니다. 황정은 작가의 「묘씨생」은 그런 면에서 저 같은 '늙은 말'

들이 보기에는 아직 작품 이전의 상태에 놓여 있는 부분이 많은 소설입니다. 그러나 서두의 한 줄, '바닥에 바짝 닿은 턱을 통해 흙냄새를 맡는다'와 중반의 다음과 같은 묘사 장면은 이 작가의 앞날이 무척 밝다는 느낌을 주기에 조금도 손색이 없었습니다.

어떤 전망이나 경치라는 것은 바로 그 자리에서만 발생하는 고유한 것이고 보니 단념하기가 쉽지 않은 것이다. 이 몸에게도 그런 자리가 있었다. 쥐라거나 남은 밥이라거나 뭐든 먹고 배가 부르면 편안한 자리에서 발을 핥고 곡씨 노인의 방으로 갔다. 어린 몸이었던 시절이 지나간 뒤로 노인은 나를 특별히 보살피지 않았다. 애완동물과 사육자라는 관계는 이미 아니었다. 다만 칠이 벗겨진 문고리를 향해 묘오묘오 부르면 문을 열어주었다. 나는 그 방의 궤짝과 선반을 순서대로 밟아서 창으로 올라갔다. 창이라고 부르기도 묘한 것이 본래는 창이 없던 방에 통풍구를 내려고 천장 가까운 곳에 투박하게 뚫어둔 사각 틈에 불과했다. 곡씨 노인은 겨울이라서 바깥이 몹시 추울 때를 제외하고는 그 구멍을 열린 채로 놓아두었다. 창 바깥은 낭떠러지처럼 지상을 향해 깊이 떨어지는 외벽이었다. 높고 좁은 곳에서 도시를 내려다보았다. 인간들이 어디론가 이동하며 만들어내는 불빛 띠들을 바라보았다. (…중략…) 바깥에서도 그런 경치쯤 볼 수 있는 탁 트인 곳이 얼마든지 있었으나 그 자리가 좋았다. 해 지고 난 뒤엔 그 방으로 돌아가 잠을 청하는 날이 많았다. 이따금 노인이 몸을 뒤집는 기척에 눈을 떠보면 그 조그만 방이 마치 천년은 묵은 것처럼 어둡고 진하게 가라앉아 있었다. 나는 꼬리로 벽을 쓸어보고는 하다가 잠들었다.

▶▶▶ 황정은, 「猫氏生」, 『2011 이상문학상 수상집』, 275쪽

　'전망展望'은 멀리 내다보이는 경치를 뜻합니다. 특정 전망이 특별한 감정을 불러내는 것은 인간이나 동물이나 매 한 가지일 것입니다. 먹고 사는 일도 중하지만, 좋은 느낌을 주는 특별한 '전망'들을 남부럽지 않게 소유하는 것도 꽤나 소중한 일일 것입니다. '나는 본다. 고로 소유한다'는 말은 예나제나 여전한 위력을 발휘합니다. 인용문에서처럼 고양이가 다른 '탁 트인 곳'보다도 '지상을 향해 깊이 떨어지는 외벽'을 바깥으로 둔 '통풍구'를 유난히 더 사랑했던 까닭은 그곳이 바로 '곡씨 노인'의 방에 난 창문이었기 때문이었습니다. 노인은 첫 생애에서 죽음의 문턱에 놓여 있던 주인공 고양이를 자신의 손바닥 위에 올려놓고 따뜻한 체온을 옮겨준 당사자였습니다. 그 삶의 온기를 배경으로 고양이는 각박한 인간 세상을 내려다봅니다. 그러니, '전망'이란 것이 꼭 '멀리 내다보이는 경치'인 것만도 아니겠습니다. 누구와 함께, 어디에서, 언제 보느냐는 것이 더 중요할 수도 있겠습니다. 전망을 두고 글을 쓰다 보니 제게 '전망'이 몇 개나 있는지가 급 궁금해집니다. 거기에 관해서도 따로 한 편의 글을 써야겠습니다. '전망에 관하여'쯤 되겠습니다만…, 어쨌든 높은 곳에 앉아서 꼬리로 제 방 벽을 쓸어 보다가 잠들 귀여운 고양이 한 마리쯤 키우고 싶은 것이 이 소설을 읽고 난 최종 소감입니다. 좀 허무합니다만.

소설, 혹은 진득한 것들

살다 보면 여기저기서 '진득한 것들'을 만납니다. 어릴 때 만져 본 송진도 진득하고, 간혹 숟가락으로 떠먹는 꿀도 진득하고, 식빵에 발라먹는 땅콩버터나 딸기잼이나 사과잼도 진득하고, 식은 고깃국물 흘린 자국도 진득하고, 지워지지 않는 미련으로 남은 '옛날 애인' 생각도 진득합니다. 그것들은 모두 고아진 것들이라 진득할 수밖에 없습니다. 내 심장에 여진餘震을 남긴 채 내 곁을 떠난 것들은 언제나 진득합니다. 하여튼 각종 '고아지는 것들'은 다 진득합니다. 세월 따라 흐르는 우리네 인생도 차일피일(?) 너나없이 고아집니다. 생각해 보면 세상만사가 다 그렇게 진득하게 고아지는 일투성이인지도 모르겠습니다.

소설을 읽다 보면 그런 진득한 것들의 표상으로 노인들(늙은 아버지나 어머니들)이 자주 등장합니다. 이것저것, '고아지는 것들'의 주인으로 노인老人들이 등장하는 것을 종종 보게 되는 것입니다. 일반적인 패턴은 이렇습니다. 노인들은 역겨운 무엇인가를 계속 고고 있고 그런 노인과 함께 사는 딸이나 며느리는 그것에 질색을 하며 그를 미워합니다. 그런 식의 스테레오타입 부녀(모녀)갈등은 특히 여류 소설가들의 작품에서 거의 트렌드화가 되고 있습니다. 어떤 소설들은 서로 너무 비슷해서 동일소설의 다른 '판본'이라는 느낌마저 줄 때가 있습니다. 가히 '부녀소설父女小說'이라는 장르를 하나 인정해야 할 듯싶기도 합니다. 오늘은 그런 반反 〈심청가〉식 '부녀갈등'이 소재가 되고 있는(주제는 아닙니다) 두 편의 좋은 소설, 「아무도 돌아오지 않는 밤」(김숨)과 「저녁의 게임」(오정희)에 대해서 한번 살펴보겠습니다.

구릿빛 양은들통에서는 한 무더기의 오리 뼈가 고아지고 있었다. 오리 뼈에서 우러난 누리끼리한 기름이 둥둥 엉겨 떠올라 장판지 같은 막을 만들어내는 동안, 거실과 부엌은 차차 어둠 속으로 가라앉았다. 부엌 맞은편 꼭 닫힌 방문이 소리 없이 열리더니, 노인이 걸어나왔다. 제자리걸음을 해 현관 쪽으로 돌아서더니 두 발을 질질 끌면서 움직여 갔다. 고개가 쳐들려서 있어서인가 노인의 몸은 마치 허공에 대롱대롱 매달린 듯 보이기도 했다. 현관문이 열리는가 싶더니, 한순간 노인이 현관문 밖으로 지워지듯 사라졌다.

현관문이 저절로 닫히는 것과 거의 동시에, 영숙이 식탁 의자에서

쑥 몸을 일으켰다. 그녀는 부엌 형광등 스위치를 올렸다.

가스레인지 화력을 최대한 미약하게 줄여놓아, 들통 속 오리뼈 국물은 뭉근하면서도 집요하게 고아지고 있었다. 하루하루 고요하고 끈덕지게 지속되는 노인의 일상처럼, 노인이 온종일 집 안에 틀어박혀 하는 일이란 오리 뼈를 고고, 전기문이나 성경을 필사(筆寫)하거나 티브이 뉴스를 시청하는 것뿐이었다. 날이 어둑해지면 노인은 슬그머니 방에서 나와 산책을 다녀왔다.

▶▶▶ 김숨, 「아무도 돌아오지 않는 밤」,『2011 이상문학상 작품집』, 177쪽

위의 소설에서 '고아지는 것'과 '노인'은 일종의 '객관적 상관물'의 관계에 놓여 있습니다. 양자는 공히 오랜 시간 동안 '집요하게' 자신의 생명(활동)을 이어가고 있는 것들입니다. 그것들이 주변에 주는 인상은 '누리끼리한' 느낌이거나 '한순간에 지워지듯 사라'져야 하는 잉여적 존재감입니다. 물론 그것은 표층적인 의미입니다. 심층적인 의미는 또 따로 있을 겁니다. 진득하게 우려낸 오리뼈 국물의 효험처럼 이 이야기도 푹 고아지다 보면 새로운 울림을 주는 심층적 의미를 배태胚胎하게 될 것입니다(이 소설을 지금부터 읽어볼 작정입니다). '고아진 것'으로서의 노인의 인생이 결국은 '우리 모두의 우주의 부스러기로서의 삶'을 드러내는 유용한 수단이 되거나 아니면 예상 못한 스토리 반전의 결정적 수단이 되거나 할 것입니다(영화 〈러브레터〉의 노인이 그렇습니다). 만약 그도 저도 아니라면 이 소설의 위와 같은 서두는 잘못 쓰여진 것입니다. 그런 의미화의 의도도 없으면서 처음부터 저

렇게 '고아지는 것'과 노인을 한데 묶어서 소설의 서두를 장식하는 것은 쓸데없는 짓입니다. 노인과 '고아지는 것'은 '노현자老賢者와 연금술鍊金術적 수행'의 관계로 이해되는 것이 글쓰기 전통에서의 상식입니다. 특히 소설에서는 그렇습니다. 노인의 '달이거나 고는 행위'에 대해서 화자가 어떤 평가를 내리든. 소설의 리얼리티 안에서는, 그 행위는 일종의 주술적 가치를 지닌 것이 되어야만 합니다. 그렇지 않으면 그 글쓰기는 도로徒勞가 될 공산이 높습니다.

　꼭 내장까지 들여다보이는 것 같잖아. 밥물이 끓어넘친 자국을 처음에는 젖은 행주로, 다음에는 마른 행주로 꼼꼼히 문지르며 나는 새삼 마루와 부엌을 훤히 튼, 소위 입식(立式) 구조라는 것을 원망하는 시늉으로 등을 보이는 불안을 무마하려 애썼다. 그래도 가스렌지 주변의, 흘리듯 점점이 뿌려진 몇 점의 얼룩은 여전히 희미한 자국으로 남았다. 아마 지난 겨울 아버지가 약을 끓이다가 부주의로 흘린 자국일 것이다. 승검초의 뿌리와 비단개구리, 검은 콩과 두꺼비 기름을 넣고 불 위에 얹어 갈색의 거품으로 끓어오를 즈음 꿀을 넣어 천천히 휘저어 검은 묵처럼 된 그것을 겨우내 장복하며 아버지는, 피가 맑아지고 변비가 없어진단다라고 말했었다. 실내의(室內衣) 바람으로 군용 창고에 콜타르처럼 꺼멓게 엉기는 액체를 긴 나무젓가락으로 휘젓고 있는 아버지는 영락없이 중세의 연금술사였다.

　약을 달이는 동안 내내 누릿하고 매움한 냄새는 집안 곳곳에 스며들고 비단개구리의 살과 뼈는 독한 연기로 피어올라 마침내 낙진처럼 무겁고 끈끈하게 내려앉았다. 나는 빈혈증과 구역질로 헐떡이며 건성의 피부에 더럽게 피어나는 버짐과 잔주름으로 거울 앞에 매달렸다. 얼룩은 변질된 스테인레스로 기억보다 독하고 오래 남아 있을 것이다.

▶▶▶ 오정희, 「저녁의 게임」, 『오늘의 한국소설』, 민음사, 2000, 183~184쪽

인용된 두 편의 소설에서 화자 주인공들은 공히 '고아진 것, 그래서 진득한 것들'에 대한 강한 거부감(증오심?)을 드러내고 있습니다. 아마 '아버지들'의 부정적 이미지가 그것을 통해 대리 표현되기를 바라는 것인지도 모르겠습니다. 며느리(「아무도…」)나 딸(「저녁의 게임」)은 아버지가 등 뒤에서 자신을 보고 있는 것조차도 끔찍이 싫습니다. "꼭 내장까지 들여다보이는 것 같잖아"라고, 가릴 데 없이 탁 터진 입식 부엌에 대해서 불만을 늘어놓습니다. 물론 이때 '아버지'는 실존의 아버지라기보다는 '삶을 구속하는 오래된 율법 일반'을 나타내는 것으로 읽혀집니다. 그런 '억압'으로 인해 고통받고 있는 '나도 모르는 나'들과 소통하고자 하는 것이 이런 소설들의 '의도'가 아닌가 싶습니다.

이 두 편의 소설을 비교해 보면(서두 부분만) 후자 쪽이 전자 쪽보다 글의 짜임이 조금 더 촘촘하다는 느낌을 줍니다. 아마도 화자의 주관적 진술(불안한 내면)이 요소요소 장면(공간)묘사의 빈틈을 메우고 있는 덕분인 듯합니다. 전자 쪽도 조금 더 이야기가 진행되면 글의 짜임새가 한결 모양새를 갖추게 됩니다.

그녀는 현관 쪽을 흘끔 바라본 뒤, 국자로 들통 속을 휘저었다. 장판지가 찢기듯 기름이 엉겨 만들어진 막이 찢어졌다. 누리끼리 하다못해 푸르스름한 빛이 감도는 국물 위로 늑골과 목뼈, 엉치등뼈 등속이 삐죽삐죽 악다구니 치듯 올라왔다. 그녀는 국자로 뼈들을 꾹꾹 눌러 들통 바닥으로 가라앉힌 뒤, 국자 그득 오리 뼈 국물을 떴다. 국자 속 국물을 빤히 들여다보고 있으려니 저절로 노인의 눈동자가 떠올랐다. 타원형의 오목한 국자 속에 담겨 있어서인가, 노인의 흐려터진 눈동자가 국자 속에 그렁그렁 괴어 있는 것만 같았다. 자신을 빤히 응시하고 있는 것만 같아서 그녀는 국자를 들통 속에 내던지듯 처박았다.

▶▶▶ 김숨, 「아무도 돌아오지 않는 밤」, 『2011 이상문학상 작품집』, 184쪽

두 소설 모두에서 화자는 '노인의 시선'에 대한 강한 거부감을 드러냅니다(전자는 며느리, 후자는 딸입니다). 왜 그렇게 '노인(노인이 된 아버지)'들이 딸들에게 배척되고 있는지 자세한 사정은 드러나 있지 않습니다. 처음부터 노인은 젊은 딸이나 며느리에게 부담스러운 존재이고 영악스러운 존재로 나타납니다. 그렇게 하면 '기존의 관습'과 '삶의 본질인 추醜와 악'이 절로 드러난다고 생각하는지도 모르겠습니다. 그렇게 해서라도 인생의 허전함, 그 '허전한 한 목숨'을 그려내려고 하는 것인지도 모르겠습니다. 어쩌면 위의 두 소설을 쓴 소설가들이 젊은 탓인지도 모르겠습니다(소설 집필 때의 나이를 말합니다). 젊을 때는 누구에게나 '고아진 것, 그래서 진득한 것들'을 달갑게 여기지 않는 경향

이 있습니다. 그때는 세상만사 날 것 채로 먹어야 제 맛이라고 여깁니다. 헤밍웨이가 『노인과 바다』에서 한 것처럼, 우리네 고달픈 인생에서 평생을 두고 '달이고 고아야 할 것'이 무엇이냐를 묻는 일은 어쩌면 그들 몫이 아닐 수도 있는 일입니다.

소설 「아무도 돌아오지 않는 밤」을 다 읽었습니다. 소설의 서두만 보고 지레 짐작을 늘어놓는 습벽習癖이 나쁜 버릇이라는 걸 모르는 바는 아닙니다. 공들여 쓴 '남의 작품'에 대한 결례가 됨은 물론이고, '오해와 편견'에 가득찬 독서가 될 공산이 큰 몹쓸 버릇입니다. 그러나 좋은 점도 하나쯤은 있습니다. 내 오해를 입증시키기 위해 멀쩡한(?) 작품과 싸우는 투지를 불태울 수 있도록 합니다. 꼼꼼하게, 문장 하나하나를 새기면서, 읽어 내려갈 수 있도록 합니다. 이번에도 그렇게 이 소설을 읽었습니다. 후반부로 갈수록 이야기의 재미가 점점 배가되는 소설이었습니다. '아무도 돌아오지 않는 밤'에 혼자 집을 지키는 불안한 임산부의 심리가 잘 묘사되고 있었습니다. 「저녁의 게임」처럼 충격적인 반전은 없었지만, 출구 없는 일상이 우리에게 가하는 '억압(폭력)'을 그런대로 잘 그려내고 있었습니다. 이만한 소설 하나 만들어내기가 얼마나 어려운지는 저도 명색이 소설가였으니까 모를 일 없겠습니다.

최근에 들어서 젊은 작가들의 작품들을 시간 날 때마다 읽어 보려고 하고 있습니다. 좀 더 읽어봐야 되겠습니다만, 제 느낌에 '진득한 맛'이 옛날보다 훨씬 덜한 것 같습니다. 돌이켜 보니 저도 젊어서는 그랬던 것 같습니다(그래서 어중간한 나이에 중도탈락한 것인지도 모르겠습니다). 작가는 '끝을 보는 눈'을 가져야 한다고 생각합니다. 어중간하게 보는 눈으로는 '인간만의 승리'(내용)도 '제목에 이기는 글'(형식)도 만들어낼 수가 없습니다. '진득하게, 끝을 보는 안법眼法'을 길러야 합니다. 그야말로 '오늘 내 글쓰기에서 끝을 본다'는 심정으로 글을 써야 합니다. 내일은 없습니다. 오늘 끝을 보기로 작정을 해야 합니다. 그렇지 않으면 고작 아류로 끝나거나 중도탈락하는 비운을 겪습니다. 우리 후배 작가들은 소설 「저녁의 게임」이 보여주는 '끝'이 왜 우리를 전율케 했는지를 좀 더 심사숙고해야 합니다. '아버지의 악惡'이 고작 노추老醜에서 머물지 않고 어쩔 수 없이 '우주의 섭리'라는 것을 「저녁의 게임」이 보여주고 있는 사실에 대해 좀 더 심사숙고해야 합니다.

　나는 찬 방바닥에 몸을 뉘었다. 아버지가 아직 방에 들어가는 기척이 없다는 걸 떠올리며 나는 빈 집에서처럼 스커트를 끌어 올리고 스웨터도 겨드랑이까지 걷어 올렸다. 자박자박 여전히 아이를 재우는 여자의 발소리는 머리 위에서 들려왔다. 금자동아 은자동아 세상에서 귀한 아기. 나는 누운 채로 손을 뻗어 스위치를 내렸다. 방은 조용한 어둠 속에 가라앉기 시작했다. 이윽고 집 전체가 수렁 같은 어둠 속으로 삐그덕거리며 서서히 잠겨들기 시작했다. 여자는 침몰하는 배의 마스트에 꽂힌, 구조를 청하는 낡은 헝겊 쪼가리처럼 밤새 헛되고 헛되이 펄럭일 것이다. 나는 내리누르는 수압으로 자신이 산산이 해체되어 가는 절박감에 입을 벌리고 가쁜 숨을 내쉬며 문득 사내의 성냥 불빛에서처럼 입을 길게 벌리고 희미하게 웃어보였다.

▶▶▶ 오정희, 「저녁의 게임」, 『오늘의 한국소설』, 196쪽

꽤나 자의식이 강해 보이던 주인공은 작품 후반에 들어 갑자기 독자들을 놀라게 합니다. 느닷없이 밖으로 나가 '빈 집'에서 이름도 모르는 남자와 야합野合을 하는 장면을 보여줍니다. 위의 장면은 집으로 돌아와 자기 방에 누워서 그 장면을 반복하는 모습입니다. 아직 아버지가 방으로 들어가지 않았다는 걸 확인하면서 보란 듯이 그 사내와의 야합 장면을 재연합니다. 스스로를 '구조를 청하는 낡은 헝겊 쪼가리와 같은 여자'라고 부르면서 그런 '끝'을 보여줍니다. 그 '끝'이 없었다면 이 소설은 아마 평범한 '출구 찾기' 소설에 머물렀을지도 모릅니다. '괴물과 싸우다 나도 괴물이 되었다' 정도의 어중간한 수준에 걸터앉고 말았을지도 모릅니다. 그러나 이 소설은 그런 어중간한 자리에서 주저앉지 않습니다. 아주 끝까지 가서 우리를 전율케 합니다. 끝내 진득한 그 무엇을 우리가 만지도록 만듭니다.

●
●

늙어서도 또렷하면

● ● ●

　나의 주인은 누구일까요? 아마 한 사람(?)은 아닐 듯싶습니다. 제가 믿는 신神은 당근이고, 평생 같이 사는 집사람은 물론, 말은 안 해도 집아이들도 저에 대한 영유권(?)을 암암리에 획정, 묵수할 듯합니다. 기억도 희미합니다만 돌아가신 부모님들도 살아생전에는 필경 그랬을 겁니다. 저의 주인이 당신들이라고요. 직장의 상사나 동료들도 어쩌면 저에 대한 자신들의 지분을, 은근하게나마, 주장해마지 않을지도 모르겠습니다. 간혹, '준 것도 없으면서' 저를 비난하는 사람들이 있는 걸 보면 필시 그런 영유권 문제가 있기 때문이지 싶습니다. 저는 모르지만 그들은 제게 무엇인가를 준 사람들입니다. '받은 것'을 치자면 종교가 가장 어이가 없습니다. 누구든 자의로 종교를 선택합니다만, 일단 종교를 가진 뒤에는 선택의 대가를 톡톡히 치러야 합니다. 신의 눈치를 많이 살펴야 합니다. 사제들이 그를 대신해서 시간 날 때마다 그 '영유권 문제'를 환기시킵니다. 제례에 참여할 것을 명령하고, 교무금이나 봉헌금을 낼 것도 강조합니다. 가진 것보다 늘 적게 바치는 신도인 저에게 필경 죄책감을 불러일으킵니다. 영낙 없이 자의 삶입니다. 돌아서면 바로 남인데 그 전까지는 이런저런 요구가 많습니다. 사실 모든 저의 주인들의 행태가 그와 똑같습니다. 부부든 연인이든 부모 자식이든 모두 그렇게 저를 '자기 것으로 만드는 방식'에 있어서는 대동소이합니다. 그 관계의 형틀 안에 저를 묶어두는 형식이 다소 다를 뿐, 그들은 늘 제게 '요구하는 자'로 군림합니다.

요즈음, 그런 구속들에 감사할 때가 종종 있습니다. 하여튼 저에 대한 영유권을 주장하는 이들이 무슨 명령을 내릴 때면 저는 그저 그들이 시키는 대로 하려고 노력합니다. 그들 덕분에 '우주가 존재하는 느낌'을 받을 때가 종종 있습니다. 인생을 '빌려 사는 주제'에 제 인생의 주권을 지닌 이가 한 명도 나타나지 않는다면 얼마나 허무할까라는 생각도 자주하게 됩니다.

사는 일이 누구를 위한 것인가? 살다 보면 그런 물음에 심각하게 봉착되는 시기가 있습니다(만약 없었다면 심각하게 자기 인생을 한번 뒤돌아 봐야 할 겁니다). 제게도 두어 번 있었습니다. 사춘기 때 한 번, 사추기思秋期 때 한 번, 그렇게 있었던 것 같습니다. 사춘기 때는 답이 잘 나오지 않았습니다. '십 리 안이 오리무중'이었습니다. 하릴 없이 답 없는 연애에 몰두했습니다. 어쨌든 그 시기에는 연애가 많은 도움이 되었습니다. 이 자리를 빌려 그 때 절실한 도움을 주신 분들께 심심한 감사의 뜻을 전합니다. 사추기 때는 직장 동료들과 운동(검도) 동료들이 적잖이 도움이 되었습니다. 사춘기 때와는 달리 목표가 있었던 그때는 전조등 없이 밤길을 달리는 자동차처럼 마구 달렸습니다. 어쨌든 이제 날은 밝았습니다. 그동안 저의 난폭운전(도끼칼?)에 심신을 다치신 분들께 이 자리를 빌려 심심한 사죄의 뜻(통석의 염?)을 전합니다. 늙어지니 온통 감사와 후회의 염뿐입니다.

오정희 소설 「동경銅鏡」을 처음 대했을 때, 노년의 삶에 대한 작가의 통찰에 크게 감복한 적이 있었습니다. 워낙 조실부모, 어려서부터 가족 내에서의 '영유권 문제'가 말소된 상황 속에서 살아왔던 탓에, 저는 '노년의 삶'에 대해서 제대로 관찰할 수 있는 기회를 가지지 못했습니다. 그냥 피상적인 것들만 보아왔습니다. 그런 저에게 그 소설은 작지만 통렬한 '일격'을 선사했습니다. 그야말로 쥐도 새도 모르게 '한 칼' 맞는 느낌이었습니다. 차갑고 날카로운 그 무엇이 쑥 들어오더니 순식간에 제 사지에서 힘을 빼내 갔습니다. 그리고는 잠시 뒤 시원하다는 느낌이 스쳐지나갔습니다. 아, 이렇게 내 인생도 끝을 보겠구나, 문득 그런 예감이 들었습니다.

"주무시우?"
그는 안간힘을 쓰듯 간신히 눈을 떠 아내를 쳐다보았다.

"밤에 잠들려면 낮에 운동을 해야 해요. 점심 때 반주를 드는 대신 식사를 하고 나서 또 산책을 해보세요."

아내의 말이 맞을지 몰랐다. 늘어진 위장은 이제는 점심에 곁들인 소주 한 잔으로는 꼼짝도 하지 않았다. 아내는 그의 대답을 기다리지 않고 큰 소리로 이어 말했다. 아내의 목소리는 엉뚱한 활기에 차 있었다. 딱히 무슨 말을 하고 싶어서라기보다 그치지 않고 들려오는 노래 소리를 지우기 위한 안간힘인 듯도 싶었다.

"참 이상하죠. 난 요즘 자주 죽은 사람들 생각을 한다우. 꼭 아직도 살아 있는 것처럼 그 사람들 생전의 일이 환히 떠오르는 거예요. 그러면서 정작 우리가 살아온 세월은 기억이 나지 않아요. 아무리 애를 써도 기억나지 않는 희미한 꿈 같아요. 당신은 쉰 살 때, 마흔 살 때를 기억하세요? 난 통 그때의 당신의 모습이 떠오르지 않아요. 난 아무래도 너무 오래 살고 있다는 생각이 자꾸 들어요. 뜰 손질도 이제 힘이 들어요. 하지만 하루만 내버려둬도 잡초가 아귀처럼 자라니…… 요즘 같은 계절엔 더 그래요."

더욱 높아지는 노래 소리에 잠깐 말을 끊었다가 아내는 한층 커다란 목소리로 말을 이었다.

"내버려두라고, 예전에 그 애는 그랬었죠. 굳이 꽃과 풀을 가려서 뭘 하느냐고, 어울려 자라는 것이 더 보기 좋다구요."

그의 얼굴에 미소가 떠올랐다.

"당신이 쉰 살 땐 어땠지요? 마흔 살 때는? 서른 살 때는? 통 기억이 안 나요. 말해 줘요."

아내는 마치 그에게 최면을 거는 듯 안타깝고 집요하게 캐묻고 미처 그에게서 대답이 나올 것을 두려워하여 재빨리 덧붙였다. 아내의 목소리와 담 너머 아이의 노래 소리는 다투어 연주하는 악기의 불협화음처럼 높고 시끄러웠다.

"스무 살 때는 아름답고 자랑스러웠어요. 대학에 들어가던 해였지요. 어제처럼 또렷이 떠오르는걸요. 늘 발이 가렵다고 했지요."

그는 더 이상 아내의 말을 듣고 싶지 않았다. 영로는 늘 발이 가렵다고 했었다. 그의 륙색 위에 얹혀 떠났던 피난길에서 걸린 동상이 종내 낫지를 않아 겨울밤에라도 차가운 콩자루 속에 발을 넣고 자야 시원하다고 했었다.

"기억나세요? 시공관에 발레 구경을 갔던 게 다섯 살 때일 거예요. 그때 그 애는 내 숄을 잃어버렸어요. 그 시절 일본인들도 흔하게 갖지 못했던 진짜 비단으로 만든 거였지요. 구경을 하고 나와 화장실에 들르려고 그 애 어깨에 걸쳐 주었는데 흘러내리는 것도 몰랐었나 봐요. 그 앤 그렇게 멍청한 구석도 있었죠. 모두들 내게 가지색이 신통하게 어울린다고 했어요. 정말 내 평생에 두 번 갖기 어려운 물건이었죠."

아내는 언제까지 잃어버린 숄 얘기만 할 것인가. 아내의 말소리도 맥을 만드는 손놀림도 점차 빨라졌다. 반죽이 담긴 함지는 비어 가고 마루턱에는 아내가 빚어 놓은 맥이 더 늘어놓을 자리가 없을 만큼 즐비했다.

"겨우 스무 살이었어요. 스무 살에 뭘 안다고. 여드름이나 짤 나이에 세상을 뒤바꾸어 놓을 수 있다고 생각하다니요. 그 애가 죽었어도 우린 여전히 살고 있잖아요."

영로는 어느 봄날 바람개비처럼 달려나갔다. 채 자라지 않은 머리 칼을 성난 듯 불불이 세우고.

늙은이는 반성하지 않는다. 반성을 요구하는 어떤 새로운 삶을 기다리고 있지 않기 때문이다.

높고 찢어질 듯 날카로운 노래 소리가 점점 더 커졌다.

뻐꾹, 뻐꾹, 봄이 왔네. 뻐꾹, 뻐꾹, 복사꽃이 떨어지네.

▶▶▶ 오정희, 「동경」, 『저녁의 게임 외』, 동아출판사, 1995, 270~272쪽

두 노인네는 스무 살 때 죽은 아들 이야기를 하고 있습니다. 4·19 때 죽은 아들입니다. 그 아이가 다섯 살 때 시공관에 갔다 가 비단 솔을 잃어버린 이야기를 할머니는 또 합니다. 그 기억 이 그녀의 주인이기 때문에 그렇게 반복합니다. 그렇게 주인은 할머니를 부립니다. 할아버지는 그 이야기가 듣기 싫습니다. 그 녀가 자신의 영토에서 그렇게 탈락되는 게 싫은 것입니다. 저도 그렇습니다. 그 '주인이 따로 있는 이야기'가 저를 마구 흔들어 댑니다. 저도 자식 잃은 어머니가 들려주던 그런 류의 '누군가의 다섯 살 때 이야기'를 꽤나 자주 들었던 탓입니다(어머니는 다섯 살 난 첫아들을 고향에 두고 월남했습니다). '일본인들도 가지기 어려 웠단다'라는 말도 퍽이나 귀에 익은 것이었습니다(어머니는 젊어 서 이웃에 살던 일본인 아낙들의 질투어린 시선에 대해서 자주 말하곤 했 습니다). 그것뿐이 아닙니다. '쉰 살, 마흔 살' 때의 일이 기억나지 않는다는 할머니의 말도 남의 말이 아니었습니다. 그런 '망각의 체험'은 최근의 저의 일상에 그대로 와 닿았습니다. 저도 나이

들어 일어난 일들은 통 기억에 남아 있지 않습니다. 근심도 그렇고 기대도 그렇습니다. 그저 물에 물탄 듯 흐릿합니다(아침에 혈압약을 먹기 시작한 뒤로는 더합니다). 스무 살 때나 그 전의 일들이 오히려 더 선명하게 남아 있습니다. 근심도 기대도, 그때의 것들만 선명합니다. 그것들만 정곡을 찌릅니다. 그 선명한 것들이 여태 제 주인인 것이 확실합니다.

사족일 수도 있겠습니다만, '내 삶의 주인'과 관련해서 또 한 편의 재미있는 이야기가 있어서 소개해 올립니다. 김영민·이왕주 교수 공저의 『소설 속의 철학』(문학과지성사, 1997)에 실린 「동경, 그 흐릿한 거울에 비친 진리」라는 글의 서두 부분입니다.

그리스 신화에 나오는 이야기다. 어느 날 근심의 신 쿠라가 흙을 가지고 놀다가 이상한 형상 하나를 우연히 만들게 되었다. 쿠라는 그 모양이 너무도 마음에 들어서 이게 움직이면 얼마나 좋을까 생각하였다. 마침 영혼의 신 제우스가 지나가고 있어서 그에게 부탁했다. 그가 숨결을 훅 불어넣으니 살아 움직이는 흙덩이 즉 사람이 되었다.

그러나 세 명의 신이 각각 그게 자기 것이라고 우겼다. 먼저 흙의 신 호무스가 내 몸으로 만들어졌으니 내 것이라고 주장했고, 근심의 신 쿠라는 자신이 만들어냈으니 자기 것이라고 핏대를 세웠으며 영혼의 신 제우스는 살아 움직이게 만들었으니 그 주인은 당연히 자신이라고 우겨댔다.

하는 수 없이 그들은 심판의 신 사튀른에게 가서 판결을 부탁하였다. 한참 숙고하던 사튀른이 내린 판결은 이러했다.

"이 살아 움직이는 것은 그다지 오래가지 않아 죽을 것이다. 그때 가서 몸은 호무스에게서 온 것이므로 호무스가 가지고 영혼은 제우스에게서 온 것이니 제우스가 가져라. 그러나 살아 있는 동안은 만들어낸 신 쿠라의 것이다."

철학자 하이데거는 이 신화를 해석하는 한 권의 어렵고 복잡한 책을 썼다. 그 유명한 『존재와 시간』이다. 이 책의 결론에 따르면 인간에게 확실한 것은 두 가지뿐이다. 죽음을 향한 존재라는 것과 살아 있는 동안 근심에 허덕여야 한다는 것이다.

▶▶▶ 김영민·이왕주, 「동경, 그 흐릿한 거울에 비친 진리」, 101~102쪽

사람은 언젠가 죽는다는 것과 산다는 건 결국 근심을 안고 가는 일이라는 것, 그 두 가지 이외에는 그 자체로 '선명한 것'이 될 수 있는 게 우리 인생에는 없다는 말입니다. 근심의 신 '쿠라'가 인간을 만들었다는 설정 자체가 그런 '생의 진리'를 강조하기 위한 일이 아니겠습니까? 그렇다면 제가 지금 가까운 기억에 대해서는 제대로 주인 노릇을 못하고 있다는 것도 결국은 그만큼 현재는 근심거리 없는 일상을 살고 있다는 말이 될 수도 있겠습니다(맞나?). 그걸 군이 의미 없는 삶을 꾸역꾸역 살아가고 있다고 비하할 필요는 없는 것 아니겠습니까? 내 삶의 주인이 선명하게 드러나지 않는 시간이 나를 힘들게 한다고 군이 엄살을 떨 필요도 없는 것 아니겠습니까? 우리 모두가 쿠라의 자손인 이상, 근심 없는 삶이 꼭 나쁜 것만은 아닐 것입니다. 주인 쿠라의 노예 생활에서 벗어나 자유로운 독립 시민으로 살아가

게 되었다고 여길 수도 있는 일 아니겠습니까? 어쨌거나 늙어도 계속 '선명한 것'이 많다는 게 꼭 좋은 일만은 아닐 수도 있겠다는 생각이 듭니다.

둔재들의 공상

"바람 한 번 불면 날아갈 인생인데…."

영화 〈관상〉(한재림, 2013)에서 주인공이 하는 대사입니다. 초야에 묻혀 사는 역적의 자손 김내경(송강호)은 자신의 인생을 한 방에 날려 버릴 '바람'을 타고 일장춘몽—場春夢, 남가지몽南柯之夢, 조신몽調信夢을 한바탕 꿉니다. 그러나 그 꿈은 타고난 관상가 김내경의 삶을 처절하게 유린합니다. 그렇게 우리의 삶은 그저 운명의 장난에 희롱될 뿐이라는 걸 영화는 보여줍니다. 등장인물 중 선한(선하게 그려지는) 인물들은 누구 하나 잘 되는 사람이 없습니다. 그저 악하게만 살아야 되는 게 인간이라는 메시지를 전하는 것 같습니다. 한순간 인생을 행복하게 만드는 '마법의 지팡

이' 따위는 눈을 씻고도 찾아볼 수 없습니다. 그래서 이 영화는 종내 지루합니다. 그저 고만고만한 둔재들의 공상만을 나열할 뿐입니다. 설명도 부진하고 묘사도 각박합니다. 비유컨대 '등불' 앞에서 '태양 빛'이 무용지물이 되는 형국입니다.

쇼펜하우어가 설명하는 '천재天才'를 읽다 보면 경탄을 금치 못합니다. 불학무식, 천학비재인 제가 읽어도 그는 천재적인 철학가입니다. 프로이트의 책들이 선사하는 감동과는 또 다른 감동이 있습니다. 프로이트의 인간 이해, 혹은 예술 이해가 '원인'에 대한 숙고熟考가 돋보이는 '설명'의 영역에 속하는 것이라면 쇼펜하우어의 그것은 생의 신비를 고양하는 '묘사'의 영역에 속하는 것이라는 생각이 듭니다.

공상은 천재의 시야를 질적으로나 양적으로나 그 개인에게 현실에서 부여한 객관 이상으로 확대한다. 따라서 공상의 강렬성이란 것이 천재성의 요인, 즉 천재성의 조건이다. 그러나 반대로 강렬한 공상이 천재성의 증거가 되지는 않는다. 천재적이지 못한 사람도 때때로 공상을 할 때가 있다. 하나의 현실적인 객관을 순수하게 객관적이고 천재적으로, 즉 그 객관의 이데아를 파악하면서 고찰하는 것과 그저 이유율에 따라 그 객관이 다른 객관들과 자기의 의지에 대해 갖는 관계에서 고찰하는 두 가지 대립된 방식이 있을 수 있는 것과 마찬가지로, 환상도 두 가지 방식으로 볼 수 있기 때문이다. 우선 환상은 이데아를 인식하기 위한 수단이며 그 인식을 전달하는 것이 예술이다. 또 한 가지 환상은 이기심이나 변덕에 안성맞춤이며, 일시적으로 누구를 속인다든지 즐겁게 한다든지 하는 여러 가지 공중누각을 그리는 데 사용된다. 이 경우 공상 속에서 정말로 인식되는 것은 그 관계들뿐이다. 이런 놀이에 몸을 맡기고 있는 자는 공상가다. 그는 자기만 생각하고 즐거워하는 여러 공상을 자칫하면 현실 속에 한데 섞어, 그로 인해 현실에 소용없는 인간이 된다. 그는 아마 모든 종류의 평범한 소설들에 있는 것과 같이 자기 공상의 환영들을 써 갈 것이지만, 독자는 그 작품의 주인공이 된 것 같은 기분이 되어서 그 묘사를 '기분 좋게' 생각하기 때문에, 그 작품은 그 작품의 작가와 같은 부류의 사람이나 일반 대중에게 인기를 얻는다. (…중략…)

평범한 사람에게 인식 능력은 인생길을 비추는 등불이지만, 천재에게는 세계를 비추는 태양이다. 인생을 보는 이와 같은 다른 방법은 곧 두 사람의 외모에서도 나타난다. 천재성을 가지고 있는 사람의 눈초리는 생생한 동시에 꿋꿋하여 정관, 명상의 성격을 갖추고 있어 쉽게 알 수 있다. 자연은 수백만이라고 하는 헤아릴 수 없이 많은 사람들 가운데서 가끔 소수의 천재만을 생산하는데, 이들 천재들의 상을 보아도 이것을 알 수 있다. 이와 반대로 평범한 사람의 눈초리는 대개 둔하지 않으면 얼빠진 모습인데, 그렇지 않다 해도 정관과는 정반대로 엿보는 듯한 모습이 나타나게 마련이다. 따라서 '천재적인' 표정은 의욕보다 인식에서 결정적으로 우세하고, 의욕과는 아무런 관계도 없는 인식, 즉 '순수 인식'이 거기에 나타나 있다는 점이 특징이다. 이와 반대로 평범한 두뇌를 가진 사람에게는 의욕의 표현 쪽이 우세하여, 인식은 언제나 의욕의 자극을 받아 비로소 발동하며 동기에 근거를 두고 있다는 것을 알 수 있다.

▶▶▶ 쇼펜하우어, 권기철 옮김, 『의지와 표상으로서의 세계』,
동서문화사, 2008, 중에서

'평범한 사람에게 인식 능력은 인생길을 비추는 등불이지만, 천재에게는 세계를 비추는 태양'입니다. 자기가 든 등불의 빛으로 태양의 빛을 가늠하는 것처럼 어리석은 일이 없을 것입니다만, 어려서부터 '공상空想'에 젖어 살아온 저로서는 그 말이 주는 감동이 예사롭지가 않습니다. 그와 함께 양귀자의 소설「한계령」, 「천마총 가는 길」 같은 소설들이 생각이 났습니다. 젊어서의 저의 '공상'들은 그 소설들과 그리 크게 공명共鳴하지 않았습니다. 이른바 '천재성'이 엿보이지 않았다는 구실이었을 겁니다. 그랬던 그것들이 이 시점에서 왜 올라오는지 잘 모르겠습니다.

　양귀자는「한계령」이라는 소설에서 어릴 때의 친구가 야간업소에서 양희은의 〈한계령〉을 구성지게 부르는 것을 전경화시켜두고 우리네 삶의 급격한 변화가 초래하는 이런저런 곡절들을 풀어냅니다. 소설 속의 자세한 사정은 이미 망각의 강 저편으로 건너가 있었습니다. 나지막이 그 노래만 따라 불러봅니다. "저 산은 내게 우지마라 우지마라 하고/발 아래 젖은 계곡 첩첩산중/저 산은 내게 잊으라 잊어버리라 하고/내 가슴을 쓸어내리네/아 그러나 한 줄기 바람처럼 살다 가고파/이산 저산 눈물구름 몰고 다니는 떠도는 바람처럼/저 산은 내게 내려가라 내려가라 하네/지친 내 어깨를 떠미네", 세상사 모든 것이 마음먹기, 생각하기 나름일 것이라 여깁니다. 지금까지 애지중지하던 모든 걸 다 내려놓자는 다짐을 새롭게 해 봅니다.

　「천마총 가는 길」이라는 소설은 조악(폭악?)하기만 했던 80년대의 역사를 아프게 반영하고 있는 소설입니다. 부당한 권력에 의해 자행된 '짐승의 시간'을 견디고, 주인공은 경주 대릉원을 찾아서 그곳에 남아 있는 천년의 시간으로 그 상처를 어루만집니다. 아마 그런 내용이었지 싶습니다. 저에게는 그 '짐승의 시간'을 묘사하는 장면들과 함께 소설의 말미에 나오는 천마총 안으로 들어갈 때의 느낌이 서술되는 다음 장면이 지금껏 기억에 남아 있습니다.

> 천마총은 무덤의 내부를 반으로 잘라서 사람들이 무덤 속으로 들어가 관람하도록 꾸며져 있었다. 뻥뚫린 천마총의 굴문이, 그것의 컴컴한 입구가 눈앞에 나타났을 때 그는 저 검은 통로를 거쳐 무덤 속으로 가기가 겁났다. 마치 단절된 세월 속으로 빨려들어가는 것처럼 검은 입구는 섬뜩하기도 하였다. 두통이 거세어지고 있어서 그는 머리카락에 손을 집어넣고 두개골을 꾹꾹 눌러댔다. 경건한 마음으로 참배합시다. 대리석 기둥에는 그렇게 새겨져 있었고 몇몇 사람들이 그 앞에서 합장을 하며 안으로 들어갔다. 빨리 가자 아빠, 우리도 얼른 들어가. 한별이의 성화에 밀려 굴속으로 들어서기는 했다. 갑자기 썰렁한 한기가 달려들었다. 그는 아내 모르게 부르르 진저리를 치면서 아이의 손을 꽉 잡았다.

▶▶▶ 양귀자, 「천마총 가는 길」, 《두산잡지 BU》, 1995 중에서

소설에서도 기술되어 있지만, 이승과 저승의 경계가 되는 두꺼운 흙장벽을 지나고 나면 무덤 내부는 밝고 의외로 볼거리들도 많습니다. 천마총 가는 길처럼, 들어가는 길이 무섭고 외로워서

그렇지 막상 당도하면 저승도 견딜 만한 곳이지 싶습니다. 질곡의
70·80년대도 그렇게 견뎠으니까요. 굳이 천재의 '공상'이나 '인
식'까지 빌리지 않더라도 그 정도는 알 것 같습니다.

자애(慈愛)와 염치(廉恥)

살다 보면 자애와 염치의 필요성(어려움?)을 많이 느낍니다. 아랫사람에게 사랑을 베푸는 일과 스스로 부끄러움을 아는 일에만 부족함이 없다면, 늙는 일의 외로움과 고단함이, 꽤나 많이 감면될 수 있을 거라는 생각이 듭니다.

자식이든 제자든 후배든 부리는 사람이든(나를 도와주는 사람이든), 내 곁에 있으면서 나보다 젊은 이들은 어쩔 수 없이 실수와 결례를 반복하게 되어 있습니다. 정도의 차이일 뿐 예외란 없습니다. 그들은 늘 실수를 저지르고 결례를 범합니다. 공자의 제자였던 안회처럼 경탄을 자아낼 정도의 만족감을 주는 '젊은 이'들은 실제에서는 아예 없다고 보시면 됩니다(스승보다 일찍 죽는 안회는 아주 특별한 경우라 할 것입니다. 보통의 후인後人들은 선인先人이 죽어야 그의 가치를 압니다). 그들은 아직 사례事例에 밝지 못하고 자비慈悲를 모릅니다. 늘 목전目前의 정의와 공평과 실익에 민감하고 용서와 공존과 명분에 약합니다. 그래서 종종 소탐대실小貪大失하게 됩니다. 길게 볼 때 일을 그르칠 때가 많습니다.

'젊은 이'들과 함께 사는 '늙은 이'들에게 요구되는 것은 인내忍耐와 자애慈愛의 태도입니다. '젊은 이'들이 스스로 깨치기를 기다려야 합니다. 뻔한 결과에 대해서도 짐짓 모른 척해야 할 때가 많습니다. 결과에 관계없이 웃어줍니다. 아니면 그저 침묵으로 대합니다. 결과가 나오고, 스스로의 조급함과 과민성에 대하여 본인 스스로 후회할 때까지 기다려 줍니다. 그래야 그들도 늙어서 세상에 보탬이 되는 삶을 배울 수 있게 됩니다. 그들도 늙어서 '규칙을 위해 죽는 늙은 이(〈일대종사〉(왕가위, 2013))'가 될 수 있습니다.

'할까 말까 망설여질 때는 하지 않는다', 나이 들면서부터 지키려고 노력하는 작금의 제 좌우명 중의 하나입니다. 보통 망설임이 따르는 것들은 그 자체로 모험이거나 아니면 체면이나 염치廉恥를 상하게 할 공산이 큰 것들입니다. 이제는 모험심을 가지고 무턱대고 앞으로만 나아갈 때는 아닌 것 같습니다. 실패가 주는 데미지가 너무 큽니다. 먹은 나이가 그런 무모함을 용납하지 않습니다. 부끄러움을 자각하는 것도 마찬가지입니다. 나이가 들수록 염치심이 줄어든다는 말이 있습니다. 영화 〈범죄의 재구성〉(최동훈, 2004)에서 '김 선생'이 한 말이 생각납니다. 복수의 방법이 좀 추하지 않느냐는 친구의 말에 '나이 들면(늙으면) 좀 추해져도 된다'라고 그는 응대합니다. 그 대사가 지금까지 기억에 남아 있는 까닭이 아마 있을 겁니다. 당시 제 주변의 '늙은 분'들이 그렇게 추한 모습을 자주 보이셨거나, 아니면 '나도 나이가 들면 추하게 살고 싶다'라는 염원(?)이 뼈에 사무쳤거나 일 것입니다. 어쨌거나, 나이 들면서 염치를 아는 것의 막중함은 아무리 강조해도 지나침이 없겠습니다.

오늘은 좀 오래된 소설 한 편에 대해서 말씀드릴까 합니다. 강석경의 『밤과 요람』이라는 소설입니다. 이제 60대에 든 작가가 20대 때 청년의 패기로 쓴 청년 문학입니다. 이른바 '기지촌 문학'에 속하는 소설입니다. 제가 막 등단했을 무렵, 이 작품에 대한 찬사가 여기저기서 들렸습니다. 존경하는 고향 선배의 작품이었지만 저는 그때 이 소설을 읽지 않았습니다. 그 이유는 잘 생각나지 않습니다. 남들이 좋다는 것을 우정 피해 다녔는지도 모르겠습니다. 무슨 까닭인지 30년이 꼬박 흘러서야 비로소 이 작품을 읽을 생각을 했습니다. 도서관에서 빌려서 읽었습니다. 우리 시대(민족)의 외상外傷을 차분하고 담담하게 드레싱 dressing(상처 부위를 소독함)하고 있다는 느낌을 받았습니다. 청년 문학이 지니는 치기, 과장, 도식성 같은 것도 많이 절제되고 있는 듯했습니다. 본문 중에서 '기지촌 문학'의 특성을 잘 드러내는 몇 구절만을 골라서 옮겨 보겠습니다.

선희가 애니 상태를 안 것은 마크가 막 들어오고 나서다. 저녁을 준비하는데 누가 문을 두드렸다. "써니 언니." 문을 여니 미라였다. "애니가 있잖아." 선희가 방에서 나서자 미라는 다급하게 말을 이었다.

"애니가 병원에 갔대. 탐슨이 업고 데려갔나 봐. 탐슨이 여태 애니를 침대에 묶어놓고 오늘 돌아와선 뜨거운 커피를 들이부었대. 거기다가."

"뭐라구?"

선희는 더 물으려다 말았다. 입을 다물지 못하고 서 있는데 미라는 샌디 방으로 들어가 버렸다. 선희는 입술을 깨물고 한동안 밖에 서 있었다. 선희가 들어서자 마크가 무슨 일이냐고 물었다. "끔찍해." 선희는 얼굴을 찌푸렸다.

"애니가 방금 병원으로 갔어. 일이 생겼어. 살림하는 흑인이 있는데 애니가 바람을 피우다가 그에게 들켰거든. 그가 애니의 몸에 뜨거운 커피를 부었어. 음부에"

선희의 목소리가 높아졌으나 마크는 가만 바라보기만 했다. 선희는 동의를 구하듯 말을 덧붙였다.

"애니는 고소할 거야. 남자들의 폭력을 그냥 받아들이면 안 돼. 사람이 할 짓이 아니야."

"써니, 내가 생각하기에 그건 폭력이 아니라 사랑의 방법이야."

"사랑의 방법? 무슨 말이야?"

선희는 화를 냈으나 마크의 입가에 웃음이 떠올랐다.

"그 흑인은 여자를 사랑할 줄 알아. 증오할 줄 알아야 사랑도 하는 거야. 나는 그가 부러운데?"

말하다 말고 마크는 주머니에서 손지갑만 한 빨간 상자를 내놓았

다. 선희는 무심히 그것을 바라보았다. "당신에게 손목시계가 없잖
아." 눈이 마주치자 마크는 상자를 선희 앞으로 디밀었다. 상자 속에
는 시계가 들어 있었다. (…중략…)

마크가 저녁 식사를 끝내고 나자 선희는 약을 먹으라고 환기시켜
주었다. 마크는 십여 일째 항생제를 먹고 있었다. 처음엔 요도에서
고름이 나왔으나 이제는 그친 듯했다. 마크는 약을 먹고 나서 길쭉
한 성기를 꺼내 들여다봤다.

"이따금 통증이 와, 하지만 일주일 뒤면 완쾌될 거야. 당신에게
미안해."

선희는 마크의 늘어진 성기를 바지 속에 넣어주었다. 지퍼를 올리
며 마크 뺨에 입을 맞추었다.

"그래서 시계를 사 온 거야? 난 상관없어."

"시계는 훔친 거야. 물론 써니에게 줄 생각을 했어."

선희는 마크에게서 한 발 물러섰다. 농담인 줄 알았으나 마크의
표정엔 움직임이 없었다.

"난 슬래키 보이야. 원래 도벽이 있어."

"농담을 하는 거지?"

마크는 담배를 피워 물곤 침대에 걸쳐 누웠다.

"하이스쿨에 들어가던 해야. 그저 인생을 알고 싶었고, 혼자 살고
싶었어. 주유소나 창고에서 일을 하고 돈을 벌었지만 지칠 때는 도
둑질을 했지. 길에 세워둔 자동차 부속품을 떼내기도 했고, 레스토
랑에서 고급 식기를 훔치기도 했어. 일년 뒤엔 다시 집에 들어갔지
만 도둑질을 여전히 계속했어. 학교 다닐 때는 책만 훔쳤지."

"들킨 적은 없어?"

마크가 누운 채 어깨를 으쓱했다.

"내가 무엇을 훔치는 건 그것이 필요해서가 아냐. 들키지 않기 위해서지."

▶▶▶ 강석경, 『밤과 요람』, 책세상, 2008 중에서

젊어서는 불만이 많았습니다. 외로운 자들, 가난한 자들에게 사회가 베푸는 '값싼 온정'에도 종종 눈살을 찌푸렸습니다. 문학이 그들에게 베푸는 '말뿐인 위로'는 더더욱 싫었습니다. 그런 짓거리는 공평에도, 염치에도 맞지 않은 일이라고 여겼습니다. 눈에는 눈 이에는 이, 어떻게든 악착같이 사는 것만이 정답이라고 믿었습니다. 물질이든 정신이든, 외로움을 앞세우고 동정을 구하는 일은 정말이지 못난 축에 속하는 일로만 치부했습니다. 당연히 그들을 '말로만 위로'하는 것은 더 나쁜 일이라고 믿었습니다.

그러나 나이가 들면서 생각이 변했습니다. 사람이 할 수 있는 일이란 어쩔 수 없이 '공치사'뿐이라는 걸 알게 되었습니다. 아무리 원망하고 나무라도 변치 않는 것은 변하지 않았습니다. 수그러들지 않을 수 없었습니다. 외로웠습니다. 그 외로움 하나 극복한다는 게 그리 만만한 일이 아니라는 걸 인정해야 했습니다. 그런 게 인생이라는 걸 알아야 했습니다. 그러니 이런저런 '소설'이란 것들도 결국은 그 외로움 하나 나누자는 소행에 불과하다는 걸 인정하지 않을 수 없었습니다.

사족 한 마디. 사람이 염치廉恥를 안다는 것과 자애慈愛롭다는 것은 좀 차원이 다른 일인 것 같습니다. 염치에 민감한 이들 중에는 자애에 둔감한 이들도 적지 않습니다. 특히 사회적으로 남들보다 번듯한 위치에 처해 있는 사람들 중에서 그런 유형이 많이 보입니다. 어쨌든 그 둘 다를 갖추어야 비로소 '인간다운 인간'에 더 분명하게 접근하는 것이지 싶습니다. 거기다가 의義로움까지 더한다면 금상첨화겠습니다만(하나도 제대로 못 하는 주제에 너무 과한 욕심이긴 합니다만).

사족 두 마디. '기지촌 문학'이 사라진 세태는 어떤 의미로 해석되어야 할까요? 그것이 없어진 탓일까요, 아니면 우리 사회가 그 정도의 위로는 아예 필요치 않는 '무정도시'가 되어 버렸기 때문일까요?

사랑을 믿다

1. 십년 전 쯤 한 일본 철학도가 쓴 『한국은 하나의 철학이다』라는 책을 읽었던 적이 있습니다. 유학자(儒學者)인 저자는 한국에서 8년간 유학 생활을 한 경험을 토대로 한국의 문화 현상 이모저모를 일관되게 이기철학으로 해석해 냅니다. 그가 보기에 한국은 아직 공자(孔子)의 나라입니다. 공자의 철학이 지배하는 나라입니다. 주로 비판적인 논조 위에서 이루어지는 그 '해석'들은 대개의 경우 '극히 일부(우연)를 보고 전체(인과)를 유추해 내는' 일반화의 오류를 범하고 있는 것들입니다. 의도가 너무 앞선 결과이기도 하고 '된장 맛을 처음 본' 아마추어들이 흔히 보이는 행태이기도 합니다. 그들은 이것저것 걸리는 것들은 모두 다 자

기가 원하는 '의도' 안으로 가져옵니다(의도의 오류). 모든 음식
맛을 '된장 탓(덕)'으로 돌리고 그렇게 해서 또 자기 집 '된장 맛
의 우수성'을 과장합니다(순환논법의 오류). 그 내용 중에 지금껏
제 뇌리 속에 남아 있는 게 몇 개 있습니다. 한국사회의 '민중民
衆'에 대한 모순적 인식을 지적하는 견강부회적인 이기론적 강
평講評, 식민사관에 입각한 식민지 근대화론, 독도 문제, '말'이라
는 말과 '소리'라는 말의 사용법, 도덕(유교적)에 종속된 연애관
등이 그것들입니다. 다른 것들도 많이 있었는데(이를테면 '아이
고~'라는 상주喪主의 형식적인 곡소리에 대해서도 무언가 토를 달고 있었
습니다) 자세한 것은 이미 다 잊어버렸습니다. 읽을 때는 그런가
싶기도 했는데 이내 잊혀지는 것을 보아 그리 절절했던 내용들
은 아니었던 것 같습니다(저자는 정중하게 우리의 번역 출판을 사양했
습니다). 그런 '공자의 나라'에서 일고 있는 최근의 한류 바람(유
교적 도덕과는 아주 담을 쌓고 있는)을 보고는 그가 또 어떤·해석을
내릴지가 급急 궁금해집니다.

개중에서 가장 실소를 짓게 했던 것이 한국인의 '도덕에 종속
된 연애관'이었습니다. 한국의 드라마를 보면 연인들이 헤어질
때 꼭 도덕적인 비난을 상대에게 퍼붓는다는 것입니다. 그가 본
드라마가 〈사랑과 야망〉이었는지는 잘 모르겠습니다만(빈천지
교는 불가망貧賤之交 不可忘이요 조강지처는 불하당糟糠之妻 不下堂이라는 것이
주제인 드라마는 다 그렇겠습니다만), 그는 그 장면이 아주 '웃겼다'
는 겁니다. 사랑을 하다가 헤어지는 마당에 굳이 '도덕'이 왜 개
입해야 하는지를 잘 모르겠다는 거였습니다. 그게 결국은 조선

시대 이래의, 공자님의 영향 때문이 아니겠느냐는 게 그의 주장입니다. 그래서 한국은 아직 조선이라는 겁니다. 참 '된장' 같은 '소리'입니다(그는 '말'이 안 되는 것을 한국인들은 꼭 '소리'라고 말한다고 합니다). 이를테면 그런 것이 다 '개인차'고 '문화적 차이'라는 건데, 거기다 '된장 덩어리' 하나를 풀어서 일괄, 엉뚱하게도 '정상과 비정상'의 논리로 환치하려고 합니다. 그래서 모든 것을 싱거운 '된장국' 하나로, 고작 미소 된장국 한 그릇으로, 끓여내려 합니다. 그러니까 그와 같은 '된장남'에게는 다음과 같은 독백은 도저히 이해할 수 없는 난수표가 되고 마는 것입니다.

사랑을 잃는 것이 모든 것을 잃는 것처럼 절망적으로 느껴지는 때가 있다. 온 인류가 그런 일을 겪지는 않을 것이다. 손쉽게 극복하는 경우도 있을 것이고 그런 게 있는 줄도 모른 채 늙어버리는 경우도 있을 것이다. 드물게는, 상상하기도 끔찍하지만, 죽을 때까지 그런 경험만 반복하는 사람도 있을 것이다. 어떤 삶이 더 낫다고 말할 수는 없다. 분명히 말할 수 있는 건 나도 삼 년 전에 그런 일을 겪었다는 정도이다. 서른다섯의 나이에 자랑할 일도 아니지만 비밀도 아니다. 난 사랑을 믿은 적이 있고 믿은 만큼 당한 적이 있다. 지금 돌이켜 생각하면 사랑을 믿은 적이 있다는 고백이 어처구니없게 느껴진다.

사랑과 믿음, 상당히 어려운 조합이다. 그나마 소망은 **뺀다** 쳐도, 사랑과 믿음 중 하나만도 제대로 감당하기 힘든 터에 감히 둘을 술목(술어와 목적어—인용자 주)관계로 엮어 사랑을 믿은 적이 있다니.

믿음을 사랑한 적이 있다는 말 만큼이나 뭐가 뭔지 모르게 모호하고 추상적이다. 나처럼 겁과 의심이 많고 감정에 인색한 인간이 뭘 믿은 적이 있다고? 티컵 강아지가 드래곤을 대적하겠다고 날뛰는 것만큼 안쓰럽고 우스꽝스러운 경우가 아닌가.

인생을 살다보면 까마득하여 도저히 다가설 수 없는 것으로 보였던 것이 의외로 손쉽게 실현 가능한 것으로 여겨지는 때가 오기도 한다. 나 또한 그런 순간에 들렸던 것뿐이다. 더 기막힌 건 앞으로 살다보면 그런 일이 또 찾아오지 말란 법도 없다는 사실이다. 그렇다고 우산이나 상비약을 챙기듯 미리 대비할 수도 없다. 사랑을 믿는다는 해괴한 경험은 유비무환의 정신으로 퇴치하거나 예방할 수 없는, 문이 벌컥 열리듯 밖에서 열리는 종류의 체험이니까. 두 손 놓고 고스란히 당할 수밖에 없는 고통이니까.

하지만 가장 기막힌 경우는 따로 있다. 언젠가 내가 누군가의 문을 벌컥 열고 들어가 그런 고통을 안겨주고 유유히 빠져나온 적이 있다는 사실이다. 그 당시에 나는 그런 사실을 전혀 몰랐다. 그렇다고 해서 내가 저지른 죄가 가벼워지는 건 아니다. 몰랐기 때문에, 몰랐다는 사실까지 나의 죄에 곱절 가중된다. 다른 사람도 아니고 그녀의 사랑을 몰랐다는, 발등을 짓찧을 죄까지 말이다.

▶▶▶ 권여선, 「사랑을 믿다」, 『2008 이상문학상 작품집』, 문학과사상사 중에서

사랑을 '믿다'가 '당한' 사람이 취할 수 있는 일에는 어떤 것들이 있을 수 있을까요? '모든 것을 잃는 것처럼 절망적'인 느낌 속에서 할 수 있는 일이란 무엇일까요? '죽고 싶어!', '너를 부셔

버릴 거야!', '뭐 이런 세상이 다 있어?', '사랑이 도대체 뭐야?' 등, 온갖 생각과 감정이 다 가능할 것입니다. 그런 지경(?)인데 못 할 말이 무엇 있겠습니까? 세상이 무너지는 마당에 무엇을 가리고 말고 하겠습니까(사랑은 도끼다!)? 사랑을 잃은 자가 무엇으로 상대를 비난하든(가장 치명적인 것으로!) 그것은 오직 그의 몫이고 그의 권리일 뿐입니다. 그걸 두고 '상식에 어긋난다', '유치하다', '쿨하지 못하다', '이념에 침윤되어 있다'라고 하는 것은 분명히 무언가 모자란 짓거리입니다. 모자라도 너무 모자란 짓거리입니다(정여사?). 단언컨대, 그는 아직 사랑을 한 번도 해 보지 못한 자입니다.

사족 한 마디. 종교를 가진다는 것이 결국은 자기 안의 신성神聖을 찾는 일에 다름 아니라는 말씀을 자주 듣습니다. '사랑을 한다'는 것도 마찬가지라는 생각이 듭니다. 존재를 건 사랑에는 언제나 '(자기와의) 싸움의 기술'이 요구됩니다. 결국, 자기 안의 인애仁愛를 찾는 일이 곧 '사랑'에 다름 아닐 것입니다. 어쩌면 그것만이 인간이 인간을 사랑하는 유일한 방도가 아닌지, 문득 그런 생각이 듭니다.

2. 고등학교 때던가, 『데미안』을 읽고 많은 도움을 받았습니다. 저의 작은 고민거리(그때는 컸던)들이 그 책을 통해 많이 숙지거나 해소가 되었습니다. 시간의 침식작용이 그때의 감동들을 거진 다 데려갔습니다만 여태 남아 있는 것도 있습니다. "어떤

여자 아이든 한 시간만 자세히 보렴, 그러면 넌 그 애를 사랑할 수 있을 거야"라는 가르침도 그때 얻었던 것 같습니다(지금 그렇게 기억하고 있습니다만 원전 확인은 안 된 상탭니다). 그 부분에서 망연자실(?), 이내 책장을 넘기지 못하고 우왕좌왕했습니다. 그런가? 아니야 그럴 리 없을 거야! 아니야 그럴 거야! 아니라면 이 책이 명작이 안 되는 걸? 어린 독자의 그 작고 좁은 경험과 상상의 세계가 그렇게 반신반의, 크게 한번 흔들렸습니다. 그 과정이 어쩌면 '아프락시스(새가 알에서 나오려고 투쟁한다. 알은 곧 세계이다. 태어나려고 하는 자는 하나의 세계를 파괴해야만 한다. 그 새는 신을 향해 날아간다. 그 신의 이름은 아프락시스다)'였던 것인지도 모르겠습니다. 그 뒤부터 연애 상대가 될지도 모르는 여자 아이를 볼 때면 가급적 '한 시간 룰'을 지키려고 노력했습니다. 그렇게 진득하게 상대의 얼굴을 보게 되면 두 가지 모르던 사실을 알게 됩니다. 피부색이나 이목구비의 조화보다는 눈과 표정이 주는 호소력이 더 강한 매혹이 된다는 것을 알게 되고, 일단 그렇게 마음이 쏠리게 되면 단점이 된 만한 얼굴의 모든 것들이 시야에서 급急 사라지게 된다는 것도 알게 됩니다. 한 예로, 눈 밑에 큰 반점이 있던 한 여자 아이가 있었는데 처음에는 그저 데면데면하다가, 예의 그 '한 시간 룰'로 인해서 그녀에게 급 마음이 쏠린 연후로는 아예 그 반점이 제 시야에서 사라져 버리는 일을 경험합니다. 생전에 없던 일이 생기는 것이었습니다. 요즘은 레이저 시술이 발달해서 그 정도는 마음만 먹으면 금방 지울 수 있다고도 합니다만, 그때만 하더라도 그런 약점은 방년芳年의 여자 아이에게는 큰 콤플렉스가 되는 것이었습니다(그녀는 남편 친구인 용한 피부과 의사 덕분에 몇 차례 시술 끝에 그 큰 점을 말끔하게 지워냈습니다).

하여튼 남자든 여자든 상대방 얼굴을 자세히 들여다보는 일은 가급적 피해야 할 것 같습니다. 어쩔 수 없이, 일단 자세히 오랫동안 들여다 볼 수밖에 없었다면 당근 자신의 감정에 책임을 져야 할 것 같습니다. 만일 자의든 타의든 기꺼이 '한 시간 룰'을 수행하고서도 자신의 감정에 책임을 지지 않고 속된 이해타산 끝에 발걸음을 돌리면 나중에 반드시 후회가 남게 되어 있습니다(「사랑을 믿다」라는 소설에 그렇게 적혀 있습니다). 그것도 땅(부동산?)을 치는 후회를.

내가 기억하는 한에서 그녀는 못생긴 편도, 매력이 없는 편도 아니었다. 내 어법이 이렇게 졸렬하고 인색하다. 누군가가 아름답다든가 매력적이라고 말하는 일이 나로서는 쉽지 않다. 대상이 아름답다거나 매력적이라고 긍정하는 순간, 불현듯 그 규정의 한 모서리가 대상과 어긋나는 듯한 불편함이 나를 사로잡는다. 그리하여 대상이 아름답고 매력적이라고 말하는 대신, 아름답지 않은 건 아니라든지 매력적이지 않은 건 아니라든지 하는 조잡한 이중부정을 각주처럼 달아놓고서야 마음이 편해지는 식이다.

하지만 그녀에 대해서 이것만은 확실히 말할 수 있다. 첫인상은 평범했지만 콧날 끝에서 윗입술에 이르는 인중선이 깎은 듯 단정해 과녁처럼 시선의 포인트가 잡혔다는 것, 그래서 사람들이 그녀의 윗입술의 움직임에, 다시 말해 그녀의 말에 집중하게 된다는 점에서 어쩌면 막연히 예쁜 얼굴보다 여러모로 유리한 얼굴이라 할 수도 있었다. 키는 중간 정도에 날씬한 편이었다. 몸매처럼 성격도 기름 기가 없이 박하처럼 싸한 기운을 내뿜었다. 그녀는 머리가 나쁘지도 않았고 몸이 게으르지도 않았다. 그렇다고 재빠르다는 느낌을 줄 만 큼은 아니었는데, 마치 암컷 영양처럼 우아하게 민첩하고 영리할 따 름이었다.

▶▶▶ 권여선, 「사랑을 믿다」, 『2008 이상문학상 작품집』, 13~14쪽

위의 인용글을 보면 화자의 눈썰미가 보통이 아니라는 걸 알 수 있습니다. 묘사의 내용이 꽤나 볼만합니다. 상대의 눈에 대한 평가가 빠져 있어서 좀 불만이기는 합니다만, 제가 보기에는 상 대방에 대해서 최선의 관찰을 하려고 애를 쓴 흔적이 역력합니 다. 그렇게 해서, 결과적으로는 최고의 찬사를 보내고 있습니다. '암컷 영양처럼 우아하고 민첩한' 여자였다는 데에는 더 이상 보탤 말이 없습니다. 여자가 남자에게 그런 모습으로 각인되었 다는 것은 여자 역시 남자에게 최선(여자로서 할 수 있는!)을 다했 다는 뜻입니다. 그런데 그는 그녀를 사랑하지 않습니다. 그녀가 자기를 사랑한다는 것조차 알려고 하지 않습니다. 애꿎게 엉뚱 한 여자에게 공을 들이다가 실연을 당합니다(보기 좋게?). 삼 년 의 시간이 흐른 후, '종로에서 뺨 맞고' 돌아온 그를 앞에 두고 '그녀'는 이렇게 말합니다(암컷 영양처럼?). 언젠가 실연을 당한 자기 친구에게 했던 이야기라고 둘러대면서 말입니다.

"보이지 않는 건 아닌데 너무 초라하고 하찮아서 어디 한 번 보자하고 덤벼들 마음이 생기지 않는 것들 있잖아. 그런 보잘것없는 것들이 네 주위에 널려 있거든. 대상이든, 일이든, 남아 있는 그것들에 집중해. 집중이 안 되면 마지못해서라도 감정이 그쪽으로 흐르도록 아주 미세한 각도를 만들어주라고. 네 마음의 메인보드를 살짝만 기울여주라고."

▶▶▶ 권여선, 「사랑을 믿다」, 『2008 이상문학상 작품집』, 23쪽

옛 사랑은 '초라하고 하찮은 것들'에 대해서 한번 집중해 보라고 충고합니다. 그것들이 내 안으로 들어오기 위해서는 내 안을 조금 비워야 한다는 걸 알면 좋겠다고 타이릅니다. 그걸 '네 마음의 메인보드를 살짝 기울여주라'고 표현(권고)합니다. 그러면, 그런 굴욕적인 권고를 받아야 하는 이 남자는 도대체 어떤 인물일까요? 지금은 번듯한(작중 설명은 좀 꾀죄죄한 건물로 되어 있습니다만) 3층 건물의 상속자가 되어 나타난 이 여인의 3년 전 그 '초라하고 하찮은 모습'이 싫어서 그녀 곁을 떠났던 이 인물은 도대체 어떤 인물일까요?

나는 그녀와 이십대 후반을 함께 보냈다. 자주 만날 때는 일주일에 두어 번, 드물어도 한 달에 한두 번은 만나는 사이였다. 딱히 약속을 정해서 만난 기억은 없었다. 같은 일을 하다 보니 오다가다 부딪치고 얽히게 되었고 취향이나 스타일이 비슷해 각별한 친밀감을 느꼈다. 우리의 만남이 끊어진 건 그녀가 업무를 바꾸면서부터였다.

마침 그때 나도 막 연애에 돌입한 시점이라 그녀에게 따로 연락을 하게 되지 않았다.

　그녀에게 경제관념이 생긴 것, 자기 입맛 위주로 음식을 시키는 것, 이런 것이 그녀가 변한 부분이라고 할 수 있을까? 잘 모르겠다. 차림새로 보아 그녀가 예전보다 수수해졌다는 건 분명했다. 예전엔 목걸이나 반지는 몰라도 귀걸이 하나는 독특한 걸로 달고 다니길 즐겼는데 그날은 아무 금붙이도 달거나 걸고 있지 않았다. 나는 경제관념이 가난에서 온다는 편견을 따르고 싶지는 않았다. 하지만 자기 입맛 위주로 음식을 시키는 것, 이 대목은 생각해볼 여지가 있었다. 별안간 미식가가 되었다는 뜻일 수도 있고 타인에 대한 배려가 줄어든 탓일 수도 있었다. 그리고 이 경우는 생각하고 싶지 않지만, 기회가 왔을 때 입맛을 만족시키지 않으면 안 될 정도로 입에 맞는 음식을 먹지 못하고 지낸다는 뜻일 수도 있었다. 이럴 경우, 이것은 그녀에게 생긴 놀라운 경제관념과 더불어 무엇을 의미하겠는가. 그녀가 물질적으로뿐만 아니라 정신적으로도 대단히 가난해졌다는 뜻 아니겠는가. 우리가 못 보고 지낸 삼 년 동안에.

▶▶▶ 권여선, 「사랑을 믿다」, 『2008 이상문학상 작품집』, 17쪽

오랜만에 만난 옛 여자친구가 2만원짜리 안주 두 개를 반반씩 섞어서 2만 5천원에 해달라고 주문하는 것(주인장과의 능숙한 거래를 통해서), 그리고 자신에게 묻지 않고 메뉴를 정했다는 것을 두고 펼치는 일련의, 상대에 대한 부정적인 평가를 동반한, '상념의 파노라마'입니다. 재미진 삼단논법입니다. '기회가 왔을 때

입맛을 만족시키지 않으면 안 될 정도로 입에 맞는 음식을 먹지 못하고 지낸다는 뜻일 수도 있었다'라는 부분에서는 가히 '뒤로 넘어갈 지경'입니다. 작가가 오랫동안 가까이서 지켜 본 족속들의 일반적인 행태일 것이라고 추측됩니다. 참 딱한 존재들입니다. 무슨 생각들이 저리도 많은지요. 그러니 '물질적으로나 정신적으로 대단히 가난해진' 것으로 여겨지는 옛 여자 친구에게 그런 '기초적인 사항'에 대한 권고나 받고 있는 처지에 놓일 수밖에요. 저러다가는 평생 혼자 살아야 될 운명을 감내해야 될지도 모르겠습니다. 누군가가 말했듯이 '밑이 확하고 빠지는 경험'을 한번 겪어보지 않고서는 제대로 된 남자 구실을 한 번도 할 수 없을지도 모르겠습니다. 정작 볼 것은 보지 못하고, 그저 차일피일 자기 안의 생각에만 사로잡혀 사는, '알을 깨고 나오지 못하는 연약하고 무지한 작은 새'의 모습이 아닐 수 없습니다. 그런 자에게, '아프락시스'를 통한, '존재의 합일'을 이루게 하는 사랑이 찾아올 수가 없겠지요. 제게는 권여선의 「사랑을 믿다」라는 소설이 그렇게 『데미안』의 후속편으로 읽혔습니다.

사족 한 마디. 권여선의 「사랑을 믿다」라는 작품을 재미있게 읽었습니다. 옛사랑 생각이 저절로 스멀스멀 기어나오도록 하는군요. 거의 절반 이상이 제 이야기였습니다. 하지만 불만도 없지 않습니다. 무언가 불화不和하는 것들이 방치되고 있는 느낌입니다. 자연이 아닌 인공인 소설 안에서는 '방치되는' 것들이 하나라도 보여서는 안 되는 것 아니겠습니까? 그야말로 '암컷 영양'

처럼 우아하고 민첩하게 굴어야 하는 게 소설 속의 '화자話者'일 것입니다. 이 소설이 우정 사용하고 있는 복수 화자의 교체 진술이 제게는 '우아하고 민첩하게' 다가오지 않았습니다. 독자의 양해를 바라는 기법은 결례라고 생각합니다. 큰고모부님 댁에서의 '점집 일화'도 컨텍스트 안에서 혼자서 겉도는 느낌이었고요. 명색이 '이상문학상'인데 이 정도의 수준에서 수상작으로 결정된다는 게 좀 아쉽습니다. 문학상을 미끼로 하는 책장사에도 '밀당(?)'이 요구될 때도 있을 것입니다. 과감하게 '금년도 수상작 없음, 우수작들로만 책을 냄'이라는 채찍질도 때로는 약이 될 수도 있지 싶습니다만(권 작가에게만 이런 야박한 소리(소리!)를 내지르는 게 아님을 부디 양해해 주시기 바랍니다).

남이야 어떻게 생각하든

누군가에게는 노력해서 될 일이지만, 어떤 이에게는 어쩔 수 없이 해야만 될 일인 것들이 있습니다. 매일 같이 페이스북에 올라오는 정겨운 페친분들의 글과 사진들도 '노력해서 될 일'이라기보다는 '어쩔 수 없이 해야 될 일'에 속하는 것이 압도적으로 많은 것 같습니다. 넓게 보면 자기치유적 문식활동이면서 동시에 수평적 '시민인문강좌'적 의의도 지닌 것이 아닌가 싶은 것들입니다. 저 역시도, 우연찮게 들어선 길이지만 이 페이스북 활동을 통해 꺼져 가던(?) 생활의 활력을 많이 소생(?)시킬 수 있었던 것 같습니다(가족들에게 '중독'이라고 비난받을 때도 종종 있습니다).

긴가민가 싶었는데, 시간이 지나면 딱 들어맞는 일들이 종종 있습니다. 딱히 어떤 이유가 있어서가 아니라 어쩐지 그렇게 해야만 할 것 같아서 한 일이었는데 나중에 결과를 보니 더할 나위 없이 잘한 일이었던 것입니다. 굳이 '직관直觀'을 들먹일 것까지는 없지만, 미래는 그렇게 늘 우리 곁에서 자신의 모습을 조금씩 드러내고 있는 것 같습니다. 일종의 '감感'의 형태로, 혹은 어떤 강한 내적 충동으로(자기도 어찌할 수 없는) 자신을 우리에게 나타냅니다. 그런 '미래'의 부름을 쫓아서 자신의 인생을 불사른 한 사내의 이야기입니다.

하지만 남이야 어떻게 생각하든 정말 전혀 상관 않는 사내가 여기 있었다. 그러니 인습 따위에 붙잡혀 있을 사내가 아니었다. 이 사내는 온몸에 기름을 바른 레슬링 선수처럼 도무지 붙잡을 수가 없었다. 그래서 이 자는 도덕의 한계를 넘어선 자유를 누리고 있었다. 내가 그에게 이런 말을 했던 것을 기억한다.

「이것 보세요. 모두가 선생님처럼 행동한다면 세상이 어떻게 되겠습니까?」

「어리석은 소리를 하는군. 나처럼 살고 싶어 하는 사람이 많은 줄 아오? 세상사람 대부분은 그냥 평범하게 살면서도 전혀 불만이 없어요」

한 번은 이렇게 비꼬아 보기도 했다.

「아무래도 이런 격언을 믿지 않으시는군요. 〈그대의 모든 행동이 보편적인 법칙에 맞을 수 있도록 행동하라〉는 격언 말입니다」

「들어본 적도 없거니와 돼먹지 않은 헛소리요」

「칸트가 한 말인데요」

「누가 말했든, 헛소리는 헛소리요」

이런 인간을 상대로 양심에 호소해 보았자 효과가 있겠는가. 나무에 올라가 고기를 찾는 격이었다. 나는, 양심이란 인간 공동체가 자기 보존을 위해 진화시켜 온 규칙을 개인 안에서 지키는 마음속의 파수꾼이라고 본다. 양심은 우리가 공동체의 법을 깨뜨리지 않도록 감시하는, 우리 모두의 마음속에 있는 경찰관이다. 그것은 자아의 성채 한가운데 숨어 있는 스파이다. 남의 칭찬을 바라는 마음이 너무 간절하고, 남의 비난을 두려워하는 마음이 너무 강하여 우리는 스스로 적(敵)을 문안에 들여놓은 셈이다. 적은 자신의 주인인 사회의 이익을 위해 우리 안에서 잠들지 않고 늘 감시하고 있다가, 우리에게 집단을 이탈하려는 욕망이 조금이라도 생기면 냉큼 달려들어 분쇄해 버리고 만다. 양심은 사회의 이익을 개인의 이익보다 앞에 두라고 강요한다. 그것이야말로 개인을 전체 집단에 묶어두는 단단한 사슬이 된다. 그리하여 인간은 스스로 제 이익보다 더 중요하다고 받아들인 집단의 이익을 따르게 됨으로써, 주인에게 매인 노예가 되는 것이다. 그러고는 그를 높은 자리에 앉히고, 급기야는 왕이 매로 어깨를 때릴 때마다 아양을 떠는 신하처럼 자신의 민감한 양심을 자랑스럽게 여긴다. 그리고 양심의 지배를 인정하지 않는 사람에게는 온갖 독설을 퍼붓는다. 왜냐하면 사회의 일원이 된 사람은 그런 사람 앞에서는 무력할 수밖에 없음을 너무 잘 알고 있기 때문이다. 스트릭랜드가 자신의 행위가 불러일으킬 비난에 정말 전혀 아랑곳

하지 않는다는 것을 알고, 나는 그 무서운 사람을 피해 물러설 수밖에 없었다. 마치 인간이랄 수 없는 괴물의 모습에 공포를 느끼고 뒷걸음치듯.

내가 작별 인사를 하자 그가 던진 마지막 말은 이러했다.

「에이미에게 전해 줘요. 날 쫓아와 봤자 소용없다고. 아무튼 여관은 옮길 작정이니 날 찾을 수 없을게요」

「제가 보기엔 말입니다. 부인께서 선생과 헤어진 건 오히려 잘된 것 같습니다」

「여보시오. 제발 내 처가 그렇게 생각하도록 선생이 잘 말해주었으면 좋겠소. 하지만 여자들이란 워낙 머리가 나빠서」

▶▶▶ 서머싯 몸, 송무 옮김, 『달과 6펜스』, 민음사, 2000 중에서

고갱을 모델로 한 섬머싯 몸의 『달과 6펜스』라는 소설입니다. 스트릭랜드(고갱)는 예술을 위해 가정을 버립니다. 그의 그러한 결단은 '양심의 소리'를 외면하는 것입니다. 자기에게 부여된 사회적 책임을 방기하는 것입니다. 화자(서머싯 몸)는 그에게 '보편적 행동 규범'을 이야기하지만 스트릭랜드는 그런 건 모두 '헛소리'일 뿐이라고 말합니다. 그런 그의 단호한 태도에 주눅이 든 화자 역시 '양심'이라는 것이 결국은 내 안에 파고든 첩자적인 존재가 아니냐고 그를 변호합니다. 소설의 매력이 아마 이런 데 있는 것이 아닌가 싶습니다. '인물人物의 힘'을 이런 식으로, 이유理由에 매달리지 않고서도, 만들어낼 수 있습니다. 그 힘으로 역전逆轉의 감동을 자아냅니다. 화자는 스트릭랜드를 다시 가족

의 품 안으로 불러들이고 싶은 그의 아내가 보낸 '아내의 대리자'였습니다. 그는 어떻게든 스트릭랜드를 설득시켜 그들 가족의 품 안으로 데려가야 했습니다. 그러나 그는 그러한 자신의 소임을 방기放棄해 버리고 맙니다. 오히려 '부인께서 선생과 헤어진 건 오히려 잘 된 것 같습니다'라고 내질러 버립니다. 겉으로는 '마치 인간이랄 수 없는 괴물의 모습에 공포를 느끼고 뒷걸음'친 것이라고 변명하지만, 사실은 그의 불같이 타오르는 예술적 정열에 감복하여 물러난 것이었습니다.

때로는 무책임한 개인을 위한 행동(처럼 보이는 것)이 집단의 발전을 위해 크게 기여할 때가 있습니다. '양심'이 의심받고, '행위의 보편적 규범'에 저촉되는 것일지라도, 반드시 그런 개인의 희생이 있어야만 집단이 발전되는 경우가 있습니다(스트릭랜드가 그랬던 것처럼 말입니다). 그래서 그런 미래적 행동들에 관해서는, '남의 칭찬을 바라는 마음이 너무 간절하고, 남의 비난을 두려워하는 마음이 너무 강'한, '머리 나쁜', 우리가 관여할 일은 아닌 것 같습니다. 그냥 보면서 감탄하고 그들이 남긴 것들을 보며 위안을 받는 것만이 우리가 할 일인 것 같습니다.

시, 혹은 때거울

언젠가 이 자리에서 폐가廢家 이야기를 한 적이 있습니다(「무의식의 객관화: 〈귀신이 산다〉」, 『용회이명』). 폐가는 사람이 살지 않음으로써 '죽은 집'이 된다는 것, 사람의 기운이 닿지 않는 곳은 겉이 아무리 번지르르해도 폐가에 다름 아니라는 말을 했습니다. 사람살이도 한 가지일 것입니다. 노심초사, 전전긍긍, 스스로를 닦달하며 '잘 살아내려는 노력'을 게을리 하지 않은 것과 누가 보든 말든, 내 멋대로, 되는대로 '막 살겠다는 심보'로 점철된 것 사이에는 엄연히 큰 차이가 질 것입니다. 그 비슷한 이치를 '윤기, 윤광'이라는 말로 표현한 재미난 글이 있습니다.

삶도 잘 살아내면 '윤기(潤氣)'가 난다. 인간도 지극한 정성으로 수련하면 몸과 행동에서 윤기가 흘러넘친다. 집도 마찬가지다. 잘 보살피고 가꾸면 그 집에서 반질반질하고 매끄러운 윤기가 난다. 연장도 마찬가지다. 호미며 삽, 낫과 같은 흙과 들녘의 도구들도 잘 보살피고 간수하면 그 거친 흙과 쇠의 몸에서 윤기가 난다. 우리들도 어린 시절 경험했을 것이다. 주머니 속의 작은 공깃돌이나 가방 속의 필통 같은 것들조차도 잘 보살피고 아끼면 거기서 놀라운 '윤광(潤光)'이 나던 경험을 말이다. 윤광이 나는 이런 존재들을 삶의 곳곳에서 빛나는 문장처럼 뜻하지 않게 만났을 때, 그 순간 바로 그 자리에서 우리의 내면은 놀람을 느끼고 환해지며 고양된다.

윤기가 나는 것들은 어두운 세상을 밝혀주고 드높여준다. 그들이 세상에 보내는 밝은 에너지는 심연처럼 캄캄한 우리들의 삶을 살려낸다. 윤기란 결코 겉에서, 단기간에, 인위적으로 만들어지지 않는다. 그런 만큼 윤기의 힘은 은밀하나 아주 강력하고 오래간다. (…중략…)

앞에서도 말했듯이 모든 존재의 윤기란 하루 이틀 만에 급조되는 산물이 결코 아니다. 제아무리 능력 있는 상인이나 공인일지라도 다른 것들은 모르나 이 윤기만은 절대로 졸속주의로 급조해낼 수가 없다. 윤기란 서정주가 그의 시 「외할머니의 뒤안 툇마루」에서 말했듯이 대대로 이어지는 시간과 삶과 정서와 정신의 누적 속에서 만들어진 역사적이며 자연적인 세계이다. 이때의 윤기는 시 속의 외할머니 집 뒤란 툇마루의 빛 같은 먹빛이며 물빛이고 하늘빛이다.

▶▶▶ 정효구, 『마당 이야기』, 작가정신, 2008 중에서

위에 인용된 글에 이어서, 저자는 진정한 '마당'은 언제나 윤기로 충만해 있다고 말합니다. 사랑받고 있는 존재, 쓸모 있는 존재들은 그렇게 '윤기'로 자신을 드러낸다고 덧붙이고 있습니다. 그리고 하루 이틀 만에 얻어지는 것이 아닌 그윽한 자태로 자신을 드러내는 그것을 설명하는데 서정주의 시 「외할머니의 뒤안 툇마루」가 차용되고 있습니다. 저는 그 시를 배운 적도 가르친 적도 없습니다. 문득 그 내용이 궁금해졌습니다. 그래서 인터넷을 뒤져 시 전문을 한번 찾아봤습니다.

외할머니네 집 뒤안에는 장판지 두 장만큼한 먹오딧빛 툇마루가 깔려 있습니다. 이 툇마루는 외할머니의 손때와 그네 딸들의 손때로 날이날마닥 칠해져 온 것이라 하니 내 어머니의 처녀 때의 손때도 꽤나 많이는 묻어 있을 것입니다마는, 그러나 그것은 하도나 많이 문질러서 인제는 이미 때가 아니라, 한 개의 거울로 번질번질 닦이어져 어린 내 얼굴을 들이비칩니다. 그래, 나는 어머니한테 꾸지람을 되게 들어 따로 어디 갈 곳이 없이 된 날은, 이 외할머니네 때거울 툇마루를 찾아와, 외할머니가 장독대 옆 뽕나무에서 따다 주는 오디 열매를 약으로 먹어 숨을 바로 합니다. 외할머니의 얼굴과 내 얼굴이 나란히 비치어 있는 이 툇마루에까지는 어머니도 그네 꾸지람을 가지고 올 수 없기 때문입니다.

▶▶▶ 서정주, 「외할머니의 뒤안 툇마루」(인터넷 검색)

서정주의 시는 그저 하늘에서 툭 떨어지는 느낌을 줄 때가 종종 있습니다. 그런 걸 천재天才라고 부르는 모양입니다. '때거울 툇마루'를 찾아온 외손자에게 오디 열매를 따주는 외할머니의 주름진 손길이 눈앞에서 어른거립니다. '날이날마닥' 손때를 칠한 어머니(들), 그리고 그 어머니의 성화를 피해 그 손때 묻은 툇마루로 피신한 어머니의 어린 생명, 그 어린 생명을 보다듬어 내는 어머니의 어머니, 한 폭의 '인생파(인상파?) 그림'이 아닐 수 없습니다. 그 시를 불러낸 '마당'도 좋지만 객꾼으로 등장한 '뒤안(뒤란) 툇마루'도 주인 못지않게 심금을 울립니다(主客顚倒?).

　'마당'에 대한 기억도 별로 없습니다만, '뒤안(뒤란) 툇마루'에 대한 기억은 제게 전혀 없습니다. 그런 대물림이 제겐 없습니다. 미당 선생이 뻐기는(?) 그런 사무치는(?) '정情 내림'의 은사가 제겐 없었습니다. 젊은 시절 미당 선생을 실물로 딱 한 번 뵌 저로서는 선생의 시나 인생에 대해서 말할 자격이 없습니다. 다만 느낌은 듭니다. 선생이나 저나 그저 '날이날마닥' 제 하고픈 대로 막 살아온(살다간) 인생이라는 느낌 정도는 듭니다. 그래서 좀 위안도 되고, 이내 또 우울해지기도 하는 금요일 오후입니다. 일테면 선생처럼, 마음속 깊이 간직했다가 '심한 꾸지람'이 있을 때면 언제나 훌쩍 꺼내 볼 수 있는 '때거울' 하나쯤 가지고 싶은, 그렇게 막연한, 오던 비 그친 흐린 날 오후입니다.

사족 한 마디. 페이스북에서 '하고 싶은 것 하며 사는 삶'의 궁窮함에 대한 철학적 단상斷想을 잠깐 접할 기회가 있었습니다. '헝그리 정신과 궁상의 차이(이진경)'라는 글입니다. 저 역시 '제 하고픈 일'만 하면서 살아온 인생이라고 자부하던 터라 재미있게 읽었습니다. 한 마디 덧붙이고 싶은 것은(그 글에서는 언급이 되지 않고 있습니다), 그렇게 '막 사는 인생(?)'의 요체는 '입출入出'이 자유로워야 한다는 것입니다. 들고 나는 일에 거침이 없어야 한다는 말씀입니다. 들어가고 싶을 때 '거침없이' 들어가고 나오고 싶을 때 '미련 없이' 나올 수가 있어야 '하고 싶은 것만 하면서' 살 수 있습니다. 체면, 세간적 이해利害, 자존심, 관습(관례) 같은 것을 징하게 생각하면 후회 남기지 않는 결행(?)이 불가능합니다. 그 점을 참고로 하시면서 다음의 '헝그리 정신과 궁상의 차이(이진경)'를 감상하시기 바랍니다(오늘 글은 인용글 위주가 되고 말았습니다).

그러나 헝그리정신은 궁상이 아니다. 궁상을 떠는 것은 '대타적으로는' 남들 앞에서 없는 티를 내는 것이고, '대자적으로는' 궁핍 앞에서 사고나 행동이 위축되거나 빈약해지는 것이다. 궁상은 궁핍에 짓눌려 찌든 삶이고, 남들에 대해서는 궁핍을 드러내 동정을 구하거나 인색함을 변명하려는 태도도. 반면 헝그리정신은 자신이 하고 싶은 것, 자신의 삶을 위해 능동적으로(!) 가난을 선택하는 것이다. 따라서 그것은 가난 앞에서 당당하다. 없으면서 있는 척 하지도 않지만, 있는 것 이하로 궁핍을 과장하지 않는다. 나보다 잘 버는 친구와 만나면 엔간하면 얻어먹지만, 나보다 못 버는 이들과 만나면 가능한 한 내가 사야 한다. 자신을 위해 쓸 때에는 최대한 신중하지만, 남을 위해 쓸 일이 있으면 최대한 과감해져야 한다. 항상 검소하게 살고자 하고 엔간하면 돈 쓸 일을 안 만들지만, 써야할 일이 있을 땐 머뭇거리면 안 된다. 그렇기에 작은 돈을 쓰는 데는 민감하고 쫀쫀해지지만, 큰돈을 쓸 때에는 과감해져야 한다. 이럼으로써 돈에 부림을 받는 삶이 아니라 돈을 부리는 삶이 가능해진다.

궁상은 이와 다르다. 나보다 없는 자들 앞에서 없는 티를 내고, 나보다 가난한 자들에게 내 음식값을 내게 하며, 돈을 내야 마땅한 일 앞에서 빈손을 내밀거나 궁핍을 드러내는 것, 혹은 돈을 내야 마땅한 처지임에도 거꾸로 돈을 받아가려고 하는 것, 돈이 많지만 항상 돈 벌 생각만 하며 돈에 주린 자처럼 사는 것, 자신이나 자기 가족들을 위해선 얼마든지 아낌없이 쓰지만, 남을 위해선 인색하게 구는 것, 돈이 될 일이다 싶으면 자기보다 가난한 이웃을 젖히고 독차지하려 덤벼드는 것, 이런 게 궁상을 떠는 것이다. 이것만은 아니다. 한 술 더 뜬 궁상은 자기가 돈을 조금이라도 더 낼 일이 될 듯하면 아무리 좋은 일이라도 그 일 자체를 '필요없다'고 사래치거나 안 좋은 일이라고 비난하는 것이다.

▶▶▶ 이진경, 「헝그리 정신과 궁상의 차이」, 페이스북

법담(法談)이든 화작(化作)이든

우리는 살면서 끊임없이 대화를 나눕니다. 같은 사람과도, 또 다른 사람과도 하루도 거르지 않고 대화를 나눕니다(묵언 수행도 있기는 합니다). 제 경험으로는 사람마다(대상마다), 때마다, 장소마다, 나누는 대화의 내용이 다릅니다. 가령 부부 사이에는 철학적이거나 문학적인 대화를 잘 나누지 않습니다. 부모 자식 사이에는 정치적이거나 해방적(유희적)인 이야기를 잘 나누지 않습니다. 대체로 가족 안에서의 대화는 지극히 생활적이고 본능적인 이야기들이 대종을 이루는 것 같습니다. 물론 저의 경우가 그렇다는 말씀입니다. 무턱대고 일반화될 경험칙은 아닙니다. 최근에 몇 번 철학적(종교적), 문학적, 정치적, 사회적인 이야기를 가족들과 나눌 수 있는 시간이 있었습니다(자세한 사정은 약하겠습니다). 그 대화 중에서 느낀 것 중의 하나가 '이 사람들이 아직 나를 잘 모르는구나'라는 것이었습니다(가족들도 그런 느낌이었을 겁니다). 당연히 알고 있으리라고 생각했던 것들이 무시되거나 간과되고 있었습니다. 제가 주로 동물적 측면만(?) 보여준 탓이리라 여깁니다. 가족 간이라도 대화 없이는 서로를 아는 것에 한계가 있을 수밖에 없다는 걸 알았습니다.

대화의 내용을 살피면 사람됨을 금방 알 수 있습니다. 속물인지 진국인지, 커브볼인지 돌직구지, 계산하는 삶인지 도전하는 삶인지, 현실적인지 종교적인지, 대화를 나누다 보면 사람됨이 절로 드러납니다. 운동도 같이 하면서 저와 친하게 지내는 제자가 한 사람 있습니다. 미혼의 초등학교 여선생님입니다. 착하고, 성실하고, 생활력 있고, 예쁘고, 건강한 친굽니다. 하루는 멋있게 옷을 차려입고 나타났습니다. 보통 티셔츠에 청바지 차림으로 잘 다니는데 그날은 정장 차림에 하이힐까지 신고 나타났습니다. 완연하게 1등 신부감이었습니다. 모두들 찬사를 아끼지 않았습니다. 그런데 정작 본인은 데면데면 했습니다. 그런 찬사가 그렇게 달갑지 않다는 표정이었습니다. 그러면서 한 마디 툭 하고 던졌습니다. 오늘 그렇게 입고 출근을 했더니 옆자리의 나이 많은 선배 선생님이 야지를 놓더라는 겁니다. "이제 입만 꾹 닫고 있으면 되겠다"라고요. 그 말에 모두들 빵 터졌습니다. 저한테는 안 그러는데 직장에서는 선배나 상사에게 '돌직구'깨나 날리는 모양입니다. 그 말을 전하는 그녀의 표정이 아주 재미있었습니다. 그걸 누가 모르나? 그런 표정이 얼핏 보였습니다.

한 평생 살면서 이런저런 사람들을 참 많이 만났습니다. 학창시절에도 많이 만났고, 문학교사가 되어 이리저리 직장을 옮겨 다니면서도 많은 사람들을 만났습니다. 제자만 해도 수천 명이 넘을 것 같습니다. 글쓰기나 책읽기, 검도 수련 등 사회교육의 현장에서도 많은 사람들을 만났습니다. 가정을 꾸리면서 가족이나 친족 관계 속에서도 많은(당혹스런?) 인간관계를 맺으며 살아왔습니다. 앞으로도 숱하게 새로운 사람들을 만나며 살아갈 것 같습니다. 제가 저의 마지막 직업으로 생각하고 있는 '식당(카페) 주인'이 다행히 성사가 된다면 하루하루 불특정 다수의 사람들을 만나는 일도 가능할 것 같습니다. 저는 그 '하루하루의 만남'이 제 인생 원고의 마지막 교정 작업이 되기를 희망하고 있습니다.

어디서 어떻게 만나든 만나는 사람들과는 언제나 '대화의 장'이 성립됩니다. '대화' 없는 관계는 '만남'이라고 말하기가 곤란합니다. 한 토막의 대화라도 서로를 알리는 교감의 시간이 존재해야만 '만났다'라고 말할 수 있는 관계가 성립합니다. 그렇게 생각해 보면 과연 수십 년 동안 나는 나를 어떻게 전달해 왔는가가 무척 궁금해집니다. 한 번도 그런 생각을 해 보지 않았기 때문입니다(오늘 문득 그런 생각이 듭니다). 학생들은, 동료들은, 가족(친지)들은 나를 어떤 사람으로 여길 것인가, 앞에서 사랑하는 제자를 내가 평가했던 것처럼 착하고, 성실하고, 생활력 있고, 잘났고, 건강한 사람으로 여기고 있을 거라고 혼자 생각하고 혼자 떠들었던 것은 아닌가 반성이 드는 것입니다. 과연 그렇게 평가될 만큼의 내용물을 보여주며 살아왔던가, 대화의 자격을 갖추고 대화의 장을 열고자 했던가, 그렇지도 않으면서 상대방을 무시한 채 독백과도 같은 대화를 강요하며 살아온 것은 아닌가, 문득 그런 회한에 가까운 반성도 드는 것입니다.

　　나는 본래 종교적인 성향이 강하다. 나의 책『맑은 행복을 위한 345장의 불교적 명상』(푸른사상사, 2010)의 서문에서도 말했듯이 고등학교 시절 처음으로 기독교와 만난 이후 참다운 날줄(經)을 알고 싶은 열망으로 인하여 나는 여러 가지 방식으로 다양한 종교 및 경전들을 찾아다니며 탐구의 끈을 놓지 않았다. 그런 길고 긴 여정 속에서 나는 결국 나를 가장 밝고 편안하게 안착시킬 수 있도록 만든 두 가지 세계를 만나게 되었다. 그 하나는 음양오행론 혹은 역(易) 사상이고, 다른 하나는 불교 혹은 불법이었다. 나는 이 두 세계를 음미하고 신뢰하며 그 속에 담긴 지혜를 체득해 나아가는 동안 내 개인적인 삶의 자유와 평화를 얻음과 더불어 자연스럽게 한용운과 그의 시에 다가갈 수 있는 '인터뷰어'로서의 실력을 얼마간 갖추게 되었다. 제대로 말을 걸 수 없었던 한용운과 그의 시를 향해 능동적으로 이야기를 건넬 수 있는 '인터뷰어'가 된 것이다. 이렇게 되자 나는 그간 막혔던 체증이 뚫리는 듯한 후련함을 느끼는 한편 참다운 날줄의 세계를 놓고 한용운과 그의 시와 더불어 '법담(法談)'을 나누는 기쁨에 적잖이 행복하였다.

▶▶▶정효구,『한용운의『님의 침묵』, 전편 다시 읽기』, 푸른사상, 2012, 6쪽

독서가 '법담'이 되는 경지야말로 '행복한 책 읽기'일 것입니다. '법담'은 어디서나 자기를 내거는 대화입니다. 종교적인 자리에서 주로 나누는 대화입니다. 저는 『한용운의 『님의 침묵』, 전편 다시 읽기』라는, 시인과 비평가가 자신의 모든 것을 걸고 나누는 그 종교적인 대화의 장이 마음에 듭니다. 능력만 되면 저도 그 '법담'의 한 자락을 붙들고 싶습니다. 그러나 대놓고 말 참견을 하겠다는 것은 절대 아닙니다. 정식으로 '인터뷰어'가 될 자격이나 자질이 제겐 없습니다(易도 모르고 佛法도 모릅니다). 그러니 결국 훔쳐보기(듣기)에 그칠 수밖에 없을 것입니다. '입만 꾹 닫고 있으면 되겠다'라는 말이 제게도 영락없이 해당이 되는 말이라는 걸 잘 압니다. 내일 모레면 환갑인데, 그 정도를 제가 모를 리가 있겠습니까? 그러나 예나 제나, '아는 것'만으로는 늘 부족한 게 '사는 것' 아니겠습니까? 그리고 제가 믿는 구석이 전혀 없는 건 또 아닙니다. 인용문의 저자가 스스로를 '나는 본래 종교적인 성향이 강하다'라고 자평하고 있는 부분이 제겐 큰 의지가 됩니다. 왜냐하면 우리가 젊었을 때, '당신은(도?) 종교적이다'라는 말을 인용문의 저자가 제게 한 적이 있기 때문입니다.

날씨가 사람을 지치게 만듭니다. 긴 글도, 복잡한 논리도 은근히 미워집니다. 짧게 시 한 수 읽어보려 합니다. 승려시인 한용운의 시작詩作을 '화작化作'의 일환으로 보자고 하는군요. 정효구 교수는 대각을 이룬 보살행이라는 관점에서 『님의 침묵』을 읽고 그 사랑을 함께 누릴 것을 제안합니다.

'화작(化作)'이란 불교의 보살행의 최고 단계로서 보살이 인연 따라 무한의 화신으로 나타나는 것을 뜻한다. 이때 보살행은 사사무애(事事無碍)의 단계에 진입한 것으로서 '지금, 이곳'의 현실을 있는 그대로 수용하고 살아내며 승화시키는 일이다.

사무애(四無碍)는 널리 알려진 불교의 수도 및 수행의 특성이자 단계를 알려준다. 사무애(事無碍), 이무애(理無碍), 이사무애(理事無碍), 사사무애(事事無碍)가 그것이거니와 초기 단계의 사무애와 이무애도 속인으로는 참으로 성취하기 어려운 단계이자 세계이지만, 이사무애와 사사무애의 단계는 더욱더 도달하기 어려운 경지이자 세계이다. 특히 두 가지 경지이자 세계 가운데 사사무애의 단계는 가장 성취하기 어려운 보살행의 궁극인 바, 이 사사무애의 단계에서 나오는 것이 '화작'의 마음이자 행동과 삶이다.

▶▶▶ 법륜, 『깨달음』, 정토출판;
정효구, 『한용운의 『님의 침묵』, 전편 다시 읽기』, 푸른사상, 28쪽에서 재인용

화작으로서의 시작이라는 측면에서 보면 한용운의 「나는 잊고저」라는 시가 유난히 눈에 띕니다. 제가 보기에는 「님의 침묵」보다 이 시가 더 낫습니다(훨씬 더 사사무애의 경지를 잘 나타내고 있는 것 같습니다). 한번 읽어 보겠습니다.

나는 잊고저

남들은 님을 생각한다지만
나는 님을 잊고저 해요
잊고저 할수록 생각하기로
행여 잊힐까 생각하여 보았습니다

잊으려면 생각하고
생각하면 잊히지 아니하니
잊지도 말고 생각도 말아 볼까요
잊든지 생각든지 내버려두어 볼까요
그러나 그리도 아니되고
끊임없는 생각 생각에 님뿐인데 어찌할까요

귀태여 잊으려면
잊을 수가 없는 것은 아니지만
잠과 죽음뿐이기로
님 두고는 못해요

아아 잊히지 않는 생각보다
잊고저 하는 그것이 더욱 괴롭습니다.

▶▶▶ 정효구, 『한용운의 『님의 침묵』, 전편 다시 읽기』, 143쪽
(표기 일부 현대어로 수정함: 인용자)

앞 장에서 법담法談 운운 하며 시인과 비평가의 대화에 저도 한 다리 끼어 넣고 싶다는 말씀을 드린 적이 있습니다. 욕심이 좀 과했던 것 같습니다. 「나는 잊고저」 한 편으로 일단 그 '법담에의 욕구'를 덮어두어야 하겠습니다. 나중에, 한 번이라도 '무애無碍'의 문턱에 제 발끝을 걸쳐본 다음에 다시 도전해 보도록 하겠습니다. 지금은 그저 「나는 잊고저」 한 편으로, 그 모든 욕망에 시원한 등목 한 번 끼얹는 것으로, 만족해야 할 것 같습니다. 아직은 인간이고 싶습니다. 아직은 '법담'보다 '시'가 좋습니다.

3. 고전의 윤리

매미를 잡거나 싸움닭을 키우거나

『장자』에는 여러 편의 우화가 등장합니다. 널리 알려진 것에 포정庖丁, 윤편輪扁, 도척盜跖, 목계木鷄, 산목山木, 설검說劍 같은 이야 기들이 있습니다. 주로 치자治者의 도리나 은둔하며 무위無爲하는 삶의 가치 등을 강조하는 이야기들입니다. 우화는 본디 주의 주 장에 대한 설명이나 강조를 위해 존재하는 이야기 형식이기 때 문에 늘 약간의 과장이나 왜곡을 담습니다. 극단적인 논리전개 를 즐기는 편이지요. 장자의 우화도 마찬가지입니다. 대개의 경 우, 양방통행을 금하는 일방통행 식 논리전개를 보입니다. 어쨌 든 장자의 우화들은 모두 '양생養生의 도'를 밝히고 있는 것들입 니다. 두루뭉술하게 말해서 '잘 사는 법'에 대한 장자식(역설과 반어) 강조입니다. 이번에 소개해 드릴 우화는 외편外篇 「달생達生」에 등장하는 '매미 잡는 법'과 '싸움닭 키우는 법'에 대한 이야기입니다. 인문학과 관련지어 제가 즐겨 쓰는 '싸움의 기술技術'이라는 말과 직접적으로 호응하는 내용이기도 합니다.

중니(仲尼)가 초나라로 가다가 숲 속을 통과하는데 한 꼽추가 마치 줍듯이 쉽게 매미를 잡고 있는 것을 보았다. 중니가 물었다. "당신은 솜씨가 좋군요. 비결이 있나요?" 꼽추가 대답했다. "비결이 있죠. 대여섯 달 동안 장대 끝에 공을 두 개 겹쳐놓고 떨어지지 않게 되면 매미를 잡을 만하지요. 실패할 때가 적게 됩니다. 공 세 개를 겹쳐놓고 떨어지지 않게 되면 실패는 열 번에 한 번 정도입니다. 공 다섯 개를 겹쳐놓고 떨어지지 않게 되면 마치 줍듯이 잡게 된다오. 내 몸가짐은 말뚝처럼 꼼짝 않고 팔의 동작은 마른 나뭇가지와 같이 움직이지 않소. 천지의 드넓음도 만물의 다양함도 아랑곳없이 다만 매미의 날갯짓만이 포착될 뿐이오. 몸과 팔을 꼼짝 않은 채 오직 그것에만 마음을 쏟을 뿐입니다. 그러니 어찌 잡지 못할 리가 있겠소!" 공자는 제자들을 돌아다보며 말했다. "뜻을 한데 모아 마음이 흩어지지 않으면 곧 신과 같아진다지만, 그것은 저 꼽추 노인을 두고 하는 말일 게다."

기성자(紀渻子)가 왕을 위해 싸움닭을 키웠다. 열흘이 되어 왕이 물었다. "닭이 이제 싸울 수 있겠나?" "아직 안 됩니다. 지금은 공연히 허세를 부리며 제 기운만 믿고 있습니다."하고 기성자는 대답했다. 또 열흘이 지나고서 왕이 물었다. 기성자는 여전히 고개를 저었다. "아직 안 됩니다. 다른 닭의 울음소리나 모습에 당장에라도 덤벼들 태세입니다." 또 열흘이 지났다. 왕이 묻자 기성자가 대답했다. "아직 안 됩니다. 상대를 노려보며 성을 냅니다." 다시 열흘이 지났을 때 왕이 묻자 비로소 기성자가 말했다. "이젠 됐습니다. 상대가 울음소리를 내도 태도에 아무 변화가 없습니다. 멀리서 바라보면 마치 나무로 만든 닭 같습니다. 그 덕이 온전해진 것입니다. 다른 닭들이 감히 대들지 못하고 도망쳐 버립니다."

▶▶▶『장자』외편, 「달생(達生)」
(안동림 역주, 『莊子』, 현암사, 1997; 조관희 역해, 『莊子』, 청아출판사, 1988 참조)

위의 이야기들은 「달생達生」 편의 주제가 '삶에 통달하기'이니만큼 그에 적합한 화소話素들로 이루어져 있습니다. 매미와 닭을 사용해서 전하고자 하는 것은 무심망아無心忘我의 부단한 수련을 통해 신기神技의 경지에 오르는 지인至人의 삶입니다. 그러나 이 이야기들에서 강조되고 있는 '신통한 매미 잡이'와 '목계木鷄의 경지에 오른 싸움닭'의 삶은, 천지자연에 순응하여 모든 인지人智, 人知를 벗어난 무위의 삶을 영위하라는 노장의 원 가르침과는 약간 거리가 있는 것들입니다. 무위無爲가 아니라 유위有爲의 지극한 경지에 대해서 이야기하고 있기 때문입니다. 앞에서도 말씀드렸지만 결국 이 이야기들은 인생을 능란하게(?) 살아가는 방법을 가르치고 있습니다. 좋게 해석하면, 부단하게 노력해서 터득한 '무위無爲의 경지'로 유위有爲의 한계를 넘어서라는 가르침이라고 할 수도 있을 것입니다. 어쨌든 '매미와 닭'은 그런 세속적인 가치와 위배되지 않는 '달생達生'의 방법론을 위해 동원된 보조관념입니다. 이 이야기가 소개하는 '신기神技의 경지'에 이르게 되는 이런저런 과정들 역시 속인들의 '달생에 대한 염원'을 위무하기 위한 극단적인 비논리의 한 형태에 불과합니다. 치밀한 논리적인 전개과정보다는 원망願望의 지극함에 호응하는 주제의 힘으로 독자들의 심금을 울리는 이야기인 것입니다. 그러니 결국 장자의 우화 중 일부는 그가 직접 이야기한 것이 아니라 어중이 제자들의 수식修飾이라는 말이 나오는 것입니다.

그러나 이 이야기가 '화려한 수식修飾'에 그치지 않고 보다 직접적인 행동강령으로 읽혀지는 경우도 없지 않아 있습니다. '무도를 통한 자기와의 싸움'에 중독된 자들(특히 劍道家들)에게는 이 두 이야기가 앞서 말씀드린 '원망의 지극함에 호소하는 허구'가 아닙니다. '거부할 수 없는 논리'입니다. 그들에게는 이 이야기들이 우화가 아니라 직설直說로 읽힙니다. 정중동靜中動의 움직임을 그 지극한 경지로 밀어붙여서 신기神技의 매미 잡기를 성취한다는 것이나 부단한 수련으로 무형의 위세威勢를 갖추어 싸우기도 전에 이미 상대를 제압해낸다는 싸움닭 이야기가 그냥 '남의 이야기'로, 비유로, 들리지 않는다는 것입니다. 이 이야기를 만든 이가 의도했든 의도하지 않았든, 그가 말하는 그 경지에 이르는 과정이 곧이곧대로, '싸움의 기술技術'에 요구되는 필수 필연적인 요점 그 자체를 설파하고 있기 때문입니다. 그래서 다음과 같은 추정이 가능합니다.

"내 몸가짐은 말뚝처럼 꼼짝 않고 팔의 동작은 마른 나뭇가지와 같이 움직이지 않소. 천지의 드넓음도 만물의 다양함도 아랑곳없이 다만 매미의 날갯짓만이 포착될 뿐이오. 몸과 팔을 꼼짝 않은 채 오직 그것에만 마음을 쏟을 뿐입니다. 그러니 어찌 잡지 못할 리가 있겠소!"라고 말하는 구루자痀僂者(곱사등이)는 필시 정중동靜中動, 후발선지後發先至(나중에 칼을 내되 먼저 상대에 이른다)의 경지에 이른 검술의 고수高手임이 분명합니다. 그런 경지가 있다는 것을 아는 것 자체가 이미 그가 상당한 수련을 거친이라는 걸 증명합니다. 해 보지 않고서는 알 수 없는 것이 '싸움의 기술'이기 때문입니다.

"멀리서 바라보면 마치 나무로 만든 닭 같습니다. 그 덕이 온전해진 것입니다. 다른 닭들이 감히 대들지 못하고 도망쳐 버립니다"라는 대목도 마찬가지입니다. 그 앞의 여러 단계, 허세를 부리고, 성급하게 반응하고, 공격성을 다스리지 못하는 단계를 넘어서야만 얻을 수 있는 태산부동泰山不動의 자세를 그 대목은 말하고 있습니다. 이 부분 역시 경험해 보지 않고서는 말할 수 없는 내용이라 할 것입니다. 저 역시 수련생 시절 선생님의 죽도가 마치 전봇대만큼 크게 보였던 적이 있었습니다. 흔히 만화나 애니메이션에서 등장인물들의 무기가 터무니없이 크게 과장되게 묘사되는 것처럼, 처음 호구를 입고 칼을 맞대는 순간 상대방의 무기가 엄청나게 커지는 것을 경험한 적이 있었습니다. 저는 그때 그 환각(환시)에 크게 감동했습니다. '아, 이건 필시 평생 해 볼 만한 것이다'라고 생각했습니다. 이제 세월이 흘러

더 이상 상대의 칼이 실측實測 이상으로 크게 보이는 일이 없어 졌습니다. 그러나 변치 않는 것은 여전히 남아 있습니다. 상대가 누구든 저를 넘어뜨리기 위한 집념을 가진 자 앞에서는 심한 압박감을 받습니다. 칼을 겨누고 있기만 해도 그런 느낌을 받습니다. 누가 더 목계木鷄에 가까운가를 겨루는 그 상태가 제일 긴장됩니다. 십중팔구는 그 겨룸이 주는 교검감交劍感에 따라 그날의 승부는 결정이 납니다.

사족 한 마디. 조급증을 느끼는 것, 항상 성급하다는 것, 늘 먼저 도착해 있다는 것은 신경증일 공산이 있는 것입니다. '매미 잡이'나 '목계' 이야기가 가르치는 것도 그와 크게 다르지 않습니다. 조급하지 말라는 것이 그들 우화들의 숨어 있는 가르침입니다. 그러나 마냥 기다리고만 있을 수도 없는 것이 또한 우리네 인생입니다. 뒤처지지 않기 위해서라도 항상 의지를 가지고 전진하여야 합니다. 그러면서도 때에 맞게 행동하기를 노력해야 합니다. 그냥 기다려서는 좋은 것을 선취할 수 없습니다. 남의 뒤만을 따르려 해서는 남보다 앞설 수 없습니다. 남들의 실패를 교훈 삼아 성공의 삶만을 취하려 하다가는 늘 뒤에 처져 있을 뿐입니다. 그래서 문득 또 한 가지 생각이 들어옵니다. '매미 잡이'나 '목계'의 교훈은 늘 그렇게 '전진하는 자'들에게만 유의미한 우화라는 것입니다. 그런 집념이나 열정이 없는 자들에게는 그저 재미있는 이야기에 불과한 것이지 그 자체로 '행동강령'이나 '요점'이 될 수는 없는 이야기들이 바로 '매미잡이'와 '목계'

라는 것입니다.

'매미 날개'만큼도 안 되는 재주를 가지고 있는 주제이지만, 저는 저의 의발을 전수하고픈 몇 명의 제자를 거두고 있습니다. 가르쳐 줄 것도 없는 주제에 3초 이상 상대의 칼을 기다리고 서 있는 제자들에게 마구 짜증을 냅니다. 두 걸음 이상 뒤로 물러나는 제자들에게는 불같이 화를 냅니다. 기다리지 말라고 악을 씁니다. 항상 선先의 선先을 잡아서 공격하는 가운데 후발선지後發先至의 묘妙를 터득하라고 내내 소리를 지릅니다. 그 닦달질에 살아남는 자만이 종내에는 저의 낡아빠진 도복과 구부러진 죽도를 훔쳐갈 수 있을 것입니다(저는 육조 혜능慧能이 오조 홍인弘忍의 의발을 훔쳐갔다고 생각하는 못난 제자들 중의 한 명입니다).

산목처럼 살거나 집거위처럼 살거나

사람은 평생 불화不和의 늪을 벗어날 수 없는 모양입니다. 요즘 들어, 공자님이 강조하신 화이부동和而不同(각기 다르면서도 잘 어울림)의 경지란 인간세에 아예 존재하지 않는 것이란 염이 자주 들곤 합니다. 정치나 경제만 그런 것이 아닙니다. 개인의 일생도 언제나 불화의 연속입니다. 잘나면 시기 질투의 대상이 되고, 못나면 혐오 멸시의 대상이 됩니다. 잘났거나 못났거나 타인의 시선을 벗어나서 살 수가 없습니다. 정말 크게 타고 나서, 남의 시선을 무시하고 살 수 있다면 모르겠습니다만 그렇게 크게 타고난 재능의 소유자가 아닌 이상 어느 선에서 머무르고(자제하고) 어느 선까지 행하느냐를(도전할 것인가를) 두고 늘 고민하며 살아야 합니다. 그리고 그 '선택'이 쉽지 않을 때가 많습니다. 다수의 남들과 함께 같이 흘러갈 것인가, 아니면 소수의 반대자들과 힘을 합해 물을 거스를 것인가를 두고 고민을 할 때도 많습니다. 아주 작은 재주를 타고 태어나서 거진 한 평생을 다 살아본 중늙은이의 입장에서 드리는 말씀입니다.

남의 시선을 의식하지 않고 살 수 없는 우리네 인생에서는 '선택'이 아주 결정적인 계기를 만들 때가 많습니다. 연예인이나 정치인들처럼 자신의 인생행로가 타인들로부터의 사랑과 인정 여부에 전적으로 의존하는 경우에는 그런 '선택'들이 절대적인 역할을 하기도 합니다. 행여 잘못 '선택'이 되었을 경우에는 거의 치명적인 타격(손실)을 입기도 하는 것입니다. 어릴 때부터 제가 잘 아는 이들 중에 정치판에 몸을 담고 있는 사람들도 몇 있습니다. 모두 개성이 뚜렷하고 주관도 분명한 이들입니다. 정파政派도 다르고 정견政見도 다릅니다. 그러나 공통점이 하나 있습니다. 그들은 바로 그 '선택'에 매우 신중하다는 것입니다. 시시때때로, 이른바 '행장行藏'의 묘妙를 잘 살립니다. 들어갈 때와 나아갈 때를 잘 분간합니다. 제도와 도덕이 자신의 편에 있을 때는 나아가지만 그것들이 자신을 멸시하거나 무시할 때는 미련 없이 들어갑니다. 저 같은 시골무사가 보기에는 '모험', 아니면 '낙오' 같았던 그들의 '선택'이 나중에는 절묘한 '중간中間에 거함'이 되는 것을 종종 보게 됩니다. 『장자』 외편 「산목山木」에 보면 그런 처세의 이치가 재미나게 그려져 있습니다.

장자가 산 속을 가다가 잎과 가지가 무성한 거목(巨木)을 보았다. 나무꾼이 그 곁에 머문 채 나무를 베려 하지 않았으므로 그 까닭을 물었더니 "쓸모가 없습니다." 하고 대답했다. 장자가 말했다. "이 나무는 재목감이 안 되므로 그 천수(天壽)를 다할 수 있었던 거다." 장자가 산을 나와 옛 친구 집에 머물렀다. 친구는 매우 반기며 심부름하는 아이에게 거위를 잡아 대접하라고 일렀다. 아이가 "한 마리는 잘 울고 또 한 마리는 울지 못합니다. 어느 쪽을 잡을까요?" 하고 묻자 주인은 "울지 못하는 쪽을 잡아라."고 했다. 다음날 제자가 장자에게 물었다. "어제 산 속의 나무는 쓸모가 있어서 죽었습니다. 선생님은 대체 어느 입장에 머물겠습니까?" 장자가 웃으면서 대답했다. "나는 그 쓸모 있음과 없음의 중간에 머물고 싶다. 쓸모 있음과 없음의 중간이란 도와 비슷하면서도 실은 참된 도가 아니므로 화를 아주 면하지는 못한다. 만약 자연의 도에 의거하여 유유히 노닌다면 그렇지 않게 된다. 영예도 비방도 없이 용이 되었다가 뱀이 되듯이 신축자재하며 때의 움직임과 함께 변화하여 한군데에 집착되지 않는다. 올라갔다 내려갔다 하며 남과 화합됨을 도량으로 삼는다. 마음을 만물의 근원인 도에 노닐게 하여 만물을 뜻대로 부리되 그 만물에 사로잡히지 않으니 어찌 화를 입을 수 있겠는가! (…후략…)"

▶▶▶『장자』 외편, 「산목(山木)」
(안동림 역주, 『莊子』 참조)

장자(장자학파)의 가르침은 어차피 세속에서 떠날 수 없을 바에는 그때그때 '때에 맞게' 행하라는 것입니다. 굳이 '하나의 법

法'을 고집하다가는 화를 입게 되어 있다는 거지요. 산목처럼 살아야 할 때는 산목으로, 거위처럼 살아야 할 때는 거위로 처신해서 굳이 화를 입지 말고 목숨을 보전하라는 난세의 처세술로도 읽힙니다. 을乙의 처세술이라고 말할 수도 있겠습니다. 그러니까, 어떤 식으로 살아도 자신의 삶에 불편이나 불이익이 없는 사람이라면(타고난 갑?) 거들떠 볼 필요조차 없는 내용입니다.

처세술로 보기에는 너무 '빤한 내용'인 것 같아 이 대목의 교훈을 조금 비틀어보고 싶은 욕구가 생깁니다. 이런 식으로 한번 어깃장을 놓고 싶습니다. '젊어서는 거위처럼, 늙어서는 산목처럼 살아라.' 젊어서는 있는 것 없는 것 자기 안의 잠재력을 최대한 끌어내려고 발버둥쳐야 합니다. 계속 꽥꽥거려야 합니다. 그래야 세상이 한 번이라도 자기를 쳐다봐줍니다. 늙어서는 공연히 뻗대지 말고 조용히 가지나 늘어뜨리고 살 일입니다. 혹시 그늘이 필요한 이가 있으면 내 안에서 위로나 휴식을 얻고 갈 수 있도록 오래 버티며 배려하는 삶을 사는 게 상책입니다. 그늘을 찾지 못하고 그때까지 꽥꽥거리면 누군가 와서 꼭 도끼날을 내 살에다 박아 넣습니다(가만히 있어도 간혹 못난 나무꾼들이 재미삼아 휘두르는 도끼에 늙은 살점이 떨어져 나갈 수도 있습니다. 물론 그런 나무꾼들은 언젠가는 꼭 자기 발등을 찍습니다만).

몇 년 전에 학교 평생교육원에서 '고급 논술반'을 운영해 본 적이 있습니다(주말마다 4시간씩 했습니다. 너무 고단해서 한 학기만 하고 끝을 냈습니다). 그때 다섯 명의 제자 중 한 사람이 로스쿨에 합격을 했습니다. 그런데 고민이 생겼습니다. 7급 공무원 시험에도 합격을 한 것입니다. 당장 공무원 생활을 하면서 얻을 수 있는 여러 가지 소득所得과 3년여의 학비(로스쿨 학비는 비쌉니다)와 노력, 그리고 불투명한 장래에 대한 불안이 뚜렷하게 대조가 되면서 선택의 갈림길에 놓이게 된 것이었습니다. 억지 비유겠습니다만, 산목처럼 살 것인가 집거위처럼 살 것인가의 갈림길 위에 섰던 것이지요. 제게 자문을 청하길래 저는 젊어서는 거위처럼 살라고 했습니다. 젊어서는 도전의 길이 주어질 때 반드시 그 길로 가야 한다고 말했습니다. 청춘은 언제나 '길 없는 길'을 찾아나서야 한다고, 그래야 없던 길도 열린다고 말해 주었습니다. 젊어서 따져보는 여러 가지 '경우의 수'는 결국 도로徒勞에 불과한 것, 그 안에 있는 미래로는 크게 될 수 없다고 말해 주었습니다. 나는 언제나 내가 예상치 못한 곳에 와 있어야 한다고, 젊어서 제대로 도전의 길을 가지 못했던 제 못난 삶을 예로 들어서 그렇게 조언했습니다(최근 우연히 만난 그 로스쿨 교수님으로부터 그 친구에 대한 칭찬을 들었습니다).

스스로 기술을 일으켜야

요즘 정가政街의 초라한 행색을 보면 「설검說劍」(『장자』잡편)이 생각납니다. 이건 아니다싶은 장면이 너무 자주 노출됩니다. 정치는 없고, 적敵과의 공연한 투쟁이 없으면 자기 존재도 없다는 투의 막가파식 정치놀음이 횡행합니다. 국리민복과는 상관없이 그저 미운 상대의 결점과 약점을 침소봉대하기에만 급급합니다. '스스로 기술을 일으키는 경지'라고는 아예 없습니다. 「설검」은 장자가 정사를 돌보지 않고 투검鬪劍만을 좋아하는 조왕趙王을 세 가지 검三劍 이야기로 개과천선시킨다는 내용으로 되어 있습니다. 소위 천자지검天子之劍, 제후지검諸侯之劍, 서인지검庶人之劍 이야기가 그것입니다. 대체로 우의愚意가 졸렬하다는 평을 받는 글입니다. 주지主旨나 어투가 전국책戰國策의 그것과 비슷하다하여 전국말의 종횡가縱橫家가 지은 글이 잘못 섞여 들어왔다는 평까지 받습니다. 외편이나 잡편의 이야기들은 내편의 주지를 반복적으로 확인하는 것이다 보니까 그럴 수도 있을 것 같습니다. 내편의 주지를 연상시키는, 일종의 거세담론의 형태를 지닌 것들이라면 그 서사논리의 정연성整然性만 보고 청탁淸濁 구분 없이 올렸을 수도 있었을 것입니다. 장자의 주장이 기존의 구축담론들을 해체하는 과정을 통해 자신의 정당성을 확보하는 편이다 보니 어쩔 수 없이 후대로 내려오면서 그런 이야기들이 많이 편승했을 것이라 짐작됩니다. 혈연이 의심스럽다고 천덕꾸러기 취급을 받는 형편입니다만, 그렇다고 이 이야기가 전혀 의미가 없는 것은 아닙니다. 「설검」이 장자의 가르침을 이해하는 데에는 별반 도움이 되지 않을지 모르나 '싸움의 기술'을 수련하는 사람들에게는 타의 추종을 불허하는 좋은 교본이 됩니다. 다음의 대목이 바로 그것입니다.

왕이 말했다. "그대는 무엇을 내게 가르치려고 왔는가?" "저는 대왕께서 칼싸움을 좋아하신다고 들었기에 검에 관해서 한 말씀 드릴까 합니다."라고 장자가 대답했다. 왕이 말했다. "그대의 검은 몇 사람이나 상대할 수 있는가?" 장자가 말했다. "저의 검은 열 발짝에 한 사람을 죽이되 천리를 가도 저를 막을 자가 없습니다[十步一人 千里不留行]." 왕이 크게 기뻐하며 말했다. "천하무적이로다!" 장자가 이어 말했다. "대저 칼싸움의 묘란 상대가 공격할 수 있는 여지를 만들어두고 이(利)로 유인해서 상대보다 늦게 칼을 뽑으면서 상대보다 먼저 칼을 닿게 하는 것입니다. 실제로 이 이치를 한 번 시범코자 합니다[夫爲劍者 示之以虛 開之以利 後之以發 先之以至 願得試之].”

왕이 말했다. “선생은 좀 쉬시오. 숙소에서 쉬며 연락을 기다려 주시오. 시합 준비가 되면 선생을 부르리라.” 왕의 명으로 장자와 상대할 검사를 뽑는 선발 시합이 거행되었는데 참혹하게도 이레 동안에 사상자가 육십 명이 넘을 지경이었다. 왕은 그 중 대여섯 명만 골라 궁전 아래 검을 받들고 늘어서게 했다. 그러고는 장자를 불러내서 말했다. “오늘은 저 검사들에게 한 수 가르쳐 주시오.” 장자가 말했다. “오랫동안 기다려 온 바입니다.” 왕이 말했다. “선생이 쓸 무기는 긴 것과 짧은 것 중 어느 것이오?” 장자가 대답했다. “저는 어느 것이든 모두 좋습니다. 하지만 제게는 세 가지 검이 있는데 왕께서 원하시는 대로 쓰도록 하겠습니다. 먼저 이 삼검(三劍)에 대해서 설명을 드린 뒤에 시합을 하고 싶습니다.” 왕이 말했다. “그 삼검이란 게 무엇인지 듣고 싶소.” 장자가 말했다. “천자의 검, 제후의 검, 서인의 검입니다.”

▶▶▶『장자』잡편,「설검(說劍)」
(안동림 역주,『莊子』; 조관희 역해,『莊子』참조)

장자는 왕이 '천자의 검'을 쓸 생각은 않고 고작 '서인의 검'에 빠져서 정사를 소홀히 하고 있다고 나무랍니다. 정치의 본분을 잊고 투검에만 몰두하는 왕은 왕의 자격이 없다는 이야기였습니다. 왕은 그 이야기를 듣고 혼비백산(차려진 밥상의 주변을 맴돌 뿐 숟가락 들 생각도 못합니다), 검투사들을 다 내치고 비로소 군왕으로서의 처신을 바로잡는다는 내용입니다. 요즈음의 우리 정객들이 꼭 새겨들어야 할 스토리텔링입니다. 그런 내용은 『장자』를 읽다 보면 어디서고 마주칠 수 있는 흔한 우화입니다. 다만, 이 대목에서 출현하는 '후지이발 선지이지後之以發 先之以至'라는 말이 검도 수행의 한 요점을 설파하고 있다는 게 대견(?)하다는 것이 검도계 일반의 평가입니다. 흔히 '후발선지後發先至'로 줄여서 말합니다만, 그 경지가 바로 검도의 한 극의極意라는 것은 어느 정도 검수를 수련한 이라면 누구나 다 아는 사실입니다. 그것만 되면 검도는 아주 즐거운 게임이 됩니다. 웬만큼 한다는 검객 열 명을 만나서 여덟 아홉 정도에게서 그런 '즐거운 게임'을 이끌어낼 수만 있다면 자타공인의 고수라 할 것입니다. 저에게는 '십보일인 천리불유행+步一人 千里不留行'도 예사롭지 않게 여겨집니다. 일보一步가 일검一劍일진대 '십보일인'이라는 것은 적어도 열 수 안에는 한 사람을 잡아낸다는 말입니다. 그렇게 자신의 기량을 말하는 방법으로 '십보'라는 기준을 제시했다는 것이 인상적입니다. 그것이 그의 전문가적인 식견을 드러내는 것이 아닌가도 싶다는 겁니다. 그것 역시 '후발선지'와 함께 이 글의 원작자가 한 칼 했던 이였음을 드러내는 한 징표가 될 수도 있을 것이라는 겁니다.

혹시 검도를 모르시는 분들은 일부러 틈을 내어주고 공격하는 이를 '받아치는 것'이 '후발선지'라고 생각하실지도 모르겠습니다. 제가 겪은 바로는 '후발선지'가 그런 '술수'의 경지는 아닌 것 같습니다. 그런 외형적인 기술의 차원이 아니라 일종의 심안心眼의 획득과 관련된 어떤 경지인 것 같습니다. 의식의 차원을 앞질러서 작동되는, 이른바 '스스로 기술을 일으키는 어떤 힘'의 존재를 경험한다는 것입니다. 사람에 따라서는 '감感으로 친다'라고 표현할 수도 있고, '명경지수明鏡止水의 경지다'라고 표현할 수도 있을지도 모르겠습니다만, 어쨌든 백련자득百鍊自得하는 경지, 일기일경一機一境의 경지인 것은 분명해 보입니다.

사족 한 마디. 인생 일반에서도 '후발선지'가 처세處世의 극의極意가 될 것이라는 생각이 듭니다. 꼭 상대의 움직임을 눈으로 확인하고 나서야 반응을 보이는 사람들은 평생 하수를 면치 못합니다. 칼을 뽑는 자는 누구든 그 발심發心의 정지 순간을 가질 수밖에 없습니다(그 정지 순간을 읽히지 않는 이가 진정한 고수일 것입니다). 그 마음을 읽어내어 '늦지만 빠른' 칼을 쓸 수 있어야만 인생살이에서 실수가 없게 됩니다. 거칠게 말해서 '당하지 않고' 살 수 있습니다. 검도판에서는 제법 그 경지를 엿보며 살아온 터였습니다만 인생판에서는 늘 그 경지를 몰라 속수무책으로 하수로만 살아온 것 같습니다. 어쩔 수 없는 시골무사의 신세라 할 것입니다.

하는 일 없이 사랑받고 싶으면

노(魯)나라 애공(哀公)이 중니(仲尼)에게 물었다. "위(衛)나라에 추남이 있는데 그의 이름은 애태타(哀駘它)라 합니다. 그와 함께 지낸 사내들은 따르면서 떠나지를 못하고, 그를 본 여자들은 〈다른 이의 아내가 되느니 차라리 그 분의 첩이 되겠다〉고 부모에게 간청한다 하오. 그 수가 몇 십 명으로 그치지 않는다 하오. 그가 자기 의견을 주장하는 걸 아직 아무도 들은 적이 없고, 늘 남에게 동조할 뿐이라오. 군주의 자리에 있어 남의 죽음을 구해주는 것도 아니요, 쌓아둔 재산이 있어서 사람들의 배를 채워주는 것도 아니오. 게다가 그 흉한 꼴이란 온 세상을 깜짝 놀라게 할 정도이며, 동조하기는 하지만 주장하지 않고, 지식은 사방 먼 곳까지 미치지는 못하오. 그런

데도 남녀가 그 앞에 모여드는 까닭은 필경 범인과 다른 데가 있어서일 게요. 내가 불러들여 그를 만나 봤더니, 과연 그 흉한 꼴이란 온 세상을 깜짝 놀라게 할 정도였소. 그러나 나와 함께 있으니 한 달도 안 되어서 나는 그의 사람됨에 마음이 이끌리게 되었고, 1년도 안 되어서 그를 믿게 되었소. 나라에 대신이 없었으므로 나라를 맡기려 했더니, 내키지 않는 얼굴을 하고 있다가 이윽고 응낙했으니, 멍한 모습으로 사양하는 것도 같았소. 나는 부끄러워졌으나 결국 나라를 맡겼소. 얼마 안 있어 내게서 떠나가 버렸소. 나는 뭔가 잃은 듯 마음이 언짢소. 이 나라에 즐거움을 함께 누릴 사람이 없어진 듯하단 말이오. 그는 어떤 사람일까요?"

공자가 대답했다. "저는 언젠가 초나라에 사자로 간 적이 있는데, 그때 돼지 새끼가 죽은 어미젖을 빨고 있는 광경을 봤습니다. 얼마 후 돼지 새끼는 놀란 표정으로 모두 죽은 어미를 버리고 달아났습니다. 어미 돼지가 자기들을 봐 주지 않고, 자기들과는 전혀 다른 꼴이 되어 있었기 때문입니다. 그 어미를 사랑한다 함은 외형이 아니고, 그 외형을 움직이는 것을 사랑한다는 뜻입니다. 싸우다 죽은 자는 그 장례식에서 장식 달린 관을 쓰지 않고, 발이 잘린 자의 신은 소중하게 여기지 않습니다. 모두 그 근본이 없기 때문입니다. 천자의 후궁이 된 자는 귀밑머리를 깎거나 귀에 구멍을 뚫거나 하지 않습니다. 새 장가든 자는 집에서 쉬고 관의 일을 시키지 않습니다. 외형을 온전히 하는 것만으로도 그처럼 될 수 있는데, 하물며 온전한 덕을 갖춘 사람이야 더욱 그럴 것입니다. 지금 애태타는 아무 말도 안 하는데 신임을 얻고, 공적이 없는데 친밀해지고, 남이 자기 나라를 맡겨도 그것을 안 받지나 않을까 해서 염려할 정도입니다. 이는 필경 재능이 온전하고 덕이 겉에 나타나지 않는 인물일 겁니다[是必才全而德不形者也].”

▶▶▶『장자』 내편, 「덕충부(德充符)」
(안동림 역주, 『莊子』 참조)

전통적인 해설(엄복의 「장자평」)에 따르면, 인용된 부분의 요점은 마지막 구절, ‘재능이 온전하고 덕이 겉에 나타나지 않는다[才全而德不形]’에 있다고 합니다. 장자가 말하는 ‘재才’는 하늘에서 준 것이고 ‘덕德’은 스스로 이룬 것이라고 할 때 ‘재전才全’이라 함은 천성이 외물外物로 인해 전혀 손상되지 않은 상태를 뜻한다고 합니다. 애태타라는 인물은 그러한 ‘재전才全’의 경지에 이른 인물이라는 것입니다. 중니(공자)의 입을 빌어, 내면의 근본을 중시할 일이지 겉으로 드러난 덕德에 이끌릴 일이 아니라고 설파하고 있는 대목입니다.

저는 이 대목을 읽으면서 두 가지 반발심을 가졌습니다. 하나는 애태타라는 인물을 들어 ‘재전才全’을 설명한 부분에 선뜻 동조하기가 어려웠고요, 다른 하나는 돼지새끼들이 죽은 모체를 버리고 선뜻 떠난다는 예화가 잘 납득이 되질 않았습니다. 먼저 ‘돼지새끼들의 경우’부터 말씀드리겠습니다. ‘죽은 모체와 살아남은 새끼’의 예화는 공자가 ‘외형에 관계없이 근본이 없기에 쉽게 떠나는’ 상황을 설명하기 위해서 취한 것이었습니다. 그러나 그 반대의 경우도 얼마든지 확인되는 것입니다. 죽은 어미의 사체에서 쉽게 떠나지 못하는 새끼들도 많습니다. 그들 어린 생명들은 어미의 썩어지는 형체에 연연해서가 아니라 잊을 수 없는 '근본'을 쉬이 잊지 못해서 떠나지 못하는 것입니다. 돼지새끼들을 너무 무시하고 박대하는 느낌이었습니다. 그러니 그 돼지새끼를 통한 우의寓意는 그리 용의주도한 것이 아니었다는 생각이 드는 것이었습니다.

　애태타의 경우도 비슷했습니다. 실제로 그와 유사한 성격을 지닌 인물을 실생활에서도 종종 만납니다(친했던 친구 중에도 두어 명 있었습니다). 섣불리 주장을 내걸지 않고 마지못해 동조하는 일에 능하며, 용모가 출중한 편도 아닌데 여성들로부터 인기를 얻고, 대인관계의 진정성과 의리관계가 분명히 확인된 것도 아닌데 주변의 호평을 받아내는 인물들이 주변에 간혹 있습니다. 그들은 그러한 평판에 기대어 스스로도 자신을 괜찮은 축이라고 여깁니다(다만, 눈치가 좀 없다고 자신을 변호하기도 합니다). 현대판 애태타라 할 만한 이들입니다. 그러나 그렇다고 해서, 그들에게 늘 평안만 있는 것은 아닙니다. 가까이서 그들을 겪어본 입장에서 볼 때 그들은 늘 결정적인 순간에서 실망을 안깁니다. 노나라의 애공도 만약 그를 중용했더라면 결국은 실망했을 겁니다. 그들은 자신의 주장과 결단을 결코 내세우지 않음으로써 모든 책임으로부터 면제받기를 원합니다. 도저한 나르시스트라고 할 수 있는 그들을 재전才全의 경지에 이른, 내적으로 덕이 충만한 인물이라고 말하는 이들도 결국은 그와 유사한 인종일 것이라는 생각마저 듭니다. 그들을 시샘해서가 아닙니다. 그 모든 것을 차치하고서라도, 그들이 '자신에게 쏠리는 그 인정과 애정'을 결코 마다하지 않는다는 사실 하나만 보더라도 그 실상을 알 수 있는 일입니다. 열이면 열, 그들은 예외 없이 그 모든 책임에서부터 자유로운 '인정과 애정'을 즐깁니다. 그러니 당연하게도 타인들로부터의 '인정과 애정'이 없는 삶을 그들은 견뎌내지 못합니다. 그러니 그들의 '애태타적인 삶'은 그들에게는 필생의 과업일 수밖에 없는 그 '인정과 애정'을 받아내기 위한 하나의 숙련된 기술(고육지책?)이라고 봐야 할 것입니다(일반적으로 그런 이들은 가정생활을 방치하는 경향이 농후합니다). 프로이트식으로 보자면, 나르시시스트들이 흔히 취하는 위장 전술, 혹은 위장된 사회적 적응화의 한 양태이기도 한 것입니다.

　장자가 말한 애태타의 경우도 그렇습니다. 그가 진정 '재능이 온전하고 덕이 겉에 나타나지 않는 자[才全而德不形者]'였다면 그렇게 쉬이 사람들의 시야에 노출될 일이 없었어야 마땅한 일일 것입니다. 애태타라는 인물은, 못생겼지만 모두에게 사랑받기를 원하는(사랑할 수밖에 없는), 누구나 피해 가지 못할, 자기애自己愛의 한 대상이라는 생각이 듭니다. 그 유추가 맞는 것이라면, 장자의 애태타는 이상적인 인물에 대한 묘사가 아니라 우리 안의 한 인물에 대한 묘사였던 것입니다. 하는 일 없이 사랑받고 싶은 우리 안의 헛된 바람을 그렇게 풍유한 것입니다.

사족 한 마디. 제 경우 사람이 사람을 홀리는(죄송합니다!) 일은 재才나 덕德으로 되는 일이 아니었습니다. 재나 덕으로 사람을 감복시킬 수 있다고 믿는 것만큼 어리석은 일이 없다는 것은 『장자』에서도 누누이 강조되고 있는 말입니다. 「인간세人間世」 편에서 안회와 중니를 등장시켜 시종일관 설파하고 있는 것도 바로 그런 내용입니다(남이 듣기 싫은 이야기는 절대 하지 말아라!). 이성적으로 누구를 존경(인정)한다는 것과 이유 없이(모르고) 누구를 좋아한다(따른다)는 것은 전혀 다른 일이었습니다. 비유하자면 그들은 다른 궤도 위를 달리는 두 열차와 같은 거였습니다. 그 두 열차를 한 줄로 세우겠다는 것은 아주 위험한 발상이었습니다. 그 두 열차가 한 궤도 위에 오를 때는 정면충돌할 수밖에 없는 일이었습니다. 어느 것 하나는 궤도를 떠나야 했습니다. 세상에서 사라져야 했습니다. 부득불, 누군가로부터 인정이나 애정을 받고 싶은 사람은 그 둘을 교묘히(용의주도!) 분리시켜 운용해야 된다는 것을 인정하지 않을 수 없었습니다. 살아 있는 어미 돼지가 되거나(어미의 젖줄을 애타게 찾는 돼지새끼들!) 하다못해 돼지우리라도 되어야(누구든 더럽게 해서도 편히 드나들 수 있는 곳이라야!) 된다는 것을 인정하지 않을 수 없었습니다. 이상은 죽은 어미 돼지의 변명이었으니 설혹 터무니없는 억측이나 못난 편견이 개입되어 있다 하더라도 너그러이 양해해 주시면 고맙겠습니다.

나이 들어 밭일을 해야 하는 까닭

자공(子貢)이 남쪽의 초나라에 여행하고 진나라로 돌아오려고 한수(漢水) 남쪽을 지나다가 한 노인이 마침 밭일을 하고 있는 것을 보았다. 땅에 굴을 파고 우물에 들어가 항아리로 물을 퍼 나르고 있었다. 밭에 물주는 일이 쓰는 애에 비해서는 너무 비효율적이었다. 자공이 말했다. "여기에 기계가 있으면 하루에 백 이랑도 물을 줄 수가 있습니다. 조금만 수고해도 효과가 큽니다. 당신은 그렇게 해보실 생각이 없습니까?" 밭일을 하던 노인이 고개를 들어 그를 보며 말했다. "어떻게 하는 거요?" 자공이 말했다. "나무에 구멍을 뚫어 기계를 만드는 것이지요. 뒤는 무겁고 앞은 가볍습니다. 아주 쉽게 물을 퍼내는데 그 빠르기가 엄청납니다. 그 기계 이름을 두레박이라 부르지요." 밭일을 하던 노인이 순간 얼굴을 붉히더니 곧 미소를 띠며 말했다. "나는 내 스승에게 들었소만, 기계가 있으면 반드시 기계를 쓸 일이 생기고 그런 일이 생기면 또 반드시 기계에 사로잡히는 마음이 생겨나오. 그런 마음이 가슴 속에 차 있게 되면 순진 결백한 것이 없어지게 되고 그것이 없어지면 정신이나 본성의 작용이 안정되지 않게 되오. 그러면 도가 깃들 수가 없다는구려. 내가 두레박을 몰라서 이러고 있는 것이 아니라오. 도(道)에 대해 부끄러워 쓰지 않을 뿐이오." 자공은 부끄러워 어쩔 줄 모르며 고개를 숙인 채 잠자코 있었다.

얼마 후에 밭일 하던 노인이 물었다. "당신은 무엇 하는 사람이오?" 자공이 답했다. "공구(孔丘)의 제자입니다." 노인이 말했다. "당신은 그 널리 배워서 성인 흉내를 내며 허튼 수작으로 대중을 어리둥절하게 만들고 홀로 거문고를 타면서 슬픈 듯 노래하여 온 천하에 명성을 팔려는 자가 아니겠소! 당신은 바로 당신의 정신의 작용을 잊고 당신의 육체라는 족쇄에서 벗어나야 도에 가까워질 것이오. 그대의 몸도 제대로 다스리지 못하면서 무슨 천하를 다스릴 겨를이 있겠소. 빨리 가던 길이나 가시오. 내 일을 방해하지 말고..." 자공은 부끄러움에 얼굴이 창백해지고 정신이 황망하였다. 30리나 가서야 비로소 제정신이 들었다.

▶▶▶『장자』 외편, 「천지(天地)」
(안동림 역주, 『莊子』; 조관희 역해 『莊子』 참조)

'기계치機械痴'라는 말이 있습니다. 낯선 기계만 보면 주눅이 드는 이들을 가리키는 말입니다. 저도 한때는 소문난 기계치였습니다. 어른이 되어서도(어른이 되면서부터?) 형광등 하나 갈 줄을 몰랐습니다. 결혼 초까지 줄곧 그랬습니다. 그러다 어느 날 생각이 하나 쑥 들어왔습니다(검도에 입문할 때나 담배를 끊을 때도 그랬습니다). "이건 아니잖아?"라는 생각이 문득 들었습니다. 그래서 작정을 했습니다. 도전 정신(?)으로 단단히 무장을 하고 보이는 것마다 무조건 손을 대 보기로 했습니다. 일단 설명서를 겁내지 않고 꾸준히 덤볐습니다. 지성이면 감천이라고, 몇 번의 시도 끝에 결국 '설명서 문맹'을 극복했습니다. 급기야는 스스로 '마이더스의 손'으로 자처, 자부하는 단계에까지 도달했습니다. 물론 집안에서의 일입니다. 밖에 나가서는 여전히 뒷짐을 지고 있는 편입니다. 예외가 하나 있습니다. 세탁기에는 아직도 평생 기계치 신세입니다. 믿거나 말거나, 살아오면서 세탁기 만져본 일이 단 한 번도 없습니다. 물론 손빨래는 자주 하는 편입니다. 식구들 도복道服 빨래는 주로 제가 도맡아 합니다. 그런데 세탁기는 단 한 번도 조작해 본 적이 없습니다. 그 이유가 뭘까를 방금 생각해 봤습니다만 뚜렷한 이유가 생각나지 않습니다. 아마 서로 운때가 안 맞았나 봅니다.

그것 이외에는 일사불란, 집안에 처음 들이는 기계는 모두 제 손을 먼저 거칩니다. 어제도 집사람이 인터넷으로 주문해 들여온 세워놓고 다리는 증기다리미 세트를 제가 조립해 주었습니다. 그 얼마 전에는 가까이 두고 보는 용도로 작은 TV도 하나 조립해 주었습니다. 또 그 얼마 전에는 덩치 큰 2단 옷걸이 세트도 이마트에서 구입해 조립해 주었습니다. 교체된 옛날 식탁의 다리도 톱으로 싹둑 잘라내어 거실 탁자로 쓰고요. 이 정도면 기계치 신세를 벗어났다고 할 수 있을 거라 여깁니다.

인용한 『장자』 「천지天地」 이야기는 자공이 위포자位圃者(밭일 하는 사람)를 보고 잘난 척하다가 개망신을 당하는 장면입니다. 한 방 얻어터지고, 30리나 걸어가서야 비로소 제정신이 들었다고 합니다. 깨져도 크게 깨진 형국입니다. 스스로 도를 추구한다는 자가 도인道人을 보고도 한 눈에 그를 알아보지 못했다는 게 부끄러웠던 겁니다. 그를 단순한 기계치 정도로 본 것이 부끄러웠던 겁니다. 위포자는 자공을 나무랍니다. 도를 위해 스스로 기계치를 선택한 것이지 기계의 편의성과 유용성을 몰라서 기계를 사용하지 않는 것이 아니라고 가르칩니다. 외물外物의 작용을 최대한 제거하려고 했을 뿐이라고 말합니다.

물론, 자공이 그 말의 내용(내용이 주는 교훈) 때문에 부끄러웠던 게 아님은 분명합니다. 사실 그런 말은(그런 내용은) 세간의 속인俗人들이나 들을 말이지 이름깨나 나 있던 공자의 수제자가 들을 말은 아니었던 겁니다. 공부깨나 한 사람들에게는 아주 상식에 속할 말이었습니다. 자공이 부끄러웠던 것은 요즘 항간에서 떠도는 것처럼 일종의 '격格'과 관련된 문제였습니다. 도인이 도인을 한 눈에 못 알아봤으니 자신의 격이 많이 떨어진 것임을 자인하지 않을 수 없었던 것이지요. 결국 둘 중 한 사람은 도인이 아니라는 말이었습니다. 물론 우화의 내용상 그렇다는 겁니다.

이 우화는 그 끝을 자공과 공자의 대화로 맺습니다. 자공이 자신이 당했던 일을 노나라에 돌아가서 공자에게 이실직고 합니다. 공자는 그 이야기를 듣고 위포자가 혼돈씨混沌氏의 술법을 빌어서 수양하는 사람이라고 설명해 줍니다. 노장老莊류의 학풍을 지닌 이라는 거였겠지요. 그러면서 위포자가 그런 방식으로 자공을 대한 태도를 평가합니다.

① 그 사람은 혼돈씨의 술법을 잘못 배우고 있는 것이다. 하나를 알고 둘을 모르는 거지. 자기의 내면을 잘 다스리고는 있지만 외면을 다스리지는 못해. 자네를 놀래키는 걸 보면 그는 아직 하수야. … 어쨌든 우리가 혼돈씨의 술법을 어찌 이해하겠느냐

▶▶▶ 안동림 역주

② 그 사람은 혼돈씨의 술법을 빌어 수양하고 있는 사람으로 절대적인 도(道) 하나만 알 뿐 상대적인 것들은 모른다. 그 속만 다스릴 뿐 그 밖은 다스리지 않는다. 너는 놀랄 필요가 없다. … 우리가 어찌 혼돈씨의 술법을 알 수 있겠느냐.

▶▶▶ 조관희 역해

공자의 평가가 위포자를 무시하는 것이든 존중하는 것이든 큰 문제가 생기는 것은 아닐 것입니다. 어떤 평가든 장자가(장자의 후학들이) 강조하는 '혼돈씨의 술법'이 폄하되지는 않습니다. 외물外物에 영향 받지 않는 자기 자신의 확립이 중요한 것이라는 취지에는 그 어떤 해석이라도 영향을 미치지 못합니다.

살아 보니 위포자의 말이 꼭 과장은 아니라는 생각도 듭니다. 군이 수양修養까지는 아니더라도 약간의 불편이 따르더라도 기계에 대한 의존에서 벗어나는 게 여러 모로 유익할 것 같습니다. 우선 차 타는 시간과 컴퓨터 만지는 시간을 좀 줄여야 될 것 같습니다(당근 페이스북에서 노는 시간도 확 줄여야 되겠지요). 걷는 시간을 늘리고, 음악 청취나 공연 관람과도 같은 순수 객체 놀이에도 좀 더 시간을 투여해야겠습니다. 위포자의 '밭일'에 해당되는 저대로의 일거리도 조만간 하나 만들어야겠습니다. 책상에 찰거머리처럼 붙어서 하루도 거르지 않고 이런 글이나 쓰는(쓴 것을 또 고치는) 신세에서는 기필코 벗어나야겠습니다.

사족 한 마디. 어제 몇몇 동네 후배들과 담소를 가질 일이 있었습니다. 못 본 사이에 '밭일'에서 완전히 손 뗀 행색들을 많이들 보여주고 있었습니다. 이제 나이들도 제법 먹은 처지들이었는데 두어 사람은 도통 역지사지가 안 되고 있었습니다. 그런 친구들에게 부지불식간에 위포자처럼 굴고 있는 저 자신을 문득 발견했습니다. 어떤 때는 직설적으로 타박을 해대는 몰골이었습니다. 말하는 이나 듣는 이나 기분 좋을 일이 하나도 없었습니다. 왜 그렇게 사는지 잘 모를 일이었습니다. 입만 벌리면 모두 제 잇속 타령뿐이었습니다. 한 친구는 상태가 좀 심각했습니다. 앞으로 그런 동네 후배들과는 아예 상종을 하지 않는 편이 좋을 것 같다는 생각마저 들었습니다. 제 경험상으로 볼 때, 40대 중반에서 50대 초반에 걸치는 약 10여 년간이 작심하고 '밭일'을 제대로 해내야 되는 때였던 것 같았습니다. 그 시절을 그저 속악俗惡과 겉멋에 빠져 살면 남은 인생이 오로지 고독으로만 점철될 것이라는 것을(저처럼?) 좀 알았으면 좋겠습니다.

반드시 이름을 먼저

이름名에 대한 콤플렉스 때문에 개명改名을 하는 사람들을 간혹 봅니다. 개명 절차가 까다로웠던 옛날에는 궁여지책으로 스스로 이름을 고쳐서 주변 사람들에게 새 이름으로 불러달라고 요청하는 경우도 종종 있었습니다. 저도 마찬가집니다. 어릴 때부터 제 이름에 불만이 많았습니다. 착할 선善, 별 규奎라고 귀가 따갑도록 들어온 제 이름자 해설이 철들고부터는 아주 싫었습니다. 반어反語도 없고 포부도 없고 철학도 없고 완력(?)도 없는 그 이름이 싫었습니다. 특히 남자 이름에 착할 선善이 들어가는 것이 싫었습니다. 영영 아명兒名으로 그치는 느낌이었습니다. 그래서 '자호子虎'라는 이름을 〈영웅본색〉에서 빌려왔습니다. 그 영화의 주인공 이름이 '송자호'였거든요('소마'로 유명한 주윤발의 극중 정식 이름은 마전충이었습니다). 그 이름이 주는 단순성과 완력성(?)이 좋았습니다. 이후로 가까운 이들에게 문자나 메일을 보낼 때는 때때로 그 이름을 쓰고 있습니다. 언젠가 때가 오면(?) 그 이름으로 필명을 삼을까도 싶습니다. 실제로 몇 년 전 모 회보會報에 그 이름으로 지금의 '싸움의 기술'과 같은 글을 연재하려고 했던 적도 있었습니다만, 주최 측에서 거절하는 바람에 뜻을 이루지 못했던 적이 있습니다. 주최 측에서는 필명이나 가명을 쓰는 것을 바라지 않았습니다. 아마 자신의 권위에 대한 도전이나 희롱으로 생각했던 것 같습니다. 그냥 나이브(?)하게 '소설가 양아무개의 ○○이야기'라고 제목을 달아달라고 했습니다. 그래서 지금도 인터넷에 그 나이브한 제목의 글들이 간혹 떠돌아다니는 것을 볼 수가 있습니다. 그 당시는 '완력'에서 엄청 밀리던 때여서 어쩔 수 없이 그런 권고를 받아들일 수밖에 없었습니다. 만약 지금이라면 그렇지 않지 싶습니다. 반드시 '이름을 바로잡을' 것입니다. 모든 것의 출발점이 바로 '이름'이기 때문입니다. '이름을 바로잡는다'라는 것은 일찍이 공자님이 하신 말씀입니다. 이른바 '정명正名'이 그것입니다.

자로가 묻기를 〈위(衛)나라 임금이 선생님이 오셔서 정치를 맡아 주기를 기다리고 있는데, 선생님께서는 무엇부터 먼저 하시렵니까?〉라고 하니, 선생님께서 〈반드시 이름을 먼저 바로잡을 것이다〉 라고 말씀하셨다. 자로가 다시 묻기를 〈정말로 선생님은 비현실적입니다. 어떻게 이름을 바로잡으시겠다는 것입니까?〉라고 말했다. 선생님께서 다시 〈정말로 거칠구나, 유(由−자로의 이름)는. 군자는 자기가 모르는 일에 대해서는 함부로 논단하지 않고 모르는 대로 비워두는 태도가 필요하다. 이름이 바르지 못하면 말의 논리가 바르지 못하고 말의 논리가 바르지 못하면 일이 성사되지 않는다. 일이 성사되지 않으면 예악이 일어날 수 없고 예악이 일어나지 않으면 형벌이 정당하게 적용되지 않는다. 형벌이 정당하게 적용되지 않으면 백성들이 수족을 어떻게 두어야 좋을지 모르게 되는 것이니, 그러므로 군자는 사물의 이름을 부를 때에는 반드시 말이 될 수 있게 하고, 말을 할 때에는 반드시 이를 실천할 수 있게 한다. 군자는 어떠한 말에 있어서도 구차하게 억지로 갖다 붙이지 않도록만 하면 되는 것이다〉라고 말씀하셨다.[子路曰: 衛君待子而爲政, 子將奚先? 子曰: 必也正名乎. 子路曰: 有是哉! 子之迂也. 奚其正? 子曰: 野哉由也! 君子于其所不知, 蓋闕如也. 名不正則言不順, 言不順則事不成, 事不成則禮樂不興, 禮樂不興則刑罰不中, 刑罰不中則民無所措手足, 故君子名之必可言也, 言之必可行也. 君子于其言, 無所苟而已矣.]

▶▶▶『論語』「子路」중에서
(김근, 『한자는 중국을 어떻게 지배했는가』, 민음사, 1999, 90~91쪽)

'일반적으로 선진의 문헌에서 '명名'이라는 말은 대략 두 가지 의미로 쓰였으니, 하나는 '이름' 또는 '개념'의 의미였고, 다른 하나는 '명분名分'의 의미'였습니다(김근, 1999: 91쪽). 공자님의 '정명正名' 사상은, 우선 개념을 바로잡고 바로잡힌 '개념'에 근거하여 '명분 있는 삶'을 영위할 수 있도록 하는 것이 치자治者 혹은 위정자의 도리라고 강조하고 있습니다. 그런 '명분에 따르는 삶'이 보장되지 않을 경우 '백성들이 수족을 어떻게 두어야 좋을지 모르게 되는 것'입니다. '거친 자로'가 공자님의 그런 정치철학을 제대로 이해했을지 궁금합니다.

예나 지금이나, 이름을 중시한 것은 인지상정人之常情이었던 것 같습니다. 옛날 선비들에게는 자字나 호號 같은 것이 있어서 다양하게 변화하는 자기 인식 혹은 자기 동일성(정체성)을 드러낼 수 있는 길이 열려있었습니다(자字는 실제 이름을 공경하여 부르기를 꺼려하는 데서 비롯되었으며, 호號·휘諱·시諡와 함께 2가지 이상의 이름을 갖는 복명속複名俗과 실제 이름을 피하는 실명경피속實名敬避俗에서 비롯되었다 합니다). 인용문에 나오는 자로는 유의 자였습니다. 추사 김정희 선생에게는 수백 개(343개?)나 되는 호가 있었다 하니 그분의 이름에 대한 특별한 취향을 엿볼 수 있습니다. 그러나 지금은 그런 전통이 사라진지 오래되었습니다. 보통 사람들은 모두 한 개의 이름으로 평생을 지냅니다.

젊었을 때 개를 한 마리 얻었는데 그 개를 우리에게 준 이의 설명인즉슨 그 개의 혈통이 일본 쪽으로 닿아 있다는 것이었습니다. 그래서 이름을 '다께[武]'라고 지었습니다. 몇 년 뒤, '다께'는 마당 넓은 집으로 재입양이 되었습니다만, 그 이름은 여전히 저희 집에 남아서 시시때때로 자기 이름값을 다 하고 있습니다. "다께! 일어나 밥 먹자", "양다께! 좀 일찍 들어오지" 그러면 스무댓살 난 집아이는 그 호칭이 응당 자기의 '개념(강아지?)'이라는 것을 인정하고, 머리를 끌쩍이며 이른 아침밥을 먹으러 나오 거나, "옛, 다음부터 일찍 들어오겠습다"라는 임기응변의 응답 을 보냅니다. 그 이름이 과히 싫지는 않은 것 같습니다.

혹시 '아들을 강아지 이름으로 부르는 무식한 애비'를 나무라 실 분이 행여나 계실까봐 한 말씀 보충해 올리겠습니다. 집아이 가 태어났을 때 그 이름자를 지을 일이 큰 걱정이었습니다. 돌 림자를 빼면 한 자밖에 선택의 여지가 없는데 여러 명이던 사촌 들의 이름을 감안해서 가까스로 하나 고른 것이 '나라 국國'이었 습니다. 그런데 무식한 제가 생각해도 아무래도 이름이 너무 큰 것 같았습니다. 불안한 나머지, 꽤나 용하다고 소문이 나있던 '최 도사님(모대학 철학과 교수님)'께 여쭈었더니, 아니나 다를까, '이름이 너무 크면 아이가 이름에 치인다'라는 말씀만 하셨습니 다. 그래서 궁여지책으로 '다께'라는 이름이 차출된 것이었습니 다. 의식적으로 그렇게 했습니다. 옛날 어른들이 귀한 손孫에게 '개똥이', '소똥이' 같은 막된 이름을 붙이시던 것과 같은 이치였 습니다. 다행히, '다께'는 건강하게 잘 자라주었습니다. '다께 [武]'라는 이름에 걸맞게 금년도 3·1절 기념 검도대회에서는 청 년부(대학부 포함) 우승도 차지했습니다.

사족 한 마디. 공자님이 자로에게 하신 말씀을 읽다 보니 왠지 요즈음의 우리 사회의 한 모습을 보는 듯합니다. 이름이 바로잡히 지 않아서, 논리도 없고, 일도 성사되지 않고, 예악도 없고, 형정만 문란하고, 백성들이 수족을 어디다 둘지를 몰라 우왕좌왕하는

게 영락없는 지금 우리의 모습입니다. 누군가 앞장서서 '정명正名'
을 크게 외치고 그 실천을 힘써 독려해야 되지 싶습니다.

간사한 법

"그 사람은 법 없이도 살 사람이야."

종종 듣는 이야기입니다. 경우에 어긋난 일을 하지 않고, 매사 공평하고, 스스로 알아서 처신하고, 남에게 함부로 손 벌리지 않는 사람을 보통 '법 없이도 살 사람'이라고 부릅니다. 공자와 노자 같은 옛 성현들도 그런 사람을 높이 쳤습니다. 법法은 필요 악이거나 최소한의 규율일 뿐, '해결책(행복한 삶을 이루기 위한)'은 아니라고 생각했습니다. 사마천의 『사기』에 보면 다음과 같은 내용이 나옵니다.

법령이 늘수록 도둑은 많아지게 된다: 공자는 이렇게 말했다.

"법으로 인도하고 형벌로 바로잡으면 백성은 형벌을 피하는 것을 부끄럽게 여기지 않는다. 덕으로 이끌고 예로 바로잡으면 부끄러움을 알고 바르게 살아간다."

노자는 또 이렇게 말했다.

"상덕(上德)은 덕을 의식하지 않으므로 덕을 지니게 되고, 하덕(下德)은 덕을 잃지 않으려 하므로 덕을 지니지 못한다. 법령이 늘수록 도둑은 많아지게 된다."

태사공(太史公)은 말한다.

"진실로 옳구나! 이러한 말들이여. 법령이란 다스림의 도구일 뿐 [백성의] 맑고 탁함을 다스리는 근원은 아니다. 옛날 진(秦)에는 천하의 법망이 치밀했으나, 간사함과 거짓은 싹이 움트듯 일어나 극도에 이르러 법에 저촉시키려는 관리와 법망을 빠져나가려는 백성의 혼란이 구제할 수 없는 지경에 이르렀다. 당시 관리들은 불을 그대로 둔 채 끓는 물만 식히려는 것처럼 정치를 조급하게 했다. [이러한 상황에서] 강하고 준엄하며 혹독한 사람이 아니고야 어떻게 그 임무를 즐겁게 감당할 수 있었겠는가? 그래서 도덕을 말하는 사람도 자기가 맡은 일을 감당하지 못했던 것이다. 공자는 '송사를 처리하는 일은 나도 남과 다를 것이 없지만, 나는 송사가 일어나지 않게 할 수 있다'라고 했고, 노자도 '하찮은 인간은 도를 듣고 크게 웃기만 할 뿐이다'라고 했는데 이는 허튼 소리가 아니다.

한나라가 일어나자 모난 것을 깨뜨려 둥글게 만들고, 조각한 장식을 깎아 소박하게 만들며, 법망은 배를 집어삼킬 만한 큰 물고기도 빠져나갈 수 있을 만큼 너그럽게 했다. 그렇게 하니 관리들의 통치는 순수하고 단순하여 간악한 데로 빠지지 않고, 백성은 잘 다스려지는 데에 편안함을 느꼈다. 이상으로 살펴보면 백성을 다스리는 근본은 혹독한 법령에 있는 게 아니라 도덕에 있다."

▶▶▶ 사마천, 김원중 옮김, 『사기열전』, 민음사, 2007 중에서

법을 강화하면, 사람들이 부끄러움을 모르고 그저 법을 피하고 벌칙을 면하기에 급급한 금수와 같은 삶을 살게 될 뿐이라는 성현의 말씀은 오늘의 현실에서도 조금도 그 빛이 바래지지 않고 있습니다. "감시의 눈이 많아지는 현상은 바람직하지 않습니다. 믿음이 없다는 반증입니다. 더구나 우리나라의 법과 제도는 털면 반드시 먼지가 나오게 되어 있어 일단 표적이 되면 빠져나간다는 건 낙타가 바늘구멍 들어가는 것보다 어렵습니다. '힘 없는 자'들의 분노가 없어지는 날이 오기를 바랍니다." 언젠가 가까운 친구 중의 한 사람이 사정기관의 기능을 두고 페이스북에 올린 말입니다. 오랫동안 모범적으로 공직에서 종사했던 친구였습니다. 그 말 역시 옛 성현의 말씀을 떠올리게 하는 것이었습니다.

'하찮은 인간들이 도를 듣고 크게 웃기만 할 뿐'인 현실은 여전합니다. 어제까지 서로를 아끼고 존중하던 상사上司와 부하가 정의와 준법을 두고 불화를 빚는 오늘의 현실은 '도道'를 웃음거리로 만들기에 충분한 장면인 것 같습니다. 그러나 변치 않는 것도 있습니다. 오늘날도 '법 없이도 살 사람'은 '부끄러움을 알

고, 바르게 살아가는 사람'일 것이지만, 역시나 '하찮은 인간'들은 그의 사는 모습을 보고 '크게 웃기만' 할 뿐일 것입니다.

'부끄러움을 알고 바르게 사는' 일은 예나 지금이나 중요한 일입니다. 때 늦게 그 중요함을 알게 된 저에게는 그래서 '하찮은 인간은 도를 듣고 크게 웃기만 할 뿐이다'라는 그 노자의 말씀이 언제나 경각의 말씀이 됩니다. 늘 폐부에 깊숙이 와 닿습니다. 남들의 웃음거리가 될수록 진짜 선인善人입니다. 남을 분노에 떨게 해야, 회한의 눈물을 흘리게 해야, 진짜 선인입니다. 그 정도는 되어야 진짜 '법 없이도 살 사람'입니다. 저 같이 그저 마음 속으로만 '부끄러움을 알고 바르게 살아가는' 정도로는 시시때때로 찾아드는 '법法의 유혹'을 완전히 벗어던질 수 없음으로 해서 진짜 선인은 아니라는 생각이 듭니다. 60 평생, 그저 '부끄러움을 알고 바르게 살아가는' 수준에서는 '스스로에게 부끄러운 것들'을 법의 소관으로 이관하고픈 충동을 막기 어려웠습니다. 어디에서든 변명을 찾고, 무엇이든 합리화의 방편으로 삼아서 결국은 '스스로에게 부끄러운 것들'을 모두 방면하고 마는 것이 인지상정이었습니다. 언제쯤일지 모르겠습니다. 저를 멍충이로 만드는 이 간사한 법 아래에서 완전히 벗어날 수 있는 날이.

아비의 마음

이판승과 사판승, 스님들이 그렇게 나누어지듯이 옛 선비들의 사는 방식에도 두 가지가 있었습니다. 학문의 목적을 입신양명에 둘 것인가, 아니면 자기수양에 둘 것인가가 그것입니다. 다산 정약용은 자신의 아들들에게는 전자를, 유배지에서 가르치던 제자들에게는 후자를 강조합니다. 비유하자면, 아들들에게는 '서울 쥐'로 살 것을, 제자들에게는 '시골 쥐'로 살 것을 권합니다. 아들들에게는 '서울을 사수하라'라고 당부합니다. 살기가 어려워져도 서울 십리 밖으로는 나가 살지 말라고 합니다. 폐족이 되어 세상에 절망하고 아예 시골로 은둔하면 시골살이가 몸에 배어 더 이상은 출사出仕의 기회를 얻어내지 못할 것이라고 경계합니다. '시골 것'들은 본시 그늘진 곳에 살면서 비루하고 몽매하고 원망하는 마음만 가득해서 그들과 어울리다 보면 그저 남을 모략하고 시기하는 데 몰두하게 되어 제 자신의 학덕을 쌓는데 결정적으로 소홀하게 된다는 것이었습니다. 제대로 된 위정지도爲政之道를 익히려면 일류들이 활거하는 서울에서 살아야 한다고 강조합니다.

그러나 다산은, 귀양살이 중에 얻은 제자들에게는 그렇게 가르치지 않습니다. 오히려 지족안분知足安分의 '시골 쥐' 살이를 강조합니다. 한거閑居에서 거둔 제자들이어서 그런지(실제로 그런 삶의 장점을 몸으로 느껴서일지도 모릅니다) 벼슬보다는 사람(군자)됨에 더 비중을 두는 삶을 권합니다. 안빈낙도安貧樂道할 것을, 도학道學에 정진할 것을, 두루 그 요목을 밝혀 권합니다.

학문은 우리들이 하지 않을 수 없는 일이다. 옛사람은 말하기를 학문이 제 일등의 의리(義理)라고 하였으나 나는 이 말에 병통이 있다고 생각한다. 마땅히 유일무이(唯一無二)한 의리라고 바로잡아야 한다. 대개 사물마다 법칙이 있는 것인데, 사람들이 배움에 뜻을 두지 않는다면 이것은 그 법칙을 따르지 않는 것이다. 그러므로 금수(禽獸)에 가깝다고 하는 것이다.

세상에서 첫째로 선을 막고 도를 어그러지게 하는 화두가 있으니, "가도학(假道學)은 진사대부(眞士大夫)만 못하다"고 하는 것이다. 그러나 나는 이렇게 생각한다. 요즈음의 사대부는 곧 옛날의 군자이다. 도학이 아니면 군자라는 이름을 얻지 못하며 사대부라는 이름도 얻지 못한다. 그런데 어찌 도학과 상대하여 말을 할 것인가.

위학(僞學)이라는 명칭을 피하였다면 정주(程朱)(송나라 대학자인 정자와 주자)도 그 도를 세우지 못했을 것이고, 명예를 구한다는 비방을 두려워하였다면 백이(伯夷)나 숙제(叔齊)가 그 절개를 이루지 못했을 것이며, 곧다는 명예를 얻으려 한다는 혐의를 멀리했다면 급암(汲黯)과 주운(朱雲)(한나라의 대표적인 직신(直臣)들이다)도 간쟁(諫諍)하는 데에 나가지 못했을 것이다. 심지어 부모에게 효도하고 벼슬살이할 때 청렴하게 지낸 것을 경박한 무리들이 모두 명예를 구하려고 하는 것이 아닌가 하고 의심을 하니, 이러한 무리들을 위하여 악(惡)을 따라야 할 것인가. (…중략…)

과거학(科擧學)은 이단(異端) 가운데서도 폐해가 제일 혹독한 것이다. 양자(楊子)와 묵자(墨子)는 이미 낡았고 불씨(佛氏)와 노자(老子)는 크게 우원(迂遠)하다. 그러나 과거학은 가만히 그 해독을 생각해보면, 비록 홍수와 맹수라도 비유할 바가 못 된다. 과거학을 하는 사람들은 시부(詩賦)가 수천 수(首)에 이르고 의의(疑義)가 5천 수에 이르는 자도 있는데, 이 공(功)을 학문에다가 능히 옮길 수 있다면 주자(朱子)가 될 것이다. (…중략…)

시골에 사는 사람이 그 자제가 혹 총명하고 민첩한 지혜를 가져서 남보다 몇 등급 뛰어난 말을 하여 사람들을 경탄시키는 자가 있으면, 곧 그에게 과거시험을 준비하게 할 것이다. 그렇지 않은 자는 일찌감치 학문의 길로 돌아가게 하거나 아니면 농사짓는 일에 돌아가게 하는 것이 옳을 것이다. 비록 총명하고 지혜가 있는 자라도 나이가 서른이 넘도록 이룬 것이 없으면, 곧 마땅히 학문에 전념해야 한다. 이렇게 하면 아마 낭패하는 데에는 이르지 않을 것이다.

"아침에 도를 들으면 저녁에 죽어도 된다"는 말은 참으로 큰 용기가 아니면 그 교훈을 실천하기가 어렵다. 그러나 나이가 사오십이 된 사람은 도리어 할 수 있다. 혹 고요한 밤에 잠이 없이 초연히 도를 향하는 마음이 생겨나거든 이러한 기회에 더 확충하여 용감히 나아가고 곧게 전진할 것이지 노쇠하다고 주저앉는 것은 옳지 않다. ([정수칠에게 당부한다](정수칠의 자는 내칙(內則), 호는 반산(盤山)으로 장흥(長興)에 살았으며 다산 초당 18제자 가운데 한 사람이다. 학문이 높았다))

▶▶▶ 정약용, 박석무 편역, 『유배지에서 보낸 편지』, 창비, 2010 중에서

위의 글만을 본다면, 폐족廢族이 되어 낙심천만인 두 아들에게 '무슨 일이 있어도 서울을 사수하라'는 당부를 하는 다산과는 전혀 다른 사람이 하는 말인 것 같습니다. 어려운 처지에 놓인 다산의 복합적인(이율배반적인?) 심사를 보는 것 같기도 합니다. 한 사람에게서 나온 두 개의 선비관을 억지로라도 하나로 묶어 본다면 아마 이렇게 될 것입니다. '선비로 살려면 최대한 서울을 사수하기에 힘쓸 것이다. 인간답게 살려면 시골의 비루함에 물들지 말아야 한다. 그러나 만약 그것이 여의치 않을 시에는 독하게 도학에 정진해라. 그렇게라도 해야 덜 억울하다. 선비로서의 삶은 그렇게 양가적인 것이다.' 자나 깨나 세속을 한 시도 떠나지 못하는 제게는 그런 산술적인 합산合算밖에는 다른 계산법이 없는 것 같습니다. 다산의 삶과 언행이 그렇게 가르치는

게 아닙니다. 저의 삶이 그렇게 강요합니다. 평생 '시골 쥐'로 살아왔으니 시골에서 선비로 산다는 게 그리 호락호락한 일이 아니라는 것을 모를 리 없습니다. 시골에서 무탈하게 살려면 거의 독기_{毒氣}에 가까운 나름대로의 '도학_{道學}' 하나쯤은 가지고 살아야 한다는 것도, 다산의 가르침이 아니더라도, '시골 쥐'라면 누구나 자득해 마지않는 것이기도 하기 때문입니다.

언젠가 제가 가르치는 검도교실에서 아들놈을 호되게 나무란 적이 있었습니다. 아이가 중학교 졸업반 무렵일 때였습니다. 10년씩 아비를 따라다니며 검도를 배우면서도 제대로 된 모범을 보이지 못하는 아이에게 짜증이 돌았던 것입니다(물론 제 기준입니다. 아이는 고등학교 올라가서는 대회 우승도 하는 등 나름 '한 칼' 하는 편입니다). 한 시간 내내 검도장이 온통 썰렁한 기운으로 가득찼습니다. 운동을 마친 후 같이 운동을 하던 한 '시골 쥐' 동료가 탈의실에서 "아들한테 너무 심했던 것 아니냐"고 타박을 주었습니다. 언사는 부드러웠지만, 사실은 감정을 제어하지 못하고 체통 없이 군 저를 나무라는 말씀이었습니다. 따로 할 말이 없어서 "자기 자식이니까 그러지. 남의 자식에게야 그럴 수 있겠는가", 궁색하게 그렇게 대답했습니다. 못난 아비로서 그것밖에는 달리 찾을 변명거리가 없었던 것입니다. 오래 전 일이지만 그때 일을 생각할 때마다 얼굴이 화끈거립니다. 그 일과 다산이 '독하게 도학에 정진해라'라고 한 일이 종종 겹쳐서 떠오릅니다. 아마, 저도 아비인지라 '서울을 사수해라'라고 말하고 싶었던 것이 그렇게 변태적으로(?) 튀어나온 것이 아니었겠는가라고 여깁니다.

◉
◉

돌아가야만 하는 이유

● ● ●

　인문학이란 무엇인가? 문사철文史哲의 효용은 무엇인가? 바야
호로 인문학 전성기를 맞이하여(?) 그런 물음이 여기저기서 들
립니다. 답이야 뻔하지요. 하나만 말하라면 "어떻게 살 것인
가?"라는 물음에 답하는 일이 그것이라 할 것이고, 둘이나 셋으
로 말하라면 또 거기에 이런저런 살을 붙이겠지요. 실존이니 역
사니 정체성이니 자기실현이니 하는 말들이 나올 거고, 저 같으
면 '글쓰기'야말로 인문학의 알파요 오메가다라고 할 것이고 또
다른 이들은 공자, 맹자, 노자, 장자, 소크라테스, 플라톤 같은
사람 이름을 들먹일지도 모르고, 또 다른 이는 인생의 목적이
결국은 '우아한 죽음'이라고 말할지도 모르겠습니다. 이렇게 하

든 저렇게 하든, 모두 자기의 관점에서 '어떻게 살 것인가'를 말할 뿐입니다.

 그런데 이런 말씀을 드리다 보니 문득 드는 생각이 있습니다. 과연 지금 이런 한가한 이야기를 할 때인가라는 생각입니다. 출처를 알 수 없는 '인문학이 대세다'라는 말에 부화뇌동해서 이런 자리에서까지 '인문학이란 무엇인가?'라는 배부른 상아탑식 정담鼎談을 끌어들여서야 되겠는가라는 반성이 불현듯 드는 것입니다. 그런 배부른 소리는 그만두고 어떻게든 길거리로 나가서 한 사람이라도 더 문학이든 역사든 철학이든, 인문학적 소양을 지니는 일에 흥미를 갖도록 뛰어다녀야 할 때가 아닌가라는 것입니다. '인문학이란 무엇인가'를 이야기할 때가 아니라 인문학이 무엇인지 몸으로 직접 느낄 수 있도록 '전도傳道'하는 일이 급선무일 것이라는 것입니다. 그만큼 상황이 급박하다는 것인데, 아무래도 '인문학자'들의 시대 인식은 그렇지가 않은 것 같습니다.

 어제 모 방송의 인문학 강좌에서는 '인문학이 대세다'라는 말이 그 서두를 화려하게(?) 장식했습니다. 연사로 등장하신 분이 추호도 의심할 수 없다는 단호한 어조로 그렇게 말했습니다. 하기야 방송국에서 그런 강좌를 만들어 전국적으로 방영을 하는데 그렇게 말할 수밖에 없는 일이기도 합니다. '요즘 누가 인문학에 대해서 관심을 가지겠습니까?'라고 한다면 그 강좌를 주선한 쪽이나 듣는 사람들 쪽에서 흥이 날 리가 없겠지요. 그렇게 이해할 수도 있습니다. 그렇지만 그러고 말기에는 사태가 너무

위중합니다. 그냥 넘길 수가 없습니다. 인문학이 대세인 시대가 아닌 것이 너무 분명한데, 인문학이 위기에 처해 있다는 건 누구나 인정하는 것인데, 그 반대로 떠들고 있으니 속이 상합니다. 같은 물건을 파는 동업자의 입장에서 가부간 명료한 입장정리가 있어야 할 것 같습니다.

두어 가지만 사례를 들겠습니다. 첫째, 학문의 전당이라는 대학에서는 이미 인문학 관련 학과의 위상이 거의 지리멸렬 상태라는 것을 들 수가 있겠습니다. 인문학에 대한 사회적 요구가 그만큼 빈약하다는 말이기도 하겠습니다. 명색이 대학이라면서 철학과를 없애더니 급기야 국문학과마저 없애는 대학이 늘고 있습니다. 사립대학은 말할 것도 없고, 간신히 살아남은 국립대학의 불문학(불어교육)과 독문학(독어교육)과는 이미 오래 전부터 풍전등화 신세입니다. 국사는 필수 과목에서 빠지고 동양사, 서양사라는 말이 고등학생들의 관심에서 사라진 지는 이미 오랩니다. 사정이 이런 마당에 '인문학이 대세다'라는 말이 인문학자의 입에서 나온다는 것은, 그냥 어폐가 있다는 정도가 아니라, 좀 파렴치한 언사라는 생각까지 들게 하는 것입니다.

둘째는 소설을 위시한 문학(소설은 대표적인 '거리의 인문학'입니다)의 위상이 급격히 추락하고 있는 현실을 들 수가 있습니다. 연간 베스트셀러 집계에서, 과거와 비교해 볼 때, 소설이 차지하는 비중이 급격히 떨어지고 있습니다. 소설은 대중들이 가장 손쉽게 접할 수 있는 인문서입니다. 옛날부터 소설은 카타르시스와 인문학적 정보를 동시에 제공해 주는 대중적인 채널(통로)이었습니다. 그 전통적인 기능마저 이제 외면당하고 있다는 것입니다(영화에서 그 욕구를 대신 해소하고 있다고 '허위전환'하고 있는지도 모르겠습니다). 당연히 철학이나 역사와 같은, 보다 전문적인 인문서는 더 말할 나위도 없습니다. 80년대 들어 많은 독자를 거느리던 사회학 관련 서적들도 마찬가집니다. 불과 2,30년 전만 해도 베스트셀러의 절반 이상을 소설이나 그런 인문학 관련 책들이 차지하고 있었습니다. 이제는 그 자리를 처세술책이나 알량한 자기개발서, 위로(자위?) 목적의 달짝지근한 성공 에세이, 요리서(미식여행)나 육아 길잡이 등이 대체하고 있습니다. 사정이 그러하니, 인문학적 소양을 주 내용으로 해서 '어떻게 살 것인가'를 본격적으로, 정면에서 다루는 '돌직구' 인문서들은 아예 명함도 못 내미는 형편이 되고 말았습니다(그럴듯한 출판사 만나기가 하늘의 별따기입니다).

그런 마당인데, 아닌 밤중에 홍두깨라고, '인문학이 대세다'라니 참 납득이 되지 않습니다. 인문학자들의 아우성에 재갈을 물리는 어떤 임기응변, 이를테면 전시행정의 슬로건인 듯합니다. 처음에는 귀가 솔깃한 적도 있었습니다만 이제는 그런 말을 들으면 역겹기까지 합니다. 누가 뭐래도, 명실공히, 인문학은 지금 지리멸렬 상태입니다. 노파심에서 마지막으로 하나 더 사례를 들겠습니다. 다른 사람 이야기를 끌어다 쓸 필요도 없겠습니다. 저 같은 무지렁뱅이 시골무사까지 나서서 수삼 년간 페이스북에다 개발새발 '인문학 수프'니 뭐니 하면서 쉬지 않고 글을 써대는 것도 사실은 정상이 아닙니다. 거진 매일 같이 한 그릇씩

끓여내는데(요즘은 주로 재탕입니다), 맛이 있든 없든, 그저 따끈한 맛에 한 모금 맛을 봐 주시는 독자 제현이 있어 그나마 명맥을 이어가고 있습니다. 만약 지금이 인문학 전성시대라면 어떻게 저 같은 하수가 감히 강호 제현께 이런 과분한 '좋아요 사랑'을 받으면서 하루하루의 호사를 누릴 수 있겠습니까? 날고 기는 고수들이 나타나서 화려한 실기實技와 무용武勇을 뽐내며 지면을 독차지, 저 같은 시골무사는 언감생심, 무디고 짧은 칼을 감히 칼집에서 빼보지도 못하는 신세를 면치 못할 것입니다. 또 있습니다. 엊그제 한 유망한 시인이 이삿짐센터 아르바이트를 소재로 한 가공할 만한 포스팅을 해서 보는 이들의 간담을 서늘케 했습니다. 아파트 고층에서 안전장치 없이 작업을 하는 사진을 올려놓고 '이제 내려가서 시켜온 자장면 먹겠습니다'라는 글을 써서 떡하니 붙였습니다. 댓글도 가관이었습니다. 본인이다, 아니다, 가난한 시인은 일당 15만원에 그렇게 몸을 팔아야 한다, 그렇지 않다, 웃자, 울자, 별의별 소감이 다 나왔습니다. 보는 이 '늙은 말'(정부미나마 배부르게 먹는)의 마음이 참 안쓰러웠습니다(사실은 그 시인은 남 모르는 갑부였습니다만). 그게 현실입니다. 누가 뭐래도 인문학은 지금 개똥보다 못한 신세입니다(개똥은 간혹 약으로라도 쓰입니다).

또 서론이 길어졌습니다. '돌아가야만 하는 이유'라는 제목을 내걸어놓고 엉뚱한 '인문학타령'만 늘어놓고 말았습니다. 제목에 지지 않기 위해서 '인문학적 가치'가 있는 이야기 거리를 하나 소개하겠습니다. 호메로스의 『오디세이아』에 나오는 오디세우스와 칼립소의 이야기입니다. 이 내용은 어제 재미없이 본 모 방송국의 인문학 특강에서 빌려 온 것입니다. 편의상 줄거리 요약은 인터넷 검색으로 대신하겠습니다.

바다의 요정 칼립소는 티탄족 아틀라스의 딸이라고 전하기도 하고, 태양의 신 헬리오스의 딸이라고 전하기도 한다. 영원히 젊고 풍만한 육체를 지닌 그녀의 이름 칼립소는 '숨기는 여인'이란 뜻이다. 조국 이타카가 그리도 열렬히 기다리던 위대한 영웅 오디세우스를 칼립소는 7년 동안 감쪽같이 세상으로부터 숨겨놓았다. 물론 그녀가 오디세우스를 숨기는 방식은 사람을 감옥에 가두는 것과 같은 것은 아니었다. 칼립소는 난파해 자신의 섬으로 떠내려 온 오디세우스에게 먹을 것과 잠자리, 그리고 사랑을 주었다(라티노스라는 아이도 낳았다). 그가 자신과 함께 살기로 결심만 한다면 영생을 주겠다는 약속도 했다. 하지만 시간이 흐를수록 고향이 그리워진 오디세우스는 자주 망망대해를 바라보며 눈물로 뺨을 적셨다. 그것을 안 아테나의 강력한 요구에 따라 제우스가 칼립소에게 전령 헤르메스를 보내 오디세우스를 돌려보내라고 명령하지 않았다면 오디세우스는 그렇게 영원히 숨겨진 남자로 살았을지도 모를 일이다.

▶▶▶ skypapa12, 「얀 브뤼헐의 '오디세우스와 칼립소가 있는 환상적인 동굴'」
(인용문 인용자 일부 첨가 및 수정)

칼립소는 비운悲運의 여인입니다. 그녀는 더 이상 자신의 사랑을 고집할 수 없었습니다. 그녀가 사는 오기기아 섬은 새들 이

외에는 찾아오는 이가 없던 외로운 섬이었습니다. 그 외로운 섬에 한 사내가 나타나서 그녀의 가슴에 불을 질러 버립니다. 그녀에게 불같은 사랑을 알게 합니다. 칼립소는 우연히 찾아든 오디세우스를 운명적인 상대로 받아들이고 영원한 사랑을 꿈꿉니다. 그녀에게 오디세우스는 외롭고 지루한 세계에 던져진 하나의(단 한 번뿐인!) 변화였고 의미였습니다. 그러나 7년이나 같이 보낸 이 남자는 끝내 고향을 잊지 못했습니다. 그는 영생永生도, 평생 늙지 않는 아름다운 여인도, 위험 없는 안락한 삶도 모두 마다하고 고향으로 돌아가려 했습니다. 신들도 그녀의 편이 아니었습니다. 신들은 오디세우스의 '돌아가려는 의지'를 높이 샀습니다. 그녀는 그를 보내줄 수밖에 없었습니다. 뗏목까지 만들어(만드는 법을 가르쳐서) 태워서 그를 고향으로 돌려보냅니다.

거기까지가 호메로스가 우리에게 들려준 이야기입니다. 그는 오디세우스의 시련과 방황, 그리고 탈출과 귀향만을 이야기할 뿐 우리에게 '어떻게 살 것인가'에 대해서는 가르치지 않습니다. '가르침'은 항상 독자의 몫입니다. 그 오래된 이야기에 대한 인문학적인 해석은 우리의 몫입니다. 오디세우스는 왜 그 아름다운 칼립소를 두고 적들이 우글거리는(홀로된 그의 아내 페넬로페는 그의 강적들로부터 끊임없이 구애를 받고 있는 입장이었습니다. 그가 자신의 본색을 미리 밝힌다면 그는 생명의 위험에 노출될 수도 있는 상황입니다) 고향으로 돌아가려고 했을까요? 집 떠난 지 근 20년, 그 사이 부부는 얼른 봐서는 서로를 몰라볼 정도로 늙어 버렸습니다. 청춘을 공유하지 못한 채 늙어 버린 아내, 그리고 늙음과 죽음이라는 피할 수 없는 운명이 기다리고 있는 고향, 오디세우스는 왜 그곳 이타카를 버리지 못했을까요? 왜 칼립소의 가슴에 못을 박은 채 그곳으로 돌아가야만 했을까요? 돌아가야만 하는 이유가 과연 무엇이었을까요?

내가 오디세우스였다면 어떻게 했을까, 우선 그런 생각부터 해 봐야 할 것 같습니다(이 부분은 남녀를 불문합니다). 20년간 헤어져 있던 남편이나 아내를 다시 찾아가겠습니까 아니면 젊고 아름답고 능력자인 현재의 파트너(둘 사이에는 자식도 있습니다)와 영생을 누리겠습니까. 고향에 있는 아내도 유산이 좀 있고 외모와 교양도 좀 갖춘 편이어서 그녀 혼자서도 사는 데에는 큰 불편이 없는 상태입니다(뭇남자들이 그녀와 결혼해서 그 지역의 지배자가 되려 합니다). 내가 없다고 해서 그녀가 크게 불행해지는 것도 아닌 것 같습니다. 자, 어떻게 하시겠습니까? 칼립소에게 남으시겠습니까, 페넬로페에게 돌아가시겠습니까? 물론 저 같으면 당장 돌아갑니다(이 글을 우리 집사람도 보니까요). 선택의 여지가 없습니다. 저는 **빼고** 생각을 한번 해 보겠습니다. 만약 돌아가지 않는다면 어떻게 될까요? 우선은 이야기가 거기서 끝나겠지요. 오디세우스의 노래라는 제목을 가진 『오디세이아』는 거기서 끝이 나야 합니다. 호메로스가 더 하고 싶은 이야기가 있어도 할 수가 없습니다. 칼립소와 사는 일은 인간으로서 사는 것이 아니기 때문에 거기서는 '어떻게 살 것인가'와 관련된 이야기를 더 만들어낼 수도 없습니다. 그러니 일단 작가 입장에서는 오디세우스를 고향으로 돌려보내는 게 유리한 일입니다. 거기서 또 한

번의 흥미진진한 이야기를 만들어낼 수 있으니까요. 제가 보기에는 이 '이야기가 계속되기 위한 선택'이 가장 큰 '돌아가야 할이유'인 것 같습니다.

두 번째 이유도 비슷한 내용입니다. 만약 오디세우스가 돌아가지 않는다면 그 사실이 이야기 자체가 지닌 어떤 태생적인룰, 이른바 이야기의 모랄이라고 할 수 있는 것에 그것이 배치된다는 것입니다. 오디세우스가 돌아가지 않는 것은 페넬로페에게만 배신이 되는 게 아닙니다. 그것은 온 세상에 대한 배신입니다. 이야기에 대한 우리의 기대를 철저히 무시하는 것이 됩니다. 우리는 언제나 '착한 주인공'을 기대합니다. 그래서 지상의 모든 작가는 결국 '착한 인간'일 뿐입니다. 세간에 퍼져 있는아주 잘못된 편견 중의 하나가 '시인은 착해야 하고 소설가는안 착해도 된다'라는 투의 섣부른 장르적(?) 인식입니다. 말도되지 않는 말입니다. 굳이 그렇게 '이원론적 판별'을 하고 싶다면 '시인은 몰라도 소설가는 안 착하면(안 착해지면) 결국 망한다'로 고쳐서 새기셔야 합니다. 동서고금을 막론하고 이야기의 탈을 쓴 모든 거짓부렁들은 한결같이 윤리적 결말을 가지고 있습니다. 그렇지 않은 이야기들, 작가들은 잠시 반짝일 수는 있어도궁극적으로는 모두 망했습니다. 『사기』의 사마천 이래로 모두그랬습니다. 모랄을 거역한 작가 치고 하나 살아남은 사람이 없었습니다. 자신의 이야기가 오래 살아남고 자신도 망하기 싫다면, 세상의 모든 오디세우스들은 반드시 돌아가야 합니다(돌려보내야 합니다). 이유불문, 그는 돌아가야 합니다. 그래야 이야기가 살아남습니다. 아까와도(?) 어쩔 수 없습니다.

　세 번째는 좀 궁색한 이유가 되겠습니다만, 오디세우스도 인간인 이상 사회가 필요했을 겁니다. 외딴 섬 동굴에서 아름다운 미녀와 둘이서 호의호식(웃은 입을 필요도 없겠습니다만)한들 그게 무슨 의미가 있겠습니까? 재미있는 것이, 이 신화적 인물들을 그린 유명한 그림에 고향이 그리워서 바다 쪽을 쳐다보고 있는 오디세우스는 전신을(머리까지) 옷으로 칭칭 감고 있는 것으로 그려진 반면 그 뒤에 동굴 쪽을 향해 앉은 칼립소는 거의 전라의 몸으로 그려지고 있다는 겁니다. 한 쪽은 인간사회(삶?)를 다른 한 쪽은 자연세계(죽음?)를 표상하고 있다고도 볼 수 있는 것입니다. 그러니 인간 영웅 오디세우스는 인간계로 돌아가야만 했던 것입니다. 그 이유에 더해서(혹은 그 안에 이미 포함되어 있는 것일지도 모르지만), 오디세우스는 자신을 기다리고 있는 사랑하는 아내와 자식들을 생각해서 고향으로 돌아갈 수밖에 없었습니다. 가정을 버릴 수가 없었습니다. 비록 7년간 외도는 했습니다만 그것은 피치 못할 사정이 있어서였습니다(돌아갈 가정이 아직 있을 때 돌아가는 게 상책입니다). 그렇게 그는 영생의 육체보다는 죽어서 남길 이름을 더 중히 여겼습니다. 그래서 기억 속에서 영원히 살아남는 영웅이 될 수 있었습니다.

　사족 한 마디. 흔히들 '『오디세이아』의 주제는 귀향이 아니라 이야기 그 자체다'라는 말을 즐겨 인용합니다. 그 이야기 속의 사건들은 그것의 윤리적 의미나 역사적 교훈을 위해서 존재한다기보다는『오디세이아』라는 긴 이야기를 만들어내기 위해서 존재한다는 것입니다. 중요한 것은 '이야기를 지속시키는 일'이지 그 안의 사건들 자체가 아니라는 겁니다. 아마 토도로프 같은 구조주의자들에게서 나온 말인 듯합니다. 그러나 그런 말은 '모든 어머니는 여자다'나 '모든 아이 있는 여자야말로 엄마다'와 같이 일종의 자명성을 띤 발언이기 때문에 특별히 새로운 가치를 발견하는 언명이라고 볼 수가 없습니다. 속된 말로(?) '일말의 순정(일고의 가치)'도 없는 말입니다. 그런 식으로 설명하는 것은 결코 인문학적이지 않습니다. 무릇 이야기의 주제는 그런 게 아닙니다.『오디세이아』의 주제는, 그리고 그 가치는, 당연히 '인간은 어떻게 살 것인가'에 대한 '가르침'입니다. 중요한 것은 '돌아가라'는 그 가르침입니다. 두 말 할 것도 없습니다. 우리는 오디세우스가 헤쳐온 인생을 그대로 본받거나 아니면 그의 실패를 거울삼아(타산지석), 때론 현명하게, 때론 잔인하게 복수하며, 때론 어렵게 자기를 넘어서며, 때론 지키기 힘든 의리를 지키며, 때론 일말의 순정을 가지고, 그렇게 살아가야 하는 것입니다. 그래야 합니다. 그렇지 않으면 이야기도 없고 오디세우스도 없는 것입니다. 우리가 원하는 세상에 한 발짝 더 가까이 다가갈 방도를 영영 잃어버리는 것입니다.『오디세이아』가 인문학 강의의 소재가 될 수 있는 이유도 결국 그것 때문이라는 걸 우리는 잊어서는 안 되는 것입니다.

아내는 왜 되찾아야 하나

회고, 혹은 회상 없는 삶을 생각할 수 있을까요? 사람이라면 누구나 추억을 가지고 삽니다. '지나온 것들'에 대한 되새김질 없이는 앞으로 나갈 수 없는 게 우리네 인생입니다. 이를테면 '경험의 의미화'라는 정신(정서) 기능이 알게 모르게, 상시 가동되고 있는 것이 우리네 삶이라는 것입니다. 젊어서부터 가까이 지내던 한 선배가 있었습니다(지금은 통 뵐 수가 없습니다). 술 좋아하는 선배였습니다. 하루는 이 양반이 제게 말했습니다. 그렇게 술 한 모금 안 마시고 잘 지내는 것을 보면 참 신통하다고요. 그래서 제가 말했습니다. 거의 하루도 안 거르고 그렇게 '술 권하는 사회'의 구성원으로 열심히 사는 선배도 만만찮다고요. 그

런데 이 선배 다음 말이 재미있었습니다. "때로는 기억을 단절
시키기 위해서 술을 마실 필요가 있다"는 말씀이었습니다. 누구
와 의절한다거나, 또 누구에게 섭섭한 일을 하지 않을 수 없을
때, 아니면 섭섭하거나 비참한 기분을 지울 때 자기에게는 꼭
술이 필요하다는 것이었습니다. 진탕 마시고 한 잠 푹 자고는
전날의 갈등과 가책과 비굴을 모두 갖다 버린다는 겁니다. 그럴
수 있겠다 싶었습니다. 저도 젊어서 한때 '잠깐' 그런 식으로 술
을 마신 적이 있었으니까요(느낌 아니까). 그래서 제가 말했습니
다. 제게도 그런 쓰레기통 하나 있었으면 좋겠다고요. 무엇이든
털어 넣기만 하면 흘러가 버리는 그런 망각의 강 레테가 하나쯤
있었으면 좋겠다고요. 모르겠습니다. 저의 '뒤끝'이 어설픈 '글
쓰기'로는 완전히 해소가 되지 않는 모양입니다. 요즘 들어서
'삭제된 것들'이 제멋대로, 자동으로, 복원되는 일이 늘었습니
다. 오늘 아침도 비명 소리와 함께 잠에서 일어났습니다. 부랴부
랴 침실에서 도망 나왔습니다. 이 새벽 글쓰기가 소주 한 잔의
힘에도 미치지 못한다는 게 서글픕니다.

오늘도 오디세우스 이야기를 조금 더 하겠습니다. 좋은 글이
있어 소개합니다. 그 이야기가 기나긴 회고로 이루어져 있다는
내용입니다.

호메로스의 '일리아스'와 '오디세이아'보다 약간 앞선 시기에 중
국에서는 '시경'이 쓰였다. 시경이 중국 문학의 원형이라면 호메로
스의 작품은 서구 문학의 원형으로 꼽힌다.

오디세이아는 주인공 오디세우스가 트로이 전쟁 후 10년 동안 고향 이타카로 향하는 여정에서 겪는 모험과 부인 페넬로페를 다시 만나는 과정을 그리고 있다. (…중략…)

오디세이아는 오디세우스의 아들 텔레마코스가 아버지의 귀향 소식을 찾아 떠나는 이야기로 시작한다.

"들어주소서, 무사 여신이여! 트로이아의 신성한 도시를 파괴한 뒤 많이도 떠돌아다녔던 임기응변에 능한 그 사람의 이야기를."

신들은 회의를 소집해 오디세우스가 귀향할 수 있도록 도움을 주자고 제안하고 이에 따라 지혜의 여신인 아테네가 오디세우스의 아들 텔레마코스에게 가서 격려하고 용기를 준다.

주인공 오디세우스는 제5권에서야 처음으로 등장한다. 그때 오디세우스는 트로이를 떠나 귀향길에 올랐는데 님프 칼립소의 동굴에서 7년 동안 지내고 있었다. 칼립소는 오디세우스에게 자신과 같은 불사의 몸과 재물, 권력을 주겠다고 구애를 하지만 집으로 향하는 그의 마음을 돌리지 못했다. 칼립소는 "진실로 나는 몸매와 체격에서 그녀(오디세우스의 아내 페넬로페) 못지않다고 자부해요"라며 오디세우스를 잡으려 하지만 그의 귀향 의지를 꺾지 못했다. 칼립소는 결국 뗏목을 마련해 오디세우스가 떠날 수 있도록 한다. 물론 제우스가 전령 헤르메스를 칼립소에게 보내 오디세우스를 고향으로 보내주라는 지시를 내린 후이기는 하지만.

여기서 잠시 오디세이아의 구성을 살펴볼 필요가 있다. 이야기의 전개는 잠시 오디세우스가 그동안의 여정을 회상하는 방식으로 전개된다(9~12권). 그동안 3인칭으로 언급되던 오디세우스가 트로이를 떠나 귀향길에 올라 칼립소의 동굴에 오기 전까지 자신이 겪은 여정 이야기를 1인칭 화법의 회고 형식으로 들려준다. 이때 포세이돈의 아들 폴뤼페모스의 눈을 멀게 해 포세이돈의 노여움을 산 이야기가 나온다. 오디세우스가 귀향을 못 하는 이유가 바로 포세이돈의 노여움을 샀기 때문임을 여기서 알 수 있다.

또 바람의 신 아이올로스의 그 유명한 '바람을 다스리는 가죽자루' 이야기도 나온다. 아이올로스가 황소의 가죽을 벗겨내 자루를 만들어 그 안에 울부짖는 바람을 담아 오디세우스에게 줬다. 덕분에 오디세우스는 무사히 바람을 길들여 고향 이타카의 앞바다에 당도할 수 있었다. 그런데 오디세우스가 잠을 자는 사이 전우들이 가죽자루에 금은보화가 들어 있다고 생각하고 이를 가질 욕심에 그만 자루를 풀고 만다. 그러자 격렬한 바람이 다 터져 나와 폭풍이 됐고 그 때문에 그들은 다시 먼 바다로, 아이올리에 섬으로 도로 밀려갔다.

이때 오디세우스는 잠시 저승에 가 아가멤논의 혼백을 만나게 되는데 그가 들려준 이야기는 오디세우스의 심리에 결정타를 가한다. 아가멤논은 자신이 아내와 정부에 의해 살해된 이야기와 함께 오디세우스에게 이타카에 당도했을 때의 처신에 대해 일러준다. 한마디로 '아내를 믿지 말라'는 주문이다.

오디세우스는 또 저승에서 만난 아킬레우스에게 "그대는 죽었다고 해서 슬퍼하지 마시오"라고 말한다. 아킬레우스는 이렇게 대답한다. "죽음에 대해 내게 그럴싸하게 말하지 마시오. 영광스러운 오디세우스여! 나는 세상을 떠난 모든 사자들을 통치하느니 차라리 지상에서 머슴이 되어 농토도 없고 재산도 많지 않은 가난한 사람 밑에서 품이라도 팔고 싶소이다." 3000년 전에도 현세적 삶을 중시한 모양이다.

이어 오디세우스는 사이렌 자매들의 유혹과 무시무시한 스퀼라 등에게 부하들이 모조리 잡아먹히는 상황에서 자신이 구사일생으로 살아난 과정을 회고한다.

오디세우스의 회고는 이렇게 끝이 난다. 오디세우스는 마침내 파이아케스족에게 값진 선물을 받고 이곳을 떠나 이타카에 도착한다. 지옥에서 만난 아가멤논의 조언대로 오디세우스는 아들 텔레마코스에게만 자신의 신분을 알리고 아내 페넬로페에게는 거지로 행세한다. 이후 둘은 결국 행복하게 재회한다.

마지막 대목에서는 제우스가 아테네 여신을 지상으로 다시 보내 오디세우스가 언제까지나 이타카의 왕이 되게 해주겠다는 신들의 다짐을 전한다. 이때 이타카에서는 다시 전쟁이 벌어지는데 페넬로페에게 구혼했던 자 중 한 사람이었던 안티노오스의 아버지 에우페이테스가 아들의 복수에 나섰기 때문이다. 결국 에우페이테스가 오디세우스의 아들 텔레마코스의 창에 쓰러지면서 오디세이아는 대단원의 막을 내린다.

호메로스는 아킬레우스의 분노와 복수로 일리아스를 그렸고, 오디세우스의 고행과 귀향을 소재로 오디세이아를 만들었다. 일리아스의 주인공이 가장 용감한 영웅을 상징하는 아킬레우스라면, 오디세이아의 주인공은 지략을 상징하는 오디세우스다. 즉 일리아스가 아킬레우스의 뛰어난 힘과 목숨을 불사하는 영웅의 명예심을 주제로 삼았다면, 오디세이아는 오디세우스의 지혜와 고향에서의 안식을 추구하는 인간 본능을 다루고 있다.

이렇게 해서 일리아스의 주제인 분노와 오디세이아의 주제인 고향 혹은 귀향은 3000년 동안 서구 정신사에서 면면히 내려오는 주제가 됐다.

▶▶▶ 최효찬(자녀경영연구소장·비교문학 박사),
『매경이코노미』 제1709호, 2013. 5. 29~6. 4

사족 한 마디. 지상에서 가장 지혜로운 영웅의 마지막 과업이 '아내 되찾기', '귀향의 안식'이었다는 게 좀 생뚱맞기도 합니다. 남자의 할 일이 그것밖에 없는가라는 생각마저 듭니다. 평생 한 여자와 떨어지지 못하고(하루도?) 일찍부터 고향에 내려와 은둔하고 있는 저로서는 속속들이 잘 이해가 되지 않는 이야기였습니다(느낌 모르니까). 어제 저녁 친한 후배 한 사람이 저희 집을 찾았습니다. 가까운 곳에 들렀다가 저녁이나 같이 할 생각으로 전화를 했답니다. 무슨 용무였냐고 물었더니 "P. T. 받을 만한 헬스클럽이 인근에 있다"는 대답이었습니다. 노총각인 신세에 몸까지 부실해지는 느낌이어서 회당 10만원이나 하는 몸 만들기 개인지도를 받기로 결심했답니다. 얼마 전까지 여유가 좀 남아 있더니 지금은 오직 '아내 구하기'에 목을 매는 모습이었습니다. 최근 받은 '딱지(옐로카드?)' 중의 한 장이 "남성미가 좀 부족하다"였던 모양입니다. 천금을 주더라도 몸 하나는 그럴듯하게 만들고 싶다는 의지가 역력했습니다. '물 만난(?)' 아내는 그에게 보다 적극적인 구혼자가 되기를 강조, 또 강조했습니다.

여자들은 결국 '찍혀서 넘어가기를' 고대할 뿐이라는 말까지 했습니다. 세 사람이 밖으로 나가 삼겹살로 간단한 요기를 했습니다. 요즘 저희 동네에 붐을 이루고 있는 '총각들 가게'에서였습니다. "소주 한 잔할까?" 물었더니 그냥 고기만 먹자고 했습니다. 그러면서도 "오늘은 시작하면 아주 끝을 볼 것 같다"라는 말을 덧붙입니다. 그 노총각의 속 심사를 아는지 모르는지 눈치 없는 아내는 고비고비마다 사위 본 이야기를 끼워 넣습니다. 마치 자기 무용담만으로는 부족해서 딸의 무용담까지 덧붙인다는 투였습니다. '알게 모르게' 아내의 무용담을 제어하면서, 빠른 시일 내에 이 현명한 오디세우스에게도 돌아갈 '이타카'가 생기기를 기원해 마지않았습니다. 인생이 아무리 길고 험난해도 결국은 '아내 되찾기'만큼 어려운 일이 없다는 것을, 오로지 그것만이 남자들의 최종 목적지라는 것을 그도 알 수 있게 되는 날이 오기를 바랐습니다(혼자만 알기에는 너무 억울합니다). 그래야 그에게도 '남자로 태어난 운명'이 완성될 것이기 때문입니다.

황금풍뎅이, 혹은 첫사랑이라는 기표

화제의 드라마 〈해를 품은 달〉이 끝났습니다. 역시 기억에 남는 것은 도도한 멜로, '불패의 첫사랑'이었습니다. 권력과 주술이라는 두 광기 사이에서 도도한 멜로가 요동칠 것 같다고 예견한 것이 맞았습니다. 결국 첫사랑이었습니다. '해품달'은 첫사랑 판타지였습니다. 두 남자의 첫사랑이었던 한 여인, 첫사랑은 만난을 극복하고, 죽음까지 넘어, 온전한 자기를 되찾습니다. 그 하나의 목표 지점을 향해 모든 이야기들은 '첫사랑'의 시중을 듭니다. 첫사랑은 온전히 회복되고 잃었던 삶의 지극한 아름다움도 다시 돌아옵니다. 그 완전한 사랑의 복구를 위해 희생도 마다하지 않습니다. 반쪽의 첫사랑만을 가진 또 한 사람의 남자는 죽음을 택합니다. 죽음까지 파고드는 첫사랑입니다. 문자 그대로 불패의 첫사랑입니다.

생각해 보면, 〈해를 품은 달〉뿐이 아닙니다. 요즈음 갑자기 '첫사랑'이 대셉니다. 얼마 전에 저도 그 주제로 글을 쓴 적이 있었습니다. 「통도사 가는 길」이라는 조성기 선생의 소설을 리뷰하면서 제 첫사랑 이야기만 잔뜩 늘어놓은 적이 있었습니다. 작품도 알고, 그 작품에 더부살이하는 저의 첫사랑, 그 무엇으로도 대체할 수 없고 그 무엇으로도 위로할 수 없는 그 '첫사랑'에 대해서 이야기하고 싶었지만, 잘 되지 않았습니다. 그것과 〈해를 품은 달〉과의 선후관계는 잘 모르겠습니다. 아마 앞서거니 뒤서거니 했던 것 같습니다. 또 근작 영화 몇 편을 보니 거기서도 첫사랑 타령이었습니다. 근자에 나온 영화 〈가비〉, 〈건축학개론〉 같은 영화가 그랬습니다. 거기서도 또 첫사랑을 다룹니다. 〈가비〉에서는 서사 전개의 한 필수적 모티프로 남녀 주인공의 첫사랑이 다루어지고 있고, 〈건축학개론〉에서는 본격적으로 '첫사랑'을 탐구합니다. 〈건축학 개론〉은 사실은 '첫사랑 개론'입니다. '첫사랑'을 주제로 한 정통 멜로 영화입니다. 짧은 시간 안에 첫사랑을 구성하는 몇몇 디테일들을 비교적 착실하게 잘 살린 영화였던 것 같습니다. 〈박하사탕〉이래로 가장 잘 만들어진 첫사랑 영화가 아닌가 싶습니다. 제 개인적인 소견이지만, 과거 세대들의 첫사랑의 스펙트럼은 아마도 〈박하사탕〉과 〈건축학개론〉 사이에 놓일 것이라는 생각이 듭니다. 물론 남성 입장에서입니다(여성 입장에서는 이와이 슌지 감독의 『러브 레터』를 꼽을 수 있을 겁니다). 두 사람의 여주인공, '박순임(〈박하사탕〉)'과 '양서 연(〈건축학개론〉)' 사이에 우리들의 첫사랑들이 모두 줄 서 있을 것 같다는 말씀입니다. 참고로 말씀드리면 저의 첫사랑은 '양서 연' 스타일입니다. 거기에서 그치나 싶었는데 이제 막 시작된 TV 드라마에서도 또 첫사랑 이야기가 배달되고 있습니다. 마침 촬영 장소가 제가 대학시절을 보낸 캠퍼스들이어서, 아닌 밤중 에 홍두깨긴 했지만, 비교적 수월하게 감정이입을 하면서 시청 할 수 있었습니다. 불과 반 년 안에, 그렇게 압도적으로, 이런저 런 미디어들이 앞 다투어 '첫사랑' 공세를 퍼부은 것은 아마 이 번이 초유의 일일 것입니다. 말 그대로 대세입니다.

왜 지금 첫사랑인가? 문득 그런 생각이 들었습니다. 무슨 소 리냐고 반문하실 분이 계실지도 모르겠습니다. 첫사랑은 언제 나 속절없고 아련한 것인데, 불패의 환상인데, 언제든 예술이 그것을 소환해낼 수 있는 주제인데, 그게 당연지사인데, 왜 그게 죄(?)가 되느냐고 되 물으실지도 모르겠습니다. 저도 그 점에 대 해서는 전적으로 동의합니다. 첫사랑만한 소재가 없는데 예술 이 그것을 다루는 방식이나 정도를 두고 이런저런 이야기를 할 수는 있어도 굳이 '빈도'나 '때'를 두고 트집을 잡는다는 것은 아무래도 지나친 과민반응이라는 것을 저도 인정합니다. 그런 유보 조항을 두고서라도, 그래도 저는 묻고 싶습니다. 왜 지금에 와서 '첫사랑'이 그렇게, 아닌 밤중에 홍두깨처럼, 한꺼번에 쏟 아지느냐는 겁니다. 혹시 그 배후에 우리가 쉽게 감지할 수 없 는 어떤 '깊고 푸른 흐름' 같은 게 있는 것은 아닐까요? 그러니까 지금 우리가 보고 있는 것이 혹시라도 '첫사랑 증후군'이라고 부를 수 있는, 질병적이거나 아니면 역사적인, 그 무엇은 아닐까요? 저는 지금 그것이 궁금하다는 것입니다. 그 질문에 답하기 위해서 심리학 개념 하나에 대해서 먼저 공부를 좀 하겠습니다.

융 심리학에만 있는 개념 중에 동시성synchronicity이라는 게 있습니다. '우리의 인식을 하나의 공통된 원리로 환원시킬 수 있는 정신과 정신물리적인 사건들에서 보이는 시간과 의미에 부합하는 병행'이라는 뜻(페친 '마야 최'님의 설명입니다)이라는데, '공부의 귀신'이 아닌, 우리 같은 속인으로서는 쉽게 이해되지 않는 개념입니다. 대학원을 다닐 때, 『콤플렉스, 원형, 상징』(욜란 야코비)이라는 책을 번역하라는 지도교수님의 엄명을 받고 전전긍긍, 오역 일색으로 몇 달에 걸쳐 겨우 번역(오역)을 마친 적이 있었습니다. 그 책 안에서 그 말뜻을 처음 접했는데, 본격적인 심리학 도서를 처음 접했던 저로서는(귀신이 아닌 저로서는), 당연히 그때 그 말뜻을 속속들이 이해할 수 없었습니다. 그때만 하더라도 '세속 인간의 말'이 아닌 것들은 제 머리 속으로 순순히 들어오지 않았습니다. 막연히 인과율을 뛰어넘는 어떤 현상을 지칭하는 것이구나라는 생각만 들었습니다. 다행히 그 책에서는 상징symbol을 설명하는 가운데 잠깐 출몰하고 마는 것이어서 더 자세한 이해를 요구하지는 않았습니다. 어쨌든 그 말이 지금까지 오리무중 상태로 남아 있었는데, 오늘 '마야 최'님의 설명 중 '황금 풍뎅이' 대목을 보니 이해가 좀 되는 기분이었습니다.

칼 융에게 한 여자 환자가 있었다. 칼 융과 그녀는 서로 무지 애를 썼음에도 불구하고 심리적 접근이 어려웠다. 이런 환자들이 종종 있다. 이유인즉, 그녀가 모든 것을 너무 잘 알고 있다는데 그 어려움이 있었던 것이다. 문제는 그녀가, 기하학적으로 한 치의 나무랄 데 없는 현실 개념을 동반한 날카로운 데카르트적 합리주의라는 것이다 (이 문장은 칼 융이 쓴 그대로를 인용한 것이다. 군더더기 하나 없이 적확한 설명이다. 이제 여러분도 무슨 말인지 짐작을 할 것이다). 그녀의 합리주의를 인간주의적 이성으로 약화시켜 보려 했으나 모두 헛수고였다. 그래서 융은 그녀가 자신을 가둔 지식의 크리스탈 성을 깨부수고 나올 수 있는 어떤 것, 즉 예기치 못한 비이성적인 것이 일어나기만을 목매고 기다렸다.

그러던 어느 날, 그녀의 달변에 귀 기울이며 창을 등지고 앉아 있던 칼 융, 그녀는 전날 밤 매우 인상적이었던 꿈에 대해 이야기하는 중이었다. 꿈속에서 '누군가 그녀에게 황금풍뎅이를 선물했다'라는 말이 그녀의 입에서 떨어지자마자, 융은 등진 창문에서 '톡톡'거리는 소리를 듣게 된다. 반사적으로 뒤돌아보니 꽤 큼직한 곤충한마리가 들어오려고 노크 중이었다. 창문을 열어주자 날아 들어온 그 곤충은 금빛 초록색의 등이 아름다운 풍뎅이류의 하나였다. 칼 융은 때를 놓치지 않고(뛰어난 사람들은 항상, 때를 놓치는 법이 없다) 그 풍뎅이를 그녀의 손에 건네며 말한다.

"여기 당신의 황금풍뎅이가 있습니다."

이 사건으로 그녀의 합리주의는 허를 찔리고, 그녀의 지성적 저항의 얼음은 산산조각 나고 만다. 이것이 여태까지 세간에 회자되는 그 유명한 '황금풍뎅이' 일화이다. 여기까지 말해도 일부 사람들은 그러리라. 그래서 뭐?

　여기에서 병행된 사건들, 이를테면 이전에 예를 들었던 황금풍뎅이 꿈 이야기와 그 시간에 창문을 노크한 황금풍뎅이, 그리고 그것을 그녀에게 건네준 것들 사이에는 근본적으로 인과성이 존재하지 않는다. 상호간 그 어떠한 인과적인 관련들이 없다. 그러므로 그것을 일반적으로 우연적 특성을 지니는 것이라고 부른다. 그런데 그 병행된 사건들 사이에 단 하나 인식되고 확인될 수 있는 모종의 연결이 있으니, 그것이 바로 공통의 의미(칼 융은 이것을 동류성이라 부른다)라는 것이다. 이런 현상을 동시성이라고 한다.

▶▶▶ 마야 최, 페이스북, 2012. 2. 9

　요약하자면 이렇습니다. 세상(우주)에는 말(이치)로 설명할 수 없는 부분이 많이 있습니다. 그런 건 비이성적인 태도로 접接해야 합니다. 동시성도 그런 것 중의 하나입니다. 의지나 이성을 넘어설 정도의, 사람의 간절한 마음이 있으면 그것이 인과율을 초월해서, 칼 융이 만난 '황금풍뎅이'처럼, 그에 부합하는 현상(자연적, 사회적)을 불러오는 경우가 있습니다. 인과성에 종속되지 않는 것이므로, 현상적 관계로서는, 그것은 병행이거나 병발입니다. 흔히 하는 말로, 종속절 관계가 아니라 대등절 관계인 것이지요. 그리고 그것이 마냥 일회성 우연만은 아님으로 해서, 기적이나 이적이라고 하지 않고, 우리는 '동시성의 원리'라고 이름 붙인다는 것입니다. 제대로 된 요약인지는 모르겠으나, 제가 이해한 바로는 그렇습니다.

그런 논리가 성립되면, 작금의 '첫사랑'의 범람도 어떤 동시성의 원리가 작동된 것은 아닌지 모르겠습니다. 누구에게는 견고한 꿈이었고, 누구에게는 그 꿈으로 들어가기 위한 간절한 열쇠였던 '황금풍뎅이'가, 동시성의 원리 안에서, 그들의 창문을 두드렸듯이, 지금 '첫사랑'이라는 황금풍뎅이가 우리의 창문을 두드리고 있는 것은 아닌가라는 말씀입니다.

뜬금없는 소리 같습니다만, 20년 전 쯤의 영화 〈서편제〉(임권택, 1993)가 생각납니다. 상업 영화에 혹사된 감독의 예술적 정열을 위해 제공된, 일종의 '안식년' 개념으로 제작된 영화라 들었습니다. 돈 벌기 위한 영화를 찍느라 고생이 많았으니 평소에 만들고 싶은 예술영화를 한번 만들어보라는 보너스 작품이었던 것이지요. 그런데 오히려 돈을 목적하지 않았던 '예술'이 더 큰 돈을 벌어들였습니다. 생각 밖으로 관객들의 호응이 컸습니다. 특히 중장년층의 폭발적인 반응을 불러일으켰습니다. 우리 민족 특유의 한(恨)의 정서에 크게 어필한 작품이라는 평가를 받기도 했습니다. 저는 그때 그 현상을 보면서 남도소리(회복되어야 할 가치), 김영삼 대통령(문민정부), 전통회복(우리 것이 좋은 것이여!), 〈심청가〉(아이고 아버지!), 눈물(회한어린 의례) 같은 동시대의 기표들을 한데 묶어서 생각할 필요가 있을 것 같다고 어디엔가 쓴 적이 있습니다. 그것들의 배후를 흐르는 그 무엇이 〈서편제〉라는 영화를 부른 것이라고 생각하자는 것이었습니다. 물론 그 부름을 받은 이는 칼 융처럼, '황금풍뎅이'를 간절하게 생각해

온 진정성을 지닌 한 노련한 예술가였고요.

  20년 전의 〈서편제〉는, 모진 세월을 만나 불우한 삶을 살 수밖에 없었던 이 땅의 모든 '못난 애비'들에 대한 성대한 복권復權의례였습니다. 성가成家를 이룬 장성한 자식들은 못다 이룬 '부자유친'의 꿈을 그렇게 노래했습니다. 그래서 그 행사의 주제가가 〈심청가〉였던 것입니다. 그 질펀한 '눈물의 파티'를 딛고 비로소 우리의 못다 쓴 가족 정체성 서사가 어떻게든 기승전결을 가지게 되었던 것입니다. 해방 후 50년, 종전 후 40년이 지난 땝니다. 이른바 베이비부머들이 장년층에 진입하는 때였지요. 왜 〈서편제〉고, 왜 〈심청가〉고, 왜 아버지고, 왜 오래된 약속이 있었는가? 저는 그때 한 마리의 '황금풍뎅이'를 보았습니다. 미완의 가족 정체성 서사에 대한 간절한 완결의 의지와 욕구가 '깊고 푸른 흐름'으로 그 시대를 관류하고 있었기 때문이라고 생각했습니다. 그 황금풍뎅이가 나타난 지 20년 뒤, 지금 또 홀연히 우리 앞에 '첫사랑'이 나타났습니다. 저는 그것 역시 '황금풍뎅이'일 것이라고 생각합니다. 지금 우리 앞에 나타난 '첫사랑'은 과연 어떤 기표들을 대동할까요? '아버지의 노래'가 '첫사랑의 노래'로 바뀌는 이 시대의 유효한 '코드와 맥락'은 무엇일까요? 그때의, 남도소리나 김영삼 대통령이나 〈심청가〉가 놓여 있던 자리를 메꿀 수 있는 우리 시대의 기표들로는 과연 어떤 것들이 있을까요? 지난해부터 갑자기 불어 닥친 일련의 변화의 바람이 뜻하는 것은 무엇일까요? 그것은 또 우리 시대의 '황금풍뎅이', 불패의 첫사랑과 어떤 함수관계에 놓인 것일까요? 뱃전을 두드리며 '아버지'를 애타게 부르며 울던 딸자식의 눈물 젖은 자리를, 잊지 못할 아련한 '첫사랑'을 그리는 중늙은이들의 허전한 뒷모습이 차지하고 있는 지금, 첫사랑이라는 '황금풍뎅이'는 과연 어떤 기표들을 우리 곁으로 데려올까요?

부끄러움을 모르는 자는

영화를 보다 보면, 예외 없이, 한 마디씩 기억에 오래 남는 '주인공의 말'이 있습니다. 최근에 본 영화에서는 "도둑이 도둑걸 훔치는게 무슨 죄가 되는가"(〈도둑들〉), "자네 임금이 되고 싶은가?"(〈광해〉), "우리는 돈만 턴다"(〈간첩〉), "부끄러움을 모르는 자는 인간이 아니다, 짐승이다"(〈혈의 누〉), "파도만 보았지 바람은 보지 못했다"(〈관상〉)와 같은 말들이 오래 기억에 남습니다. 개중에는 영화의 주제를 함축하고 있는 것도 있고, 오로지 저의 그때그때의 심사가 반영된 결과인 것도 있습니다. 때론 그 둘이 합쳐져서 큰 임팩트를 남기는 경우도 있습니다. "부끄러움을 모르는 자는 인간이 아니다"라는 대사가 가장 그랬습니다. 그 대사를 듣는 순간 온몸에 전류가 흐르는 듯, 찌르르한 느낌이 왔습니다. 작가(감독) 김대승이 제게 각인刻印되는 순간이었습니다. 앞으로도 그의 작품에 관심을 좀 가져야겠다는 생각이 들었습니다.

"부끄러움을 모르는 자는 인간이 아니다", 그 대사는 작중 인물 김인권(박용우)이 자신을 연쇄살인범으로 지목하고 체포하러 온 원규(차승원)에게 하는 말입니다. 두 사람의 아버지는 제지소 주인 강객주(천호진) 일가를 몰살시키는 일에 정치적, 경제적으로, 그리고 의식, 무의식적으로 긴밀히 공모한 사이입니다. 김인권의 아버지 김치성 영감은 제지 기술을 지닌 강객주가 제지소를 세울 수 있도록 땅을 제공한 자입니다. 그는 한때 높은 벼슬에 오르기도 했던 잔반殘班이며 토호 세력입니다. 섬의 실질적인 지배자이지요. 그는 정조가 죽고 노론의 세상이 오면서 강객주의 정치적 후원자가 실각하자 때 맞추어 그를 천주교 신자로 몰아서 제거합니다. 그 과정에서 인간으로는 할 수 없는 야비한 수법을 동원합니다. 섬사람들이 모두 강객주에게 빚을 지고 사는 처지를 이용하는 것입니다. 강객주가 죽으면 그 모든 빚이 탕감된다고 고드깁니다. 은혜를 항상 원수로 갚는 인지상정을 이용한 것입니다. 사정이 그러니 인면수심, 양심을 악마에게 저당잡힌 섬사람들은 강객주가 천주교 신자가 아니라는 걸 모르는 이가 없었지만, 누구 한 사람 나서서 강객주의 무고함을 변론하지 않습니다. 강객주가 제거되고(사지가 찢겨 죽는 거열형을 당합니다) 그들은 모두 그 빚을 탕감받게 됩니다. 그 일을 처리한 토포사討捕使가 이번에 섬으로 파견된 포청 군관軍官(수사관) 원규의 아버지였습니다. 그는 아랫것 주제에 갑작스럽게 부를 축적하고 민심을 한 몸에 얻고 있는 강객주를 '보다 더 큰 차원에서' 제거합니다. 자칫 민본民本 사상이 나라의 큰 질서를 깨뜨릴 것을 두려워합니다. 지배자들의 무언의 옹호 속에서 그는 강객주의 '눈에 보이지 않는 큰 죄'를 일벌백계로 다스립니다. 누구든 고개를 쳐들면 저렇게 된다는 것을 보여줍니다. 정해진 절차를 무시하고 선참후계先斬後啓합니다. 원규는 그 사정을 모른 채 공납선貢納船 화재 사건의 전말을 조사하기 위해서 영화의 배경이 되는 동화도라는 외진 섬으로 들어오게 됩니다. 그 화재 역시 강객주의 딸 소연의 연인이었던 인권이 5적(강객주를 서학자라고 무고한 다섯 사람) 중의 하나였던 호방戶房을 뭍에서 섬으로 불러들이기 위한 계책이었습니다. 그렇게 얽힌 두 사람이 마지막으로 나누는 대사 중에 그 '부끄러움을 모르는 자는 인간이 아니다'라는 말이 나오는 것입니다. 영화를 보지 않으신 분들을 위해서 간략하게 영화를 소개하고 있는 글 일부를 인터넷에서 옮겨와 보겠습니다(문맥은 제가 적이 다듬었습니다).

* 1808년 조선시대 후반, 제지업을 기반으로 성장한 외딴 섬마을 동화도. 어느 날 조정에 바쳐야 할 종이가 수송선과 함께 불타는 사고가 벌어지고, 사건 해결을 위해 최차사(최종원)와 수사관 원규 일행이 동화도로 파견된다. 섬에 도착한 제일일(第一日, 영화는 하루하루의 일지 형식으로 전개된다), 화재사건의 해결을 서두르던 원규 일행

앞에 참혹한 살인 사건이 일어난다. 범인을 알 수 없는 살인 사건과 혈우가 내렸다는 소문에 마을 사람들은 7년 전, 온 가족이 참형을 당한 강 객주의 원혼이 일으킨 저주라 여기며 동요하기 시작한다.

＊ '동화도'는 고립된 섬이다: 〈혈(血)의 누(淚)〉에서 참혹한 연쇄 살인 사건이 일어나는 곳은 다름 아닌 고립된 섬 '동화도'다. 영화가 잔혹하기 그지없는 장면들을 우리에게 보여줄 수 있었던 것은 그곳이 '고립된 곳'이었기 때문이다. '섬'이라는 특이한 공간이었기 때문이다(그곳은 우리의 '의식의 고립성'을 표상한다). 그곳에서는 '열린 곳'에서는 일어날 수 없는 일들도 일어날 수 있다. 자체적으로 정화 작용을 이루어낼 수 없는 인간 소집단에서의 '욕망의 탈주'를 잘 그려낼 수 있는 공간이 바로 섬이다.

＊ '동화도'는 부의 축적을 이룬 곳이다: 육지와는 달리 당시의 섬은 외부와의 교통이 제약을 받는다. 활발한 물류 이동을 통한 부의 축적도 어렵다. 그러나 '동화도'는 제지소 건립과 운영을 통해 부의 축적을 이룬 곳이다. 인간의 물질에 대한 '욕망'이 마음껏 나댈 수 있는 여건이 마련된 곳이다. 섬 사람들은 자신들이 애써 이루어 놓은 '부의 평화'를 위해 무슨 짓이라도 할 수 있다. 특히 그것이 다른 무엇에 의해서 침탈당하는 것에 대해서는 목숨을 걸고 저항한다. 그들의 평화를 일그러뜨리는 작은 변화가 그래서 거대한 사건을 불러오기도 한다.

＊ 인간의 내면에 자리잡은 폭력성은 언제나 그 출구를 찾아서 헤매고 있다: '동화도'는 민본사상이 움틀 수 있는 최적의 조건을 갖추고 있는 공간이었다. 강객주는 '능력에 따라 사람이 대접받는 세상이 올 것이다'라는 믿음을 심어주는 사람이었다. 그는 섬 마을 사람 모두에게 골고루 은혜를 베풀었다. 그러나 민심은 지배권력의 폭력 앞에서 그를 배신한다. 그들은 그러나 '양심의 가책'을 받음으로써 강객주의 원혼을 다시 불러들인다. 그런 의미에서 제지소 주인 김치성 영감의 아들 김인권(박용우)은 민심의 초자아를 표상한다. 그가 하는 말은 '부끄러움을 모르는 자는 인간이 아니다'이다.

▶▶▶ Daum 영화 참조(일부 내용 수정 보완)

영화 〈혈의 누〉(김대승, 2005)는 좋은 영화입니다. 한국 영화 중에서 이만한 콤포지션(구성력)을 지닌 영화도 아주 드물 것입니다. 화면도 좋고 스토리텔링도 꽤나 짜임새가 있습니다. 두 번째 볼 때가 훨씬 더 재미가 있습니다. 등장인물들도 모두 제 역할을 잘 소화해 내고 있습니다. 주역, 조역할 것 없이 모두 다 잘하고 있습니다. 다만, 주제가 조금 무거운 것이 흠이라면 흠일 것입니다. 너무 관객을 나무라는 편입니다. 그래서 못난 관객들이 영화의 충고에 주눅이 든다는 점이 불만(?)이라면 불만입니다. 누군가가 이런 말을 했다고 합니다. "'충고를 바랍니다'라고 말하면서도 내심으로는 오직 자신을 '칭찬하는 말'만을 기대하는 것이 사람이다"라고요. 영화를 보러 들어간 사람들도 매 한가지일 것입니다. '불편한 진실'만을 강요해서는 관객을 모을 수 없습니다. 자신들의 비루함, 비겁함, 야비함을 가벼운 것으로 치부하도록 위로하는 영화만이 관객들을 모을 수 있습니다. 〈도둑들〉이나 〈관상〉과 같은 영화에서처럼 말입니다(예외가 있긴 합니다. 최근 상영된 〈변호인〉이라는 영화는 관객을 나무라면서도 성공한 드문 예외가 됩니다).

사족 한 마디. 저에게 '부끄러움을 모르는 자는 인간이 아니다'라는 〈혈의 누〉에서의 대사 한 마디가 그렇게 인상적이었던 것은, 저 역시 '동화도'에서 일어났던 것과 같은 '부끄러움을 모르고 자행된' 어떤 일에 연루되어 있기 때문일 것입니다. 저 역시, 강객주(천호진) 일가를 몰살하고 그들에게 진 부채負債를 탕감해 주겠다는 '악마의 제안'을 비루하게 받아들인 몹쓸 섬사람들 중의 한 사람이었기 때문일 것입니다. 그러면서도 한편으론, 누군가 김인권(박용우)처럼 나서서(한때 제가 그런 역할을 하고 있다고 착각한 적도 있었습니다), 그 모든 '불편한 진실'을 밝혀내어 주기를 간절히 바라기 때문인지도 모르겠습니다. 하늘에서 피라도 뿌려주길 기다리는 마음에서인지도 모르겠습니다. 살아 보니 '양심의 가책'만한 큰 형벌도 없습니다. 어쨌든 영화 〈혈의 누〉는 똑똑하게 보여주고 있습니다. '부끄러움을 모르는 자는 인간이 아니다'라는 것을요.

4. 사회와 문화

체면 없는 것들

우리나라는 체면을 중시하는 나라라고 알고 있었습니다. 그러나 지금은 전통적인 양반가의 관혼상제 등에서나 일부 그렇지 속인들의 일상생활에서는 거의 체면을 따지지 않는 것 같습니다. 남녀노소, 체면 없이 사는 이들이 너무 많습니다. 체면을 상할 때 느끼는 '치욕'의 개념이 아예 사라진 것 같습니다. 젊은 사람이나 늙은 사람이나 남자나 여자나, 지위의 고하를 막론하고 타인의 시선을 의식하지 않는 사람들이 많아졌습니다. 다음의 이야기는 최근 가까운 한 친구에게서 들은 이야기입니다. 저에게도 그 비슷한 경험이 있어서 인상적으로 접수되었던 내용입니다. 그대로 옮겨 보겠습니다.

…며칠 전 직장 동료 한 사람이 저에게 전화를 했습니다. 이야기는 길었지만 용건은 간단했습니다. 그 얼마 전에 제가 그를 본척만척 외면外面을 했다는 겁니다. 저는 늘 하는 것처럼 그를 대했습니다. 그가 체면 없이 사는 사람이었기에 저는 늘 그렇게 그를 대합니다. 봐도 보는 둥 마는 둥 데면데면 지냅니다. 용건이 없으면 아예 아는 체를 하지 않을 때도 종종 있습니다. 그래서 왜 그날의 외면外面에 대해서 그렇게 야단법석인지 궁금했습니다. 바깥에서 우연히 만난 것 말고는 달리 특이사항도 없었습니다. 전화가 길어지고 이런저런 이야기를 듣다 보니 그 속사정을 알게 되었습니다. 알고 보니 그에게 일행이 있었습니다. 그 일행 중의 한 사람이 나중에 그에게 '저의 외면外面'을 거론했다는 겁니다. 그는 그것이 자기 마음을 너무 아프게 했다는 겁니다. 그의 마음이 그렇게 아팠던 것은 '그 일행 중의 한 분'이 꽤나 사회적으로 명망을 쌓으며 사시는 분이었기 때문이었습니다. 그분은 저와도 가끔씩은 공사公私 간 대화를 나누는 사이이기도 했습니다. 요점은 간단했습니다. 직장 동료인 저에게는 체면 없이 굴었지만 '밖에서 만나는' 그분에게는 '체면 있는 사람'으로 대접을 받고 싶었다는 거였습니다. 전화의 궁극적인 취지가 바로 그거였습니다. 이야기를 듣고 보니 그럴 만도 했습니다. 누구나 어느 한두 곳에서는 '좋은 얼굴로 만나는 사람들'을 만들며 살고 싶은 게 인지상정이었습니다. '개 같이 벌어서 정승같이 쓰는' 환경도 필요하고 '타고난 정승처럼(바른 사람처럼) 사는' 공간도 필요했습니다. 그런데 그만 '타고난 정승처럼' 살고픈 공

간에서 '개 취급'을 받았다는 것입니다. 안에서는 '칼'로 살면서 밖에서는 '국화꽃'처럼 행세하겠다는 것 같이 들려서 좀 파렴치하다는 느낌을 받았습니다. 그러면서도 오죽하면 제게 이런 전화까지 했겠나 싶어 동정심까지 일기도 했습니다. 알겠다고, 앞으로는 밖에서 만나면 가급적 '정승처럼 대하겠다'라고 말하고 전화를 끊자고 했습니다. 끊고 나니 그 전화도 참 체면 없는 짓거리가 아닌가 싶은 마음이 들었습니다….

친구의 이야기를 들으니 남 일 같지가 않았습니다. 저에게도 그런 이웃들이 있기 때문입니다. 그렇게 체면을 돌보지 않고 막 사는 분들이 대체로 모르는 게 한 가지 있습니다. 사람살이는 반드시 뿌린 대로 거두게 되어 있습니다. 그 인과율을 거스를 사람은 하늘 아래 아무도 없습니다. 자신이 누군가를 모략해서 그의 처지를 어렵게 만들면 언젠가는 자신도 반드시 그 꼴을 당하게 되어 있습니다. 갈택이어竭澤而漁, 연못에 물을 빼서 고기를 잡은 자는 다시는 물고기 맛을 볼 수가 없습니다. 수단과 방법을 가리지 않고 이利를 취한 자는 결국 그 이利로 인해 화를 입게 되어 있습니다. 그 인과응보는 당대에 이루어지지 않으면 반드시 자손에게 가서라도 그 청산(정산?)을 봅니다. 친구의 외면外面을 탓하는 그이도 마찬가지일 것입니다. 친구와 단둘이 같이 있을 때는 아무런 문제도 되지 않던 일이 누군가 '자신이 바라보며 사는 자'의 시선 앞에서는 문제가 되었습니다. 자기가 일군 '자업자득의 결과'라는 것을 인정하지 않고 우정 그들 앞에서 자신의 체면을 구겼다고 원망하더라는 것입니다. 그러나 세상은 그렇게 단순하지가 않습니다. 그게 만약 친구의 무례나 무지의 소산이었다면 '바라보는 자'들의 입에서 그의 마음을 상하게 할 말이 나올 리가 없습니다. 그는 위로를 받고 오히려 친구의 마음을 상하게 할 말들이 나왔겠지요(그랬으면 그는 또 그 말을 옮기려고 친구에게 전화를 했겠지요). 만약 그 말이 자신을 아프게 했다면, 그 '바라보는 시선'들도 자신이 '안에서 한 일'들을 알고 있다는 뜻일 겁니다. 아마 본인도 어렴풋하게나마 그런 낌새를 느꼈기 때문에 더 마음이 아팠을지도 모르겠습니다. 어떻든, 친구의 이야기는 생각게 하는 바가 많았습니다. 아직도 문제는 체면인 것 같습니다. 체면이란 무엇인가? 『국화와 칼』에서 뽑은, 체면에 죽고 산다는 일본인의 체면 의식과 관련된 내용을 조금 소개하겠습니다.

일본인은 치욕감을 원동력으로 삼고 있다. 분명히 정해진 선행의 도표(道標)를 따를 수 없는 일, 여러 의무 사이의 균형을 유지하고 또한 발생할 수 있는 우연을 예견(豫見)할 수 없는 일, 이것이 치욕이다. 치욕은 덕의 근원이라고 그들은 말한다. 치욕을 쉽게 느끼는 인간이야말로 선행의 여러 규율을 실행하는 인간이다. '치욕을 아는 인간'이라는 말은, 'virtuous man'[유덕(有德)한 사람], 어느 때는 'man of honor'[명예를 존중하는 사람]으로 번역된다. 치욕은 일본의 윤리에 있어서 '양심의 결백', '신에게 의롭다고 여겨지는 일', '죄를 피하는 일'이 서구의 윤리에서 차지하고 있는 것과 똑같은, 권위 있는 지위를 차지하고 있다. 따라서 그 당연한 논리적 귀결로, 사람은 사후(死後)의 생활에서 벌을 받는 일이 없게 된다. 일본인은 —인도 경전의 지식을 갖고 있는 승려들을 제외하고는— 이 세상에서 쌓은 공죄(功罪)에 따라서 다른 상태로 다시 태어난다는 사상을 전혀 알지 못한다. 또한 그들은 —교리를 충분히 이해한 다음에 크리스트교에 귀의(歸依)한 사람을 제외하고는— 사후의 상벌, 내지는 천국과 지옥이라는 것을 인정하지 않는다.

일본인의 생활에 있어서 치욕이 최고의 지위를 차지하고 있다는 것은 치욕을 심각하게 느끼는 부족, 또는 국민이 모두 그러하듯이 각자가 자기 행동에 대한 세평(世評)에 신경을 쓴다는 것을 의미한다. 그들은 다만, 남이 어떤 판단을 내릴 것인가, 하는 것에 관심을 집중시키며 그런 유추된 판단을 기준으로 해서 자신의 행동 방침을 정한다. 모두가 같은 규칙에 따라 게임을 하고 서로가 지지하고 있을 때 일본인은 쾌활하고 쉽게 행동할 수 있다. 그들은 그것이 일본의 '사명'을 완수하는 길임을 느끼는 경우에 게임에 열중하고 있다. 그들이 가장 뼈아픈 마음의 상처를 받는 것은, 그들의 덕을, 일본 특유의 선행의 도표(道標) 그대로를, 그것이 통용되지 않는 외국으로 수출하려는 때다. 그들은 '선의(善意)'에 바탕을 둔 '대동아(大東亞)'의 사명에 실패했는데, 중국인이나 필리핀인들이 그들에게 취한 태도에 대해 많은 일본인들이 느낀 분노는 거짓 없는 감정이었다.

국가주의적 동기에 바탕을 두지 않고, 유학이나 업무상의 목적으로 미국으로 건너 간, 개개의 일본인도 또한 가끔, 도덕이 그리 딱딱하게 정해져 있지 않은 세계에서 생활하려고 할 때에, 그들이 지금까지 받아온 주도(周到)한 교육의 파탄을 통감했다. 그들은 자기네의 덕은 아무래도 수출용으로는 맞지 않는다고 느꼈다. 그들의 논점 (論點)은, 문화를 바꾸기란 어렵다고 하는 것과 같은 일반적인 사항이 아니다. 그들이 말하고자 하는 것은 그 이상의 것으로서 그들은 때때로 일본인이 미국생활에 적응하기가 매우 어려움에 반해서 그들이 사귄 중국인이나 태국인들은 그리 어려움을 느끼지 않는다는 점을 지적한다. 그들이 보는 바로는 일본인 특유의 문제점은, 그들은 일정한 규율을 지키며 행동하면 반드시 남들이 자신의 행동의 미묘한 뉘앙스를 틀림없이 인정해줄 것이라는 안심감에 의지하고 살아가도록 키워져 왔다는 데 있다는 것이다. 외국인이 이 같은 예절을 일체 무시하는 것을 보고 일본인은 어쩔 바를 몰라 한다. 그들은 어떻게 해서든지 서구인이 생활기준으로 삼고 있는, 일본인의 경우와 똑같은 주도면밀한 예절을 찾아내려고 한다. 그리고 그런 것들이 없다는 것을 알았을 때, 어느 일본인은 화가 난다고 했고, 어느 일본인은 깜짝 놀랐다고 한다.

▶▶▶ 루스 베네딕트, 하재기 옮김, 「덕의 딜레마」,
『국화와 칼』 제10장, 서원, 1997 중에서

인용문의 필자는 일본인들의 체면 중시 문화를 '일정한 규율을 지키며 행동하면 반드시 남들이 그 행동의 미묘한 뉘앙스를 인정해 줄 것이라는 확실한 믿음' 위에서 존재하는 것이라고 분석합니다. 맞는 말인 것 같습니다. 체면은 '남이 어떤 판단을 내릴 것인가, 하는 것에 관심을 집중시키며 그런 유추된 판단을 기준으로 해서 자신의 행동방침을 정하는' 사람들에게만 존재하는 것입니다. 자기 마음대로 '자신의 행동 방침'을 정하는 이들에게는 애초부터 '체면'이 없습니다. '개 같이 벌어서 정승 같이 쓴다'는 말은 체면을 지나치게 따지다가 자신의 삶을 그르치는 사람들에게 주는 경고 중의 하나일 것입니다. 그것은 불필요하게 과장된 자신을 버릴 것을 권장하는 말이지, 아무렇게나 막 살아도 좋다는 말은 결코 아닐 것입니다. 역설적으로 '체면'은 자신이 세우는 것이지 남이 세워주는 것이 아닌 것입니다.

부부가 유별한 까닭

나이 들어 부부가 각방을 쓴다는 말을 종종 듣습니다. 재미있는 건 그 이유가 십중팔구는 코고는 소리 때문이라는 겁니다. 남의 이야기로만 생각했습니다. 그런데 얼마 전에 제가 코를 곤다는 소리를 들었습니다. 그것도 아주 난잡(?)하게 곤다는 것입니다. 아내가 말하고 딸아이가 맞장구를 쳤습니다. 그래서 제가 말했습니다. 남녀 간에 부부로 평생을 살려면 의리가 있어야 된다고요. 사랑도, 정情도, 미련도, 연민도 아니라고요. 의리가 있어야 가족 간에도 '화이부동和而不同'이 가능하다고요. 특히 부부는 더 그렇다고요. 오래 같이 살면 서로 닮는다는데 사소한 불편을 핑계로 불화를 자초해서는 안 된다고요. 어디까지나, 화和

를 전제로 부동不同을 견뎌야 된다고요. 각방을 면하려고 없는 '문자文字'가 총동원되어야 했습니다. 씁쓸합니다. 이참에 우리가 살면서 지켜야 될 최소한의 의리, 오륜五倫에 대해서 생각해 봅니다.

오륜五倫의 핵심은 부자유친과 부부유별이라는 생각이 듭니다. 군신유의君臣有義나 장유유서長幼有序, 붕우유신朋友有信과 같은 계율도 중요하지만, 그것들은 앞선 그 두 가지 계율보다는 비교적 덜 각별하다는 느낌입니다. 군신유의나 장유유서는 시대착오적인 것으로 취급될 때가 많습니다. 붕우유신은 이利가 교우交友의 목적이 되어 버린 지 오래인 우리 시대에서는 아예 '신화'로 여겨집니다. 그래서 요즈음은 '진정한 벗들은 페이스북에서밖에 찾을 수 없다'는 말도 가끔씩 들립니다. 어쨌든, 이것저것 따지지 않더라도(우리끼리 하는 이야기니까), 지금 내게 가장 요긴한 존재가 내 마누라(내 서방)와 내 자식이니 불문곡직, 부자유친과 부부유별이 가장 중하다고 해도 큰 무리는 없을 듯합니다.

부자유친父子有親에 대해서 생각해 봅니다. 혈육 간이든 세대 간이든 아버지의 입장에서 보면 부자유친은 미래와의 제휴입니다. 아들의 입장에서는 과거와의 화해이고요. 사회적 존재인 인간은 제휴(연대)와 화해(용서) 없이는 존재의 연속성을 지속적으로 확보할 수 없습니다. 갈등은 언제나 새로운 제휴의 도화선이 될 뿐이지요. 그러므로 부자유친은 인간세人間世의 필수모티프 bound motif라 하지 않을 수 없겠습니다. 그런 의미에서 '화이부동' 이야말로 세대 간에서 반드시 존중되어야 할 제일의 계율일 것 같습니다.

한편으로, '공적公的 아비'라는 말이 최근 우리 사회의 화두입니다. 부적 권위를 가지는 사회적인 제도나 이념들에 대한 갈등을 가리키는 말입니다. 우리같이 국가, 사회적 차원에서의 부적 권위들이 (식민지 경험, 동족상잔 경험, 군부 독재 치하 경험 등을 거치면서) 불가피하게 실종·변질된 역사를 가지고 있는 민족들에게는 그것과의 화해(부자유친의 회복)가 언제나 화두가 됩니다. 훼손되거나 왜곡된 '공적 아비'에 대한 불신이 그만큼 크다는 것이겠지요. 물론 '아비'의 책임이 크지요. 국권 상실 경험 후 100년, 동족상잔 경험 후 60년, 광주민주화 투쟁 후 30년의 세월이 흘렀습니다. 할아버지, 아버지, 아들로 살다간 그 시대의 '아비'들은 모두 아쉬운 부자유친을 남기고 이제 역사가 되었습니다. 그리고 이제 새 역사의 초입에 들어서고 있습니다. 새 역사가 다가오는 뚜렷한 징후들이 포착이 되고 있습니다. 우리 시대의 아버지 된 자로서, '도적처럼' 다가올 미래를 위해, 나 스스로 어떤 부자유친을 만들어 나가야 할지 크게 고민해야 할 때라는 생각이 듭니다. 우리가 이 시점에서 어떤 '아비'가 되느냐가 앞으로의 또 수십 년을 결정하는 일이 될 것이니까요.

화이부동, 진정한 부자유친은 결국 얼마나 많은 '아들'을 가지느냐에 달린 것 같습니다. 내 아들 하나만을 중하게 여기는 '아비'가 되어서는 진정한 부자유친은 불가능할 것입니다.

부부유별夫婦有別에 대해서 생각해 봅니다. 부자유친이든 부부유별이든, 서로 상대相對가 되는 두 사람이 불화하지 말고 잘 지내라는 말임에는 틀림없습니다. 다만 하나는 '친親'을 도모해 잘 지내라는 것이고, 다른 하나는 '별別'을 도모해 잘 지내라는 것이라는 것만 다를 뿐이겠지요. 그렇다면, 다소 억지스런 질문이 되겠습니다만, 맨 처음 오륜을 강조했던 사람들은 둘 중의 어느 쪽에서 먼저 '잘 지내려는' 노력을 경주해야 한다고 생각했을까요? 아버지·남편 쪽일까요, 아들·아내 쪽일까요. 그렇습니다. 당연한 일이지만, 특별한 강조가 없었더라도, 그때는 아들이나 아내가 먼저 잘 해야 한다고 여겼습니다. 그쪽이 꼭 '아랫것'이었다는 말은 아닙니다만, 그런 발상이 당시의 소위 '체제적 발상'이었습니다. 그러면 지금은 어떻습니까? 당근 아버지·남편 쪽이지요. 아비가 아들의 미래를 먼저 걱정해야 합니다. 남편이 알아서 아내의 입장을 고려해서 행동해야 합니다. 그것이 우리 시대의 '체제적 발상'입니다.

그래도 알 건 알아야 되겠다는 생각이 듭니다. '별別'의 내포 말입니다. 부부 간의 '화이부동' 말입니다. 서로 존중하고 이해해야 한다는 것이겠죠. 역할에 대한 존중과 이해, 인격에 대한, 헌신에 대한, 의리에 대한 신뢰와 감사가 두 사람 사이에는 존재해야 한다는 거 아니겠습니까? 말로는 거창하지만 사실은 별 것 아니라고도 볼 수 있습니다. 묵묵히 모두 그렇게 실천하며 살아가고 있으니까요. 우리 앞의 나이 든 부부들은 보통 다 그렇게 서로 이해하고 인정하며 평생 동안 상대를 긍휼히 여기며 살아온 분들입니다.

괜히 중언부언했습니다. 다 실천하고 있는 일상에 대해 따로 주석을 달려니 중언부언이 될 수밖에 없었습니다. 별반 공부도 되지 않았구요. 그래서 앞장의 '황금풍뎅이'에 이어서, 융 심리학에서 말하는 아니마anima, 아니무스animus 이야기로 급 마무리를 하겠습니다. 아니마는 남성 속의 여성적 영혼이고 아니무스는 그 반대입니다. 사람은 누구나 심리적으로는 양성 체계를 가지고 있다고 보는 거지요. 중년 이후에는 평생 억압받아 온 내 안의 반대 성性이 몽니를 부립니다. 남자들은 잘디잘아지고 여자들은 목청껏 소리를 높입니다. 그걸 호르몬 분비 문제로만 이해하는 것은 충분치 않습니다. 인간의 육체는 모든 면에서 심리적인 요소와 내통(?)하고 있습니다. 지면 관계상(집 사람이 절대 길게 쓰지 말라네요) 짧은 예화 하나만 들고 마치겠습니다. 어릴 때 가까운 친척 아주머니가 저희 집에 와서 신세 한탄을 크게 한번 하신 적이 있었습니다. 아저씨가 바람을 피우신 거지요. 작은 집에 쳐들어가서 한바탕 하고 오신 뒤인 것 같았는데, 그래도 분이 안 풀려서 울고불고 야단이 났더랬습니다. 그런데 어린 조카가 들어도 인상적이었던 대사가 한 마디 있었습니다. 우리 어머니가 물으셨겠지요. 어떤 여자더냐고. 말도 마라고. 아주머니가 손사래를 치더군요. 그러면서 이렇게 말씀했습니다.

"미친놈이지. 그렇게 허우대 멀쩡한 놈이 눈깔이가 삐었지 그런 년 어디가 좋다고….."

말씀이신 즉, 막상 대면해 보니 형편없이 축이 가는 몰골이었답니다. 체구도 작고 인물도 변변치 않은 여자였답니다. 도저히 자존심이 상해서 견디지를 못하겠더라는 거죠. 왜 그런 하찮고

볼품없는 여자를 좋아하는지 이해가 안 된다는 말씀이었습니다. 저도 그때는 이해가 되지 않았습니다. 아저씨는 기골도 장대하시고 인물도 좋으셨거든요. 나중에 알았습니다. 남자들이 밖에서 그 동안 억압(학대?)받던 자신의 아니마를 그런 방식으로 찾을 수도 있다는 것을요(최근의 '첫사랑 증후군'도 아마 그쪽에서의 혐의가 전혀 없는 것은 아닌 듯합니다). 요즘 우리나라에서도 나이 든 어머니들이 이승기나 송중기, 김수현 같은 꽃미남 배우를 노골적으로 좋아하는 이유도 같은 거겠지요(일본에서는 욘사마가 아니무스의 본색을 드러낸 지가 이미 오래되었습니다만). 다만 남녀가 스타일상으로 좀 '별別'하긴 하지만요.

어쨌든, 아니마든 아니무스든, 내 안의 콤플렉스가 준동해서 오륜의 테두리를 벗어난 엉뚱한 선택이 이루어지지 않도록 각별히 노력할 필요가 있는 때인 것 같습니다. 그러기 위해서도 '각방'은 가급적 피해야 할 것 같습니다.

사족 한 마디. 살다 보면 '친親'할 때와 '별別'할 때를 잘 구별해서 행하는 것이 참 어렵다는 것을 많이 느낍니다. 오륜의 나머지 것들, 의義, 서序, 신信도 한 가지겠습니다만 유독 친과 별이 더합니다. 그만큼 그것들이 중重하다는 의미로 여깁니다.

추성훈이라는 기호

'추성훈'이라는 기호가 있습니다. 그를 보면 괜히 기분이 좋아집니다. 요즈음 그가 다시 TV에 나타납니다. 귀여운 딸과 함께입니다. 그가 어린 딸아이와 노는 모습을 보느라면 절로 기분이 좋아집니다. 누구든 보는 사람의 기분을 좋게 만드는 사람이 있다면 그는 선량善良한 기호記號입니다. 정치인들도 그렇습니다. 어떤 이는 보는 것만으로도 기분이 좋습니다. 또 어떤 이는 그렇지 않습니다. 보는 것 자체가 부담스러운 사람이 있습니다. 그런 이들은 백발백중 다음 선거에서 떨어집니다(간혹 예외도 있긴 합니다만). 선거 포스터에 사용된 얼굴 중에 웃지 않는 얼굴이 거의 없는 것도 그 까닭일 것 같습니다. 그래서 한때 저는 모든 선거는 전적으로 '얼굴'에 달려있다고 생각했던 적도 있습니다. 적어도 추성훈이라는 인물을 만나기 전까지는 그렇게 생각했습니다.

제가 '얼굴'에 좀 과민했던 것은 따로 이유가 있습니다. 제가 '보기에 부담스러운 얼굴'이라는 걸 처음 안 것은 대학 학부 시절이었습니다. 4학년쯤 되었을 땝니다. 평소에 다소 데면데면하게 지내던 같은 학과 1년 선배(삼수생)에게서 대놓고 그런 언질을 받았습니다. 아마 자주 가던 시내 다방에서였지 싶은데, 우연히 합석한 자리에서 무슨 이야기 끝에 그로부터 '너는 얼굴부터 경계심을 불러일으키는 놈이다'라는 취지의 악담을 들었습니다. 쓸데없이 시건방지고, 선배 몰라보고, 잘난 척은 독판으로 하고, 쥐뿔도 내세울 건 없는 놈인데, 벌써 생겨먹은 것부터가 비호감이지 않느냐로 들렸습니다. '그러는 너는? 머리에 든 것도 없이 머리는 길고 얼굴 평수만 넓어가지고는, 그것도 모자라 공연히 꾸부정하게 해서는, 괜스레 온갖 심각한 표정이란 표정은 주렁주렁 매달고 다니면서, 고작 하는 일이라고는 후배들 앞에서 똥폼이나 잡는 주제에 누구 얼굴에다 대고 가타부타냐?' 한 마디 쏘아붙이고 싶었지만, 참는 자에게 복이 있다고 했으니, 그냥 웃어넘기고 말았던 적이 있었습니다(이건 전적으로 그때 생각입니다). 그도 웃으면서 그런 말을 던졌으니까요. 어쨌든 그 말이 제게는 좀 충격이었습니다. 내 얼굴이 비호감이라니, 그때까지 저는 제 얼굴이 '호감'까지는 아니더라도 최소한 '비호감'은 아니라고, 어느 정도는 선한 이미지일 것이라고 여기고 있었습니다. 그런데 '경계심을 불러일으키는' 얼굴이라는 말을 들으니 내심 깜작 놀라지 않을 수 없었습니다. 생각해 보니, 그때까지는 주로 우호적인 교우 관계 속에서만 지내왔던 터라 그런 모진 말을 들을 기회가 전혀 없었던 것이었습니다. 지금 와서 돌이켜 보면, 그 선배가 자기를 전혀 선배 취급하지 않았던 저에게 적지않이 불만이 누적되어 있었던 것이 그러한 '모진 얼굴 평가'의 주된 원인이었지만(다른 문우文友들은 그를 ○○ 형이라고 불렀지만 저는 끝까지 ○○ 씨라고 불렀습니다. 나중에 서로 작가가 되어 서울에서 만났을 때 마지못해, 좌중을 의식해, ○○ 선배라고 불렀습니다), 어쨌든 그 뒤로 스스로의 이미지에 대한 수정 작업을 하지 않을 수가 없었습니다.

왜 갑자기 이야기가 추성훈에서 엉뚱하게 '경계심을 불러일으키는 얼굴' 쪽으로 갔는지 모르겠습니다. 아마 보기에 좋은 사람과 보기에 거북한 사람이 있다는 말을 하다 보니 그렇게 된 것 같습니다. 저도 '보기에 거북한 사람' 중에 속했던 적이 있었다는 말씀을 드리려고 했던 것 같습니다. 다시 본론으로 돌아가겠습니다. 추성훈이 '보기에 좋은 사람'이 되는 이유는 무엇일까요? 제가 오늘 생각해 보려는 것은 바로 그 문제입니다. 얼굴로 치면, 저보다는 추성훈 쪽이 훨씬 더 '경계심을 불러일으키는' 얼굴이지요. 그가 눈이라도 한번 부릅뜨면 웬만한 사람들은 그냥 주눅이 들 겁니다. 그의 눈빛에 따라 그의 얼굴은 순식간에 '험'과 '악'이 공존하는 평면이 됩니다. 그런데 그가 눈웃음을 치며 어눌한 한국어 솜씨로 애교를 떨 때면 오로지 '선'과 '량'만 있는 얼굴이 됩니다. 격투기에 임할 때의 얼굴은 또 어떻습니까? 그 처절한(?) 진지함에 관중들은 또 압도됩니다. 그러니까, '얼굴'은 아닌 것 같습니다. 추성훈이라는 기호를 우리가 좋아하는 것은 얼굴 때문은 아닌 것 같습니다.

그의 옷맵시일까요? 그럴 수도 있겠습니다. 비슷한 터프 가이이지만 추성훈은 최민수 스타일은 아닙니다. 늘 단정합니다. 그의 얼굴과 그의 복장은 묘한 앙상블을 이룹니다. 부조화의 조화라고나 할까요? 아무튼 보기에 좋은 옷맵시입니다. 그 다음은요? 그가 보기에 좋은 것은 또 무엇이 있을까요? 이른바 운동으로 단련된 근육미, 세칭 식스팩도 있겠습니다. 우리는 무심결에 옷 안에 감추어진 그의 아름다운 신체를 생각합니다. 그의 몸이 마치 내 것이나 되는 듯한 착각도 간혹 듭니다. 그의 몸에 대해서 여성들이 느끼는 모종의 미세한 무의식적 감성 같은 것은 저로서는 짐작하지 못하겠습니다. 어쨌든 그런 것도 있을 것 같습니다. 또 무엇이 있을까요? 누가 그의 탈이념성, 혹은 무국적성도 매력의 한 포인트라고 말하는 것을 들었습니다. 댄디와 마초라는 상극적인 것의 절묘한 융합과 더불어 그런 후기 산업사회의 나르시시즘적 소비 특성을 만족시키는 그의 시대성 있는 캐릭터 성향이 때맞추어 유효타를 날렸다는 겁니다. 그는 '거절당한 경험' 속에 웅크리고 주저앉은 것이 아니라 오히려 그것을 발판삼아, 도전적으로, 무국적성으로, 딛고 일어서서 성공했다는 것입니다. 나르시시즘 소비 행태가 지배하는 후기 산업사회에서는 그것이 오히려 장점이 된다는 겁니다. 그 덕분에 민족주의나 국수주의로는 도저히 이룰 수 없는 것을 그는 이룰 수 있었다는 설명입니다(김난도).

그렇습니다. 생각해 보면, 추성훈이 '보기에 좋은 사람'이 되는 이유가 한두 가지가 아니었습니다. 그러나 그 모든 설명들이 간과한 것이 하나 있습니다. 그래서 제가 지금 이 말씀을 드리고 있는 거구요. 추성훈이라는 기호는 하늘에서 그냥 떨어진 것이 아닙니다. 어떻게 보면 우연의 일치 같기도 하지만 따지고 보면 그의 성공은 그냥 얻어진 것이 아닙니다. 결연한 선택과 부단한 노력의 결과입니다. 그 결과가 후기 산업소비사회의 한 특성(나르시시즘)을 기대 이상으로 만족시킨 것은 그의 행운이라 할 만합니다. 그러나 그것 아니더라도 그는 다른 이유를 대동하고 우리 앞에 다시 나타날 것입니다. 그게 맞습니다. 그 역시 '오래 지속되는 인간'입니다. 그는 무엇의 결과가 아니라 항상 원인으로 작용하는 인간입니다. 그래서 단순하게 '왜 추성훈인가' 묻고, 기호학적인 설명을 늘어놓는 것은 언제나 '덜 된 논법'입니다. '추성훈'은 피와 땀과 눈물의 소산입니다. 거기에는 논리가 없습니다. 언젠가 제가 '천재가 하는 일에는 원인이 없다'라는 말씀을 드린 적이 있습니다. 마찬가집니다. 추성훈은 '설명될' 존재가 아닙니다. 추성훈이 지니는 댄디와 마초, 그 묘한 상극적인 것의 융합과 탈이념적(국가·민족적) 정체성은 그 자신의 실존을 뭉개 버리려는 것들에 대한 강력한 저항 수단이며 유일한 존재증명의 수단이었습니다. 저급한 것들에 의해 자행된 모독과 모욕들에 대한 강한 적개심과 분노, 그리고 모든 것을 버리더라도 끝까지 가지고 가야할 자존심과 자기애, 한 인간이 자신의 모든 것을 걸고, 용서하고 넘어서고 고수한, 그 모든 아름다운 것들이 바로 '추성훈'이라는 기호입니다. 그것을 고작 책상머리에서 굴리는 잔머리 속에서, 세 치 혀끝에서, 모두 설명할 수 있다고 믿는 것은 참으로 우둔하고 유치한 일입니다.

우리가 볼 것은 '추성훈'이라는 기호가 지닌 모종의 창의적이고 생산적인, 인간만이 획득할 수 있는 생명의 에너지입니다. 윌리엄 포크너가 말했듯이 '인간만이 승리할 수 있다'는 것을 보여준 그의 성공입니다. 말하자면, 그를 통해서 어디로부턴가 선물로 온 인간만의 생명력, 인간의 승리를 우리는 기억해야 한다는 겁니다. 그로 인해 그는 '보기에 좋은 인간'이 되는 것입니다. 거듭 말씀드립니다. 한 '어눌한 경계인'이 일약 광고계의 신데렐라로 부상하고, 드라마에 깜짝 출연도 하고, 예능 프로그램에도 나와 즐거움을 주는 것을 고작 후기 산업사회의 한 '소비 행태'와 연관짓는 것은 인간에 대한 예의가 아닙니다. 그건 추성훈이라는 기호를, 인간을, 사랑하는 방법이 아닙니다.

얼굴 좀 생긴 것들은

언젠가 〈음식남녀〉라는 영화 이야기를 한 적이 있습니다(「남자의 자격: 〈음식남녀〉」, 『용회이명』). '식색食色'은 영원한 인생의 바운드 모티프bound motif라고 했던 것 같습니다. 그 영화 제목이 뜻하는 의미에서의 '색계色界' 이야기 한 토막 할까 합니다. 친한 후배 동료가 제게 자주 하던 말이 있습니다. 어떤 이야기든 조금만 틈만 보이면 마감을 꼭 그쪽에서 하고 싶어 했습니다. "남녀 없이 얼굴 좀 생긴 것들은 꼭 한 수 접어주기를 바란다니까요." 그렇게 말입니다. 저는 아직도 그가 그런 말을 한 전후 맥락을 완전히 알지 못합니다. 본인도 좀 생긴 편인데, 왜 그렇게 '생긴 것'들을 타박하는지 그 까닭을 다 알 수가 없습니다. 남자든 여자든 외모가 좀 된다 싶으면 반드시 한 수 접어주기를 의식, 무의식적으로 강요한다는 겁니다. 그것 좀 웃기지 않느냐는 거지요. 그의 말을 처음 듣고는 그 말의 배경(코드와 맥락)을 잘 몰라 그냥 웃어 넘겼습니다. 꼴불견인 주변의 모모한 인사들을 겨냥한 일상적인 표현(비웃음이거나 빈정거림)이거니 생각했습니다. 그런데 두 번째 그 말을 들었을 때는 그냥 넘길 수가 없었습니다. 그와 같은 음전한, 체면을 아는, 교양 인사가 그렇게 반복적으로 지적할 때는 무언가 한번 살펴볼 문제가 있다는 것이었습니다. 그래서 자초지종을 물었습니다. 그런 느낌을 받게 된 사정에 대해서 이야기해 보라고 했습니다. 뭘 그런 걸 묻느냐고, 워낙 진중한 사람인지라, 자세한 건 말하지 않았습니다. 표정으로 봐서는, 만고불변의 진린데 따로 무슨 설명이 필요하냐는 투였습니다. 그러나 느낌은 왔습니다. 제가 언젠가 "너는 얼굴부터 경계심을 불러일으키는 놈이다"라는 말을 들었던 경험이 조금 도움을 주었습니다. 연극 무대에는 맡은 배역에 따라 배우가 들어오고 나가는 방향과 서 있는 위치가 정해져 있습니다. 말하자면 주역을 맡은 공주는 항상 무대 오른 편에서 등장하고 그녀를 시중드는 시녀는 항상 왼쪽에서 등장합니다. 서 있는 위치도 그런 식으로 고정됩니다. 주인공들은 또 항상 정면을 향해 말합니다. 자기 곁의 다른 사람들은 '안중에 없다'는 거지요. 이를테면 매사 그런 식이라는 겁니다. 자기들의 위치(위상)가 미리 정해져 있는 것으로 여기고, 그들 '얼굴 좀 생긴 것들'은 언제나 상황을 그런 그림으로 몰고 간다는 것이었습니다. 말하자면, '얼굴 좀 생긴 것들'은 항상 '공주(왕자)'로 군림한다는 겁니다. 물론 자기 이외의 사람은 '시녀(시종)'고요. 그는 그런 식의 일종의 꼴불견, 이를테면 '얼굴 좀 생긴 것들의 각광脚光 증후군'을 나무라고 있는 거였습니다('각광 증후군'이라는 말은 제가 만든 말입니다). 물정을 좀 알만한, 몰골 멀쩡한 치들에게서 흔히 볼 수 있는, 이해하기 힘든, 꼴불견 차원의 자아도취증, 질병적 차원의 나르시시즘을 타박하고 있는 것이었습니다. 그게 이제 여러 사람한테 불편함을 준다는 거지요. 인간은 어차피 사회적 동물이기 때문에 그렇게 '각광脚光'에 연연하는 치들이 한데 섞여 있으면, 그래서 그들이 자신들의 존재방식을 불문곡직 관철시키려 들면, 반드시 여러 사람이 피해를 볼 수밖에 없는 일이었습니다.

그런데 '각광 증후군'을 '얼굴 좀 생긴 것'에 한정하고 있는 것이 저로서는 좀 불만입니다. 그가 그것을 어떤 맥락에서 주로 관찰하고 발견했는지 모르겠습니다만, 그런 '증세'는 주로 '식색食色' 중 '색色'과 관련될 때 보다 첨예하게 드러나는 것입니다. 젊어서는 좀 덜한데 늙어서도 그런 모습을 보일 때는 정말이지 꼴불견입니다. 여자들은 잘 모르겠습니다. 그러나 남자들은 그런 '각광 증후군'이 반드시 '얼굴'에서만 나오는 것이 아닙니다. 제가 겪은 바로는 '얼굴'보다는 '태도'입니다. 그걸 요즘 사람들은 '매너'라고 부르는지도 모르겠습니다만, 일단 '얼굴'이 전부인 것은 아닙니다. 그 비중이 절대적이지 않습니다. 둘 다 갖추면 금상첨화이겠습니다만, 어느 것 하나만 주어진다면(필요하다면) '태도' 쪽이 단연 우세를 점합니다. 다음의 인용을 참조할 수도 있겠습니다.

그래서 요조(『인간 실격』의 주인공)가 다음 단계로 사용하는 방어기제가 다름 아닌 '투사적 동일시(projective identification)'이다. 투사적 동일시는 자신의 위험한 속성을 다른 사람에게 완전히 밀어내지 못하고 다른 사람에게서 그러한 속성을 끌어낸 다음, 그를 조정함으로써 자신의 충동을 조절하려는 시도다. 예컨대 요조는 여자를 자극해 자신에게 빨려들게 해 놓고 막상 성 관계에 들어가서는 자신을 여자에게 겁탈당하는 존재로 만들어 버린다. 여자가 나쁜 역할을 하게끔 무의식적으로 유도해 자신은 선량한 희생자가 되게 만드는 것이다.

▶▶▶ 김혜남, 『서른살이 심리학에게 묻다』, 갤리온, 2008 중에서

색色의 영역에서 '각광 증후군'을 가진 자들은 남녀를 불문하고, 투사적 동일시라는 방어기제를 전문적으로 사용합니다. 상대를 유혹자로 만들어 자신을 유혹하게 하는 것이지요. 자신은 그 유혹의 피해자이기 때문에 사회적 비난과 같은 일체의 책임으로부터 자유롭습니다. 모든 것을 면제받습니다. 그들이 쓰는 기술은 보는 이로부터 감탄을 자아낼 정도로 교묘하고 능란합니다. 인격이나 교양으로 위장되는 수준이 거의 혼연일치의 경지입니다. 일단 그의 마법(?) 안으로 들어가면 꼼짝 못하고 그가 시키는 대로, 그의 투사적 동일시의 각본대로, 따를 수밖에 없습니다. 그 감미로움에서 벗어나기란 정말 어렵습니다. 그들은 어

느 집단 안에서든 반드시 한 명 이상의 상대 성性에게서 그렇게 의도된 '유혹'을 받아냅니다. '요조'라는 소설 주인공이 그런 면모를 드러내고 있습니다. 저도 살아오면서 그런 '각광 증후군' 환자들을 여태까지 여남은 명은 족히 봐 왔습니다(지금도 두어 명 보고 있습니다). 그런데 그들 중 남자 쪽은 '얼굴 좀 생긴 것들'의 비중이 별로였습니다. 오히려 '얼굴 좀 안 되는 것들'이 더 많았습니다. 개중에는 처사處士도 있고 댄디도 있고 냉혈한도 있었습니다. 어쨌든 꼭 '얼굴'만 탓할 건 아닙니다.

모든 정신과적 질환이 대개 그렇습니다만, '각광 증후군'은 한평생 같이 가는 것입니다. 남자의 경우, 심지어 노인대학은 물론이고, 죽어 무덤에 묻혀서도 여자 귀신들 사이에 묻히고 싶은 것이 그것입니다. 거의 고질痼疾입니다. 불패의 불치병이지요. 보통의 경우 어릴 때 거절당한 상처가 너무 깊게 나 있기 때문에 일단 발병하고 나서는 웬만해서는 고치기 힘든 병입니다. 주로 경쟁력 있는 동생을 둔 형이나 언니에게서 많이 발견됩니다. 다음의 설명도 좀 도움이 될 것 같습니다.

그러나 이 모든 방어기제는 요조를 사회에 적응하지 못하고 인간 구실을 못하는 열등한 사람으로 만들어 놓는다. 요조는 성인이 된 후 이 험난하고 위험한 세상에서 자신이 할 수 있는 것이 별로 없음을 발견한다. 그러자 요조는 '회피(avoidance)'와 '퇴행(regression)'이라는 방어기제를 사용한다. 회피는 위험한 상황이나 대상으로부터 안전한 거리를 유지하려는 것이다. 요조는 사회의 한 구성원으로서의 역할을 회피한다. 그는 사회로 뛰어들기보다는 방 안에 틀어박혀 사회를 비웃고 경멸하는 쪽을 택한다. 즉 그는 사회를 회피하는 것이다. 그러나 무기력한 패배자로서의 자신에 대한 열등감이 남는다.

이 열등감을 방어하기 위해 그는 어린 시절로 퇴행한다. 퇴행이란 심한 좌절을 겪을 때 현재보다 유치한 과거 수준으로 후퇴하는 것을 일컫는다. 요조는 구강적 시기로 퇴행하여 술과 담배를 입에 달고 산다. 엄마의 젖을 빨듯이 담배를 빨고, 술에 취해 엄마의 품에 안겨 있는 듯한 느낌에 젖어 사는 것이다.

▶ ▶ ▶ 김혜남, 『서른살이 심리학에게 묻다』

열등감 없는 인간은 없습니다. 열등감을 넘어서기 위해서 노력하다가, 상처에서 진주가 영글듯이, 하루아침에 '승리하는 인간'이 되기도 합니다. 동일시, 상징화, 승화, 합리화, 대체 형성, 이타주의와 같은 성숙한 방어기제들의 도움을 얻어 불안을 극복하고 '승리'와 '평안'이라는 '두 손의 떡'을 모두 얻을 수도 있다고 프로이트 선생은 가르칩니다. 그러나 문제는 늘 남습니다. 정작 이 이야기가 필요한 사람은 이런 글을 읽지 않는다는 겁니다. 설혹 읽는다 해도 우이독경입니다. 자기 일이 아니라고 여깁니다. 스스로를 깨뜨리기 전에는, 그 어떤 치유의 말도 전혀 체내로 흡수되지 않습니다. 그저 징징거리는 소음에 불과합니다. 사로잡힌 영혼들의 세상은 전혀 다른 차원에 존재합니다. 그러니 그들 앞에 서면 어쩔 수 없이 '한 수 접어줄' 수밖에 없습니다. 그렇지 않으면 마주 앉아도 차 한 잔 나누지 못하고 그냥 일어서야 합니다. 서로 관계를 유지할 수 없습니다. 어쨌든 저는 담배를 끊어서 다행입니다. 술도 못 마셔서 천만다행입니다. 엄마 젖을 빨거나, 엄마 품에 안겨서 산다는 말을 듣지 않아도 되어서, '퇴행'이라는 낙인을 면할 수 있어서, 정말이지 천만다행입니다. 그렇지만 찝찝한 게 전혀 없는 것도 아닙니다. '각광脚光'에 대해 쓸데없이 너무 많이 안다는 게 좀 불안하고요(용어까지 만들면서), '엄마의 품에 안겨 있는 듯한 느낌'도 좀 그렇습니다. 글에 취해도 그런 느낌은 들거든요.

본인을 대신하는 것들

천황의 초상 사진은 이미 메이지 초년부터 측근의 정치가나 고급 관료, 그리고 지방관청에 내려 보내졌는데, 메이지 23년(1890)에는 그 내려 보내는 범위가 고등 소학교에까지 미치고, 전국을 망라하는 행정조직, 군대, 교육시설까지 배치된다. 결국 이 시기에 '어진영'은 정사(政事)가 행해지는 전국의 공공 공간에 두루 편재되어 있었던 셈이다.

이것은 가시화의 측면에서 볼 때, 천황의 몸이 직접 물리적으로 공간을 이동함으로써 얻을 수 있는 순행의 효과를 훨씬 능가한다. 더욱이 '어진영'은 사진을 바탕으로 근대국가의 원수에 걸맞게 그려진 초상화를 촬영한 것이므로, 대량으로 복제되고 두루 존재하는

'어진영'은 원본성(original)이 결여된 시뮬라크르(simularcre: 模像)
로 유통되면서 천황의 이미지를 창조해 냈다. 이제 모상이 거꾸로
현실의 천황을 규정하는 전도가 발생한 것이다.

'어진영'이 사진이었다는 점은 사람들이 그것을 주물적(呪物的)으
로 취급했던 것과도 본질적으로 관련되어 있을 것이다. 회화를 촬영
한 것이긴 해도 기본적으로 사진을 바탕으로 그려졌기 때문에 초상
은 극히 사실적이었다. 초상을 장식하는 풍습이 본래 존재하지 않는
데다가 리얼리스틱한 인물의 표상(사진·회화 등)을 이제 막 접하게
된 메이지의 민중들에게 있어서 의례장에 걸린 리얼한 초상은 틀림
없이 천황의 존재감을 강하게 각인시켰을 것이다. 또한 일본에서 초
상 사진은 사자(死者, 특히 가족)의 초상이자 표상, 그리고 대리로서
영전(靈前), 불전(佛前) 등에 장식되는 경우가 많았는데, 이를 볼 때
일본에서 초상 사진은 조상신앙과 깊이 결부되면서 수용된 측면이
있다. 메이지 시기의 근대 천황제가 조상신앙과 결부됨으로써 확립
되었다는 것은 주지의 사실이다. 그런데 '어진영'이 주물화된 데에
는 '어진영'이 '만세일계'의 조상으로 인식된 메이지 천황의 초상이
었을 뿐만 아니라, 초상 사진 자체가 이미 조상신앙을 통해 '성스러
운 존재'를 표상 즉 대리하는 것으로 수용되었다는 점도 크게 관련
되어 있었다.

▶ ▶ ▶ 이효덕, 박성관 옮김, 『표상 공간의 근대』, 소명출판, 2002 중에서

본인을 '대신하는 것' 중에서 이름에 필적하는 것이 초상화나
얼굴 사진입니다. 얼마 전에 재미있는 기사 하나가 났습니다.

우리나라 관공서 풍습 중에 역대 기관장 얼굴들을 회의실 같은 곳에 남기는 게 있는데, 그 얼굴들을 초상화로 남기는 급이 있고 사진으로 남기는 급이 있답니다. 3부 요인급은 초상화, 그 나머지는 사진이었는데, 이번에 역대 검찰총장 얼굴들이 사진에서 초상화로 자작 바뀌었다고 합니다. 그 과정에서 일국의 검사들이 팔자에 없는 그림 액자들을 들고 왔다 갔다, 전관前官 님들 자택으로 그림 품평을 받는 일로 오졸 없이 바빴다는 가십성 기사였습니다.

공公조직에서 물러난 전관의 얼굴을 회의실 같은 여러 사람이 모이는 장소에 게시하는 의미가 무엇인지는 잘 모르겠습니다. 가족사진이 아닌 이상, 제가 알고 있는 상식으로는, 그런 '기념'은 일반적으로(불특정 다수의) '존경의 염念'과 관련되는 것입니다. 종교적 신앙의 대상이나 국가적 위인을 기릴 때 우리는 그렇게 합니다. 그런데 특정 관공서마다 물러난 기관장의 초상화를 그렇게 나 보라는 듯이 게시하는 것은 그게 아닙니다. 그것보다는 그 조직 구성원들의, 혈연적인 유대감에 방불하는, 일종의 연대의식을 고취하는 효과를 의도하고 있습니다. 그러니까 좀 특수한 '기념'인 것 같습니다. 이를테면, '우리가 남이가?'라는 동류의식을 강조(강요?)하는 표상이 될 공산이 큰 것이라는 것입니다. 저도 회의실에 들어가서 그런 사진들을 볼 때마다 그런 느낌을 받거든요. 조직의 역사가 길어지면서 게시할 사진도 늘어나서 두 줄로 걸려있는 그것들을 보면서, 끝이 좋았던 분도 있고 끝이 안 좋았던 분도 있는 그 도열을 보면서, 때로 만감이

교차하기도 합니다. 차라리 그런 '얼굴'들이 없는 편이 더 나을 것 같다는 생각도 자주 듭니다. 잊어야(버려야) 할 역사적 유산이 그런 식으로, 시간을 거슬러, 우리 앞에 주기적으로 나타나는 것이 어색할 때도 있다는 겁니다. 마치 그때마다 사진(초상화)들이 자신을 인정해 주기를 강요하는 것 같기도 해서 속이 거북할 때도 있습니다.

그런 '강요적 표상'을, 아마 일제日帝의 잔재인 듯한데, 구태여 사진에서 그림으로 교체한다는 것은 또 무슨 의미일까요? 그 조직의 생리를 잘 모르는 입장에서 가타부타 말을 하기가 어렵습니다. 뒤에서 설명이 되겠습니다만, 초상화의 주술성과 관련된 '사진 초상의 시선 되포착 현상'으로는 설명이 되지 않는 변화입니다. 명망 있는 화가에게 의뢰해서 비싼 값으로 이미 '옷 벗은 자들'의 얼굴을(그 얼굴들이 '일반적인 존경의 염'의 대상이 되는지 여부는 잘 모르겠습니다) 다시 그린다는 게 혹시 그 조직이 당면한 어떤 위기감을 반영하는 '미숙한 방어기제' 중의 하나는 아닐까라는 생각만 듭니다. 좋지 않은 생각이라도 어쩔 수 없습니다. 늙은 기생일수록 화장도 더 진해지는 법이니까요. 일반적으로 '그림'과 '사진'이 가격차가 있는 것은 '그림' 쪽이 보다 높은 '예술성'을 인정받고 있기 때문인 것으로 알고 있습니다. 얼굴을 사진보다는 초상화로 남기는 것이 더 좋아 보이는 것도 그 비슷한 이유에서일 것 같습니다. 그것이 지닌 '가격' 때문일 것입니다. 비싼 액자 안에 들어가 있는 얼굴이 더 가격이 나가 보일 것으로 여겨지기 때문일 것입니다. 그리고 또 하나 더 있습니다.

진짜 얼굴에서는 찾기 어려운 어떤 '위엄'이나 '자비'를, 사진으로는 보태기 어려운 그것을, 얼굴에 그려 넣고 싶은 마음도 한 몫 거들지 싶습니다. 만약 그런 의도가 개입되어 있는 것이라면 그건 '회의실 비치용 전관 사진'이 감히 넘볼 수 없는 것을 넘본 결과입니다. 그건 이른바 어진영御眞影이나 취할 '명분'이기 때문입니다. 시속時俗에 관한 말이 좀 길어졌습니다. 처음부터 의도한 공부로 들어가겠습니다. 사진 초상의 주술적 의미입니다.

어진영御眞影 같은 정치적 표상물이 추구하는 '사진(초상)의 현전성現前性' 문제도 결과적으로는 공감 주술의 일종으로 볼 수 있는 것입니다. 이름과 얼굴 사진은 여러 부문에서 대체재代替財의 관계에 놓일 수도 있습니다. 제사상 위에 지방을 써서 신위를 모실 수도 있고 조상님의 사진을 올려놓을 수도 있습니다. 또, 자신의 존재 증명이 필요한 특정한 곳에 들어갈 때 우리는 명찰을 달 수도 있고 사진이 부착된 신분증을 패찰할 수도 있습니다. 물론, 집 주인처럼 자신을 증명할 필요가 없는 자는 그런 절차를 취할 필요가 없겠지요. 만약 객 중에서 자신을 증명할 패찰을 차지 않는 자가 있다면, 그는 그 집의 전 주인이었거나, 앞으로 조만간에 그 집 주인이 될 사람이거나일 것입니다. 자타공인, 증명이 따로 필요 없는 인물이라는 인정을 받을 때만 명찰이나 사진이 필요 없습니다. 어쨌거나, 인간을 증명하는 것은 그 종국에 가면 이름과 얼굴뿐입니다. 경외를 불러일으키는 자연의 힘 앞에서나 신 앞에서니, 아니면 다중 앞에서도, 결국 마지막에는 그것들만이 인간을 증거할 뿐입니다. 그만큼 이름이나 얼굴은 중요한 것입니다. 그렇게 보면, 이름과 얼굴은 내 것이든 남의 것이든 함부로 다룰 수 없는 것입니다. 자신을 비켜갈 수도 있는 불운도 이름을 잘못 노출시키면 자신을 향하게 할 수도 있다는 공포는 오래된 '인간의 불안'이었습니다. 그리고 메이지 시대의 어진영에서도 알 수 있었던 것처럼, 절대 권력자의 얼굴(초상) 앞에서 어쩔 수 없이 그의 시선 안에 갇힐 수밖에 없는 것 또한 오래된 '인간의 생존 전략'이었습니다. 그런 것들은 어쩌면 자연스러운 '사회화'의 일환일 수도 있는 것입니다. 공포(금기)에 적응하는 것이야말로 가장 원초적이고 기본적인 사회화라고 할 수 있기 때문입니다. 집단의 입장에서도 개인의 충동을 제어할 수 있는 가장 효과적인 기제가 공포(처벌에 대한)라는 것을 알기 때문에 '이름과 얼굴'로 공포를 대상화하는 손쉬운 방법을 포기하기 어렵습니다. 사진 초상의 '되응시성'이라는 메커니즘은 그러한 사진의 정치성을 잘 나타내는 사례가 됩니다.

　'어진영'이 사진이라는 사실에서 더욱 중요한 점은, 리얼한 초상 사진이 보는 사람에게 이상한 시선의 감각을 부여한다는 사실이다. 초상 사진을 보다 보면, 보는 사람의 시선이 초상 사진의 시선 속으로 어느새 흡수되어 그에 의해 되포착되는 경우가 있다. 응시하고 있음에도 불구하고 오히려 사진 속의 초상에게 응시당하고 있다는 이상한 감각에 사로잡히는 것이다. 이렇게 되면 응시하는 방향은 역전되어 초상 사진의 시선은 초상의 눈동자를 응시하는 사람을 개별적으로 되포착하게 된다. 결국 어떤 지점에서 어떤 식으로 어떤 사람이, 혹은 아무리 많은 사람들이 본다 해도 초상 사진의 시선은 보는 사람을 개별적으로 되응시하는 것이다. 그때 '본다'는 적극적 행위는 '보여진다'는 수동적인 행위 속으로 반전되고 회수되어 버린다. 물론 회화의 초상도 그런 시선을 구성하는 경우가 있지만, 사진이 가지는 시선의 효과는 피사체가 대단히 리얼하기 때문에 바로 그만큼 초상화보다 강하게 작동한다.

▶▶▶ 이효덕, 박성관 옮김, 『표상 공간의 근대』 중에서

그런 사회적 현상으로서의 집단 심리 문제가 아니더라도, 시뮬라크르는 본디 힘이 셉니다. 그것들은 항상 원본을 압도하는 힘을 가집니다. 원본을 압도하는 힘이 없으면 이미 그것은 진정한 모상模像이 아닙니다. 사진과 다르면 '천황'이 아닙니다. 이름이나 얼굴 사진이 본체를 압도할 만한 어떤 힘을 가지는 것은 어쩌면 오히려 당연한 일입니다. 서두의 인용문에서도 밝히고 있듯이, 가시화의 측면에서 볼 때, 실재로서의 몸이 직접 물리적으로 공간을 이동함으로써 얻을 수 있는 효과(왕의 巡幸)와 당사자의 시뮬라크르가 지닌 힘은 비교될 수 없는 것이었습니다. 순행의 공간은 언제나 한정되어 있습니다. 시간도 많이 걸립니다. 그러나 대량으로 복제되고 두루 존재하는 '어진영'은 그 시선의 되응시성으로 인해, 절대적이고 부재인 원본성original을 현전하는 것으로 만들어냅니다. 이제 모상이 거꾸로 현실의 본체를 규정하는 전도顚倒가 발생합니다. 그것, 모상模像과 같지 않으면 오히려 본체가 아닌 것이 됩니다. 인용문에서 다루고 있는 일본의

근대화는 천황제에 입헌군주제의 너울을 덮어씌운 그도 저도 아닌 정체政體 위에서 시작됩니다. 당시 메이지 천황의 사진은 순행巡行의 불편함과 한계를 일거에 해소하는 시뮬라크르의 힘을 지녔던 것으로 평가됩니다.

현대인들에게 주술은 대체로 역기능으로 작용합니다. 현실을 호도하고, 자신을 '자신 아닌 것'으로 채우는 데 그것이 주로 사용되기 때문입니다. 정치에도 주술이 너무 작용하면 어쩔 수 없이 역기능이 발생합니다. 그러나 사회가 아무리 발전해도 인간의 삶에는 여전히 불안과 공포가 내재합니다. 정치가 지닌 기능 중 하나는 그런 불안과 공포의 해소에 있다고도 볼 수 있습니다. 주술도 그런 의미에서, 잘만 사용된다면, 그것이 꼭 필요한 사람들에게는 시의적절한 위안을 줄 수도 있습니다. 흔히, 스포츠나 문화예술 산업에 종사하는 사람들이 자기만의 징크스나 금기를 많이 가지고 있는 것을 볼 수 있습니다. 그들에게 중요한 것은 주술의 힘이 실현된다는 것을 믿는 일이 아닙니다. 그것보다는 그것에 의지해서 불안과 의구심을 잠재운다는 것이 고도의 집중력과 자기 믿음이 필요한 그들에게 중요한 일인 것입니다. 그것처럼, 우리 사회의 정치의식도 '고도의 집중력과 자기 믿음'을 위해서라면, 그럴듯한 주술 하나쯤은 가져도 좋을 듯합니다.

중언부언이지만, 주술이 우리 곁을 떠나지 않는 결정적 원인은 인간의 정치의식이 늘 그것을 불러내기 때문입니다. 봉건제, 군주제, 민주제할 것 없이 동서고금의 통치자들은 늘 사제의 역할을 겸해 왔습니다. 당연히, 대중들의 집단의식의 저변에는 그들 사제들에 대한 주술적인 믿음이 항존해 왔습니다. 재해는 늘 사제의 질병이나 노쇠나 무능이나 실책으로 인한 것이었으므로, 노쇠와 질병과 실책의 징후가 보이는 사제는 가차 없이 살해되고(아니면 자살이 강요되고) 활기가 넘치는 새로운 사제로 대체됩니다. 그것이 현재 우리가 보는 선거 민주제라는 정체政體를 통해서도 면면히 계승되고 있습니다. 언제고 확연히 드러나는 인간의 정치의식입니다. 그 '정치의식', 그 주술이 우리 사회를 다시 한 번 쇄신하는 기폭제가 될 수 있기를 고대합니다.

●
●

도깨비 같은 것들

● ● ●

　도깨비는 본 적이 없어도 '도깨비 같은 것들'은 자주 봅니다. 한국의 도깨비는 어떻게 생겼을까? 그게 궁금해서 여기저기 '도깨비 그림'을 찾아본 적이 있었습니다. 그런데 잘 찾아지질 않았습니다. 그래서 '우리 민족에게 도깨비는 심리적 실체일 뿐 물리적 실체는 아니었구나'라는 짐작을 했습니다. '도깨비 같은 놈'은 많아도 정작 '도깨비 얼굴'은 남겨진 게 없었습니다. 최근에 우리 판타지의 역사와 연관해서 다시 관심이 일어서 브리태니커 사전을 조회했습니다. 얼마간 요약이 되어 있었습니다. 필요한 부분을 약간 손을 봐서 소개합니다.

도깨비: 한국 전래 신격(神格)의 하나. 옛날에는 '독갑이' 또는 '귓것'으로도 불렸으며 한자로는 독각귀(獨脚鬼) 등으로 표현되었다. 독가비의 가비는 갑과 동의음이고 갑과 귀가 같은 의미로 사용되었다. 고어로 '독가비'라는 말은 1458년 『월인석보(月印釋譜)』의 '돗가비니'에서 온 말이다. 현재 도깨비에 관한 다른 이름은 매우 많다. 전라도에서는 도채비·도체비·도치기, 다른 지역에서는 도까비·토재비·토째비·톡깨비·홀개비·홀깨비·도깨기·도째비·터깨비 등으로 부른다.

한자의 귀(鬼)를 도깨비로 알지만 도깨비와 귀(鬼)는 다르다. 귀(鬼)는 주로 일본의 도깨비들이다. 일본의 도깨비는 나타나는 장소나 사는 곳에 따라 산도깨비·물도깨비·바다도깨비·수풀도깨비 등으로 분류한다. 환시·환각·환청과 같이 경험자의 심리적인 태도를 기준으로 분류하는 방법도 있는데 소리로 들리는 것은 환청(幻聽), 형체로 나타나는 것은 환시(幻視), 또는 환각(幻覺)으로 처리할 수도 있다. 그러나 이 방법은 불완전하다. 환(幻)으로 보는 것은 결국, 도깨비의 실체를 인정하지 않는 것이기 때문이다.

현재 우리에게 알려진 도깨비 이야기들은 주로 일본의 귀(鬼) 이야기들이다. 이들은 성격이 음흉하기에 동굴이나 오래된 폐가, 옛 성, 큰 고목 등에 살고 밤에 나와 활동한다. 어느 도깨비나 모두 초인적인 힘을 지니고 있어서 도깨비 방망이로 돈과 보물을 내놓기도 하고 황소를 지붕에 올리기도 한다. 이중적인 성격을 지니며, 심술궂기도 괴팍하기도 하여 사람이 하는 일을 해코지하거나 혼내주기도 한다. 그런데도 괴이한 신통력으로 못된 놈은 골탕 먹이고 착한 사람은 도와주는 친근성도 보여준다.

한국의 도깨비들은 다양한 모습으로 나타난다. 눈에 보이는 도깨비는 인간의 모습과 불덩어리로 나타나는 경우가 많다. 인간의 모습으로 나타날지라도 날이 밝거나 승부에서 지는 경우, 그 정체가 빗자루·절굿공이·도리깨 등으로 밝혀진다. 인간의 손때가 묻은 것들이 함부로 버려질 때 도깨비가 된다는 속신이 존재한다. 도깨비불은 혼불로도 불리는데, 이런 불은 민간신앙 중에서도 속신성이 강하다. 도깨비불이 동쪽으로 가면 풍년이 들고 서쪽으로 가면 흉년이 든다는 믿음이 정월 보름날 유풍으로 전해진다. 속설에 도깨비불은 사람이 죽으면 뼈에서 인이 나와 밤하늘에 떠도는 빛이라고도 한다. 한국의 도깨비 중에서 씨름을 걸어오는 도깨비의 모습이 외뿔 달린 도깨비(일본의 오니)로 그려지는 것은 잘못된 것이다. 그렇게 인간과 교섭하는 도깨비는 언제나 사람 모습으로 나타나는 것이 원칙이다. 물론 좀 특별하게 생길 수는 있다.

▶▶▶ 인터넷 브리태니커 참조

도깨비의 한자 표기가 獨脚鬼(독각귀)라고 해서 중국 남방의 나무귀신이 도깨비의 원조라고 말하는 이도 있고, 신라 시대의 비형랑鼻荊郎(581년~?)을 우리나라 도깨비의 시조라고 말하는 이도 있습니다. 제게는 비형랑 이야기가 재미있었습니다. 어떤 원형原型이 보였습니다. 비형은 진지왕의 사후 사생아私生兒로, 진평왕 때의 인물입니다. 삼국유사에 따르면, 비형랑은 진지왕이 사량부의 미인 도화녀桃花女와 사통하여 낳은 자식입니다. 579년에 진지왕은 도화녀를 불러 후궁으로 삼으려 했지만 거절당합니다. 남편이 있었기 때문이죠. 그 해 진지왕은 폐위되어 죽었습니다. 2년 뒤인 581년, 도화녀의 남편이 죽자 진지왕의 귀신이 도화녀에게 나타나 사통한 결과 낳은 것이 바로 비형이었습니다. 출생부터가 귀鬼, 혹은 요괴의 요소가 농후합니다. 그 후의 이야기들도 일종의 판타지인 지괴志怪류에 속하는 내용들입니다. 지금 보면, 현재 유행하는 일본의 요괴妖怪류 이야기와 매우 흡사한 내용을 가지고 있다는 것을 알 수 있습니다. 특히 〈이누야샤〉와는 여러 가지 면에서 공통점이 많이 발견됩니다. 반인반요半人半妖의 주인공, 본체가 개나 여우인 요괴 인물의 등장, 인간을 능가하는 초월적인 힘 등, 공유하는 화소話素가 꽤 있습니다.

〈이누야샤〉는 주인공 이름이 제가 좋아하는 개(이누, いぬ)였기 때문에 처음부터 관심이 많이 갔습니다. '이누야샤[犬夜叉]'를 우리말로 옮기면 '개도깨비'가 됩니다. '이수일과 심순애'로 널리 알려진 〈장한몽〉의 원작이 『곤지키야샤[金色夜叉]』라는 일본 명치 시대의 소설인데, 이 경우는 우리말로 옮기면 '돈 도깨비'가 되지요. 둘 다 물론 충분한 번역은 아닙니다. 우리에게는 요괴妖怪 개념이 없습니다. 우리의 도깨비와 귀신은 좀 단순합니다. 우리 도깨비는 사람과 직접 접촉할 때는 늘 사람 모습으로 나타납니다. 그렇지 않을 때는 자연 현상의 일부로 남아 있습니다. 따로 제 모습을 가지지 않습니다. 귀신들도 그저 소복(교복?)에 산발한 원귀寃鬼로 나타나서(모두 여잡니다), "내 다리 내놔라~"나 "내가 아직도 친구로 보이니?", 아니면 "(거꾸로 매달려서)우리집이다~"라고 겁을 주는 정도입니다. 그런 식이 일반적으로 영계

靈界의 메신저들이 나타나서 하는 행태입니다. 일본처럼 독립적인 요괴의 캐릭터를 용인하지 않았던 것은 아마 괴력난신怪力亂神을 멀리하는 유교 국가의 전통이 성립된 나라 사정때문인 것 같습니다. 그 중에서도 특히 '이기철학'의 세례를 강하게 받은 영향을 무시할 수 없습니다. '이기철학'이 지배하는 사회인만큼 요괴 따위가 서식, 혹은 잠식할 만한 어두운 구석이 있을 리가 없습니다. 합리와 이성이 지배하는 세계에 비합리와 감정의 스토리텔링이 스며들 여지가 없는 건 당연한 일일 것입니다. 어떻게 보면 우리 민족은 이율배반적인 민족입니다. 앞뒤가 다르고, 속과 겉이 다릅니다. 모든 것을 이와 기로 나누다 보니 그렇게 되었는지도 모르겠습니다.

말이 길어졌습니다. 어쨌든 우리나라가 합리주의적·현세주의적인 풍조가 좀 강한 것은 사실인 것 같습니다. 그래서 소설이든 영화든 판타지가 잘 성공하지 못합니다. 그런 성향은 저에게도 뚜렷해서 무협영화를 좋아해도 터무니없이 과장된 무술이 나오면 이내 외면하곤 했습니다. 과장에도 반드시 리얼리티가 필요하다고 생각했습니다. 그런데 어느 날 갑자기 '이누야샤'가 그 '빗장 걸린 문'을 따고 제게 들어왔습니다. 어째서 그게 가능했는지는 잘 모르겠습니다. 터무니없는 과장이 용납되기 시작했습니다. 고작 칼 한번 내려치는 동작에도 수 만 가지 변화가 있는 것처럼 빛과 색과 소리가 요란한 합주合奏를 연출해 내는 것이 아무렇지도 않게 접수되기 시작했습니다. 그것도 모자라 언제부턴가는 '저 정도로는 좀 부족하지 않나?' 하는 염까지 들기 시작했습니다. 요란한 빛이 좀 더 하늘을 덮어야지, 땅도 좀 더 깊이 갈라지고, 소리는 왜 저리 일찍 그치고 마나, 저게 뭐야 요괴 치고는 너무 시시하게 죽는구만, 더 강하게, 더 자극적으로, 스토리든 장면이든 갈 때까지 양껏 밀어붙여주기를 원하고 있는 거였습니다. 아마 그때부터 본격적인 노화老化가 진행되기 시작한 것이 아닌지 모르겠습니다.

〈이누야샤〉를 모르시는 독자분도 계실 것 같아서 그것에 관해 간단히 소개합니다. 〈이누야샤〉는 다카하시 루미코가 창작한 만화와 이를 원작으로 하는 애니메이션입니다. 1996년부터 ≪주간 소년 선데이≫에 연재되었고, 2008년에 558화로 완결되었습니다. 제47회 소학관 만화상을 수상했습니다. 일반적인 탐색 영웅신화의 서사구조(숨겨진 보물찾기)에 현대 동화의 전형적 판타지 포맷 중 하나인 시간여행(시간의 문을 통과한 과거로의 여행)과 윤회적 인물설정을 가미하고, 무협적 요소인 각종 요괴 퇴치 서사(무자수행)를 나열한 전형적인 '야마토'식 무협·멜로 서사물입니다.

이누야샤의 성격을 보겠습니다. 그는 요괴와 인간 사이의 혼혈(초월적 인간)이며, '나쁜 남자'의 캐릭터를 일부 가지고 있으면서, 기본적으로는 '훈남(꽃미남)'이고, 능력 있는(불패의 무기 철쇄아의 소지자) '의리의 사나이'라는 걸 알 수 있습니다. 누구나 좋아할 수 있는 캐릭터입니다. 거기다가, 일본인들의 무의식, 혹은 신화적 심성이 좋아하는(숭배하는) '개'와의 혈연성도 가지고 있습니다. 일본인들에게는 기원을 알 수 없는 숭배 대상이 적지

않게 있는데, 그 중의 하나가 '코마이누(こまいぬ, 狛犬)'입니다. 사자 모양으로 된 개의 석상인데, 주로 신사神社 앞에 벽사辟邪를 위해 쌍으로 마주 보게 세워 놓습니다. 말하자면, 이누야샤는 코마이누의 현대적 부활인 셈입니다.

얼마 전 페이스북에서 '인지 잉여cognitive surplus'에 관한 연설을 하는 동영상을 본 적이 있습니다. 연사인 클레이 셔키Clay Shirky의 주장에 따르면 '인지 잉여', 즉 여러분의 사고능력spare brainpower을 통해 우리는 보다 더 낫고 협력적인 세상을 만들어 나가고 있다는 것입니다. 위키피디아를 편집하고, 우샤히디에 포스트를 올리며, 고양이 짤방을 만드느라 바쁘다는 것은, 그냥 노는 것이 아니라 세계를 변화시키는 일종의 '놀이 작업들'이라는 주장입니다. 그의 논리에 따르면, 우리가 만드는 도깨비 이야기도 결국은 그가 말하는 '인지 잉여'에 속하는 것입니다. '인지 잉여'를 허락하지 않는 세계에서는 창발적인 사유가 불가능합니다. 한 인간의 생애 주기에서도 마찬가지인 것 같습니다. 판타지가 서식하지 못하는 생의 공간은 늘 각박합니다. 그러니까, 넘치는 게 있고, 필요에 부응하지 않고 덧나 있는 게 있고, 이리저리 흔들릴 만큼 여유 공간이 있는 '삶의 잉여'가 없습니다. 저에게 '이누야샤'라는 그 개도깨비가 찾아온 것이 반가운 이유는 바로 거기에 있습니다. 그 '인지 잉여'가 그동안의 '각박했던 삶'을 밀어내고 좀 '노는 공간'을 내 생활에 설치해 주기를 기대하는 것입니다. 저도 이제 좀 놀멘놀멘 살아야겠다는.

묵은 흙을 털어내며

배양토를 사다가 분갈이를 했습니다. 그렇게 화분을 뒤집어 묵은 흙을 털어내는 일도 참 오래간만에 해 보는 일입니다. 3·4 년 동안은 화분 근처에 잘 가지 않았던 것 같습니다. 화분을 흔 들어서 뿌리를 다치지 않게 조심스럽게 흙을 털어냈습니다. 손 안에서 흘러내리는 흙들이 벌써 푸석푸석한 것이 힘이 없어 보 였습니다. 예전에는 봄이 올 때마다 매년 분을 갈아주던 때도 있었습니다만, 요즘 들어서 화분 개수가 대폭 줄어들면서 그 연 례행사에 눈에 띄게 줄어들었습니다. 화분이 적어지면 더 알뜰 하게 간수를 해야 하는데 오히려 더 게을러졌던 것입니다. 아마 그 일이 '중요한 일'의 목록에서 아예 누락되어서일 것입니다.

그동안의 무관심 속에서도 꿋꿋하게 버텨준 몇 남지 않은 군자란, 문주란들이 고맙다는 생각이 들었습니다.

　주기적으로 해야 될 일에 분갈이만 있는 것은 아닐 것입니다. 때로는 한 번씩, 자신을 포함해서 주변의 것들을 털어서 묵은 것들을 쏟아낼 필요가 있을 것 같습니다. 그렇게 한 번씩 '뒤집어 볼' 필요가 있을 것 같습니다. 그렇게 때때로 새 흙을 공급해야 될 때가 있는 것 같습니다. 그러면 그때마다 새것이 보입니다. 물건도 그렇고 생각도 그렇습니다. 겉으로는 무사하고 좋아 보이는데 뒤집어 보면 그렇지 않습니다. 멀쩡해 보였지만 허점투성이입니다. 생각하는 것이나 믿는 것도, 물건처럼, 박음질이나 마감이 제대로 안 된 것들이 많습니다. 그 반대도 물론 있습니다. 겉은 고만고만, 별것 아닌 듯했는데 뒤집어서 안을 보면 사람을 놀라게 하는 대물大物도 있습니다. 일전에 영화배우 차인표 씨가 TV에 나와서 그런 이치를 한번 보여준 적이 있습니다. 저는 그가, 자신들을 기다렸다가 반갑게 손을 내민 어린 인도 소년의 손을 잡는 순간 '확 뒤집어졌다'는 말을 할 때 크게 감동받았습니다. 구제하러 간 이들이 오히려 구제를 받고 왔다는 그의 말이 큰 울림을 선사했습니다. 그렇게 돈오頓悟하고 꾸준히 그 마음을 유지해 나가는 것이 중요할 거라는 생각도 했습니다. 어쨌든 전에는 '형편이 되니까 그런 봉사활동도 하는 거겠지'라고만 생각했는데 그게 그런 것이 아니었습니다. 저도 앞으로 크게 한 번 뒤집어져야겠다는 가르침을 톡톡히 얻었습니다.

문화도 마찬가지지 싶습니다. 한 번씩 갱신이 필요할 것 같습니다. 문화는 인간이 자신의 부족하고 '불안정 한 것'들을 보충·보완하기 위해서 만든 것입니다. 그대로 두면 '야만野蠻'에 머무를 것들을 문화를 통해 순화시킵니다. 그래서 인류 역사는 지금까지 야만과 문화의 투쟁으로 점철되어 왔다고 해도 과언이 아닙니다. 그런데 그 문화도 가끔씩은 과속過速을 범할 때도 있습니다. 아니면 반대로 그 의의가 몰각될 때가 있습니다. 그래서 그것의 재정의, 재정립이 요구될 때가 있습니다. 그럴 때 그것도 '뒤집어 보기'의 대상이 되는 것입니다. 아래 인용한 글(『게으름뱅이 정신분석』)도 그런 '뒤집어 보기'의 한 실례가 되는 것입니다. 저자는 그 책에서 '환상幻想'이라는 개념으로 인간 사회를 뒤집어 봅니다. 모든 집단적 신념이나 규범, 그리고 제도는 일종의 '환상 공유'의 결과라는 것입니다. 절대적 기준은 따로 없고, 오로지 공유된 환상(꿈은 이루어진다?)만이 제도와 규범을 만든다는 것입니다. 인간을 근본적으로 불완전, 불안정한 존재로 보는 관점이 재미있고, 그렇게 뒤집을 때 얻게 되는 소득도 만만찮다는 것도 보여주는, 일거양득의 글입니다.

좋은 글이지만 마냥 좋은 것만은 아닙니다. 이런 글의 단점은 물론, 단순화·단선화가 불러오는 논리의 맹목성입니다. 이 글에서도 그런 맹점이 발견됩니다. 인간의 행위 모든 것이 반드시 공동 환상과 사적 환상으로 대별되는 기원을 가지는 것은 아닙니다. 이를테면, 예술적 행위로 실현되는 예술가의 초자아는 항상 공동 환상의 범위를 넘어섭니다. 위인偉人들의 삶도 그렇습니다. 보통 위대한 공동 환상은 한 극단적인 사적 환상의 자기연장自己延長이나, 한 특수한 인간의 존재증명存在證明에서 비롯되는 경우가 많습니다. 모여서 하나가 되는 것이 아니라, 하나가 다른 모든 것을 끌어당기는 경우가 종종 있다는 것입니다. 이순신 장군 같은 이를 생각해 보면 쉽게 알 수 있는 일입니다. 전쟁 영웅이었지만, 모함을 견디면서 백의종군까지 불사하고, 선조로부터 면사장을 받고, 적당히 연명하는 삶을 추구할 수도 있었지만 위험을 무릅쓰고 적을 끝까지 쫓다가 결국 전쟁터에서 죽었습니다. 우리는 그가, 당시의 공동 환상에 충실한 것이었는지 아니면 자신의 사적 환상을 극한까지 밀고 나간 것이었는지 쉽사리 단정할 수가 없습니다. 안중근 의사도 마찬가지입니다. 그가 추구한 것은 위대한 공동 환상인 것은 분명하지만, 그때 그 장소에서는 그 누구도 그를 따라하지 못했습니다. 그를 비롯한 극소수의 사람들만 몸으로 구현했던 신념(이념)이었다면 그것은 오히려 사적 환상이라고밖에 말할 수 없는 것이 아닐까요? 그것이 한 인간의 삶을 완벽하게 규정하고 구속하는 단계나 수준을 도외시하고, 그저 허울뿐인 구호에 지나지 않는 것을 두고서, 공동 환상의 사적 환상 흡수 운운하는 것은 자칫하면 궤변으로 흐를 수도 있다는 생각입니다. 그러나 그런 위험성에도 불구하고, 이 책은 상당한 설득력을 가지고 우리를 되돌아보게 만듭니다. 원점으로 돌아가서, 인간은 무엇으로 사는가? 왜 환상이 필요한가? 그런 물음을 다시 한 번 스스로에게 던지게 만듭니다.

그러나 어쨌든 간에, 인간집단은 불안정하다. 집단은 무한히 확대를 계속해갈 수는 없는 것이고, 그것을 지탱하는 공동환상(共同幻想)은 결코 개개인의 사적환상(私的幻想)을 완전히 흡수할 수는 없다. 개개인에게 나누어진 공동환상은 초자아 및 자아가 되고, 공동화되지 않고 남은 사적환상은 이드를 구성한다. 이 이드가 공동환상에 기초하는 집단의 통일성을 내부로부터 위태롭게 하는 중대한 요인이 된다.

정신병자는 그 사적환상의 태반을 공동화할 수 없었던 사람이다. 그는 자신이 사는 사회의 공동환상을 일단은 외면적으로 수용할 수 있을지 모르지만, 그것은 그 자신의 사적환상과 아무런 내면적 관계도 없는 것으로, 그는 그곳에 자신의 사적환상의 공동화를 볼 수가 없다. 그의 사적환상은 그 자신 홀로의 자폐적 세계 속에서 증식하여, 일단은 적응하고 있는 허위의 외면을 끝내는 꿰뚫고 튀어나온다. 곁에서 보면, 그것이 곧 발광이다. 발광은, 어느 의미에서는, 사적환상의 실패한 공동화의 시도라고 말할 수 있다. 그의 사적환상이 망상으로 불리는 것은, 그 밖의 어느 누구 하나도 그곳에 한 조각의 공동성도 보지 않았기 때문이다.

크게 보면, 인류의 문화 자체가 그 구석구석까지 환상으로 지탱되어 있다. 개인이란 것은 갖가지 사적환상을 갖는 존재로 이해될 수 있다. 그러나, 그 사적환상이 모두 사적인 것으로 멈추어 있는 한, 타자와의 관계는 있을 수가 없다. 최소한 두 사람 사이의 관계가 성립할 수 있으려면, 두 사람 각자의 사적환상을 부분적으로나마 흡수해서 공동화할 수 있는 공동환상이 있어야 한다. 그 공동환상에 두 사람이 각자 그 사적환상의 연장을 보고 그 사적환상을 종속시킬 때 비로소 두 사람 사이에 관계가 성립하는 것이다. 금전의 가치를 예로 들어보자. 그 가치는 같은 환상을 공유하는 사람에게밖에는 통용되지 않는다. 이 환상을 공유하지 않는 사람(유아나 미개인)에게 그것은 전혀 무용지물이 된다.

그러므로, 모든 사회적 문제는 공동환상으로 귀결된다. 인류 집단의 안정과 동요, 발전과 퇴보는 문제적 개인들의 사적환상이 어떤 방식으로 공동화되는가, 혹은 그것이 어떤 방식으로 성공하고 실패하는가에 달려 있는 것이다.

▶▶▶ 기시다 슈, 우주형 옮김, 『게으름뱅이 정신분석』, 김은샘, 2006 중에서

이를테면, 우리가 공유할 공동 환상을 다수결로 정하는 절차가 선거제도일 것입니다. 그 선택은 그러므로 우리의 사적 환상들을 한군데로 귀속시키는 자기 규제적 행위입니다. 그만큼 신중하고 단호해야 하는 실천적 행위입니다. 이때 선택의 기준이 되어야 할 것은 선거에 나서는 '문제적 개인'들이 보여준 '사적 환상의 공동 환상화 과정'일 것입니다. 스스로 한 극대치를 보여준 인물의 것이 아니라면 우리는 누구의 '환상'도 믿어서는 안 됩니다. 그러나 안타깝게도 잘못된 사이비 공동환상(지역감정 등)으로 인해 그들의 '극대치 환상'이 제대로 대접받지 못하는 경우도 허다합니다. 거의 정신병 수준인 공고한 지역색에 밀려 그것 이외에는 어느 것도 인정받는 '공동 환상'의 자리를 선점하지 못하는 것입니다. 메아리 없는 공허한 발언이 될지언정 저도 한

마디 해야 되겠습니다. 얼치기 지역감정에 호소하거나 아니면 뜨내기 발전 공약이나 내거는 자들의 위장된 '공동 환상'을 믿는 것은 자해행위입니다. 그것은 문화의 혜택을 입지 못한 야만野蠻의 행위입니다. 혹시 이 글을 읽으시는 분 중에, '나는 이 지역 출신이기 때문에, 나는 이 지역의 오피니언 리더이기 때문에, 나는 이 지역의 가진 자에 속하기 때문에, 당연히 어느 당 후보를 찍어야 된다'라고 생각하고 계시는 분이 있다면 한 번 스스로를 꼭 뒤집어 보시기를 권합니다.

너무 화분갈이에 무심했습니다. 화분 속의 묵은 흙을 한 번 털어내십시오. 썩은 뿌리가 있으면 잘라내십시오. 그리고 군자란이든 문주란이든, 무관심을 견디며 꿋꿋하게 버텨 온 푸른 잎들을 한번 봐주십시오. 사람을 보십시오. 사람은 다 똑같지 않습니다. 야만에서 벗어나십시오. 그리고 구제받으십시오. 위의 인용문에서 밝히고 있는 것처럼, 우리 민족 집단의 안정과 동요, 발전과 퇴보는 결국 그 문제적 개인들의 사적환상이 어떤 방식으로 공동화되는가, 혹은 그것이 어떤 방식으로 성공하고 실패하는가에 달려 있습니다. 우리 후손들의 삶은 결국 오늘의 우리 선택이 만들어내는 것입니다.

마녀는 인간을 돼지로 바꾸고

키르케의 마법이라는 게 있습니다. 마녀는 인간을 돼지로 바꿉니다. 마법에 걸린 자들에게는, 몸은 돼지지만 정신은 아직 인간의 것이기에 고통이 뒤따릅니다. 분열은 항상 고통을 수반합니다. 분열의 고통을 피하기 위해 자신이 인간이었다는 사실을 하루라도 빨리 잊어야 합니다. 마법은 그것을 강요합니다. 스스로 자기 자신을 잊는 것보다 더 강력한 마법이 없기에 마녀 키르케는 그렇게 인간을 길들입니다. 키르케와 인간의 싸움은 기억의 고통과 망각의 즐거움 사이, 그 분열의 틈새에서 출발합니다. 그녀의 마법에 대항하는 인간의 의지는 분열(나는 내가 아니다), 인지(나는 마법에 걸려 있다), 극복(나는 인간이 되어야 한다)이라는 세 가지 갈등의 계기로 이루어져 있습니다. 오직 '기억'만이 인간을 돼지에서 다시 인간으로 만들어낼 수 있습니다. 그러나 비동일성의 고통을 '망각의 즐거움'으로 무마(무화)하지 않고 구제와 해방의 순간을 위해 끝까지 기억을 유지하려는 의지는 감당하기 어려운 내적분열을 수반합니다.

그런 의미에서, 오늘날 우리가 현실의 마법에 대항해서 '인간답게 산다'는 것은 신화적 영웅들의 '귀향의 서사'로 읽힙니다. 돌아갈 존재의 집은 기억의 고통을 수반합니다. 현실은 항상 망각의 방식으로 자신을 용인하라고 강요합니다. 그것은 유혹입니다. 현실은 자신의 제물이 순순히 그에게 발생한 변화를 받아들이고 그것을 그의 새로운 현실로 인정하며 그 현실에 맞는 새로운 언어를 얻기 위해 망각의 시학을 개발하도록 강요합니다. 그리하여 마법임을 부정(몰각)하고 현실 자신을 유혹하도록 강요합니다. 현실을 유혹하기, 그것이 그의 희망이 되도록 유혹하는 것입니다. 그러나 '인간답게 살기'는 그 유혹을 거부합니다. 현실은 '마녀魔女'이고, 마녀를 유혹하면서 일생을 망각의 즐거움 속에서 지내는 것은 돼지의 삶입니다. 지금까지의 글 내용은, '키르케의 마법'을 원용하여 '후기 산업사회의 시적 대응'을 '망각의 시학'과 '기억의 시학'으로 나누어 설명하고 경계하는 한 글(도정일, 「망각의 시학, 기억의 시학」, 『시인은 숲으로 가지 못한다』)에서 원용援用한 것입니다. 짐작하셨겠지만, 우리 사회의 고질병인, 작금의 잘못된 지역색, 잘못된 지역감정, 잘못된 안보관, 잘못된 정치의식을 빗대어 말하기 위해 빌려온 것입니다.

'키르케의 마법' 말고도 우리 사회가 당면하고 있는 심각한 도착적 현상이 또 있습니다. 소위 지역감정과 연관된 '피해자 증후군'의 남발(?) 현상입니다.

'나는 과거에 상처를 입었기 때문에 지금 이럴 수밖에 없어. 그러니까 너는 나를 이해하고 내가 원하는 걸 들어주어야 해.'

이런 심리를 '피해자 증후군'이라고 한다. 왜 현대의 많은 사람이 피해자 증후군을 가지게 된 것일까? 그것을 단적으로 표현해 주는 말이 있다. 어느 개그 프로그램에서 유행하던 말.

"욕망에 충실해!"

예전에는 욕망이란 단어를 말하는 것만으로도 낯이 붉어지곤 했다. 그러나 현대 사회로 들어서면서 욕망은 더 이상 숨기거나 부끄러워해야 할 것이 아니라, 떳떳하게 드러내고 적극적으로 찾아 나서서 충족시켜야 할 것으로 인식되고 있다. 게다가 욕망을 드러내놓고 추구하는 사람이 오히려 솔직하고 능력있는 사람으로 묘사된다.

이러한 변화는 점점 더 심해지는 심리학 이론의 무분별한 적용과 확산에서 그 이유를 찾을 수 있다. 특히 요즘 들어 소설과 에세이들이 심리학 이론을 피상적으로 차용, 자신의 내면을 고백하면서 심리 치료에 대한 오해가 많이 생겨났다.

그 가운데 하나가 바로 '감정의 자유로운 표현이 정신 건강에 필수적이다'라는 믿음이다. '화가 날 때는 화를 내라', '절대로 자신의 감정을 숨기지 마라' 등의 지침들이 이런저런 심리서에 등장하고, 자신의 감정을 솔직하게 표현하는 것이 지극히 건강한 것처럼 설파

되고 있다.

그러나 정신분석에서 말하는 '이드(id)가 있던 곳에 자아(ego)를'이란 말은 본능적 욕구나 감정을 자신에게 숨기지 말라는 뜻이지 그것을 모두 밖으로 표현하라는 의미는 아니다. 만일 우리가 내부의 욕망이나 감정을 거르지 않고 그대로 다 표현하면 모두 끔찍한 괴물이 되고 말 것이다. 그러므로 "난 이럴 수밖에 없어"라고 말하며 "너는 내가 원하는 걸 모두 들어주어야 해"라고 하는 것은 폭력이나 다름없다.

▶▶▶ 김혜남, 『서른살이 심리학에게 묻다』 중에서

'피해자 증후군'은 보통 개인적인 트라우마를 그 배경으로 가지고 있습니다. 각양각색입니다. 상처 받은 과거가 사람마다 각각 다르기 때문입니다. 그것을 가진 사람들은 일반적으로 '당당'합니다. 비뚤어진 보상의식이 그렇게 나타납니다. 자신의 악행을 상대방에게 죄의식 없이 강요합니다. 그 당당함 속에는 때로는 특권의식까지 자리잡습니다. 누구나 피해자라는 생각에 빠지면 자신을 매우 특별한 존재라고 인식하게 된다는 겁니다. 말하자면 '너희 따위가 이런 고통을 알아?'라고 생각하면서, 자신의 고통을 과대 포장해서 상대방의 고통에 대한 몰각을 합리화합니다. 자신도 모르는 사이에 고통스러운 상황을 연출하면서 그것을 견디는 것을 오히려 낙으로 삼는 경우까지 생깁니다. 그야말로 도착倒錯의 삶이 이루어지는 것입니다.

그런 '피해자 증후군'이 점차 늘어나고 있는 것이 현재 우리 사회의 당면한 문제입니다. 후기 산업화 시대의 인간 소외 현상이 그런 식으로 도착적 인격을 조장해 내고 있는 것으로 여겨집니다. 그러나 더 큰 문제는 '피해자 증후군'의 일반적인 속성이 한 지역의 불특정 다수에게 하나의 '집단 심리현상'으로 고착화되고 있다는 것입니다. 실제로는 '상처'가 없으면서도 일종의 '위장 전환'이 일어나고 있다는 것입니다. 선거철을 맞이할 때마다 특정 지역을 중심으로 위의 인용문에 등장하는 것처럼, "난 이럴 수밖에 없어. 너는 내가 원하는 걸 모두 들어주어야 해. 나도 과거에 너희들에게 받은 상처가 있어"라는 일종의 폭력적 사고가 범람하고 있습니다. 상처를 준 쪽이면서도 도리어 상처를 입고 있다고 생각합니다. 자신의 불안(트라우마)을 엉뚱한 대상에게 투사합니다. 그런 심리와 행동이 집단화되면서 모두 '당당'해지고 있습니다. 그러면서 도착적인 '특권의식'까지 동반한 그 도착적 심리상태의 노예를 자청하고 있습니다. 큰일입니다. 이 이상 증세가 망국병으로 도지는 것은 시간문제라 생각됩니다.

'키르케의 마법'과 '피해자 증후군'의 유혹에 저항하는 방법은 오로지 하나뿐입니다. 분열의 고통을 감수하면서 '인간이었던 기억'을 끝까지 고수하는 길밖에 없습니다.

놀 때는 놀아야

놀 때는 좀 놀아야 됩니다. 한번 살아 보니 그렇다는 걸 알겠습니다. 맹꽁하니 공부만 하던 친구들은 지금도 사는 게 다 고만고만합니다. 돈을 크게 번 것도 아니고, 크게 권세를 가진 것도 아니고, 크게 존경받는 삶을 살고 있는 것도 아닙니다. 고작 한다는 게, 고만고만한 정치가나 관료나 법조인이나 의사나 학자나 회사원 정돕니다. 크게 돈을 번 거상이나 유명한 저술가나 등반가나 전문여행가나 예술가나 스포츠인이나 배우나 가수는 아예 없습니다. 파리 목숨 회사 임원이나 푼돈께나 만지는 의사나 변호사, 공천장 하나에 목숨을 거는 정치인, 그런 정치인 눈치나 보는 관료, 무력하게 소시민을 자처하는 교수, 그리고 무취미의 자영업자로 살고 있는 사람이 태반입니다. 자기 우물에서는 모두 목청껏 개굴거리지만 결국 바깥세상은 한 치도 모르는 우물 안 개구리 신세를 면치 못하고 있습니다. 모두들 평생 자기가 가지고 싶어 했던 것들로는 별로 할 것이 없다는 것을 절감하며 아등바등 살고 있습니다. 돈이든 명예든 권세든, 밖에 있는 것들은 다 한계가 있습니다. 그런 걸 보면 젊어서의 탐욕과 경쟁이라는 것은 오직 그때뿐입니다(일장춘몽?). 젊어서는 돈이나 명예나 권세에서 뒤로 밀린 입장이었지만, 놀 때는 놀면서 좋아하는 자기 일에 몰입할 수 있었던, 돈이나 명예나 권세를 거치지 않고 직접적으로 자신의 삶을 만족시키는 일을 일찍부터 찾아내었던 친구들이 지금은 훨씬 보기가 좋습니다. 그게 결국은 성공한 인생인 것 같습니다. 그런 걸 보면, 놀 때는 좀 놀아야 되는 게 인생인 것이 맞는 것 같습니다.

노는 일에 대해서 좀 관대해지자는 말씀을 드리려고 우정 좀 과장된 이야기로 시작했습니다. 얼마 전에, 외국에 나가 있는 가까운 친구의 딸내미가 '평생 좋아하는 일을 하면서 살고 싶다'라고 말한 것이 부모들 사이에서 화제가 된 적이 있었습니다. 별 이야기가 아니었습니다. 노는 일과 돈 버는 일을 하나로 만들겠다는 거였습니다. 일하면서 스트레스 받는 일은 없도록 하겠다는 겁니다. 그런데 부모들은 이구동성으로 그 친구네를 위로했습니다. 앞으로 돈을 얼마나 갖다 쓰려는지 모르겠다며 친구는 울상을 지었습니다.

최근 우리 사회에 '놀멘놀멘' 하는 것들이 많이 늘었습니다.

여기저기서 잘 놉니다. 어느덧 하나의 '문화'가 되어 가는 것 같습니다. 심각한 것들을 비웃으며, 그저 흔들리며, 우정 건들거리며, 그렇게 '노는' 자들이 세상을 바꾸는 견인차 노릇을 하고 있다는 느낌이 듭니다. 저도 학창 시절 걷는 폼이 건들거린다고 욕깨나 먹은 사람입니다. 그런 걸음걸이로 고등학교, 대학교 때 학생회장을 하며 지도교사, 지도교수로부터 "좀 똑바로 걸어라"라는 질책을 수도 없이 받았으니까요. 얼마 전까지만 해도 주로 남정네들만 건들거렸는데, 요즘은 남녀 없이 건들거리는 것 같습니다. 그게 보기가 좋으면 이미 세상이 바뀐 거겠지요. 참고로 '놀이'의 사회사적 의의에 대해서 요약하고 있는 글을 소개합니다.

우리가 과거의 낡아빠지고 침몰하는 제도들에 대한 충성을 고집한다면, 우리는 분명 그 배와 함께 가라앉게 될 것이다. 한편 이 격동기를 상이한 문화 간의 문화적 친밀성이 증대되는 가운데 나타나는 자연적인 단계로 이해하게 된다면 어떤 순간에도 느껴보지 못했던 엄청난 즐거움을 맛볼 수 있을 것이다. 우리는 생활 속에 새로이 침입해 들어오는 것들을, 멋있는 남자가 매혹적인 손짓을 할 때 십대 소녀들이 느끼는 두근거림으로 받아들일 수 있어야 한다. 우리는 침공 받고 있는 것이 아니다. 옆에서 누군가 슬쩍 찌르고 있을 뿐이다.

위기에 처한 모든 사회에서 아이들은 언제나 가장 먼저 최악의 위협을 기본적인 놀이 형태로 통합해 낸다. 흑사병이 유럽을 휩쓸었을 때 아이들은 「빙빙 돌아가는 로지*Ring Around the Rosie*」라는 노래를 부르면서, 거리를 메운 홍반의 사람들, 악취 위장용 '꽃다발', 화장되는 시체 더미들을 의례화했다. '잿더미, 잿더미'라는 단순한 후렴구가 나오고 '우리 모두 쓰러지네'라는 솔직하고 직설적인 표현으로 노래는 끝난다.

▶ ▶ ▶ 더글러스 러시코프, 김성기·김수정 옮김,
『카오스의 아이들』, 민음사, 1997 중에서

젊어서는 노는 것이 즐겁습니다. 놀이가 좋고 친구가 좋습니다. 그래서 그때는 누구나 노동과 놀이가 하나 되기를 원합니다. 친구가 없으면 내일이라도 지구가 멸망할 것 같습니다. 그렇게 생각하지 않는 사람이 좀 모자라는 사람이지요. 그때는 그렇게 생각하지 않는 아이들이 둔하고 의존적인 아이들입니다. 우리 때는 그런 아이들이 많았습니다. 혼자서 책만 파는 아이들이 많았습니다. 그러나 요즘은 많이 달라졌더군요. 삶을 즐기려는 욕구가 아주 강해졌습니다. 형편도 많이 나아졌구요. 직업에서 삶의 쾌를 찾지 못하면 기계와 다를 바 없다고 여깁니다. 그런 관점에서 직장을 여러 번 옮기는 친구들도 흔합니다. 물론 현실이 그렇게 녹녹하지 않다는 걸 모르는 것은 아닙니다. 겉보기에 놀면서, 혹은 일을 즐기면서, 돈을 거저 버는 것 같아도 사실은 99%의 피와 땀이 그 뒤에 있다는 걸 모르는 이는 없을 겁니다. 그러나 난관이 있다고 지레 포기해 버리면, 그래서 새로운 것들을 만들어내려는 노력이 없다면, 세상은 조금도 나아지지 않습니다. 구태의연한 것들의 세상으로 그냥 남습니다. 그래서 '평생을 좋아하는 일을 하면서 살고 싶다'라는 아이들의 바람을 좀 더 격려해야 한다고 생각합니다. 아이들이 그런 꿈을 버리면 세상은 더 이상 바뀌지 않습니다. '좋아하는 일을 하면서 사는 삶'이라는 우리의 염원이 이 땅 위에 실현될 수 있는 날이 그만큼 멀어집니다. '좋아하는 일을 하면서 사는 삶' 자체가 나쁜 것은 절대 아닙니다. 할 수만 있으면 그런 삶을 만들어나가는 것이 바람직합니다. 굳센 의지로, 온갖 어려움을 극복하고, 일을 '놀이'로 만드는 데 성공하는 사람들이 많이 나와야 합니다. 세상은 결국 그 안에서 사는 인간들이 만들어내는 것입니다. 일에서 삶의 보람을 찾는 것을 이제는 '직접적 관계'로 파악해야 합니다. 일 그 자체가 보람 있는 것이 되어야 한다는 것입니다. 돈이나 권력이나 명예를 매개로 한 '간접적 관계' 속에서 일의 보람을 찾아서는 안 됩니다. 그건 과거의 유물입니다. 변탭니다. 이미 그런 시대는 지나갔습니다. 놀이와 일이 하나가 되는 삶을 더 이상 경원시해서는 안 됩니다.

사족 한 마디. '노는 사람'이 하는 일이 놀입니다. 놀이라는 게 따로 있는 게 아닙니다. 연장이 무기가 되듯이, 무슨 일이든 즐기면 놀이가 됩니다. 일에서 스트레스를 받지 않고, 무슨 일이든 갖고 놀면 놀이가 됩니다. 어떤 직업도, 대통령직도, '갖고 놀면' 놀이가 됩니다. 그러면 즐거운 세상이 옵니다.

프로메테우스, 야장신, 해커

요즘 들어 '해킹', '해커'란 말을 자주 듣습니다. 모르긴 해도 가히 해커 전성시대인 것 같습니다. 자신의 뛰어난 컴퓨터 실력을 이용해 타인의 컴퓨터에 불법으로 침입해 자료를 훔치거나 파괴하는 사람을 가리켜 해커라고 한답니다. 도둑놈이라는 겁니다. 그러나 본디 해커hacker란 말은 1950년대 말에 미국 매사추세츠공과대학MIT에서 나온 은어입니다. '한군데 집중해서 파고 드는 행위'를 뜻하는 '해크hack'란 말에 사람을 나타내는 '-er'이 붙어 만들어졌습니다. 그럴 때 '해커'는 작업과정 자체에서 느껴지는 순수한 즐거움을 탐닉하는 것 외에는 그 어떤 목적에도 관심을 갖지 않는 컴퓨터 전문가를 지칭하는 말이 됩니다. 따라서 일부에서는 순수한 동기를 가진 해커와 구별하기 위해 '대커 dacker' 또는 '크래커cracker'라는 호칭을 따로 만들어 해커라는 말 대신 사용하기도 합니다(Daum 사전 참조).

저만의 생각인지는 잘 모르겠습니다. 해커에 대한 세인들의 감정이 어딘가 이중적, 혹은 이율배반적인 뉘앙스를 띠고 있는 것 같아 재미있습니다. 악인이라도 그 재주가 남달리 뛰어난 경우에는 뭇사람들의 동경과 연민의 대상이 된다는 것 같아서 짠한 면도 있습니다. '인간의 한계'를 뛰어넘는 것에 대해서는, 선악을 초월해서, 일종의 존중감을 나타내는 것이 '인간에 대한 예의'라 할 것입니다. 그리고 또 있습니다. 무언가 그 배면背面에 감추고 있는 것이 또 하나 있는 것 같습니다. '대도大盜 대망론'이라고나 할까요? 옛날부터 큰도둑은, 홍길동처럼, 서민들에게는 늘 '대리보상'의 쾌를 제공해 주는 존재였습니다. 그래서 백성들은 대도들에게 언제나 관대합니다. 자신들에게는 더 이상 '뺏길 것'이 없기 때문이지요. 대도들의 도둑질은 음으로든 양으로든 만인에게 도움을 주는 '보시'가 될 것이라는 기대가 은연중에 퍼져 있습니다. 대도에게는 그런 의미에서 인간에게 신의 불을 훔쳐다 준 프로메테우스의 이미지가 덧씌워집니다. 그러므로 뛰어난 기술을 가진 자에 대한 존중감과 '의적義賊'에 대한 기대감이 '해커'라는 신종 직업군에 대해서 우리 서민들이 가지고 있는 느낌의 핵심이라고 해도 과언은 아닐 것입니다. 의식, 무의식 차원에서의 동경과 연민의 정, 아무튼 그런 것들이 해커들에 대한 대중적인 정서 반응의 한 내포를 이루고 있는 것만은 분명한 것 같습니다. '해커'는 시대의 총아임에 분명합니다.

그것 말고도 또 하나, 엉뚱한 상상이 떠오릅니다. 혹시 해커에게 고대의 야장신冶匠神 이미지가 투영된 것은 아닐까? 그런 밑도 끝도 없는 생각이 듭니다. 지금은 해커지만, 고대古代에는 야장冶匠이 하이테크를 관장하던 시대의 총아였습니다. 대단한 사회적 비중을 가지고 있었고, 그것에 걸맞은 대우의 대상이 되었습니다. 불을 다룰 줄 알고, 그것으로 쇠를 녹이고 두드려 창칼도 만들고 농기구도 만들었으니 당대의 최고 크리에이티브 테크니션 대접을 받았을 것입니다. 당연히 그들의 역할과 소임이 나랏일 전반에 걸치는 것이었을 개연성도 높습니다. 좋은 야장이 있어야 좋은 무기와 농기구를 만들 수 있는 것이니 그들이 곧 국방國防과 식량食糧을 책임지는 최고의 실무자 계급, 테크노크라트가 될 수밖에 없는 일이었습니다. 초기 고대古代 무력집단들은 모두 이 야장冶匠 집단을 기반으로 성립했습니다.

그래서 그런지, 이들 야장들을 신격화하는 이야기(야장신 설화)가 고래로 많이 전합니다. 그들의 사회적 신분이 한갓 기능공(대장장이)으로 전락한 뒤에도, 불을 다루는 기술을 신이 내린 것으로 간주하는 의식은 면면히 계승됩니다. 야장에서 '야장신冶匠神'이 분리되는 것은 후대에 내려와서입니다. 신비주의적인 측면이 따로 독립을 합니다. 도교道教의 연단술鍊丹術이 그 대표적인 것입니다. 불의 운용이 불사의 묘약을 만드는 신비한 과정으로 치부됩니다. 거기서 한 걸음 더 나아가면 입화자소入火自燒가 나옵니다. 능히 불 속에 자신을 넣어 신선이 된다는 경집니다. 불의 운용을 통해 인간 실존의 한계를 뛰어넘어 보겠다는 신화적 발상이지요. '불'에 대한 인식이 형이상학적인 분화의 과정을 밟고 있다는 증좌일 것입니다. 야장신의 역할을 정치, 경제, 사회, 문화 제 방면으로 확장시켜, 그들의 '갱신을 부르는 능력'을 최대한 활용하려는 집단무의식이 대중들에게 뿌리를 내리기 시작하는 것도 아마 그때부터일 것입니다.

과학의 발달과 기계화, 산업화의 물결 속에서 야장들의 신화적 이미지는 과학과 예술, 그리고 정치와 엔터테인먼트 등으로 그 가지를 나누어 계승됩니다. 실생활과 관련된 변화의 욕구는 그대로 과학자들에게로 전승되지요. 그들은 우리의 삶을 개선시킬 수 있는 크리에이티브 테크니션으로서 '불의 운용자' 이미지를 그대로 승계합니다. 레이저든 전기든 전파든 핵이든, 우리의 삶을 송두리째 뽑아가기도 하고, 또 생각지도 못했던 긍정적인 변화를 만들어내는 것들 역시 다른 형태의 '불'이기 때문입니다. 여전히 그들은 '불의 마법사'입니다. 야장신이 현재에 임하는 엄연한 존재방식입니다. 한편, 불을 다루는 신이神異의 능력이 예술 쪽으로 분화되어 그 명맥을 잇는 것 중 대표적인 것이 도공陶工들의 작업입니다. 문학이나 음악, 회화 등에서는 상징적인 차원에서 그 명맥을 잇지만 도예는 '실재하는 불'의 예술입니다. 실제로 불을 다루지 못하면 도예가가 될 수 없습니다. 유리 공예나 철물을 이용한 조소, 주물작업도 마찬가지입니다. 그러나 그 중의 백미는 역시 도예입니다. 영화 〈취화선醉畵仙〉에서 오원 장승업이 자신의 생生을 마지막 작품이 생성되고 있는 불구덩이 속으로 스스로를 집어넣는 것[入火自燒]으로 마감하는 장면이 나오는데, 그 장면은 전형적인 '입화자소'의 모티프를 형상화 할 것이라 할 수 있습니다. 얼마 전에 가야산에서 터를 잡고 그릇을 굽는 한 젊은 도공의 집을 방문할 기회가 있었는데, 그의 말로는, 나무 하는 일이 자신의 일과 중 가장 큰 비중을 차지한다는 거였습니다. '불'의 운용이 그만큼 중요하다는 말로 들렸습니다. 그에게서 은근히 야장신의 후예다운 풍모가 엿보였습니다.

정치에도 '해커'의 시대가 온 것 같습니다. 기존의 정치 판도가 뛰어난 '해커'들 한두 사람에 의해 완전히 초토화, 종전의 구태를 벗고 새 모습을 갖추기를 강요받는 상황이 곧 올 것 같습니다. 기득권 세력은 설마, 설마, 하며 우왕좌왕하고 있습니다만, 분명한, 전환기의 한 징후로 읽힙니다. 프로메테우스의 불, 야장신의 입화자소는 언제나 새 시대를 열었습니다. 그들 '해커'들은 반드시 '시대의 요구'에 부응해서 등장합니다. 그들의 등장이 이미 '변화'의 시단이라는 뜻입니다.

사족 한 마디. 과학이든 정치든, 우리 시대의 '야장신'은 단연 '해커'입니다. 그들 '해커'들의 사회적 기능은 날로 그 영역을 확장해 가고 있습니다. 그들은 신의 독점물인 '불'을 훔쳐와서 인간에게 새로운 삶을 선사합니다. 다만, 불의 마법사, 당대의 정통파 크리에이티브 테크니션이 되기를 마다하고 최고 수준의 우수한 인재들이 돈벌이가 잘 되는 곳, 이를테면 의대나 법대(로스쿨)로 몰리는 현상이 빚어지고 있는 것은 걱정스런 일입니다. 저 말고도 걱정하는 분들이 많이 계십니다. 2급수면 충분할 곳에 1급수가 몰린다고 걱정이 태산입니다. 그러나 넘치면 흘러나오는 것이 또 물입니다. 사회가 요구하는 진정한 인재들은 '직업'의 제약 안에서만 머무르지 않습니다. 그들 '야장신'들은 시대의 요구에 반드시 응답합니다. 역사가 그것을 증명합니다. '야장신'은 시대가 만드는 것이기 때문에 직업 따위로 그들의 갈 길을 막을 수는 없습니다. 이미 우리 사회는 그런 '흘러넘침'의 현상들을 보여주고 있습니다. 조만간 정치, 경제, 사회, 문화의 제 방면에서 그들 타 영역에서 흘러넘친 '야장신'들의 눈부신 활약들이 대두될 것으로 예상됩니다. 우리 시대의 야장신, 그 희대의 해커hacker들, 그들의 입화자소入火自燒가 어떤 그림을 그려낼지 사뭇 기대가 큽니다.

고단수(高段數) 콤플렉스

옛날이야기를 읽다 보면 재미난 이야기 공식 하나를 발견합니다. 주인공의 어리숙하고 순진하고 무모한 행동이 훗날 그 진가를 톡톡히 인정받는다는 겁니다. '반전의 미학'이라지만 좀 어설플 때도 있습니다. 일종의 '우격다짐 식' 인과응보나 판에 박힌 권선징악을 자주 대하게 됩니다. 현실에서는 말도 안 되는 소리들이지만 이야기 속에서는 당당하게 행세합니다. 우리에게 익숙한 「춘향전」이나 「심청전」이나 「흥부전」의 스토리가 모두 그렇습니다. 그들 주인공의 비현실적인 현실 대응은 항상 되로 주고 말로 받는 형국입니다. 조금 주고 많이 받습니다. 그들의 '비난받을 만한(우려될 만한) 모험이나 선행이나 도덕들'은 잠깐 동안의 고초를 부르지만 결과적으로는 평생 부귀영화를 누리게 하는 '인생의 승부수'가 됩니다. 그러니 그들 '어리숙하고 순진한 주인공'들은 결과적으로 인생의 고단수高段數였습니다.

물론, 현실에서 그런 어처구니 없는(?) 고단수의 활약을 보는 일은 참 어려운 일입니다. 현실에서라면 당연히 그들 고단수들이 '죽어봐야 압니다.' 그들의 살아생전에는 그들을 몰라봅니다. 그래서 그런 고단수들의 이야기는 항상 이야기 속에서나 확인됩니다. 본디 이야기라는 게 그런 것이긴 합니다. 우리는 현실에서 잃은 것을 이야기 속에서 보상받아야 한다고 여깁니다. '고단수 이야기'가 이야기의 본령인 셈입니다. 그러니, 그런 이야기의 출신성분(?)을 무시하고, 이야기 속에다 현실을 현실에 방불하게 적극적으로 담아내라고 강요하는 것은 결과적으로는 '저단수' 이야기를 만들라는 강요가 될 공산이 큰 것입니다. 그런 주장이 저 같은 '보신주의補身主義 책상물림 먹물파들의 전유물이 아니냐'라고 반문하실지도 모르겠습니다. 그러나 그건 그렇지 않습니다. 다음에 소개하는 서양 민담의 고단수 스토리텔링을 보시면 충분히 제 말에 동의하실 것입니다.

가장 고단수의 술책을 보여주는 「악마와 대장장이」(이야기 유형 330)를 마지막으로 고려해보자. 한 대장장이가 "개나 다름없이 종교를 믿지 않지만" 문 앞에서 두드리는 모든 거지들에게 음식과 잠자리를 제공하지 않고는 견디질 못한다. 곧 그 자신도 구걸을 할 지경에 이르지만 그는 대장간에 되돌아가 7년간 곤궁에서 벗어나 살게 한다는 조건으로 영혼을 악마에게 팔아서 구걸은 모면한다. 그가 부주의한 적선이라는 옛 습관을 회복한 뒤에 예수와 성베드로가 거지로 변장하여 그를 방문한다. 대장장이는 그들에게 훌륭한 식사와 깨끗한 옷과 정결한 잠자리를 제공한다. 보답으로 예수는 그에게 세 가지 소원을 들어주겠다고 약속한다. 성베드로는 그에게 낙원을 소원하라고 충고하지만 그 대신 그는 비교훈적인 것을 소원하며 그것은 이야기의 다른 판본마다 다르게 나타난다. 즉 좋은 식사(바꾸어 말하면 빵, 소시지, 충분한 포도주라는 평상적인 식사)를 할 수 있게 해 달라. 그가 언제나 이기는 카드를 달라. 그의 바이올린이 모든 사람을 춤추게 만들어달라. 그의 가방에는 그가 원하는 것이 들어가게 해달라. 그리고 대부분의 판본에 나타나는 것으로서 그의 벤치에 앉는 사람은 거기에 붙어 있게 해달라는 소원이다. 7년이 끝나갈 때 악마의 심부름꾼이 대장장이를 데려가려 할 때 그는 평상시처럼 환대하고는 그가 벤치에 붙어 떨어지지 않도록 만들어 7년을 더 연장받는다. 그 7년이 다시 지나 두 번째의 악마의 사자가 오자 그는 그 심부름꾼을 가방 속에 들어가게 해 달라고 소원하고는 또 다시 7년을 얻을 때까지 그를 모루 위에 올려놓고 두드린다. 마지막으로 그는 지옥에 가기에 동의하는데 겁에 질린 악마가 그를 받아들이기를 거부하거나, 혹은 판본에 따라서는 악마와의 카드놀이에서 이겨 지옥을 벗어난다. 악마와의 도박에서 이겨 얻어낸 저주받은 영혼의 무리를 이끌고 그는 천국의 문턱에 도달한다. 성베드로는 그가 불경죄를 범했다 하여 그를 받아들이지 않으려 한다. 그러나 대장장이는 바이올린을 꺼내 성베드로가 누그러질 때까지 춤을 추게 하거나 판본에 따라서는 가방을 천국의 대문 위로 던져넣고는 그 자신이 가방 속에 들어가게 해달라고 소원한다. 그런 뒤에 어떤 판본에서 그는 천사들과 카드놀이를 하여 불 옆의 장소로, 의자위의 자리로, 그리고 마침내는 성부와 근접한 지위까지 올라서는 것이다.

▶▶▶ 로버트 단턴, 조한욱 옮김, 『고양이 대학살』, 문학과지성사, 1996, 94~95쪽

편의상 고단수 이야기라고 했지만 사실은 위의 이야기 역시 '우격다짐 식' 성공 사례, 서양판 「흥부전」입니다. 모의쟁투, 혹은 주술 경합은 항상 주인공에게 유리한 쪽으로 정해집니다. 주인공이 가진(능한) 것에 따라 상대의 치명적인 약점이나 실수가 정해집니다. 대장장이에게는 가능하지만 다른 이에게는 불가능한 게임만 주어집니다. 복잡한 것 같지만 사실은 그 주술이나 능력이라는 게 오직 한 가지 기능(성격)에서 나오는 것들입니다. 선하냐 그렇지 못하냐가 유일한 기준입니다. 제비가 흥부와 놀부에게 물어다 준 박씨는 각각 전혀 다른 것이었습니다. 중요한 것은 그가 선한 사람인가 아닌가이지 다른 변수가 있는 것은 아닙니다. 그러므로 모든 이야기 안에서의 성공 사례에는 사실 단수段數가 없습니다. 단수가 있어 보일 뿐입니다. 이야기는 그저 그럴듯하기만 하면 됩니다. 앞뒤 이야기가 서로 잘 엮이기만 하면 된다는 겁니다. 문제는 윤리적 기준이지 기교나 술수에 있는 것이 아니기 때문입니다.

『악마와 대장장이』는 작은 에피소드들이 잘 어우러져서 전체적으로 완성도가 높은 이야기를 만들어냅니다. 대장장이, 악마,

예수, 성베드로와 같은 원형적인 인물들을 등장시키고 그들에게 합당한 역할을 맡겨 그럴듯한 이야기를 만들어냅니다. 그리고 그 그럴듯한 이야기를 통해 삶의 의미 없음에 강력하게 저항합니다. 악마나 예수나 성베드로는 그렇다 치고(지상의 존재가 아닙니다), 대장장이 주인공에 대해서 한 마디만 덧붙이겠습니다. 대장장이는 무엇인가 '불을 지펴서 쇠에 열을 가하고 두드려서 필요한 도구(새 것)를 만들어내는 사람'입니다(불을 다루는 인간—프로메테우스적 존재—이라는 것은 그가 신과 교접하는 인간이라는 의미도 가집니다). 그러므로 대장장이는 인간 중에서는 가장 행동력과 실천력이 있는 축에 속합니다. 인간계의 대표선수라 할 만한 존재입니다. 그러니 '대장장이 스토리텔링'의 텍스트 무의식은 '인간'이 '인간 아닌 것들'과 겨루어서 승리한다는 것에 그 본적을 두고 있습니다. 물론 그때 그가 가진 가장 확실한 무기(능력)가 되는 것이 사랑(적선)이라는 것이고요. 뭉치면 살고 흩어지면 죽는다는 거지요. 물론 우리 인간을 한데 묶어내는 접착제가 바로 선善이고요….

그것 말고도, 이 이야기에서는 '악마에게 영혼을 파는 것', '카드놀이에서 늘 이기는 패를 가지는 것', '누구든 춤추게 하는 바이올린을 가지는 것' 등의 화소話素(소설 등에서 이야기를 구성하는 단위)가 재미가 있습니다. 다른 것들은 그저 그렇습니다. 제게는 그렇습니다. 순서대로 살펴보겠습니다.

'악마의 유혹'만큼 달콤한 것이 또 있을까요? 누구나 일생 동안 몇 번은 악마의 유혹을 받습니다. 제 경우에도 이야기 속의 대장장이와 비슷한 제안이 있었습니다. '아, 이런 게 악마에게 영혼을 파는 일이구나'라는 생각이 들었습니다. 다행인지 불행인지 저에게 영혼을 사겠다던 악마가 다른 더 큰 악마에게 토벌되는 바람에 그 거래는 성사되지 못했습니다. 그 이후로 '악마에게 영혼을 파는 이야기'를 볼 때마다 남 일 같지가 않습니다. 악마와의 거래는 두 번 다시없을 것이라 다짐해 봅니다.

'카드놀이에서 늘 이기는 패'를 소원한다는 것도 겉보기와는 달리 아주 실속 있는 것입니다. '카드놀이에서 늘 이기는 패'는 사실은 인생에서 가장 중요한 것일 수도 있는 것입니다. 먹고 사는 일만 해결되면 인생은 결국 '카드놀이'일 뿐입니다. 권력관계든, 명예를 얻는 일이든, 취미생활이든, 인생은 고작 '카드놀이'일 뿐입니다. 단지 그것일 뿐입니다. 카드놀이에서 지면 사는 맛도 없어집니다. 그러니, 그것을 소원한다는 것은 결국 '승리하는 인간이 되겠다'라는 것이었습니다.

'누구라도 춤추게 하는 바이올린'도 마찬가집니다. '승리' 위에 있는 것이 '춤'입니다. 예술이고 자기만족의 열락입니다. 누구를 때려눕히고 얻는 승리가 아니라 즐거움을 주고 나누어 가지는 열락입니다. 최후로 그것마저 가질 수 있다면 인생은 그야말로 유종의 미를 장식할 수 있게 됩니다. 사실 그 소원은 아무나 빌 수 있는 게 아닙니다. 대장장이쯤 되니까 빌 수 있는 것이었습니다. 무엇이든 남을 위해 만들어보지 못한 사람들은 그런 소원을 빌 자격마저 없습니다.

그렇게 생각하니 대장장이가 빈 소원은 어리숙하거나 순진하거나 무모한 것이 결코 아니었습니다. 악마를 따돌리고, 늘 이기는 카드 패를 얻고, 누구라도 춤추게 할 수 있는 바이올린을 가진다는 것은 결국 모든 것을 다 갖겠다는 말에 다르지 않았습니다. 살아서 낙원에 든다는 말에 다름이 아니었습니다.

사족 한 마디. 앞의 두 개는 더 빌어볼 염치나 시간이 없는 것 같습니다. 마지막 하나라도 제대로 빌어서 소원 성취하는 수밖에 없을 것 같습니다. 그나저나 누구라도 제 방문 앞에서 얼씬거리며 문을 두드려야 할 텐데, 그래야 '부주의한 적선'이라도 한 번 해 볼 텐데, 여태 소식두절, 제 문 앞은 그저 적막강산일 뿐입니다.

바보들의 기억

"50을 바라보면서도 불쾌한 기억에 휘둘리는 자는 행복해질 자격이 없다."

어제 점심시간에 나온 말입니다. 한 젊은 친구가 주변의 소귀 小鬼에게 당한(당하고 있는) 일들을 주저리주저리 늘어놓기에 제 가 불퉁스럽게 던진 말입니다. 본인이야 위로를 받고 싶어서 한 말이었겠습니다만 속절없이 나이만 든 저의 입장에서는 위로보 다 수양을 권할 수밖에 없었습니다. 세상은 언제나 소귀들과 함 께 할 수밖에 없는 아수라장입니다. 언제까지 그들에게 입은 상 처에 연연하면서 살아야 하겠습니까? 무시하고, 그저 무시하고 넘어갈 일입니다. 좋은 것들만 생각하고 찾아나서도 턱없이 부족한 인생의 시간입니다. '사랑할 시간'도 턱없이 부족한데 이 귀한 '주어진 시간'에 누구를 원망하고 비난한다는 말입니까? 저 아니더라도, 행복의 첫째 조건이 '과거를 망각하는 능력'이라고 말하는 분들이 많이 있습니다. 기억 없는 자에게는 늘 새로운 태양만 떠오른다는 겁니다. 맞는 말인 것 같습니다. 불행한 자들을 보면 항상 과거(의 기억)에 집착합니다. 기억에도 좋은 게 있고 나쁜 게 있을 건데, 늘 좋은 것들은 쉬이 잊어버리고 나쁜 것들에만 집착합니다. 시간 날 때마다 그것들을 되새깁니다. 그렇게 인생을 불행감으로 되새김질합니다. 그런 '불행한 시간'은 젊을 때의 한때로 충분합니다. 중년의 시간은 그런 낭비적인 시간을 가볍게 소거할 수 있어야 합니다. 그래야 좀 더 많은 것을 볼 수 있습니다.

보통 과거는 미화되는 게 순리順理라고 합니다. 나쁜 것은 퇴화(축소)되고 좋은 것은 과장(확대)되는 것이 '기억의 존재방식'입니다. 그럴진대, 전쟁 이후에 태어나 '태생적 가난' 속에서 자라난 우리 세대는 기억의 미화에 민감하지 않을 수 없었습니다. 우리 세대가 살아온 삶은 '상전벽해桑田碧海를 보는 것'이 지극히 당연시 되는 것이었습니다. 항상 내일의 삶은 오늘의 삶과 '비교할 수 없을 정도로' 나아지는 것이었습니다. 하루에 한 끼를 겨우 먹으며 헐벗은 채로 살을 에는 추위에 떨던 최빈국最貧國의 굶주린 아이의 삶도 저의 것(과거)이고, 자가용을 몰고 다니며 다이어트에 고민하는 배불뚝이 신중년新中年의 삶도 저의 것(현재)입니다. 꿈에서는 가끔씩 과거가 현재가 되기도 합니다만, 현재가 몰라 볼 만큼 좋아졌으니 과거의 나빴던 기억은 더 빠르게 잊혀질 수밖에 없습니다. 어떻게 보면 우리 세대의 한 특징이 '빨리 잊는 것'인지도 모르겠습니다. 과거(의 나쁜 기억)에 사로잡혀서 스스로 불행감을 증폭시킨다는 것 자체가 체질상 불가능한 것인지도 모르겠습니다.

그러나 과거(의 기억)에 대한 편식偏食으로 불행에 빠져 있는 사람들은 여전히 존재합니다. 오히려 날로 늘어나고 있는 것처럼 보일 때도 있습니다. 저처럼 그것을 개인의 체질이나 수양 부족으로 탓하는 것이 아니라, 그것이 우리 시대가 자초한 '기억의 부실한 관리'에서 생긴 문제라고 보는 견해도 있습니다. 개인의 문제가 아니라 공동체의 문제라는 것이지요. 우리 시대가 지나치게 '상품화의 세계'로 나아가고 있는 것이 그 원인일지도 모른다는 겁니다. 우리 사회가 '바보들의 기억'을 부추기고 있다는 설명입니다. 그 바보들의 기억에 관한 소론을 조금 인용합니다.

기억이란 자신의 과거와 관계를 맺는 능력이다. 한 사회의 문화속에는 개인과 집단으로 하여금 자신들의 과거와 관계를 맺도록 도와주는, 자신들의 현재 속에 과거가 보존되도록 도와주는 관행과 수단들이 존재한다. 개인의 비밀스런 기억을 환기하는 물건에서부터 국가의 지나온 역사를 상기시키는 의식(儀式)에 이르기까지. 현대인의 기억에 장애가 일어났다면 그것은 바로 그렇게 기억을 도와주는 관행과 수단에 변고가 일어났다는 뜻이다. 기억 장애를 사회적 현실로 만든 비근한 원인의 하나는 사람들이 매일 쓰는 물건들 자체가 자신의 생활이나 아니면 선조와 이웃의 생활로부터 유기적으로 생겨난 재화가 아니라 그 발생과 역사가 감추어진 상품이라는 사정에서 발견된다. 현대인이 겪고 있는 기억 부전(不全)과 상품경제 사이에는 명백한 유사성이 있다. 상품의 물신숭배이론이 알려준 바와 같이 상품은 그것이 생겨난 과정이 베일에 가려진 채로, 그것을 발생시킨 물질적, 사회적 삶의 요소들이 소거된 채로 유통되며 그래서 어떤 인간적 목적과 유기적인 관계없이 투자를 허용한다. 상품화의 세계는 인간이 행하는 사물과의 교섭에서 역사적으로 전수된 기억을 박탈하고 대신에 어떤 의미의 소비든 허용하는 만화경적 환상의 체계를 성립시킨다. 그래서 상품화 또는 물화는 기억의 문화에 대해 치명적이다. 아도르노가 벤야민에게 보낸 편지에서 적고 있듯이 "모든 물화는 망각이다".

▶▶▶ 황종연, 「바보들의 기억」, 『문학동네』, 2005년 여름

　　과거를 잊는 능력이 행복의 첫째 조건인 것은 분명해 보입니다. 망각 안에 용서와 화해가 있는 것도 사실입니다. 그러나 모든 것을 잊어버리는 물화된 존재로 가짜 행복을 추구하는 것은 진정한 행복을 얻는 길이 아니라는 것이 윗글의 주장입니다. 개인이든 집단이든, 자신의 현재와 과거를 어떻게든 연계시키는 기억의 행위를 통해 자신의 정체성을 유지합니다. 고통스런 기억이라도 지켜야 할 것은 지켜야 진정한 '행복한 인간'이 될 수 있다는 겁니다. 듣고 보니 그렇습니다. 과거의 나쁜 기억을 잊어야 행복한 것도 사실이지만, 인간이 무엇이고, 우리민족의 역사는 어떤

것이고, 현재 우리의 '삶의 목표'는 무엇이고 '역사적 사명'은 또 무엇인지, 과거에서 현재로 이어지는 존재론적이거나 역사적인 맥락을 놓치지 않고 '기억'하는 일 역시 중요한 것입니다. 그것도 없이 살다가 보면 그저 상품화의 시대에 자신도 하나의 상품으로 전락해 버리기 십상입니다. '상품'에 불과한, 그것도 싸구려 모조품에 불과한(자존감을 만들 수 있는 기회를 아예 가질 수 없습니다) 사람에게 어떻게 행복감이 찾아들 수 있겠습니까?

후쿠오카의 다자이후 덴만궁太宰府天滿宮에 가면 포정총庖丁塚이라는 칼무덤이 있습니다. 쓰다 수명을 다해서 버려지는 칼이 행여 갖고 있을지도 모르는 원령怨靈을 달래주는 장소가 아닌가 짐작해 봅니다. 일본에서는 '포정'이라는 말이 좋은 칼이라는 뜻으로 사용되는 것 같았습니다. 그 상표를 붙인 칼도 있고, 아예 '포정'이 '칼'이라는 말을 대신해서 쓰일 때도 있었습니다. 사실, 포정은 장자가 양생의 도를 가르치기 위해 우정 꾸며 만든 우화 속의 인물인데 그 가상의 인물을 신격화하고 그의 이름을 칼의 대명사로 삼는 그들의 언어 감각이 우선 재미있었습니다. 그러나 그것보다도 더 인상적인 것이 있었습니다. 저는 그 칼무덤이 '기억의 무덤'이 아닌가 생각했습니다. 과거와 현재를 이어주는 모종의 제의라는 생각이 들었습니다.

우리나라에서도 그 비슷한 예가 있습니다. 남원에 가면 춘향묘가 있습니다. 꽤 웅대하게 조성되어 있습니다. 처음 본 순간에는 실소를 금할 수 없었지만, 곧 없는 것보다는 백배 낫다는 생각이 들었습니다. 춘향이, 심청이, 흥부가 없었다면 우리가 어떻게 살갑게 한 민족으로 '공동의 기억'을 만들어 공유하며 살아올 수 있었겠습니까? 그들이 실존인물이었든 허구의 소산이었든, 그게 중요한 것은 아닌 것 같습니다. 그들 모두 역사적으로도 그 비슷한 삶을 살았던 실존인물들을 추정할 수 있다고 하는데 허묘든 가묘든 그렇게 '기억의 무덤'을 하나 만드는 것도 의미 있는 일이 아닌가라는 생각이 들었습니다. 남원의 춘향묘의 실제 주인이 누구냐는 건 중요하지 않습니다. 춘향을 기억하는 우리의 '기억'이 중요한 것입니다. 그 무덤이 비록 서울로 올라가 정경부인으로 살다간 성춘향의 실제 무덤이 아니라도 상관없는 일이라는 겁니다. 어쨌든 역사와 허구가 서로 그렇게 헷갈리는 장소가 어디든 있는 모양입니다. 백보를 양보해서, 허구든 역사든 누군가의 스토리텔링이긴 마찬가지니 그 역사적 실재성의 진위를 가려 굳이 타박할 일은 아닐 거라고 봅니다.

사족 한 마디. 두 경우를 보면서 하나 알 수 있는 사실이 있습니다. 허구 속의 인물이 후대에 와서 실존인물로 다시 태어나는 방법은 오로지 자신의 묘지를 갖는 일밖에 없는 것 같습니다. 그것이야말로 두고두고 '기억 속에 묻히는 일'이기 때문입니다. 실존 인물도 우리의 기억에서 사라지면 그는 없었던 것이나 마찬가지입니다. 소설 속의 주인공이 아니더라도, 비록 '바보들의 기억'이라고 손가락질 받는 한이 있더라도, 누군가의 '기억의 무덤' 속에 묻히는 게 행복한 삶일 것 같습니다.

도둑질에도 도가 있다

　　옛날 용봉(龍逢)은 머리를 잘렸고 비간(比干)은 가슴을 찢겼으며 장홍(萇弘)은 창자를 찢겼고 자서(子胥)는 썩어 죽었다. 그러니 이 네 사람은 현자라고 하는데도 살육을 면하지 못한 것이다. 이런 까닭에 도척(盜跖)의 부하가 도척에게 물었다. "도둑질 하는 데도 도(道)가 있습니까?" 도척이 대답했다. "어디에든 도가 없는 곳이 있겠느냐. 방안에 감춰진 것을 짐작으로 아는 것이 성(聖)이고, 훔치러 들어갈 때 먼저 들어가는 것이 용(勇)이며, 훔친 다음 맨 뒤에 나오는 것이 의(義)고, 훔치게 될지 안 될지를 아는 것이 지(知)며, 훔친 것을 골고루 나누는 것이 인(仁)이다. 이 다섯 가지를 갖추지 않은 채 큰 도둑이 된 자는 아직 없었다.

▶▶▶『장자』외편, 「거협(胠篋)」,
(윤재근, 『우화로 즐기는 장자』, 동학사, 2002 참조)

우화寓話는 여타의 이야기 방식과는 좀 다릅니다. 비슷한 이야기 형태인 소설이나 동화는 작품 속에서의 리얼리티를 중시하지만, 우화는 그 뜻을 우선시 합니다. 리얼리티, 혹은 내적인 논리성은 그 다음입니다. 그럴듯한 이야기를 통해서 천륜이나 때[時]가 요구하는 교훈적인 내용을 전달하는 것이 주목적입니다. 전문적인 용어를 써서 말하자면, 사회적 코드가 심미적 코드에 기생寄生하는 형태입니다. 누구나 아는(인정하는) 사회(윤리)적 가치를 흥미로운 이야기 소재에 얹어서 과장된 스타일로 강조하는 방식입니다. '발견'이 아니라 '강조'입니다. 자연히 이야기가 극단적인 방향으로 전개되기 십상입니다. 심청이가 굳이 인당수행行을 고집하고, 다시 살아나 심황후가 되는 것도 그 까닭에서입니다. 우화의 이야기는 이미 현실을 '넘어서' 있습니다. 현실의 간섭을 받는 '내적 논리성'을 던져 버린 지 오랩니다. 흥부의 박도 마찬가집니다. 그 이야기들은 '발견'이 아니라 '강조'의 목적을 가진 이야기였기 때문이었습니다. 우리가 그것들을 소설로 부르지만 사실은 우화인 것입니다. 그렇게 옛날이야기들은 우화에 그 뿌리를 둔 것들이 많습니다.

『장자莊子』에는 우화가 많이 등장합니다. 서두를 장식한 도척 이야기 역시 우화의 일종입니다. 용봉, 비간, 장홍, 자서 등 폭군에게 바른 말을 했다가 죽음을 당한 이들의 사례와 비루하게 도둑질이나 하며 살아가는 막장 인생 사이에 그 어떤 논리적 연관성이 없음에도 불구하고 우화는 그들을 한데 묶습니다. 뜻을 전하기 위해서 용의주도한 선후先後를 만듭니다. '그들이 그렇게 죽은 것은 세상에 도道가 없다는 말인데 비천한 도둑질에 무슨 도(도)가 있겠습니까'라고 한 도둑이 묻습니다(우화에서 묻는 자들은 언제나 상식의 대변자입니다). 그 물음에 터무니없는 대답이 주어집니다. 도둑질에도 엄연한 도가 존재한다고 강변합니다. 이 이야기의 앞부분은 현실을 꼬집고 있습니다. 뒷부분은 궤변으로 이루어진 일반론적인 당위를 말하는 것이겠구요. 그렇게 '이야기의 비논리성'이 활개를 칩니다. 왜 그런 '마구잡이 이야기 섞기'가 자행되는 것일까요? 그 의도는 간단명료합니다. 그들 죽음을 무릅쓰고 직간直諫하다가 비참하게 죽은 이들의 인仁과 의義와 용勇의 아우라가 지닌 그 압도적인 장엄함에 빌붙어 살기 위해서입니다. 덧붙여지는 '터무니없는 이야기'가 이야기 자체로(현실론적인 반영으로) 받아들여지지 않고, 의도한 대로, 하나의 '강조'로(지켜야 할 규범으로) 받아들여질 수 있기를 바라서인 것입니다. 자신의 '강조'가 그저 한 번 웃자는 농지거리에 불과한 것이 아니라 삶의 중대한 지표가 되는 거룩한 말씀에 속하는 것임을 인정받기를 바라서입니다(이 도척 이야기는 크게 성공한 사례는 아닙니다만). 모든 일에는, 하다못해 도둑질에도, 사람이 지켜야 할 도리가 있다는 것을 설득적으로 전달(설파)하고 싶었다고 할 것입니다. 물론 이런 이야기의 비논리성을 흠잡지 않고 슬쩍 눈감아주는 것은 독자입니다. 독자들의 바람이 우화의 취지와 같은 것이기에 그렇게 간단히 작품의 비논리성이 초래하는 '불신의 장벽'을 허물어뜨릴 수 있는 것입니다. 우화는 그래서 저자와 독자의 합작품입니다.

장자는 소백정이나 수레바퀴 만드는 늙은 목수나 잔인하기로 소문난 도둑 두목의 이야기를 통해 치자의 도를 설파합니다. 공맹처럼 단도직입하지 않고 이야기를 섞어 우회합니다. 우회해서 좀 더 곡진하게 전달합니다. 그래서 드리는 말씀입니다. 우회하면서 다소간 희석시키기는 했지만 아무래도 노장의 무위자연설無爲自然說과는 좀 거리가 있는 이야기들입니다. 세상의 공명에 아직도 미련이 많이 남아 있습니다. 그래서 외편과 잡편은 장자의 소작所作이 아니라는 게 맞는 것 같습니다. 후학들이 자신의 취향을 살려서 덧붙인 게 맞는 것 같습니다. 참고로 장자의 제물론에 대한 간단한 소개를 첨부하겠습니다. 왜 장자가(혹은 장자의 후학이) 그런 식으로 '이야기(코드) 섞기'를 즐겼는지, 그 연원淵源을 좀 알아둘 필요가 있을 것 같습니다.

　　제물론(齊物論): 우주 삼라만상을 모조리 하나로 보라는 말이다. 장자 내편 두 번째 이야기인 이 제물론은 만물은 다 평등하여(齊物) 서로 다를 바 없이 하나이다(齊一)라는 것을 강조한다. 소지(小知)는 삼라만상을 만물이라 하지만 대지(大知)는 하나라 하니, 제물론은 대지의 논(論)이라 할 수 있다.

　　그 가르침은 다음과 같다. 〈시와 비를 따로 보지 말라. 선과 악을 따로 보지 말라. 미와 추를 따로 보지 말라. 옳고(正) 그름(邪)이 따로 없으니 이것은 복이고 저것은 화라고 가르지 말라. 화복이 따로 없는데 어찌 길흉이 따로 있겠는가. 인간이여, 제 인생을 제멋대로 저울질하지 말라.〉

인간과 자연은 하나이므로 현명한 사람도 어리석은 사람도 없으며, 인간이든 지렁이든 풀잎이든 제물의 입장에서는 다를 게 없다는 것이 장자의 주장이다. 이를테면, 절대 평등의 경지를 말하고 있다고 할 수 있다. 이「제물론」은 유명한 장주(莊周)의 호접몽(胡蝶夢) 이야기—장주가 나비의 꿈을 꾼 것인지, 나비가 장주가 된 꿈을 꾸고 있는 것인지 알 길이 없다—로 시작한다.

▶ ▶ ▶ 윤재근, 『우화로 즐기는 장자』 참조

기본적으로 장자 철학은 제물론을 바탕으로 하고 있습니다. '모든 것이 하나다'라는 겁니다. 일종의 '차별 폐지법'입니다. 이건 되고 저건 안 된다, 이래야만 하고 저래서는 안 된다가 없는 논리를 폅니다. 이를테면 논리를 해체하는 논리입니다. 그래서 종종 궤변이 동원됩니다. 장자의 궤변은 장자로서는 피치 못할 '논리'입니다. 현실의 논리로서는 닿을 수 없는 지점을 이야기하려다 보니 어쩔 수 없이 궤변이 동원될 수밖에 없습니다.

사족 한 마디. 앞서 든 도척 이야기는 두말할 것도 없이 치자治者의 도리를 강조하는 이야기입니다. 지금 우리시대의 치자들에게 당연 적용되는 이야기입니다. 성聖과 인仁은 고사하고 의義도 용勇도 지知도 없는 자들이 치자治者입네 하는 꼴들을 얼마나 많이 보는지 모르겠습니다. 성聖도 없이 어떻게 미래를 창조할 것이며, 인仁도 없으면서 소통과 통합을 어떻게 이루겠다는 건지 도통 알 수가 없습니다. 의·용·지도 마찬가지입니다. 무엇 하나

제대로 보여주는 게 없습니다. 권력 주변에 득실거리는 자들은
제발 남부끄러운 짓이나 안 했으면 좋겠습니다(자식들 보기가 부
끄러울 때가 한두 번이 아닙니다). 다른 건 바라지도 않습니다. 제발
그 자리에 있는 동안이나마 사람 구실이나 제대로 해주면 좋겠
습니다. 그런 생각이 하루에도 열두 번씩 드는 세상입니다.

지극한 것들과 커다란 긍정

지극한 것들

　상(商)나라 재상 탕(蕩)이 장자(莊子)에게 인(仁)을 물었다. 장자가 대답했다. "호랑이와 이리가 인입니다." 탕이 말했다. "무슨 말씀인지요." 장자가 대답했다. "호랑이 부자(父子)도 서로 사랑합니다. 어찌 인이 아니라 하겠습니까." 탕이 말했다. "지극한 인을 듣고 싶은데요." 장자가 대답했다. "지극한 인에는 친(親)이란 것이 없습니다." 탕이 말했다. "내가 듣기로는 무친(無親)이면 사랑하지 않는 것이며 사랑하지 않으면 불효라고 하던데 지인(至仁)은 불효해도 된다는 것인지요." 장자가 대답했다. "그렇지 않습니다. 무릇 지극한 인이란 말씀하신 것보다 높은 경지입니다. 효(孝)만을 들어서 지극한 인을 말할 수는 없습니다. 이는 효도를 넘어섰다는 말이 아니라 효 따위로는 미칠 수가 없다는 말입니다.

▶▶▶『장자』외편,「천운(天運)」,
(윤재근,『우화로 즐기는 장자』참조)

앞장에서도 말씀드렸지만 경전에서 질문자로 등장하는 이들은 언제나 세속(상식)을 대변합니다. 이번에는 상나라 재상 탕[商太宰蕩]이 그 역할을 맡았군요. 물론 가상 인물입니다. 그는 인仁에 대해 묻습니다. 이 질문을 '발견'을 위한 것으로 착각해서는 안 됩니다. 이 이야기는 우화이기 때문에 그들의 대화를 곧이곧대로 새겨들어서는 안 됩니다. 이를테면 '행간의 의미'를 좀 살펴야 합니다. 탕이 인, 혹은 지극한 인에 대해서 묻고 있지만 그가 원하는 것은(그를 내세운 사람이 원하는 것은) 그것들에 대한 상세하고 곡진한 설명이 아닙니다. 그는 사실 공맹孔孟에 대해서 묻는 것입니다. 공맹이 대단하다고 하던데 사실입니까? 그들의 '말씀' 안에 진리가 담겨 있다고들 하는데 그게 사실입니까? 그렇게 묻고 있는 것입니다.

장자는 그렇지 않다고 대답합니다. 공맹의 개념들은 그저 인간의 좁은 시야에 포착된 것일 뿐 보편적인 진리가 될 수 없다고 이야기합니다(공자의 '인' 개념을 확장해서 사용합니다). 노자의 천도무친天道無親을 가져와서 '지극한 인에는 친親이란 것이 없다'라고 말합니다. 이때 바로 탕이 알아들으면 우화가 아닙니다. 탕은 끝까지 그 말이 무슨 뜻인지 몰라야 합니다. 그래서 그러면 불효 아니냐고, 효와 인이 모순관계에 놓이면 되느냐고 다시 묻습니다. 그는 '효 따위(공맹의 언설)가 미치지 못하는 경지'를 모르는 사람입니다. 장자가 그들의 '말씀'이 '호랑이와 이리'에게는 무용지물이라는 것을 말할 때 벌써 주제를 파악해야 하는데 그러질 못합니다. 작은 이치에 집착하지 말고 좀 더 시야를 넓혀 달라는 장자의 권고를 끝내 알아듣지 못합니다. 그래서 이 이야기는 우화가 됩니다.

사족 한 마디. 천도든 인도든, 도道에 무지한 저의 입장에서 보자면 공맹이나 노장이나 어차피 오십보백보인 것 같습니다. 어차피 인간세人間世는 호랑이와 이리들이 득실거리는 곳입니다. 천도만 무친無親인 것이 아닙니다. 인도人道도 무친無親이기는 마찬가지입니다. 우리가 살면서 '인간'이라는 말이 곧 '호랑이와 이리'를 가리키는 말임을 아는 데에는 그리 긴 시간이 요치 않습니다. 그럼에도 불구하고 그 둘을 굳이 나누어서 인간을 높이 치자는 장자의 허세(?)가 안쓰럽기까지 합니다. 그 역시도 공맹과 조금도 달라 보이지 않습니다(이 글이 『장자』 외편에 속해 있는 내용을 흠잡는 것이니 장자의 사상 그 자체를 부정하는 말은 아님을 알아주십시오). 공맹을 뒤집기는 하지만 결국은 '프라이팬' 안에서 '달걀프라이' 뒤집는 것에 그치는 거 아니냐는 생각마저 듭니다. 제 속이 너무 꼬여 있나요? 최근에 제 곁에서 일어나고 있는 딱한 사정들이 아마 그렇게 저를 몰고 가는 것인지도 모르겠습

니다. 왜 지극한 것들에는 친親이 없는 것인지, 최백호가 부른
노래가 생각납니다.

"산다는 것의 그 깊고 깊은 의미를 아직은 나는 몰라도⋯."

커다란 긍정

　方生方死 方死方生 方可方不可 方不可方可 因是因非 因非因是 是以聖
人不由而照之於天 亦因是也

'삶'이 있으면 반드시 '죽음'이 있고, '죽음'이 있으면 반드시 '삶'
이 있다. '된다'가 있으면 '안 된다'가 있고, '안 된다'가 있으면 '된다'
가 있다. '옳다'에 의거하면 '옳지 않다'에 기대는 셈이 되고, '옳지
않다'에 의거하면 '옳다'에 의지하는 셈이 된다. 그래서 성인(聖人)
은 그런 방법에 의하지 않고 그것을 자연의 조명(照明)에 비추어 본
다. 그리고 커다란 긍정에 의존한다.

　是亦彼也 彼亦是也 彼亦一是非 此亦一是非 果且有彼是乎哉 果此無彼
是乎哉 彼是莫得其偶 謂之道樞 樞始得其環中 以應無窮 是亦一無窮 非亦
一無窮也 故曰 莫若以明

이것이 저것이고 저것 또한 이것이다. 또 저것도 하나의 시비(是
非)이고 이것도 하나의 시비이다. 과연 저것과 이것이 있다는 말인
가 없다는 말인가. 그 대립을 없애 버린 경지, 이를 도추(道樞: 도의
지도리)라고 한다. 지도리이기 때문에 원의 중심에 있으면서 무한한
변전에 대처할 수 있다. 옳다도 하나의 무한한 변전이며, 옳지 않다

도 하나의 무한한 변전이다. 그러므로 명지(明智)에 의존하니만 못하다고 한 것이다.

▶▶▶『장자』내편, 「제물론(齊物論)」
(안동림 역주, 『莊子』 참조)

'하나의 커다란 에로스'란 말이 생각납니다. 인용문 한가운데 놓인 '그리고 (성인은) 커다란 긍정에 의존한다[亦因是也]'라는 말 때문입니다. 그 말이 울림이 꽤나 컸던 모양입니다. 왜 그 말이 이제야 제 눈에 들어오는 것인지 잘 모르겠습니다. 이미 연필로 진하게 밑줄까지 쳐져 있는데 말입니다. 왜 궁색한 재독再讀에 와서야 그리 크게 울리는지를 잘 모르겠습니다. 어찌되었든 그 두 말은 전혀 다른 맥락 안에서 사용되고 있는 것입니다. 하나는 흑黑이고 하나는 백白입니다. 하나는 그늘에서 자라나는 것이고 하나는 밝은 태양 아래서 자라나는 것입니다.

'하나의 커다란 에로스'라는 말을 제가 본 것은 일본의 군국주의 작가 미시마유키오三島由紀夫에 관한 소론에서였습니다(김항, 「천황과 폐허: 상승과 하강의 벡터」). 미시마는 이렇게 말합니다. "나중에 문득 든 생각이지만, 전쟁은 에로틱한 시대였다. 지금 항간에 범람하는 지저분한 에로티시즘의 단편들이 하나의 커다란 에로스로 모아져 정화되던 시대였으나 전후戰後는 나에게 삼등석에서 보는 연극 같은 것이었다. 모든 것에 진실이 없고, 겉모습뿐이며, 공감할만한 희망도 절망도 없었다." 그는 공습이 한창이던 전쟁 말기에 동원된 젊은이들의 생활을 그린 희곡 「젊은

이여 되살아나라」(1954)에서 공습의 위험 속에서는 열렬히 사랑하던 젊은 남녀가 패전 직후에 헤어지는 장면을 묘사합니다. 전쟁이 끝나고 재회하자는 소녀에게 남자는 '하나의 커다란 에로스'를 이야기합니다. 그는 이렇게 말합니다. "약속한 날에 만날 수 있을까 없을까는 모두 하늘의 섭리에 달려 있었어. 생각해보면 사람 사이의 약속이 아름다운 것은 아마 이런 상태 속에서뿐일 거야. 약속이 지켜질 보증이 없는 상태, 게다가 지킬 수 없음이 결코 사람 탓이 아닌 상태, 그런 상태뿐이야." 전쟁 중에 가능했던 '커다란 하나의 에로스, 공포와 비참을 넘어 모든 욕망이 하나로 합일되는 그 정화와 신성의 상태'가 소멸되었으니 자신의 사랑도 소멸되고 없다는 말이었습니다. 미시마유키오의 유미주의唯美主義는 그렇게 독毒든 버섯처럼 황폐화된 일본의 전후시대를 화려하게 장식합니다. 인간의 어두운 내면, 그 그늘의 우울을 먹고 그렇게 속성으로(버섯처럼!) 자라납니다. 그가 원한 '하나의 커다란 에로스'는 긍정의 철학이 아니었습니다. 하나만 보고 다른 쪽으로는 아예 눈을 돌리지 않는 것이었습니다. '대시大是'가 아닌 '소시小是'의 인생관이었습니다. 천도天道에 어긋나는 역천의 윤리였습니다. 마흔 다섯 살의 나이로 천황폐하 만세를 외치며 할복을 하고 부하로 하여금 자신의 목을 치게 할 만큼 그가 그토록 원했던 '하나의 커다란 에로스'가 과연 무엇이었는지 정말이지 알다가도 모를 일입니다(제가 한국인이라, 지극한 유미주의자가 아니라 그런 것인지도 모르겠습니다).

　굳이 성인의 '대시大是'가 아니더라도, 그 커다란 긍정론이 아니더라도, 세상이 그 전체로 긍정되어야 할 그 무엇이라는 것을 우리는 몸으로 압니다. 하루하루의 삶이 그렇게 살갑고 정겨운 것을 보면 알 수 있는 일입니다. 우리의 질긴 목숨이 바로 그 증좌입니다. 다만, 때로 그 당연한 이치를 잠식하는 세간의 인정 人情이 있을 뿐입니다. 그 또한 버릴 수 없는 것일 거라 여깁니다. 그것마저 긍정해야 이 세상이 진정한 '하나의 커다란 에로스'로 감싸진, 우주에서 하나뿐인 지구가 될 것이기 때문입니다.

사족 한 마디. 살다 보면 참 '하나의 커다란 에로스'에 대해 부정적인 인물들을 많이 만납니다. 그들에게는 긍정과 부정이 보통은 '1 대 9' 정도로 나뉩니다. 제가 보기에 그들의 '부정'에는 특별한 이유도 명분도 없습니다. 그저 불신하고, 싫어하고, 다른 이의 나쁜 면부터 먼저 보는 것 같습니다. 인간은 늘 부족한 존재라는 것을 스스로 절감하는 것에 보태어 그렇기 때문에 늘 서로 사랑하고 아껴야 한다는 것을 체득하는 데에는 남은 시간이 좀 짧을지도 모르겠습니다. 비슷하게 살아온 도반(?)의 입장에서, 스스로 '1 대 9'의 비율을 타파하지 않는 한 결코 '하나의 커다란 에로스'의 세계는 도래하지 않는다는 것을 그들이 알게 되기를 바랄 뿐입니다.

발꿈치로 숨 쉬면서

古之眞人 其寢不夢 其覺無憂 其食不甘 其息深深 眞人之息以踵 衆人之息以喉 屈服者 其嗌言若哇 其耆欲深者 其天機淺

옛날 진인(眞人)은 잠을 자도 꿈꾸지 않고 깨어 있어도 근심이 없으며, 식사를 해도 맛있는 것을 찾지 않고, 숨을 쉬면 깊고 고요했다. 진인은 발꿈치로 숨 쉬고 중인(衆人)은 목구멍으로 숨 쉰다. 외물(外物)에 굴복한 자는 그 목에서 나는 소리가 마치 무엇을 토해 내는 것 같고, 욕망이 깊은 자는 그 마음의 작용이 얕다.

▶▶▶『장자』내편,「대종사(大宗師)」
(안동림 역주,『莊子』참조)

『장자』를 읽다 보면 '인류는 변해왔어도 인간은 변하지 않았다'라는 말을 실감합니다. 요즘 저의 소망이 '잠을 자도 꿈을 꾸지 않고 깨어 있어도 근심이 없는 것'인데 그 옛날에도 그것이 못난 인간들의 변치 않는 소망이었던 모양입니다. 윗글을 보면 '진인眞人'이 되는 자격 기준 중의 하나에 그것이 속하고 있습니다. 솔직히 말씀드려서 적이 위안이 됩니다. 저는 그렇지 못한 것이 저만 앓는 병 탓인 줄 알았습니다. 모두 다 쿨쿨거리며 잘 자고 모두 다 희희낙락 잘 지내길래 저만 못난 줄 알았더랬습니다. 그런데 그게 아니었군요. 그저 잠 잘 자고, 깨어 있어도 걱정 없으면 그게 바로 진인의 첫째 조건이었던 것입니다. 정말이지 큰 걱정거리 하나가 툭 떨어져 없어지는 느낌입니다. 사는 게 별 거 없었습니다. 잘 자는 것, 근심거리 없애는 것, 대충 먹는 것, 발꿈치로 숨 쉬는 것, 외물에 현혹되지 않고 욕심을 줄이는 것 등만 되면 만사 오케이였던 겁니다. 생각건대, 결국은 이 모든 '진인의 경지'가 다 한 줄에 꿰여 있는 것이니 개중에서 어느 것 하나만 잘 해내도 되지 싶습니다. 어느 것 하나만 제대로 해내면 나머지 것들도 다 따라오지 싶습니다.

　20년 전 쯤, '발꿈치로 숨쉬기'라는 것에 도전해 본 기억이 떠오릅니다. 『야선한화夜船閑話』(白隱, 1685~1768)라는 책을 보고 그 이치를 검도 수련에 한번 적용해 보려 했던 것입니다. 나름 효과를 톡톡히 보았습니다. 그때 기록을 그대로 옮겨 보겠습니다. 전반은 『야선한화夜船閑話』의 내용이고 후반은 저의 수련기입니다.

사람의 몸도 똑같은 것이다. 도를 통달한 지인(至人)은 항상 심기를 하반신에 충실하게 한다. 심기가 하반신에 충실할 때는 기쁘고, 노엽고, 걱정스럽고, 두렵고, 사랑, 미움, 욕망…… 등 칠정(七情)에 의한 병이 체내에서 움직이는 일이 없고, 바람 불고 춥고 덥고 습기 찬 이 네 가지 사사(四邪)가 가져오는 나쁜 기운이 밖에서 엿볼 수 없게 되는 것이다. 몸의 정비가 충분해지고 심신이 상쾌해져서 입은 약의 달거나 신맛도 모르게 되고 몸은 결국 침이나 뜸의 통증을 받지 않게 된다.

그런데 범부들은 항상 심기를 위쪽으로 함부로 하고 있다. 심기를 위쪽으로 함부로 할 때는 왼쪽, 즉 심장의 화(火)가 우측, 즉 폐장의 금(金)을 침범해서 오관(五官), 즉 안, 이, 비, 설, 신, 각 기관이 위축되어 피로해지고 그에 따르는 부모, 처자, 형제뻘 되는 육친이 모두 괴로워하고 한탄을 하게 된다.

그렇기 때문에 칠원(漆園), 즉 중국 고대의 사상가 장자는 말하고 있다. "진인의 호흡은 발뒤꿈치로 하고 중인의 호흡은 목구멍으로 한다"라고.

조선의 명의 허준은 말하기를 "기(氣)가 하초(下焦), 즉 방광 위에 있을 때는 숨이 길어지고, 기가 상초, 즉 심장 아래에 있을 때는 숨이 짧아진다"라고 하였다.

또 중국의 의사 상양자(上陽子)는 이르기를 "사람에게는 참으로 하나밖에 없는 기(氣)라는 것이 있는데 그것이 단전 가운데로 내려갈 때는 하나의 양기(陽氣)가 생기게 된다. 만일 사람이 그 양(陽)이 생기는 조짐을 알려고 한다면 온기가 생겨나는 것으로 알 수 있다.

대략 생을 보양하는 길은 상부를 늘 서늘하게 하고 하부를 항상 따뜻하게 하는 것이 필요하다"라고 했다.

▶▶▶ 白隱, 『야선한화(夜船閑話)』, 춘추사, 2002 중에서

생각한 대로 칼이 훨씬 부드러워지고(이것은 전적으로 내 느낌에 따른 것이다), 들어오는 상대의 빈틈이 크게 보였다. 언젠가 큰사범이 말했던 것처럼 상대의 머리가 보름달처럼 크게 보여야 올바른 타격이 나오는 법이다. (…중략…) 두 번째 상대는 키가 좀 작은 편인 젊은 남자 회원이었다. 그와는 전에도 두어 차례 같이 연습을 한 적이 있었다. 그는 단신(短身)의 약점을 빠른 발과 〈손목-머리〉나 〈손목-허리〉 등의 연속 기술로 극복하려고 애썼다. 처음 상대했을 때는 그의 그런 스타일을 몰라 머리를 수차례 맞은 적이 있었다. 이번에도 그는 마치 토끼처럼 깡충거리며 연속 공격을 퍼부었다. 나이가 젊어서인지 체력도 좋았다. 마치 나를 흔들어 넘어뜨리겠다는 투였다. 나는 그가 기(技)를 일으킬 때마다 가볍게 한 발 내디디면서 단전으로 호흡(氣)을 내리는 기분을 가지며 왼팔을 쭉 뻗어서 앞으로 칼을 쳐나갔다. 굳이 억지힘을 쓰지 않아도 그가 들어오는 속력이 있었기 때문에 '딱' 하고 기분좋게 맞는 소리가 났다. 그는 그렇게 대여섯 번을 당하자 적이 당황스러운 듯, 특유의 앉은뱅이(?) 허리 기술을 사용하기 시작했다. 가까이 거리를 좁힌 상태에서 슬쩍 칼을 드는 시늉을 해서 당황한 상대가 본능적으로 칼을 따라 들어올리는 틈을 노려 사정없이 선 자리에서 허리를 후려갈기는 기술이었다. 순간적으로 자세를 낮추어 치는 기술인데 그는 유연한 상체를 이용해

왼허리든 오른허리든 자유자재로 구사했다. 그러나 그 기술은 상대가 '호흡을 목구멍으로 할 때' 먹히는 기술이었다. 발꿈치로 숨을 쉬는 기분으로 중심을 아래로 가지고 나오는 적에게는 무용지물이었다. 그는 선제공격으로 자세를 낮추고 들어오다가 매번 내게 큰머리를 가격당했다. 그는 그 기술도 여의치 않자 손목 공격으로 들어왔다. 나는 그가 손목을 치려고 죽도를 들어올리는 틈을 노려 선의 선, 죽도를 찌르는 기분으로 내뻗었다. 정확하게 그의 손목 윗부분에 내 죽도가 내려앉았다. 흔히 '풀로 붙이듯' 손목을 치라고 하는데 꼭 그런 기분이었다. 그가 몇 차례나 고개를 갸우뚱거렸다. 전과는 많이 다르다는 표정이었다.

▶▶▶ 졸작, 『칼과 그림자』 중에서(인용문 일부 수정)

'발꿈치로 숨쉬기', 그 호흡에 대한 각성이 제게는 검도 수련에 있어서의 첫 '자득自得'이었습니다. 그것이 있고부터 저는 다른 동료들보다 더 빠른 속도로 기술을 습득해 나갔습니다. 현재까지 제 주변에서, 인용문에서 '큰사범'으로 지칭되는 선생님 아래로 저보다 단위가 높은 이가 아무도 없다는 것이 그것을 증명해 줍니다. 물론, 이 이야기를 해서 저를 자랑감으로 삼겠다는 말은 결코 아닙니다(그럴 리는 없겠지만 행여 오해하시는 분이 있을까봐 드리는 말씀입니다). 이 나이에 과거 일을 가지고 자랑삼는 것처럼 못난 일이 어디 있겠습니까? 그저 회고일 뿐입니다. '발꿈치로 숨쉬기'라는 『장자』의 한 구절을 다시 만나니 20년 전의 일이 갑자기 주마등처럼 제 눈앞을 스쳐갔습니다. 아직 젊으신 분들이라면 한번 해 볼 만한 일일 거라는 생각도 들었습니다. 날도 어지간히 저물었으니 이제 저는 이만 자판을 내던지고, '발꿈치로 숨 쉬면서', 동네 골목이나 자박자박 걸으러 나가야겠습니다.